박완서
소설전집
결정판

018

그대 아직도
꿈꾸고 있는가

세계사

* 일러두기

〈박완서 소설전집 결정판〉은 국립국어원 맞춤법 규정을 따랐으나,
일부 표현의 경우 작가와 협의하여, 최초 창작 의도에 따라 원문을 유지하였음을 알려드립니다.

기획의 글

1994년 세계사에서 박완서 전집을 첫 출간한 이래, 2002년 개정판을 거쳐, 2012년 〈박완서 소설전집 결정판〉을 내게 되었다.

선생님은 데뷔작인 『나목』부터 손수 교정을 봤는데 안타깝게도 암 수술을 받은 후 병석에 눕고 나서는 당신의 글을 직접 다듬지 못했다. 누가 삶의 깊은 뜻을 알 수 있을까! 선생님은 지난해 정월, 갑작스레 세상을 떠나셨고 1주기를 추모하여, 선생님 생전에 기획한 대로 결정판을 출간하게 되었다.

선생님의 장편소설을 다시 읽고 재평가하는 작업은 큰 산맥을 종주하는 듯 방대했다. 힘들고 지루했지만 '박완서 문학'의 폭과 깊이, 그리고 한국문학의 미래를 향한 가능성을 확인한 축복의 시간이었다.

선생님 작품의 넓고 깊음은 한 단어로 말하기 힘들다.

한국전쟁으로 텅 비고 황폐한 도시 속에서도 '물이 차오르듯 삶의 희망'을 찾아내던 선생님은, '사람 사는 모습'을 깊은 관심을 갖고 바라보았고 사회 변화에도 민감했다. 작품 활동을 시작한 이래 조금도 쉼 없이 많은 글을 쓰실 만큼 현상을 분석하는 데 탁월했다. 그만큼 소재에 제한이 없었다. 본인이 직접 겪어내신 한국전쟁뿐 아니라, 구한말부터 일제 강점기까지의 경제와 풍속, 체제 변화 속 개인의 혼란, 가부장제와 여권운동의 충돌과 허상, 중산층의 허위의식과 계층 분화 등 기존 작가들이 다루지 못했던 사회상을 문학 속으로 끌어들이는 데 앞장섰다. 선생님의 작품은 진실을 천착하는 집요한 작가 정신, 모든 구속과 드러나지 않는 음모와 싸우는 자유의 기운이 구석구석 흐르고 있어, 시대의 징후를 읽어내는 소설문학 고유의 양보할 수 없는 미덕을 넘치게 갖추고 있다.

　첫 출간 때와 달리 각 초판본에 실린 서문이나 후기를 그대로 옮겨 실은 것은 작품을 쓸 당시 선생님의 생생한 육성을 듣기 위한 것이었다. 그 글을 쓴 시대와 작가의 심상이 느껴지는 짧은 글은 '박완서 문학'의 역사를 담고 있다. 덧붙인 평론들은 작품의 새로운 의미와 생명력을 불어넣어 준다.

　'박완서 문학'은 언어의 보물창고다. 파내고 파내어도 늘 샘솟는 듯 살아 있는 이야기와, 예스러우면서도 더 이상 적절할 수 없는 세련된 표현으로 모국어의 진경을 펼쳐 보였다. 재미있는 글과 활달한 언어가 주는 힘은 우리들을 뜨겁게 매료시켰으며, 이는 아름다운 문학의 풍경을 만들어냈다. 40년 내내 여러 계층의 독자들에게 사랑받았고 말년까지도 긴장감과 유머를 잃지 않았던 선생님은 문학의 이름으로 길이 살아계실 이 시대의 스승이고 표양이다.

  '재미와 뼈대가 함께 담긴 소설'을 쓰는 것이 선생님의 평생 과업이었다. 다가오는 세대들에게 글 쓰는 이의 외로움과, 그보다 더한 사랑을 온전히 물려주고 떠난 준엄함과 따뜻함은, 그대로 문학하는 이들의 상징이 되었다. 선생님에 대한 그리움으로 기획의 글을 대신한다.

2012년 1월
〈박완서 소설전집 결정판〉 기획위원
권명아 · 이경호 · 호원숙 · 홍기돈

작가의 말

 이건 대단한 이야기도 아닙니다.
 한 평범한 여자가 꿈에서 깨어나는 이야기이기도 하고 아직도 꿈을 못 버린 이야기이기도 합니다. 끊임없이 꿈으로부터 배반당하면서도 끊임없이 새로운 꿈을 창출해내는 게 어찌 여자들만의 일이겠습니까. 인간의 운명이지요.
 길지도 않은 이야기여서 몇 년 전에 쓴 비슷한 분량의 세태소설(『서울 사람들』)까지 보태서 구차스럽게 한 권의 책을 만들면서 쓰는 것도 팔자소관이라는 서글픈 생각을 해봤습니다. 무사안일한 일상이 계속되어 남들이 행복하다고 봐줄 땐 솔직히 말해서 쓰는 일이 지겨웠습니다. 써지진 않는데 원고 독촉은 빗발칠 때는 아유, 지긋지긋해, 소리가 입에 붙어 있기도 했습니다. 언제나 이 노릇을 안 하나, 쓰는 노릇에서 놓여날 것을 상상만 해도 황홀한 해방감을 맛볼 수가 있었으니까요. 그런데 참 이상한 일입니다. 뜻하지 않게 닥쳐온 무서운 고통과 절망 속에서 겨우 발견한 출구는 쓰는 일이었으니까요. 아니지요. 출구라기엔 아직 이릅니다. 출구를 찾아내기 위한 정신의 물리치료법이랄까, 워밍업이라고 하는 쪽이 조금 더 정확할지도 모르겠습니다. 작가에게 닥친 가혹한 재앙이나 불행은 보다 큰 글을 쓸 수 있는 계기가 된다고 생각하는 분이 더러 계신 듯합니다. 혹시나 그런 기대로 이 책을 읽는 분이 계실까 봐 민망한 마음으로 드리는 변명입니다.

끝으로 이 소설을 연재해준 〈여성신문〉에게 깊은 감사를 드립니다. 지치지도 않고 집요하게 연재를 청탁해준 〈여성신문〉의 도움이 없었다면 저는 아마 아직까지도 워밍업의 엄두조차 못 내고 있었을 겁니다.

사소한 이야기를 성의를 다해 꾸며주신 삼진기획 여러분에게도 감사드립니다.

1989년 11월
박완서

*1989년, 삼진기획에서 출간된 『그대 아직도 꿈꾸고 있는가』 초판 작가 후기

| 차례 |

기획의 글　　　　　　　　　　… 005
작가의 말　　　　　　　　　　… 008

그대 아직도 꿈꾸고 있는가　… 013

서울 사람들　　　　　　　　… 197

　1 올챙이 적 생각을 왜 해　　… 199
　2 개처럼 벌어서 정승처럼 써　… 213
　3 무슨 복에 복처를　　　　　… 227
　4 숲 속의 야회장　　　　　　… 242
　5 허영의 시장　　　　　　　　… 257
　6 농장지대　　　　　　　　　… 271
　7 개천에서 용 나다　　　　　… 285
　8 세 개의 열쇠　　　　　　　… 299

해설　　　　　　　　　　　　　… 315
작가 연보　　　　　　　　　　… 330

그대
아직도

꿈꾸고

있는가

1

 차문경은 남자를 배웅하지 않았다. 노여움과 수치심이 목구멍까지 차올라 그걸 참기 위해 애꿎은 잠옷깃만 잔뜩 움켜쥐고 있었다. 그 남자, 김혁주 또한 옷을 꿰고 넥타이까지 반듯하게 매는 동안 그 여자에게 한 번도 눈길을 주지 않았다. 그러나 으쓱하게 추스른 어깨와 머리카락 한 올도 흐트러지지 않은 잘생긴 뒤통수는 얼굴보다 훨씬 풍부한 표정을 지니고 있어 그가 지금 얼마나 성이 나 있다는 걸 짐작하고도 남음이 있었다.
 혁주는 끝내 문경에게 등을 돌린 채 방을 나갔다. 그의 침착한 발자국소리가 철커덕하는 현관문의 금속성을 끝으로 아주 안 들리게 되자 그 여자는 비로소 한 움큼 움켜쥐고 있던 잠옷깃을 놓았다. 빈약한 가슴이 드러났다. 그 여자는 서른다섯이었다. 현재 독신이었지만 한 번 결혼한 적이 있는 이혼녀였다. 자신에 관한 그 두 가지 기정사실이 별안간 손거스러미처럼 예민하게 그 여자의 의식을 불편하게 했다.
"별꼴이야."
그 여자는 전혀 예기치 못한 자신의 마음의 이런 변화를 남의 일처럼 비웃으려고 했다. 그러나 까닭이 분명치 않은 쓸쓸한 낭패감은 쉽게 떨쳐지지 않았다. 그 여자는 혁주와의 첫날밤을 은근히 기대하며 장만해두었던 야하고 하늘하늘한 잠옷을 벗고 몸을 대강 씻은 다음 평상시의 검소한 잠옷으로 갈아입는 동안 아까 혁주가 그 여자를 외면했던 것만치나 철저하게 거울을 외면했다. 더는 불쾌해지고 싶지 않았다. 그 여자가 정말 피하고 싶은 건 남자하고 자고 난 자신의 모습이 아니라 능욕당한 것처럼 참담한 치욕감인지도 몰랐다.

혁주 역시 그 여자와 동갑인 서른다섯이었고 아내하고 사별한 홀아비였다. 대학동창인 그들이 오다가다 우연히 다시 만난 건 3년 전, 각각 비슷한 시기에 외로운 신세가 되고 난 지 얼마 안돼서였다. 그 우연의 일치 때문에 그들은 그 만남에 우연 이상의 운명적인 걸 느꼈고 필요 이상 허둥댔던 것 같다. 심지어는 대학 시절에 품었던 막연한 호감까지도 첫사랑이었다고 착각하고 싶어했다. 그들이 각각 다른 짝을 만났을 때 어렴풋이나마 이루지 못한 사랑을 아쉬워한 적이 없었음에도 불구하고 말이다.

사랑한다고 먼저 말한 건 혁주였던가. 다시 만난 지 석 달도 안 돼서였다. 그러나 첫사랑이었다는 착각 때문에 말한 쪽에서도 받아들이는 쪽에서도 조금도 조급하다고 여기지 않았다. 결혼에 대해 먼저 말한 건 문경이었다. 예식 따위가 아니었다. 피차 한 번씩 예식장에서 치르는 결혼식의 경험이 있는 몸이어서 그런지 두 번째 예식에 대해선 묘한 부끄러움을 가지고 있었다. 가능하면 피하고 싶었다. 그 여자가 분명히 해두고자 한 건 그런 형식이 아니라 두 사람이 합치는 데 따른 적지 않은 구체적인 문제였다. 혁주는 홀어머니는 모신 장남이었고 죽은 아내와의 사이에 어린 딸을 두고 있었다. 혁주의 아내가 된다는 건 동시에 낳지 않은 딸의 어머니가 된다는 걸 의미했기 때문에 그 문제에 있어선 문경이 심각해지지 않을 수 없었다. 그러나 혁주는 그 여자가 딸에 대해 시시콜콜 알고 싶어하는 걸 별로 달가워하지 않았다. 어떻게 생긴 아이인가, 죽은 엄마를 어느 만큼 기억하고 있나, 성질은 온순한가 활발한가, 명랑한가 우울한가, 체질은 건강한가 약질인가, 그 정도는 장차 엄마 노릇을 조금이라도 덜 서툴게 하기 위해 알아두고 싶었지만 혁주의 생각은 그게 아닌 듯했다. 그 여자가 그 애에 대해 알고 싶어할 적마다 눈살을 찌푸렸다.

"전실 자식 하나 있는 게 그렇게 마음에 걸려?"

이런 퉁명스러운 말로 핀잔을 줄 적도 있었다. 마치 문경이가 그 애를 눈엣가시로 여기고 있다는 말투였다. 문경이도 남자의 그런 오해에 관대하려고 애썼다. 콩쥐팥쥐, 장화홍련의 문화를 몸소 극복해야 하는 건 자신의 몫이고, 거기 대한 혁주의 두려움은 당연한 부정으로 차라리 따습게 여기고 싶었다. 딸 문제 말고는 서로 거리낄 게 없었다. 시어머니도 모실 각오가 되어 있고 특히 각자 가지고 있는 집의 처리 문제에 이르러서는 둘 다 눈이 빛나고 신바람이 났다. 아아 서른다섯에 다시 결혼을 한다는 건 얼마나 좋은 일인가. 혁주도 자수성가한 몸이었고 문경이도 지금 가지고 있는 작은 아파트를 위해 아이 낳기까지 미루어야 했던 고달픈 경험이 있기 때문에 결혼과 동시에 집이 두 채가 된다고 생각만 해도 갑자기 갑부가 된 듯한 기분을 맛보았다. 양쪽 집을 한꺼번에 처분해서 더 큰 집을 장만한다고 생각해도 즐겁고, 문경이네 아파트를 세를 주어 그 돈을 알토란같이 불린다고 생각해도 더욱 고소했다. 시어머니가 정정하시고 또 살림을 주장하는 걸 큰 보람으로 아시니 문경이는 직장 생활을 그대로 계속하는 게 좋을 거라는 건 이미 합의를 본 지 오래였다. 만사형통이었다. 이심전심으로 두 사람이 다 결혼식이란 절차를 그다지 중요하게 여기고 있지 않다는 것까지 안 이상 망설일 게 없었다.

거듭 말해두거니와 두 사람 다 건강했고 독신이었고 서른다섯이었다. 만난 지 석 달 만에 사랑한다고 말하고 곧이어 결혼 애기를 서두른 조급한 갈망은 자연스러울지언정 나무랄 게 못됐다. 실제적인 생활을 합치기 위한 계기를 마련하기 위해서도 서른다섯의 건강한 허기증을 위해서도 진작 두 사람은 합쳐져야 했다. 그럴 수 있는 기회를 3년씩이나 미룬 건 순전히 그 여자의 일방적인 속셈에 의해서였다. 사별이란 이혼을 당한 것과는 달라서 부부간의 정이 손상당하지 않고 남아 있을 것 같았다. 남아 있는 정을 지우거나 밀어내는 역할보다는 희미해질 동안은 기다리고 싶었다. 상처한 지 1년도 안 돼 새장가드는 남자도 없지 않다는 걸 알고 있었지만 그런 남자는 생각만 해도 정이 떨어졌다. 그 여자는 혁주를 그렇게 정떨어지는 남자로 만들고 싶지 않았다. 적어도 3년은 기다리는 게 망처에 대한 의리가 아닐까. 그 여자는 속으로 3년의 시한을 정해놓고 마치 결혼식 올리기 전엔 절대로 안 돼요라고 죽자꾸나 순결을 고집하는 처녀처럼 철석같이 완고하게, 때로는 요령껏 부드럽게 남자의 안타까운 욕망을 거절하기도 하고 다독거리기도 했다. 그 여자 나름으로는 그렇게 하는 게 결혼식 못지않은 의식이었고 최소한의 도덕이었다. 그러나 그런 속내를 혁주에게 말한 적은 없기 때문에 영문도 모르고 거부만 당하는 혁주는 몹시 언짢아했다. 때로는

"분수를 알고 비싸게 굴라구."

하는 말로 빈정대기도 했다. 뒤집으면 곧바로 '네까짓 게 무슨 숫처녀라고……' 하는 뜻이 되는지라 토라지고도 싶었지만 서른다섯의 이혼녀의 비위가 서른다섯의 건강한 홀아비의 참을성의 한계를 헤아려주지 못하면 누가 알아주나 싶어 어물쩍 흘려듣곤 했다.

그동안 그렇게 힘들게 서로의 갈망을 절제해왔기 때문에 그들은 서로 더할 수 없이 만족스럽게 합칠 수가 있었다. 처음에 그 여자는 남자가 침대에 익숙지 못해 하는 것 같아 약간 신경이 쓰였지만 곧 이거야말로 내가 바라고 꿈꾼 행복이라는 거로구나 싶어 놓치고 싶지 않은 탐욕스러운 기분이 되고 말았다. 너무 게걸스럽게 군 것 같아 일이 끝나자 그 여자는 심한 부끄러움을 탔다. 그리고 의당 남자

에 의해 그 부끄러움이 위로받기를 바랐다. 그러나 몸을 섞고 나서 남자의 입에서 떨어진 첫마디는 그게 아니었다.

"이런 무신경하고 뻔뻔스러운 여자가 있나."

무엇에 놀랐는지 남자는 질겁을 하면서 이렇게 외치는 것이었다. 남자가 가리키는 쪽을 보니 침대 머리 쪽 천장 밑에 늘어져 있는 작은 목제 십자고상이었다. 그 여자 어머니의 유물이었다. 금가락지, 18금 목걸이, 자수정 브로치, 밍크 목도리 등 쏠쏠한 것들은 다 언니 올케들이 나누어 갖고 막내인 그 여자에게 돌아온 게 그거였다. 돌아왔다기보다는 아무도 안 갖길래 그 여자가 거두어 가졌고 어머니가 임종의 순간까지 경건한 기구를 바치던 거라 함부로 못하고 가장 높은 곳에 걸어놓고 있었다. 어머니는 생전에 꽤 신심이 돈독한 가톨릭 신자였지만 자녀들에게 말로 영세를 권한 적은 없었다. 저절로 따른 자녀도 있고, 문경이처럼 끝내 모른 척한 자녀도 있었다. 어머니 같은 신심은 없었지만, 신심이 돈독한 동기간도 미처 거두지 않은 성물을 홀로 소중하게 지니고 있다는 걸로 어머니한테 은근히 뽐내고 싶은 유치한 자부심 같은 걸 가지고 있는 터였다. 그런 연유 있는 십자고상을 혁주가 험악하게 노려보는 까닭을 그 여자가 알 리 없었다.

"왜 그래요?"

"뭐? 왜 그래요라구? 여자가 남자를 침대에 끌어들이려면 저런 건 좀 미리 감춰놓아야 하는 거 아냐."

"뭐라구요? 누가 누굴 침대에 끌어들였다구요?"

"지금 중요한 건 그게 아니잖아. 난 신앙은 없지만 저런 걸 보면 경건해지는 정도의 양심은 있는 사람이라구. 저런 것이 내려다보는 데서 태연히 정사를 벌일 수 있는 당신만큼 뻔뻔스럽지가 못해."

두 번째로 듣는 뻔뻔스럽다는 소리가 그 여자의 남은 기운을 입술도 달싹할 수 없게 빼버렸다. 그 여자가 고작 할 수 있는 저항은 무참히 흐트러진 잠옷깃을 황급히 수습해 잔뜩 움켜쥐고 있는 정도였다. 그것도 남자가 떠나기 전에 마음을 돌려 그 고약한 말버릇에 대해 사과를 하고 마지막으로 한 번 부드럽게 다독거려줄 것을 전제로 한 몸짓에 불과했다. 그러나 남자는 일방적으로 노기등등함만을 과시한 채 떠나갔다.

전화 소리가 났다. 혁주로부터였다.

"이제 막 집에 왔어. 아깐 미안했어. 너그럽게 봐주라. 그렇지만 그 정도는 센스의 문제 아냐? 지금 생각하니 사소한 문제 같지만 그땐 정말 기분 나빴어. 좋았기 때문에 그런 식으로 기분이 망쳐진 게 더 화가 났던 거야. 안녕. 잘 자."

그 정도로 충분히 화해가 된 걸로 여긴 듯 혁주의 말꼬리는 한결 부드럽게 느슨해졌다. 그러나 그 여자에게 그 문제는 결코 사소한 문제가 아니었다. 혁주의 고약한 말버릇쯤은 사소한 문제로 돌릴 수도 있었다. 본질적인 건 그게 아니지 않은가. 그 여자는 남자와 몸을 섞기 전에 십자고상이 내려다보고 있다는 걸 의식하지도 못했지만 설사 의식했다고 해도 떼어서 안 보는 데다 감추고 그 짓을 해야 한다고 생각하진 않았을 것이다. 신의 눈길이 두렵기는커녕 신이 증인을 서주기를 바랄 만큼 그 여자는 그 짓에 떳떳했다. 그러나 혁주의 반응은 정반대였다. 그걸 치우지 않았다는 트집은 간단히 넘길 문제가 아니었다. 그건 그의 무의식적인 죄책감을 드러내고 있었다.

그 여자는 두 사람 사이의 이런 중대한 착오에 몸서리를 쳤다. 그리고 밤이 깊도록 잠을 이루지 못했고 마침내 능욕당한 여자처럼 가냘프고 참담하게 흐느껴 울기 시작했다.

그 여자는 그렇게 참고 바라고 꿈꾸던 행복이 능욕으로 변질해버린 게 억울했고 예기치 않게 말려든 착오의 중대성이 무서웠던 것이다.

그러나 그 여자는 곧 달콤하고 깊은 잠에 빠져들었다. 꿈도 없는 숙면이었다. 아무리 걱정스러운 일이 있어도 잠 하나는 잘 자는 건 그 여자의 버릇이자 무엇과도 바꿀 수 없는 큰 복이었다. 깊고 편안한 잠에서 깨어났을 때의 행복감을 만끽하기 위해 그 여자는 한껏 기지개를 켰다. 그 여자 스스로 한물갔다고 생각한 몸 마디마디에 간밤에 혁주와 나눈 즐거움의 여운이 생생하게 되살아났다. 다시는 외로움과 갈증에 허덕이지 않아도 된다. 이제 남은 것은 따뜻하고 오붓한 생활의 기쁨뿐이다. 근심 없었던 어린 날에나 그랬을 것 같은, 무턱대고 행복한 예감을 주체 못해 그 여자는 두어 번 체중으로 침대의 탄력을 즐기고 나서 벌떡 일어났다.

그 바람에 아직도 침대 머리 높은 곳에 걸려 있는 십자고상이 얼핏 눈을 스치고 지나갔다. 어젯밤 잠들기 전까지 그 여자를 괴롭힌 중대한 착오, 견디기 어려웠던 굴욕감이 아릿하게 되살아났다. 그러나 어젯밤만큼 심각하거나 절박하지는 않았다. 마취에서 깨어났을 때의 동통처럼 가물가물 견딜 만했다. 그 여자는 이미 혁주와 자신과의 사이의 중대한 착오를 규명하고 풀어나가려는 노력보다는 혁주를 이해하고 관대하게 넘길 준비를 하고 있었다.

 혁주도 그 여자처럼 종교가 없으니 십자고상에 특별한 의미를 둘 필요는 없을 것 같았다. 사람이란 특정한 종교가 없이도 얼마든지 하느님이나 천지신명 등 초월적인 힘, 엄정한 시선을 의식할 계기는 있고, 혁주가 거기 걸린 성물을 처음 보고 나타낸 반응도 그럴 때 반사적으로 느끼는 두려움이나 겸손과 같은 것이었으리라. 그러나 어젯밤에도 거기까지는 양보를 할 수 있었던 것 같다. 실상 착오의 시작은 그후부터였다.

 어째서 나는 그 남자와의 사랑의 행위를 하느님이건 천지신명이건 그 밖의 어떤 절대적인 도덕성 앞에서도 떳떳한 걸로 여겼거늘 그 남자는 그다지도 죄의식을 느꼈을까. 자기만 죄의식을 느끼는 데 그치지 않고 내가 죄의식을 안 느끼는 걸 마치 도덕적으로 결함이 있는 문란한 여자 경멸하듯 몰아붙이기까지 하지 않았던가.

 아, 그만 그만……. 그 여자는 다시 어제의 착오점으로 돌아가려는 자신을 황급히 제어했다. 오랜만에 맛보는 행복감, 충족감을 그런 식으로 망치고 싶지 않았다.

 생각하기 나름으로는 아무것도 아닐 수도 있는 일이었다. 성행위에 수치심이 따르는 건 도덕 이전에 인간의 본능에 연유하고 있을 뿐이거늘, 윤리적으로 하자가 없다는 데만 너무 집착한 나머지 여자 쪽에서 필요 이상 당당하게 군 게 남자 눈에 뻔뻔스럽게 비칠 수도 있는 일이었다. 그 여자는 슬그머니 풀이 죽으면서 혁주가 정상이고 자기가 약간 비정상인 쪽으로 두 사람 사이의 착오의 심각성을 무마하려 들었다.

아침이 아닌가. 더구나 화창한 일요일 아침이었다. 중학교 가정 선생인 그 여자에게 일요일의 나태의 자유는 그야말로 꿀맛이었다.

여북해야 혁주하고 사랑하는 사이가 된 후에도 일요일날의 데이트는 피해왔었다. 물론 혁주도 동의해서였지만 그가 일요일날 집에 붙어 있어야 하는 까닭은 그 여자보다 실질적이고 눈물겨운 것이었다.

에미 없는 어린 딸과 일주일에 한 번이라도 온종일 같이 있어줘야 한다는 것이었다. 홀아비의 그런 부성애가 그 여자의 가슴에 전에 없이 애달프게 사무쳐와서 혼자 먹는 아침 밥맛을 뜨악하게 했다.

창밖의 녹지대에선 벚꽃이 분분하게 지고, 그 여자의 아파트를 그런대로 살맛나게 하던 멀리 남한산성까지 트인 전망은 심한 황사 현상이 부옇게 가로막고 있었다.

혁주의 딸 이름은 시내라고 했던가. 혁주는 그 아이를 쫄쫄이라고도 불렀다.

"시냇물 흐르는 소린가요?"

그 여자는 한 번도 보지 못한 그 아이의 별명을 재미있어 하면서 그렇게 물은 적이 있다.

"그러면 좋게요. 늘 쫄쫄 짜서요."

편안한 아이는 아닌 것 같다. 혁주는 그 쫄쫄 짜는 아이를 온종일 무슨 수로 달래고 있는 것일까. 저녁때까지 전화가 다섯 번쯤 온 것 같았다. 한 통화만 친구한테서고 나머지는 다 올케하고 언니들로부터였다. 친정 동기간들은 늘 통화 중 아니면 수업 중인 학교 전화를 피해 이렇게 일요일날 안부 전화를 넣는 것으로 혼자 사는 동생에 대한 우애와 의무를 소홀히 하지 않으려 들었다. 고마운 일이었다.

"일요일날 언니집에라도 좀 오면 어디가 덧나냐?"

대뜸 이렇게 핀잔부터 주는 건 사위까지 본 큰언니였다. 문득 혁주와의 일을 큰언니한테만은 말하고 싶어 목구멍이 근지러운 걸 억지로 참았다. 큰언니한테뿐 아니라 전화가 올 때마다 그 여자는 너무 허둥대고 있었다. 그 여자는 이번 일요일은 딴 일요일과 다르길 바라고 있었다. 전화벨이 울릴 때마다 혁주일 것 같아서 가슴이 울렁거리곤 했다.

"나 좀 도와줘요. 우리 쫄쫄이하고 같이 놀아주지 않을래요?"

이런 식으로 그 여자가 완벽하게 비워놓은 일요일의 공백을 그들 부녀가 은근슬쩍 넘본다면 그 여자는 쌍수를 들어 환영할 준비가 돼 있었다. 그럴 만한 시기가 무르익었는데도 그러지 않는다는 건 갑갑한 노릇이었다.

일요일이 헛되게 저물고, 잘 울 것처럼 연약해 보이되 귀염성스러운 아이와 그 아이의 손목을 단단히 잡은 약간 낯설고 계면쩍어 뵈는 혁주와 공원이나 빵집 같은 데서 만날 수 있기를 체념해버리자 역시 혁주가 옳았다는 생각이 들었다. 하룻밤 자고 나서 조급하게 변화를 바라는 자신에 비해 일상의 페이스를 그대로 유지하려는 혁주가 보다 점잖고 믿음직스럽게 여겨졌다.

실상은 혁주나 그의 어린 딸이 보고 싶어 그 여자가 온종일 그렇게 조바심을 낸 것은 아니었다. 어젯밤 십자고상에서 비롯된 그 개운치 못한 착오 때문에 품게 된 혁주의 인격에 대한 의혹과 불신을 두 사람이 합심해서 만회할 수 있는 기회를 갖고 싶었던 것이다. 그러나 그게 여의치 않았기 때문에 그 여자 일방적으로라도 혁주를 두둔하려 들었다. 하여튼 누가 뭐래도 그 여자가 내심 조바심하고 있다는 건 숨길 수 없는 사실이었다.

일주일 내내 어찌나 그 여자 혼자서 혁주를 두둔했던지 다시 토요일이 돌아왔을 때는 잘못은 그 여자에게만 있고 혁주에겐 아무 잘못도 없는 것으로 돼 있었다.

토요일날 그 여자는 퇴근길에 꽃시장에 들러 서른다섯 송이의 장미꽃을 샀다. 진홍빛 장미였다.

"에라 모르겠다. 까짓 거, 덤입니다."

꽃 파는 아저씨는 몇 송이 장미를 더 얹어주면서 이렇게 호기 있게 외쳤다. 아마 한 푼의 에누리도 안 당하고 여러 송이의 장미를 팔고 나서 기분이 좋은 김에 선심을 쓰고 싶었던가 보다.

"아, 아니에요. 싫어요. 그만두세요."

그 여자는 어쩔 줄을 모르면서 아저씨의 선심을 거절했다. '나는 서른다섯 살밖에 안 되는걸요.' 하마터면 그런 소리까지 나올 뻔하지 않았나 싶다. 덤을 받게 될까 봐 겁나서 종종걸음치는 그 여자의 뒷

모습을 꽃장수 아저씨는 어처구니없다는 듯 바라보며 "뭐 저런 여자가 다 있어"라며 혀를 찼다.

집안 정리, 음식 준비는 금요일에 벌써 끝났는데도 그 여자의 마음은 괜히 부산했다. 그리고 자신의 이런 침착지 못한 마음 상태가 싫지 않았다. 이런 사람 사는 맛이 실로 얼마 만인가.

그 여자는 둥근 백자 항아리에다 서른다섯 송이의 장미를 듬뿍 꽂아 침대 머리 탁자에 장식했다. 서른다섯 송이의 장미는 서른다섯 살의 황홀과 참으로 잘 어울렸다. 그 여자는 눈을 사르르 감고 화려하고 달콤한 장미 향기를 깊이깊이 들이마셨다.

그리고 마침내 침대에 올라서서 발돋움하고 십자고상을 떼어냈다. 십자고상이라서가 아니라 어머니의 유물이어서 가슴이 찐했다. 그대로 서랍 속 깊숙이 간직하려다 말고 그 여자는 거기 매달린 사내의 발끝에 입술을 대었다. 그 여자보다 어린 서른세 살 나이에 죽은 사내의 발끝은 먼지 묻고 차가웠다. 그 여자는 나직하게 속삭였다.

"저는 지금 행복합니다. 제발 제발 제가 이 행복을 놓치지 않도록 도와주소서. 다시는 외로워지게 만들지 마옵소서."

너희 어머니도 너를 위해 비슷한 기도를 수없이 바쳤느니라. 원망도 많이 했더랬지. 그렇지만 난 아무것도 해줄 수가 없단다. 불쌍히 여기는 것밖에는. 못 박힌 사내의 슬픈 얼굴이 그렇게 말하고 있는 것 같았다.

"세상에, 우리 막내가 소박을 맞다니 내가 어떻게 기른 딸인데 소박데기 신세가 되다니."

크게 잘되거나 이름을 떨친 자식은 없어도 여러 자식들을 고스란히 길렀고 제각기 밥 걱정은 안 하고 살 만하니 복 좋다는 소리도 듣던 어머니였다. 그러다가 막내가 덜컥 이혼을 당하니까 가슴을 치며 하던 소리가 지금도 귀에 쟁쟁했다. 이혼당한 걸 하필이면 소박맞았다고 하는 어머니의 푸념이 그때는 그렇게 듣기 싫더니만 지금은 뭉클하니 그리웠다.

혁주의 방문은 마치 아침에 출근했던 남편 돌아오듯이 예사롭고 자연스러웠다.

"아이 배고파. 찌개 냄새가 구수한데."

그러면서 식탁에 먼저 앉으려는 걸 그 여자 역시 몇 년 산 호랑이 마누라처럼 약간 눈을 부라리며 씻고 오라고 욕실로 쫓았다. 혁주는 그 여자의 음식 솜씨를 적당히 칭찬해주었고, 그 여자는 연방 생선 가시를 발라서 혁주의 접시에 맛있는 살만 옮겨주었다. 배부르고 화기애애하게 저녁을 먹고 난 다음 텔레비전 연속극을 보았고 차를 마셨고 잠자리에 들었다. 저번 토요일날 밤에도 같은 순서로 일을 치렀지만 그때보다 모든 게 쉽고 편안했다. 같이 자기 전까지 서로 꼬박꼬박 존대말을 했었는데 같이 자고 난 직후부터 남자의 말이 일방적으로 반말로 바뀐 게 좀 껄끄럽게 들리던 것까지 오늘은 참아줄 만했다.

혁주의 널찍한 등은 달착지근한 피곤을 기대기에는 참으로 맞춤했는데 그는 오래 누워 있지 않았다. 벌떡 일어나더니 양말짝부터 찾아 꿰었다.

"내일도 집에서 애나 볼 거예요?"

그 여자도 일어나 앉으면서 물었다.

"당신 무슨 말을 그렇게 해?"

남자가 벌컥 화를 냈다.

"왜 그래요? 내가 뭘 잘못했어요?"

"몰라서 물어? 그 불쌍한 어린것한테 샘을 내다니 당신이 그런 여잔 줄 몰랐어."

"내가 샘을 냈다고요?"

"그럼 그냥 비양거린 건가?"

"난 그냥, 나도 그 아이하고 일요일을 같이 보낼 수 있으면 해서 물어본 것뿐인데."

그 여자의 말꼬리가 떨렸다. 물처럼 순종하던 몸도 빳빳하게 경직됐다.

또다시 참담한 심정으로 헤어지게 될 것 같은 예감 때문에 문경이의 표정은 차라리 비굴했다. 정말 다시는 그러고 싶지 않았다. 일주일 내내 남자에 대해서보다는 아이에 대해서 더 많이 생각했건만 이 무슨 해괴한 트집이란 말인가. 야속한 생각으로 눈물이 그렁해진 그 여자를 보고 혁주도 주춤했다. 달래듯이 말했다.

"너무 서둘 거 없어."

"내 딴엔 마음속으로 그 아이를 오랫동안 길들여왔기 때문에 서둔다는 생각이 별로 안 드네요. 그것도 제 잘못인가요?"

"너무 따지지 마, 가뜩이나 복잡해 죽겠는데."

"혹시 뭐 언짢은 일이라도 생겼나요?"

혁주가 침대 곁을 떠나 창가에 놓은 소파에 털썩 주저앉으면서 담뱃갑을 꺼냈다.

"아니 혁주 씨 담배 끊었다더니?"

"지금 처음 피는 거야. 오죽 답답해서 그러겠어."

"지금 처음 피는 사람이 담뱃갑을 넣고 다녀요?"

"따지지 마. 여자가 좀 대강 넘어가는 게 있어야지."

그 여자는 깊은 숨을 들이쉬었다. 참아내기 위해, 대강 넘어가기 위해. 혁주는 맛있게 담배를 피우고 그 여자는 부엌으로 가서 작은 접시를 가져다 남자 곁에 대령했다. 다음 토요일쯤엔 어쩌면 이 남자의 발을 씻기게 될지도 몰라. 그래도 할 수 없지 뭐. 속으로 그런 생각을 하며.

"따지지 않을 테니 고민이 있으면 얘기해줘요. 부부가 좋다는 게 뭐예요."

"참 이렇게 뭘 모르는 사람 봤나. 바로 당신의 그 속 편한 게 내 고민거리란 말요."

혁주가 두 손을 크게 벌리며 낭패스럽다는 뜻을 과장했다.

"모르면 가르쳐줘야죠. 부부간에, 뭘."

"또 부부간. 당신은 부부가 된다는 걸 남자하고 자는 것만치나 쉽게 생각하는군."

혁주가 씹어뱉듯이 말했다. 그 여자는 치욕감에 숨이 막히는 것 같았다. 그러나 또 참아야 한다고 생각했다. 첫 번째 결혼의 실패를 어머니나 동기간 친척들은 이구동성으로 그 여자의 참을성이 부족한 탓으로 돌리지 않았던가. 참아야지, 여자가, 여자가 여자가……. 귀에 못이 박히게 들어온 그 소리가 낡은 유성기 판처럼 어지러운 잡음과 함께 그 여자의 귓전에서 반복해서 울렸다.

"그러니까 우린 아직 부부가 아니라는 얘기가 되겠군요."

"현실이 증명하잖아. 나는 곧 돌아가서 쓸쓸한 홀아비 노릇을 하면서 다음 토요일이나 목 빠지게 기다릴 테지. 세상에 이렇게 사는 부부가 어디 있겠어?"

"그러니까 같이 살 준비를 하자는 거 아녜요. 시내하고 만나는 것을 서두르는 것도 그런 준비 중의 하난데 혁주 씨는 어쩌면 그런 심한 말로……."

"미안 미안……. 나도 이러고 싶어서 이러는 게 아니라 이것저것 골치 아픈 일을 생각하면 나도 모르게 그만 고약을 떨게 된다니까."

"단도직입적으로 얘기해줘요. 우리 사이의 골칫거리가 뭔지, 빙빙 돌리지만 말고요."

"당신이 우리 시내한테 신경을 써주는 건 좋은데 노인네에 대해선 너무 쉽게 생각하는 것 같아."

그렇게 말하고 그 여자의 눈길을 슬쩍 피하는 혁주의 눈빛에 얼핏 교활한 게 스쳤다. 그러나 그 여자는 못 볼 것을 본 것처럼 그걸 부정하려 들었다. 될 수 있는 대로 온화한 표정으로 혁주의 근심을 달래야 한다고 생각했다.

"나, 시내 할머님에 대해서 그렇게 쉽게 생각하고 있지 않아요."

"당신이 생각하고 있는 것보다 훨씬 더 어려운 분이야."

"홀시어머님의 외며느리 노릇이 그리 쉽겠어요? 어려울 건 각오하고 있어요."

"그런 뜻이 아니라 우리가 정식으로 부부가 됐다는 걸 어머니에게 납득시키기가 어렵다는 뜻이오."

"결혼식 때문인가요. 그런 의식은 생략하자고 한 건 당신이 먼저였고 나는 다시 면사포 쓰는 건 쑥스러워 동의했지만, 그 어른이 원하신다면 해도 나는 상관없어요."

"그게 아니라 어머니가 한 번 결혼했던 여자를 당신 며느리나, 시내 새엄마로 받아들이시도록 설득할 자신이 나에겐 도무지 없단 말이오. 알아듣겠소?"

혁주가 천천히 다가와 그 여자 옆에 앉더니 어깨를 부드럽게 감싸 안으며 말했다. 어려운 말을 해버린 안도감으로 혁주의 표정이 무책임하고 편안해졌다.

"못 알아듣겠어요."

그 여자는 도리질을 하면서 바보처럼 말했고 혁주는 "쯧쯧 바보같이……" 하면서 더욱 다정하게 여자를 보듬어 안았다.

"왜 그런 말을 이제야 하는 거죠? 그런 중대한 사실을……."

그 여자의 얼굴이 생전 처음 보는 난감한 시험문제를 받아든 국민학교 아이처럼 천진한 울상이 되었다.

"내가 말 안 해도 그 정도는 당신도 짐작할 수 있었던 거 아뇨."

"나는 한 번도 그분을 뵌 적이 없고 혁주 씨도 그렇게 어려운 분이란 걸 말해준 적이 없는데 어떻게 그런 짐작을 해요? 말도 안 돼요."

"당신은 마치 우리 어머니를 특별히 무서운 분처럼 말하는데 보통 분이야. 왜 있잖아. 가장 한국적인 어머니. 아들이 상처하고 3년씩이나 혼자 사는 것도 열부 났다고 비꼬셨는데 한 번 결혼했던 여자한테 장가를 든다면 얼마나 노발대발하시겠어. 아마 그렇게 귀여워하시던 손녀딸도 알뜰하게 주장하던 살림도 다 내팽개치고 당장 집을 나가시겠다고 소동을 부리실 분이야. 내 나이 겨우 서른다섯이야. 처녀장가들이고 싶어하는 건 보통 어머니의 인지상정이야. 당신은 아무것도 모르고 다 된 결혼인 줄 알고 태평으로 있으니 그 동안 새중간에서 내 속이 얼마나 탔겠어."

"어머니 핑계 대지 말아요."

그 여자는 혁주로부터 떨어져 앉으면서 메마른 소리로 말했다.

"그건 오해야."

"오해가 아녜요. 이제 보니 당신은 어머니하고 상의를 하고 나서 반대에 부딪힌 게 아니라, 어머니가 반대하리라는 걸 미리부터 알고 있었어요. 그분의 반대는 움직일 수 없는 기정사실이고 혁주 씨는 처음부터 자신의 결혼 문제에 대한 독자적인 결정권을 갖고 있지 않았어요. 그런데도 혁주 씨는 정식 결혼 생활로 들어가기 위해 우리에게 남은 문제는 실질적인 결혼밖에 없는 것처럼 말해 왔어요. 당신이야말로 여자하고 자는 걸 너무 쉽게 생각한 것 같네요."

"그런 문제에 보다 신중해야 하는 건 남자보다 여자 쪽 아닌가? 뭐니 뭐니 해도……."

 혁주 쪽에서 점점 더 능청스럽게 굴었다. 어려운 말을 꺼내기 전까지가 힘들었지 꺼내고 나서부터는 자신감마저 넘쳐 보였다.

 "혁주 씨가 안 그래도 내가 얼마나 돌이킬 수 없는 잘못을 저질렀는지 알 것 같아요. 더 분명한 잘못은 남자의 서른다섯을 자신의 배우자에 대해 독자적인 결정권쯤 가질 수 있는 나이라고 생각한 거죠."

 "제발 세상이 다 끝장난 것 같은 얼굴 하지 말아요. 갈수록 태산인 내 입장도 좀 이해해달라 이거지. 아직도 희망은 있으니까."

 혁주는 이런 아리송한 말을 남기고 떠났다. 그 여자는 현관문 밖까지 배웅하면서 좀 더 희망적인 말을 기대했고 그냥 가버린 후에는 전화 걸어주기를 기다리느라 자정이 넘도록 잠을 이루지 못했다.

 여자는 결혼식 올리기 전엔 어떠한 일이 있어도 신랑감에게 몸을 주는 게 아니라는 진부한 금과옥조가 처녀도 아닌 서른다섯의 이혼녀에게도 영락없이 들어맞은 것에 그 여자는 굴욕감을 느꼈다. 그러나 결코 혁주가 악의적으로 계획해서 일이 그렇게 된 건 아니었다. 혁주도 그렇게 나쁜 남자는 아니었다. 다만 일이 공교롭게 되느라 혁주가 그 여자하고 결혼하는 걸 크게 손해보는 것처럼 느낄 만한 사건이 지난 일주일 동안에 연달아 일어났을 뿐이었다.

 혁주의 어머니 황 여사 또한 남보다 더 괴팍하지도 특별히 욕심이 많지도 않은 보통의 갓 환갑을 지낸 노인이었다. 아직은 노인 소리가 가당치 않게 모양도 낼 줄 알았고, 지병도 없었지만 외아들이 상처하는 꼴 보랴, 그뒤 여지껏 에미 없는 손녀딸 뒷바라지하랴, 홀아비 아들 수발하랴, 하루도 마음 편한 날이 없었다. 그래도 온 집안이 번들번들하게 살림을 해내는 걸 보고 친구나 친척들은 한결같이 그의 건강을 치하했고, 그때마다 "속으로는 골병 다 들은걸" 하고 대답하곤 했었다. 물론 어서 아들 장가들이지 않고 왜 그 고생을 하느냐는 소리를 더 많이 들었고, 그런 소리를 들을 적마다 마치 자기가 살림이 놓기 싫어 일부러 홀아비 아들을 붙들고 있는 것 같아 민망하기도 한 황 여사였다. 그러나 3년이나 지나거든 재혼 생각을 하겠다고 혁주가 하도 딱 부러지게 말하는 바람에 꾹 참고 있었다. 아들이 상처한 지 석 달도 안 돼서부터 들어오기 시작한 혼처를 3년씩이나 거절하기도 하고 미루기도 하고 놓치기도 하고 기다렸다면 황 여사도 어지간히 참을성 있고 무던한 편이었다.

 황 여사가 그렇게 쌓인 혼처 중에서 아직도 유효한 혼처 몇 군데를 한꺼번에 아들 앞에 펼쳐놓은 게 지난주였던 것이다. 죽은 며느리의 세 번째 제사를 절에 가서 지내고 온 지 며칠 안 돼서였다. 하필이면 혁주가 문경이하고 처음으로 하룻밤을 지내고 나서 어머니에게 그 사실을 통고하고 문경이를 집으로 데려오는 절차를 의논하고 싶어 어머니 눈치를 볼 무렵이었다. 운수 나쁘게도 재혼 말을 먼저 꺼낸 게 황 여사였다. 어머니 쪽에서 먼저 재혼 말이 나왔더라도 신붓감이 뉘집 자식이고 몇 살에다 어느 대학을 나오고 하는 식의 구체적인 인적 사항에 곁들인 사진까지 나오기 전에 문경이 얘기를 꺼낼 짬은 얼마든지 있었다. 어머니가 먼저 재혼 얘기를 꺼낸 김에 되레 쉽게 벌써 정해놓은 여자가 있다고 말할 수도 있었으련만 혁주는 그만 그 절호의 기회를 놓치고 말았다.

"이 여자들이 다 처녀들일까요? 정말 처녀들이 후처 자리로 오겠단대요?"

그때까지만 해도 다만 호기심으로 그렇게 물었다.

"그럼 가짜 처널까. 네 나이 겨우 서른다섯이야. 처녀장가드는 게 당연해. 시내만 안 딸렸으면 더 어린 혼처도 들어올 텐데 전실 애가 있다고 맨 올드미스만 들어와서 에민 좀 섭섭하다."

이렇게 되니 동갑내기 이혼녀 얘기를 꺼내기가 난처해졌고, 마음속으로도 점점 이혼녀가 뜨악해지기 시작했다.

그렇게 됐던 것뿐이지 혁주가 처음부터 문경이를 재미나 보고 차버릴 수 있는 여자라고 생각했던 건 아니었다. 십자고상을 보고 놀란 첫날밤까지도 문경이하고 재혼하려는 혁주의 마음에 손톱만 한 거짓도 없었다.

서른다섯 송이 붉은 장미의 수명은 일주일도 못 갔다. 도매상에서 산 싱싱한 거라 오래갈 줄 알았는데 사흘 만에 활짝 피더니 곧 고개를 꺾고 남루해지기 시작했다.

갖다 버리기 위해 항아리에서 꺼낸 장미 다발이 문경이의 걷어붙인 팔뚝을 사정없이 찔렀다. 남들이 탐할 만한 요염한 자태를 잃은 후까지도 가시는 예리하고 도전적이었다. 불구덩이에 던져진다 해도 가장 늦게 탈 것 같은 오만한 가시……. 아아 그 부질없는 적의여…….

문경이는 팔목보다는 가슴이 찔리는 듯한 아픔에 탄식하며 장미 다발을 쓰레기통에 던졌다.

분분하고 산란하게 천지를 어지럽히던 벚꽃도 이제는 자취도 없이 사라지고 창밖의 봄은 어느새 총총히 등을 돌리고 있었다.

그럴 리는 없어, 그 남자가 그렇게 신의 없는 남자일 리는 없어. 혁주에게 속았다는 생각이 들 때마다 그 여자는 그 생각을 지우기 위해 안간힘을 썼다. 안 만나는 동안도 하루나 이틀에 한 번씩은 전화가 왔다. 그 여자는 그럴 때마다 울렁거리는 마음으로 중요한 얘기를 기대했지만 간단한 안부 아니면 봉급 생활자의 반복되는 따분한 일상에 대해 안 하던 불평을 늘어놓기도 했다. 울렁거리던 기대와는 얼토당토않은 한탄을 듣고 나도 그 여자는 그닥 실망하진 않았다. 되레 안도의 가벼운 한숨을 쉬기도 했다. 그 여자가 기대하는 중대성 속에는 파탄의 예고도 어느 만큼은 포함돼 있었다. 내가 왜 이러지. 방정맞게 끝장을 예감하고 있다가 아직 끝장은 아닌 것만 감지덕지해 하는 자신에 대해 그 여자도 속수무책이었다.

"내일은 우리 어디로 여행이나 갈까? 따분한데…….."

금요일날 밤늦게 걸려온 혁주의 전화는 밑도 끝도 없이 이렇게 말했다. 따분하다는 말이 몸서리쳐지게 실감되는 자포자기한 목소리였다. 빈말로라도 여행을 가자고 하려면 좀 더 밝고 들뜬 소리를 냈으면 좋으련만. 아쉬워할 새도 없이 그 여자는 허둥거리며 대답했다.

"아네요. 그럴 거 없어요."

혁주도 더는 여행에 대해서 말하지 않고 재미도 없는 잡담만 늘어놓다가 하품 소리를 크게 내고 전화를 끊었다. 여행이 전화를 건 목적은 아닌 게 분명했다. 그래도 그 여자는 그 여행 제안을 거절하기를 참 잘했다고 생각했다. 어쩐지 파탄을 통고하기 위한, 어쩌면 파탄을 전제로 한 시혜 같은 여행 계획일 거라는 의구심 때문이었다. 그 여자는 느낌으로 확실하게 파탄을 예감하면서도 그 시기를 최대한으로 연장시키고 싶었다.

세상없이 철석 같은 맹서를 한 남녀라도 한 번 같이 자고 나면 영락없이 남자 쪽에서 변심하게 돼 있다는 식의 통속적인 공식을 수정 없이 자신에게 적용시키기엔 그 여자는 나이도 지긋했고 자존심도 있었다. 끝장을 낼 때 내더라도 자기도 남자에게 충분히 실망할 시간쯤은 벌고 싶었다. 그러나 무엇보다도 절절한 그 여자의 희망은 파탄만은 피하는 거였다. 자존심하고 바꿀 수만 있다면 바꾸어도 좋았다.

아리송하게 여행 애기를 비친 다음 날이 주말이었으나 혁주는 예고도 없이 나타나지 않았다. 아홉 시가 지나자 그 여자는 혁주를 위해 장만한 새우 튀김, 생선 구이, 청포묵 무침 등을 혼자서 꾸역꾸역 먹었다. 이상한 허기증으로 포식을 한 여자가 나른하고 맹한 기분으로 주말 연속극을 보고 있는데 혁주로부터 전화가 왔다.

"예기치 않은 회식이 있어서. 미안해."

그는 이렇게 제 용건만 말하고 전화를 끊었다. 그리고는 그 다음주 내내 전화 한 번이 없었다. 이번 주말에는 올 것인지 말 것인지 여자 쪽에서 전화를 못 걸 것도 없었다. 서로 거의 같은 횟수로 전화질을 했었건만 그게 갑자기 치사스럽게 느껴진 게 그 여자가 남자하고 같이 잔 후의 변화라면 변화였다. 혁주와의 먼 미래는커녕 당장 오늘 밤 만날 수 있을 것인지조차 불확실한 채 잔뜩 음식 장만을 하면서 그 여자는 "내 입은 입이 아닌가 뭐" 하는 불필요한 소리를 간간이 뇌까렸다.

다행히 그 여자 혼자서 저녁을 먹어치우기 전에 혁주가 나타났다. 그럴싸해서 그런지 지치고 꺼슬해 보였다. 평화롭고 아늑한 분위기를 만들어보려고 그 여자가 노력하는 것만큼 혁주는 따라와주지 않았다. 처음부터 딴생각을 하고 있는 것처럼 겉돌았고 묻는 말에도 딴청을 부리기 일쑤였다.

"저번엔 중대한 회식이었나요?"

지난 토요일에 안 온 것에 대해 따질 요량으로 물어본 것이 아니라 화제가 궁해서 한마디한 것뿐인데도 짜증부터 냈다.

"피곤하게 따지지 좀 마."

전혀 핀트가 안 맞는 신경질이었다. 그래도 그 여자는 잠자리에 들자 그 어느 때보다도 정성과 기교를 다했다. 거의 절망적인 기분으로 혹시나 성적인 매력으로라도 남자가 안 떠나게 할 수 있기를 바랐다. 그렇다고 그 여자가 그 방면에 소질이나 관심이 있었던 건 아니다. 담담하게 독신생활을 유지해온 여자답게 그 여자는 보통 사람보다 더 그 방면에 맹문이었다. 특별한 여자의 특별한 성적인 매력이라는 것에 대해서도 남자들 세계의 터무니없는 미신이거나 풍문이겠거니 별로 깊이 귀담아듣지 않던 그 여자였다. 느닷없이 매력인지 요기인지가 생겨날 리 만무했다. 그러나 그 여자가 필사적으로 매달리고 있다는 것만은 충분히 전달된 듯했다.

부자연스러우리만치 굼뜨게 옷을 입고 말없이 떠나가는 혁주를 그 여자는 다급한 목소리로 불러세우고 물었다.

"아직도 우리 사이에 희망이 있을까요?"

전번에 혁주가 던지고 간 아직도 희망은 있다는 말을 상기시키고 싶었다. 혁주의 얼굴에 짙은 연민이 어렸다. 수상쩍은 연민이기도 했다. 그런 표정이 어떤 말보다도 명확하고 가혹하게 그 여자의 희망을 뭉개버렸다. 가망 없는 걸 가망 없다고 받아들이자 분노보다 먼저 그에게 다한 정성과 기교에 대한 수치심이 끓어올랐다.

그 여자가 느낀 건 정확했다. 주말마다 만나기로 한 걸 한 번 거르고 나서 지난 주일 동안에 두 사람이 합칠 수 있는 가망은 더욱 희박해졌다. 물론 그건 혁주네 집안 사정이 그렇게 돌아가고 있다 뿐 그 여자가 손쓸 수 있는 성질의 것은 아니었다. 혁주는 혁주 나름으로 최선을 다했다고 여기고 있었다. 그러나 마음속으로만 끙끙 앓으면서 결정적인 말을 할 기회를 놓치는 사이에 어머니 황 여사가 그보다 한 발짝 앞서가고 있었을 뿐 그가 실제로 노력한 건 실상 아무것도 없었다.

중매가 들어온 색싯감들에 비해 문경이가 나이로나 조건으로나 좀 기울더라도 혁주 마음만 문경이 아니면 안 된다였다면, 또 문경이와의 언약을 중히 여겼다면 어머니에게 말했을 것이다. 말도 해보기 전에 어머니가 노발대발할 것부터 두려워한 건 사랑 없이 문경이의 조건만을 볼 수 있게 되었기 때문이었다. 조건만으로만 비교할 때 확실히 문경이가 제일 불리했다. 어느 틈에 혁주는 그런 냉정한 관찰자가 되어 있었던 것이다.

  그가 마지막으로 시도해본 건 문경이가 맞벌이할 수 있는 교사라는 걸 어머니에게 말한다면 혹시 솔깃하게 듣지 않을까 해서 이제 나저제나 기회를 엿본 것뿐이었다. 황 여사는 살림을 좋아해서 시내 엄마가 살았을 때도 살림의 주도권 때문에 고부간에 적지 않은 갈등이 있었다. 또 잘살고 싶다는 의욕도 젊은이 못지않게 왕성해서 요즘 세상에 남부럽지 않게 살려면 그저 안팎이 같이 버는 게 수라는 소리를 말버릇처럼 해왔었다. 여교사라면 제아무리 완고한 노인네의 눈에도 흠잡을 데 없는 건실한 직업이니 혁주가 하기 따라서는 사태를 역전시킬 수 있는 마지막 카드로 남을 수도 있었다. 그러나 그동안 혁주가 한 일이란 고민과 낙관 사이에서 갈등하느라 그 시기를 놓친 게 전부였다.

2

 황 여사가 어느 날 희색이 만면해서 혁주에게 내보인 새로 들어온 색싯감은 나이는 그중 많은 서른하나였지만 재색을 겸비하고 이재에도 뛰어나, 자기 자본의 유명 브랜드 기성복 매장을 호텔 지하 상가에 하나, 번화가에 하나, 두 군데씩이나 가지고 있다는 것이었다. 이렇게 돼서 혁주는 어머니에게 문경이를 소개할 기회를 아깝게 놓치고 말았으니 누구 잘못이라기보다는 그 여자 복이 지지리도 없다고 할밖에 없었다. 새로운 혼처와 비교해서 문경이가 재고할 여지도 없이 초라하고 불리하게 보인 혁주의 마음 상태를 접어둘 수만 있다면 말이다.
 그 여자는 일주일 내내 혁주의 섬뜩한 연민의 시선을 자주자주 떠올렸고 찔리는 듯한 아픔을 느꼈다. 그러나 그의 전화를 기다리지는 않았고 주말에도 그를 위해 특별히 음식 장만을 하지 않았다. 그러려니 했던 대로 그는 오지 않았다. 서로 소식을 끊고 지내는 날짜가 길어질수록 배신감도 확실해졌지만 그까짓 거 이혼녀가 재미본 셈만 치지, 하는 식의 가장 저속하고 값싼 처방을 상처에 너덕너덕 붙이는 짓에도 익숙해졌다.

그러나 처음부터 쾌락을 목적으로 한 짓이 아니라 사랑과 신뢰감으로 새로운 출발과 행복을 꿈꾸며 합의하고 계획한 일인 이상 그냥 흐지부지 넘길 수는 없었다. 한때 사랑의 눈이 어두워 잘못 본 것의 정체를 똑똑히 봐주고 미련 없이 정을 떼기 위해서라도 혁주를 마지막으로 한 번 만나는 일은 불가피했다. 다만 분노도 사랑 못지않게 뜨거웠으므로 다시 눈멀까 봐 냉정해지길 기다리고 있는 중이었다. 그를 믿음직스럽게 여기고 사랑에 빠진 건 피할 수 없었지만 그를 사갈처럼 여기고 일생 동안 진저리치며 살게 될지도 모를 기회는 피하고 싶었다. 혁주에게도 그 정도의 돌파구는 주고 싶었고 무엇보다도 자기 자신에 대한 최소한의 사랑이 조금이라도 추악한 결말을 원치 않았다. 그러나 그럴 수 있을 만큼 마음이 가라앉기도 전에 그 여자는 몸에 이상을 느꼈다. 임신한 것 같았다.

첫 번째 결혼에서도 그 여자는 임신한 적이 없었다. 저절로 임신이 안 된 게 아니라 피임의 결과였다. 집 장만할 때까지 아이를 갖지 말자는 남편에 말에 그 여자는 고분고분 순종했고 피임의 실제적인 문제에 있어도 남편이 더 유식하고 능동적이었기 때문에 그 여자가 따로 애쓰지 않아도 됐다. 맞벌이로 열심히 작은 아파트를 장만하자 남편은 공부를 더 하겠다고 미국으로 떠났고, 공부를 포기하고 취직을 했다고 할 때까지 계속되던 편지가 뚝 그치고 얼마 안 돼서 좋은 여자가 생겼으니 이혼을 해달라는 청천벽력 같은 통고를 받게 되었다. 미국 시민권이 있는 그쪽 여자는 임신까지 했다는 것이었다.

그게 문경이가 이혼을 당하게 된 경위였으니 미처 임신할 새도 없었다. 그렇건만도 국내에서 이혼에 따른 호적 정리, 위자료 문제 등에 발 벗고 나선 시집 식구들은 이구동성으로

"애만 하나 있어도 이런 일을 왜 당하겠노? 여자는 그저 뭐니 뭐니 해도 아들을 낳아놔야 시집 귀신 될 자격이 생기는 건데……."

하는 동정도 같고 변명도 같은 말을 했다. 그 여자가 생각해도 그건 맞는 말이었다. 남편도 시집 식구도 그 정도로 모진 사람들은 아니었고 남편과의 금슬도 비록 집 장만을 위해 아등바등 살기는 했어도 나쁜 편은 아니었다. 그러나 자기가 책임질 성질의 것이 아닌 잘못까지 뒤집어쓰고 물러나야 하는 그 여자의 가슴은 참으로 아렸다.

그 여자가 임신에 대한 기대도 공포도 없이 편한 마음으로 혁주하고 잘 수 있었던 것도 그 억울한 경험이 그 여자의 무의식에 영영 임신할 수 없을 것 같은 암시가 남아 있었기 때문인지도 모르겠다.

병원에서 임신임을 확인하고 나서 그 여자는 숨겨둔 욕망을 들킨 것 같은 계면쩍은 가벼운 흥분에 사로잡혔다. 바깥날은 현기증이 나도록 밝게 빛나는 초여름이었다. 30대 중반에 첫 임신이라서인지 늙수그레한 여의사는 이것저것 주의하고 지킬 점들을 자세하게 일러주었던 것 같다. 그러나 그 여자는 하나도 기억나지 않았고 그런

것이 그닥 걱정되지도 않았다. 건강에 대한 자신감이 흐뭇한 미소가 되어 여자의 입가에 비죽비죽 넘쳤다.

 6월은 좋은 계절이었다. 푸른색 트레이닝 바지에 주황색 티셔츠를 입은 남자가 아이를 무등 태우고 저만치서 걸어오고 있었다. 아이는 남자 어깨 위에서 깔깔대며 자꾸 엉덩방아를 찧었다. 남자는 힘겹기도 하고 위태롭기도 해서 얼굴을 심하게 구기고 있었지만 가까워질수록 즐거워하고 있다는 걸 알 수 있었다. 아이의 몸무게 때문에 티셔츠 자락이 뒤로 밀리면서 앞은 들리고 바지는 흘러내려 남자의 배가 럭비공 모양으로 드러났다. 정확하게 그 한가운데 뚫린 움푹한 배꼽을 보자 그 여자는 웃음을 참을 수가 없었다. 남자도 눈길이 마주치자 따라서 웃었다. 어깨 위의 아이는 남자의 머리카락을 한 움큼 움켜쥐고 "우리 아빠 최고"라고 씩씩하게 외치고 있었다. 무등을 잘 태워줘서 최고라는 걸까? 다음 일요일엔 어린이 대공원이나 자연농원에 데리고 가마는 약속을 함으로써 얻어낸 찬사일까? 아무러면 어떠랴. 젊은 아빠는 아이의 찬사에 더욱 의기양양해서 어깨를 으쓱으쓱, 올라탄 아이의 엉덩방아에 장단을 맞춰주면서 멀어져갔다. 그 여자는 아쉬운 듯 그들 부자 모습이 길을 따라 꺾여 보이지 않을 때까지 바라보았다. 그리고 그 평범한 남자의 평범한 아빠 노릇에 몸이 깊이 떨리는 듯한 감동을 맛보았다.

 배 속에서 엄청난 일이 일어나고 있건만 그 여자는 아무것도 느낄 수가 없었다. 입덧 같은 것도 없이 소화도 잘되고 편안했다. 그 여자는 그게 고마우면서도 조금은 아쉬웠다. 그래서 자주자주 멍하니

방심한 채 배 속에서 생명이 움트는 소리를 엿들으려고 귀를 기울였다. 정말 임신한 건지 긴가민가할 수밖에 없이 찰싹 달라붙었던 아랫배에서 마침내 주막만 한 실체를 감지하고부터 여름은 걷잡을 수 없이 달아오르기 시작했다.

학기말 시험, 성적 처리, 납입금 재촉, 단체 캠핑 신청 접수 등 교사가 바쁠 때이기도 했지만 그 여자는 전에 없이 허덕이고 헉헉댔다. 늘 일에 쫓기는 기분이었고 더위 때문에도 짜증스러웠다. 그렇다고 그 고비만 넘기면 즐길 수 있는 여름방학이 달갑게 여겨지는 것도 아니었다. 산 넘어 또 산이라고 여름방학도 결국은 헉헉대며 넘어야 하는 태산처럼 그 여자를 위협할 뿐이었다. 문경이답지 않았다. 그 여자는 수업 능력이 우수할 뿐 아니라 사무 능력도 신속하고 정확해서 담임을 맡은 교사직에 따르는 잡무를 별로 부담스러워한 적이 없었다. 그렇다고 교육적이라기보다는 관료적인 잡무나 아이들을 잘 가르치는 것과는 무관한 다만 교사들을 들볶기 위해 용의주도하게 창출한 듯한 잡무에 아무런 불평이나 회의 없이 순종만 했다는 뜻은 아니다. 그 여자의 능력은 오히려 그런 교육 외적인 일들을 최소한으로 줄이고 대강대강 넘기는 데서 더욱 돋보였다. 이번 학기라고 그 여자의 그런 능력이 별안간 저하된 건 아니었다. 남보다 먼저 남보다 수월하게 해나가고 있건만 허둥지둥 쫓기고 있는 기분에서 도무지 헤어나질 못했다. '내가 왜 이러지?' 때로는 이렇게 자신을 돌이켜보아도 쫓기고 있다는 것만 확실할 뿐 무엇에 쫓기고 있다고 꼭 집어 말할 수는 없었다.

처음에 갔던 병원에서 두 번째로 진찰을 받던 날 여의사는 산모도 태아도 정상이라고 말했다. 처음 들은 태아라는 말은 임신이라는 말보다 훨씬 듣기가 좋았다.
"태아요?"
그 여자는 높고 들뜬 소리로 반문했다. 그리고 대답을 기다리지 않고 혼자서 깔깔댔다.
"무척 즐거워 보이는군요. 하긴 서른다섯에 초임이니 그동안 얼마나 기다렸겠어요."
중년 여의사의 지친 듯한 직업적인 눈길에 잠깐 친정어머니처럼 너그러운 자애가 스쳤다.
그 길로 그 여자는 택시를 잡아타고 혁주네 회사 앞까지 왔다. 퇴근시간까지는 아직 두 시간이나 남아 있었다. 근무시간에 불러낼 뜻은 없었는데 괜히 서둘렀나 보다. 역시 쫓기는 기분 때문이었다. 혁주네 회사가 있는 빌딩의 지하 다방은 처음이 아니었다. 둘이 연애할 때도 지금처럼 두 시간쯤 먼저 와서 기다린 적이 자주는 아니었지만 간혹 있었건만 괜히 쭈뼛쭈뼛했다. 그 여자는 두리번거리다가 출입문 쪽에서 보면 기둥에 가려서 잘 안 보이는 자리에 가서 앉았다. 기다리다가 아는 얼굴을 만나기가 싫었다. 혁주는 한 번도 그의 회사동료를 그 여자에게 정식으로 인사시켜준 적이 없었다. 따라서 아는 사람을 만날 염려는 안 해도 되련만 그 여자는 혁주 또래의 남자들이 다 안면이 있는 것 같아 얼굴을 들지 못했다. 한 시간쯤 그러고 있다가 회사로 전화를 걸었다.

"전산실의 김 계장님 좀 바꿔주세요."

계장님 전화예요. 여자분인데요. 그렇게 말하는 소리가 멀지만 똑똑하게 들렸다. 그 여자는 그제서야 무슨 말부터 어떻게 시작해야 할지 전혀 생각하지 않고 전화부터 걸었다는 데 생각이 미쳤다. 각본 없이 그냥 부딪치기엔 그 여자의 용건은 너무 중요했다. 이제부터라도 각본을 짜기 위해 전화를 끊으려고 하는데

"전화 바꿨습니다."

혁주의 목소리였다.

"저예요. 문경이······."

얼떨결에 그렇게 말해놓고 혁주가 어떤 말투로 나올까 기다리는 동안 그 여자는 간이 오그라드는 것 같았다. 혁주는 아무 말도 안 했다. 그동안이 그렇게 오래 걸린 것도 아닌데 그 여자는 참지 못하고 조급한 소리를 용건을 말했다.

"지금 지하 다방에 와 있어요. 혁주 씨 회사 지하······. 만나고 싶어요. 기다리겠어요. 퇴근시간까지. 한 시간 있으면 퇴근하죠?"

"글쎄······, 회사라는 데가 그렇게 딱딱 제시간에 끝나는 게 아니라서······."

혁주의 목소리는 전화 바꿨습니다, 할 때에 그 사근사근하고 기대감에 부푼 소리가 아니었다. 그 정도의 예의도 사무실 안의 이목을 의식하고 가까스로 지키고 있다는 것쯤 쉽사리 눈치챌 수 있을 만큼 뜨악하고 화난 소리였다.

"기다리겠어요. 천천히 일보고 내려오셔도 상관없어요."

그 여자는 더는 울먹한 소리로 말하지 않았다. 넉넉잡고 두 시간은 더 기다릴 요량으로 아예 기둥하고 어항이 ㄱ자로 만난 모퉁이 속으로 숨어 앉아 마음을 느긋이 가다듬었다. 그의 표정 여하에 따라 첫인사의 말투 여하에 따라 각기 다른 적어도 서너 가지의 각본은 준비하고 있어야 한다고 생각했다. 그러나 한 가지의 각본도 미처 완성하기 전에 그가 말없이 앞자리에 와 앉았다. 30분도 채 안 돼서였다.

"그렇게 일찍 퇴근해도 되는 거예요?"

그 여자는 미안하기도 하고 한편 고맙기도 해서 반쯤 몸을 일으켜 보이며 말했다.

"퇴근 후엔 약속이 있어서 조금 일찍 나왔어요."

혁주가 깍듯하게 말했다. 퇴근 후의 딴 약속을 지키기 위해서 그 여자에겐 30분 이상은 짬을 낼 수 없다는 단호한 뜻이 담긴 말투였다.

"중요한 약속인가 봐요."

그 여자는 눈을 내리깔고 엽찻잔을 돌리면서 말했다. 혁주는 너 따위한테 그런 것까지 일일이 고할 필요가 있겠느냐는 듯 묵살하고 유유히 담배를 한 개비 피워 물었다. 조용필의 〈창밖의 여자〉가 기를 쓰듯이 시끄러운 실내 한가운데 있으면서 독립된 정적의 세계처럼 보이는 어항을 물끄러미 바라보고 있던 그 여자가 불쑥 말했다.

"딴 데로 자리를 옮길까요? 어디 조용한 데로."

"그럴 시간이 없다고 하지 않았어요."

혁주는 그렇게 잘라 말하고는 아가씨한테 손짓으로 음악 소리를 좀 낮춰달라고 부탁했다.

"왜 그렇게 정중해요? 나한테."

"정중한 것도 트집이오?"

"트집이 아니라 우리가 부부처럼 지낸 적이 없었던 것처럼 구시니 말예요."

"여긴 바로 회사 밑이오. 용건만 말해줬으면 좋겠소."

혁주가 불에 덴 것처럼 조급하게 담배를 눌러 끄며 말했다. 두어 모금이나 빨았을까말까 한 긴 담배였다. 그가 뜨끔한 건 부부라는 말이었을 거라고 짐작한 그 여자는 생생하게 치미는 분노를 억제하지 못하고 또박또박 말했다.

"용건만 말하죠. 나는 아이를 가졌어요. 당신 아이를. 이래도 우리 일을 없었던 것처럼 시침을 뗄 작정인가요?"

그 여자가 듣기에도 자신의 목소리 같지 않게 목소리가 악에 받쳐 있었다. 혁주는 처음엔 못 알아들은 것처럼 바보 같은 얼굴을 하다가 차츰 심각해지더니 깍지낀 손으로 두어 번 자기 이마를 짓찧고 나서 그 여자를 똑바로 노려보았다.

"고등교육을 받고 교육자인 여자가 생각해낸 게 고작 그거요? 기껏 그 따위 저속하고 흔해빠진 방법으로 나를 골탕을 먹이려고……. 어림도 없는 수작이오."

혁주의 반응은 그 여자가 예상했던 것보다 더 격렬했다.

"당신은 믿고 싶지 않군요?"

"그럼, 내가 호락호락 믿을 줄 알았소?"

"암만 믿고 싶지 않아도 그 사실이 달라지진 않아요."

그 여자는 울먹였다. 극도의 분노가 그 여자를 슬프게 했다.

"그동안 통 연락이 없길래 역시 배운 여자답게 뒤끝이 깨끗하다 싶었더니 이런 졸렬한 계략을 꾸미고 있었을 줄이야."

어쩌면 사람이 사람을 그런 냉혹하고 미움만이 가득 찬 시선으로 노려볼 수가 있는지, 문경이는 처음 보는 혁주의 너무도 비인간적인 태도에 질려서 작은 소리로 빠르게 대꾸했다.

"계략이 아니라 사실이래두요. 나도 이제야 당신 같은 사람 아이를 가진 게 싫고 후회가 되지만 엄연한 사실을 어쩌겠어요."

"흥, 난 안 믿어요. 교육자가 창피하지도 않아? 겨우 그 따위 케케묵은 방법으로 남자를 붙잡아둘 수 있다고 생각하다니."

"제발 고등교육이니 교육자 소리 좀 그만할 수 없어요? 고등교육 받은 교육자는 아이 만드는 방법도 무식쟁이들 아이 만드는 방법하고 달라야 한다면 모를까, 그렇지 않은 바에야 그 사실을 순순히 인정하세요. 책임을 지라고 한 것도 아닌데 왜 그렇게 겁부터 내고 그래요?"

그 여자는 남의 눈만 없다면 침이라도 뱉어주고 싶은 걸 힘겹게 자제하고 나직하게 말했다.

"어렵쇼. 온갖 방법을 다 동원하시는군. 처음엔 공갈 협박 다음엔 설교라. 누가 선생질 안 해먹었댈까 봐."

그 여자는 벌떡 일어서면서 소리쳤다.

"나가요. 어서 빨리 내 앞에서 꺼지지 못해요? 한바탕 소동을 부리고 망신을 당하기 전에……."

그 여자의 핏발 선 눈을 보자 혁주도 비로소 그 자리가 자기에게 매우 불리하다는 걸 깨달았다. 아침저녁 대하는 마담의 호기심 가득한 얼굴이 얼른 딴전을 피우는 걸 보면서 그는 어쩔 수 없이 문경이의 명령대로 움직였다.

그 여자를 결정적으로 견딜 수 없게 한 것은 인간적인 모욕보다는 직업에 대한 모욕이었다. 그 여자는 자신의 직업을 존중하고 사랑했다. 직업은 여지껏 그 여자의 떳떳한 자립을 보장해줬을 뿐 아니라 자존심의 근거가 돼주었다. 그건 남이 알아주고 안 알아주고를 떠난, 그 여자 스스로의 가치관의 문제였다. 알아주기는커녕 인심이나 세태가 날로 교사직을 얕잡고 능멸하는 쪽으로 기우는 가운데 홀로 긍지를 지키기란 힘들고 외로운 일이었지만 그거야말로 자기만의 놀라운 능력이라고 자부하고 있었다.

그 여자는 집의 현관문을 따기가 무섭게 울음을 터뜨렸다. 고약한 아빠를 만난 태아가 불쌍해서 슬프디슬프게 흐느껴 울었다. 아아, 그 아이는 배꼽을 내놓은 아빠의 어깨 위에서 엉덩방아를 찧는 유아기의 행복을 모르고 자라리라. 불쌍한 우리 아이.

같은 무렵 혁주도 그의 집을 들어서고 있었다. 황 여사가 문을 열어주고 나서 뒤따라 들어오면서 조심스럽게 물었다.

"애비야, 회사에서 언짢은 일이라도 있었냐? 안색이 안 좋다."

"아닙니다. 어머니."

"그럼 왜 벌써 들어왔어. 오늘 미스 정하고 데이트하기로 한 날인데."

혁주가 문경이하고 발을 끊고 나서 맞선을 보고 약혼 날짜까지 잡은 여자가 정애숙이었다. 미모에다 사업 수완까지 있는 노처녀라기에 활발하고 사교적이고 콧대도 세려니 했는데 뜻밖에도 부끄럼을 잘 타고 순종적이었다. 같이 식사를 할 때도 자기 식성에 맞게 따로 주문하는 법이 없었다. 혁주 씨 먼저 시키세요, 그러고 나서, 저도 같은 걸로요,라고 조그맣게 말할 때는 영락없이 시골서 갓 상경한 숫보기였다. 사업가라는 선입관 때문에 긴장했던 혁주는 약간은 실망스럽기도 했지만 쉽게 편안해질 수가 있었다. 혁주보다 어머니 쪽에서 더 관심이 많은 사업에 대해서도 정애숙은 매우 겸손했다.

"어차피 생전 해먹을 건 아닌데 결혼하면 그만두죠 뭐."

마치 심심풀이로 다니던 10, 20만 원짜리 월급자리 말하듯 시들하게 말했다.

"가게가 둘 다 그렇게 잘된다면서요. 부럽습니다. 사업가적 소질을 타고난 분 같은데 월급만 가지고 빠듯하게 살림이나 하면서 살 수 있겠어요?"

이렇게 혁주 쪽에서 정애숙의 사업에 미련을 보일 적에도 대답은 간단했다.

"살림도 재미있을 것 같아요."

"경제력이 행복의 첫째 조건이라고들 하잖아요. 난 애숙 씨가 한 푼을 쪼개 쓰다 지쳐서 바가지 긁는 꼴을 보느니 살림은 어머니께 맡기고 하고 싶은 일 하게 내버려두고도 싶은데요."

이렇게 노골적으로 정애숙의 경제력을 부추겨보기도 했다.

"보시다시피 전 사업할 체질이 아녜요. 그렇지만 돈은 따르는 것 같아요. 우리 집에서도 그러세요. 잰 돈이 따르니까 뭘 해도 실패가 없다구. 이것저것 정리하면 부모님이 대주신 거 갚고도 제 몫으로 얼마간 떨어질 텐데 살림만 한다고 설마 그 돈 놀리겠어요? 저한테 돈이 따른다는 것만 믿고 슬슬 굴려보죠 뭐."

저절로 돈이 따른다는 정애숙의 자신감은 혁주에겐 놀랍고도 눈부셨다. 미모와 순종적인 성격 등 여러 가지 장점 중에서도 단연 돋보였다. 한 달 내내 큰 액수도, 미지의 액수도 아닌 빤한 일정한 액수를 죽자꾸나 좇아야 하는 월급쟁이 신세가 보기에 돈이 저절로 따라오는 팔자란 생각만 해도 황홀한 꿈의 팔자가 아닐 수 없었다.

혁주가 정애숙을 놓치지 않겠다고 마음을 굳힐 때 문경이 생각을 아주 안 한 건 아니었다. 왜 그런 실수를 했을까. 문경이와 결혼을 약속하고 세 번이나 같이 잔 게 생각할수록 꺼림칙했다. 후환이 없도록 깨끗이 해둘 필요가 있을 것 같았지만 어찌할 바를 몰랐다. 정애숙한테 고백을 하는 게 가장 쉬운 방법일 듯도 싶었지만 정애숙의 성격으로 봐서 아주 쉽게 용서를 할 수도 아주 쉽게 그만두자고 할 수도 있었다. 반의 확률이 큰 모험처럼 두려워질 만큼 혁주는 정애숙에게 깊이 빠져 있었다. 고민 끝에 어머니한테 먼저 의논을 하기로 했다. 문경이를 아내로 맞아들이겠다는 말을 어머니에게 꺼내기는 그래도 어려워 결국은 못 하고 말았건만, 그 여자를 버리기 위한 의논은 술술 잘도 나왔다. 어머니는 생각보다 안 놀랐다.

"거봐라. 에미 말 안 듣고 3년씩이나 홀아비 생활을 고집하더니 하필 소박맞은 여자에게 걸려들었구나. 그 여자도 제 주제를 알 테니 뒤탈은 없을 게다. 그리고 나서 달포가 넘게 발길을 끊었는데도 그쪽에서도 전화 한 번이 없다면서? 그러면 된 거야. 그러면 제 주제를 안 거라니까. 만나서 해결하다니 뭘 해결해? 계약서라도 썼어? 내 말대로 가만히 있으라니까. 그럼, 미스 정한테도 말 안 해야지 무슨 소리야."

일은 어머니 말대로 되어가는 듯했다. 안 만난 지가 넉 달째로 접어드는데도 문경이로부터 아무 연락이 없으니 깨끗이 끝장난 걸로 봐도 무방하리라 싶었다. 그동안 마음놓고 정애숙과 가까워졌고 약혼 날을 보름쯤 남겨놓고 있었다.

쪼르르 따라 들어와 아빠의 애무를 기다리는 시내를 혁주는 건성으로 한 번 안아주고 나서 할머니한테 가보라고 내보내고 거칠게 방문을 달았다. 혁주는 혼자 있고 싶었다. 일이 이렇게 될 줄은 정말 뜻밖이었다. 장차 이 일을 어떻게 수습해야 하나보다도 재수 더럽게 없다는 자탄과 원망 쪽으로만 생각이 기울고 있었다. 똑똑, 어머니가 밖에서 안하던 노크까지 하면서 들어가도 좋으냐고 물었다. 어머니도 뭔가 심상치 않은 걸 눈치챈 모양이다.

"안 좋은 일이 있냐? 미스 정하고……."

어머니는 그저 정애숙 걱정이었다.

"만나지도 않았다니까요."

"그럼 바람을 맞힌 게여. 그럼 쓰냐."

"전화 걸었어요. 오늘 급한 일이 생겨서 못 나간다고."

"도대체 그 급한 일이 뭔데 이렇게 허둥지둥 집으로 들어왔냐니까. 에미도 좀 알자."

"결국은 골치 아픈 일이 생기고 말았어요."

"결국은이라니? 그럼 그 소박맞은 여자가?"

"어머니도, 소박맞은 여자가 뭐예요?"

"얘 좀 봐. 에미 앞에서 그 계집 역성을 드는 걸 보니 너 아직도 정을 못 뗀 거로구나, 세상에……."

"어머니."

혁주가 언성을 높였다. 일이 이렇게 꼬인 게 다 어머니 탓인 것만 같아 화가 지글지글 끓어올랐다.

"그래그래 알았다. 그 여자가 이제 와서 뭐라던?"

"아이를 가졌답니다. 제 아이를요."

혁주가 짓씹듯이 말했다.

"세상에 맙소사."

어머니가 손으로 이마를 짚으며 어지러운 시늉을 했다. 독한 세제 때문에 많이 거칠어진 손끝의 분홍색 매니큐어가 서글퍼 혁주는 외면하고 말았다.

"일이 이렇게 될 줄은 정말 몰랐습니다."

"미스 정하고 잘돼가는 게 기쁘면서도 한편으로는 꼭 살얼음 밟고 가는 사람들을 보는 것처럼 가슴이 조이더니만……."

"그럼 어머니도 마음이 편하셨던 건 아니로군요?"

"안 들었으면 모를까 듣고 나서 편할 리가 있냐. 늘 께적지근하더라니……."

"그러니까 제가 뭐랬습니까. 해결을 해야 한다고 하잖았어요. 어머니 때문이에요. 가만 놔두면 저절로 없었던 게 될 것처럼 말씀하신 건 어머니였단 말예요."

황 여사는 아들이 마음놓고 탓을 하도록 아무런 대꾸도 하지 않았다.

"이 노릇을 어쩐답니까?"

혁주 쪽에서 먼저 애걸하는 소리로 물었다.

"아무래도 네가 고약한 여자한테 걸린 것 같다."

"그렇진 않아요, 어머니. 착실하고 참한 여자예요."

"또 역성이냐?"

"역성이 아니라요, 고약한 여자만 아이를 배는 건 아니잖아요."

"아이 밴 걸 뭐래는 게 아냐. 그걸 빌미로 너한테 덤터기를 씌우고 네 앞길을 망쳐놓기로 작심을 했으니까 하는 말이지."

"그것도 어머니 오해십니다. 그런 여자는 아니래두요. 그저 애를 가졌다고만 했지 그걸로 저한테 책임을 지라거나 협박하는 소리는 한마디도 안 했어요."

혁주는 한 번 만나본 적도 제대로 알아본 적도 없는 여자에 대해 지나치게 악의적인 단정을 내리는 어머니에게 울컥 혐오감을 느꼈다.

황 여사의 얼굴에 미소가 떠올랐다. 혁주가 어려서부터 익숙한,

아들의 작은 실수에 너그럽기로 작정한, 그러나 이만저만해서 그리 되었다고 일단 짚고 넘어가야 할 것은 결코 놓치지 않겠다는 그런 미소였다.

황 여사는 그런 미소를 띤 채 조용히 혁주의 어깨에 손을 얹었다. 혁주는 그런 어머니가 싫으면서도 의지가 되었다.

"나도 물론 그 여자가 고약한 여자가 아니길 바란다. 그러나 이에미의 짐작도 아주 근거 없는 거가 아니니까 무시하지 말도록 해라. 생각해보렴. 네가 그 여자하고 상관한 게 4월달이었다며? 그렇다면 아이가 들어선 걸 안 건 5월이나 넉넉잡고도 6월경엔 확실히 알았을 텐데 왜 이제야 너한테 알려 알리길. 무슨 뜻인지 좀 알겠냐? 아이를 낳겠다는 심보야. 석 달만 넘기면 중절이 힘든 걸 계산에 넣고 쭉 참고 있다가 이제야 나타난 거라구. 그래도 그 여자가 우리에게 덤터기를 씌울 여자가 아니라고 할 수가 있겠느냐? 어쩌면, 우리 집 속사정까지 어데서 다 망을 보고 있다가 나타난 것 모양 요렇게 아차고비에 나타날 게 뭐람?"

황 여사의 짐작은 확신에 차 있을 뿐 아니라 일일이 다 이치에 들어맞기도 했다. 그것도 모르고 그동안에 그 여자로부터 아무런 기별이 없는 것만 고마워하며 마음 편히 새로운 미래를 설계한 생각을 하니 뒤통수를 한 대 얻어맞은 것처럼 얼얼하고 화가 났다.

"어머니 말씀대로라면 정말 끔찍한 여자로군요. 그러니 이 노릇을 어떡하면 좋지요, 어머니."

"저녁 아직 안 먹었냐."

황 여사는 딴청을 부리면서 아들의 방을 나갔다. 서로 생각할 시간을 갖기 위한 배려인 듯했다. 그만큼 해결책이 간단하지 않다는 얘기도 됐다. 도마 소리, 밥 뜸드는 냄새, 찌개 냄새, 아이 칭얼대는 소리, 오냐오냐 달래는 소리, 그런 것들이 어우러져 자아내는 평범하고 구수한 가족적인 분위기는 주부가 빠져 있어서 암만해도 쓸쓸하고 허전했었다. 그러나 곧 주부가 들어와 생기를 불어넣을 생각을 하며 위안을 받던 그런 것들이 생급스러운 소음처럼 혁주의 신경을 갉죽거렸다. 그는 부엌 쪽으로 나가 할머니 치마꼬리에 매달려 칭얼대는 시내를 안아 올리며 말했다.

"어머니, 아무거나 해서 한술 뜰 테니 제발 아무것도 차리지 마세요."

"입맛 없을 것 없다. 그까짓 걸 가지고."

황 여사는 조림 냄비에 깔린 생선 토막 위에다 양념장을 찔금찔금 끼얹으면서 말했다. 이미 안전한 대책이 서 있는 듯한 어머니가 혁주는 싫으면서도 기대가 됐다. 혁주는 식탁 의자에 앉아서 시내를 무릎 위에 올려놓았다. 깨끗이 거둔 아이의 머리칼에선 어렴풋이 과일 냄새가 났다. 외제 어린이 샴푸 냄새일까. 손녀가 에미 없는 애처럼 보일까 봐 황 여사는 시내에 관한 거라면 유별나게 외제나 최고를 밝혔다.

어머니가 능숙하고 신속하게 차려놓은 밥상을 보고도 혁주는 식욕보다도 언제나 나도 이런 것들을 마음놓고 즐기게 되나 하는 심란한 생각부터 들었다. 이 정도의 저녁상에 처자식과 둘러앉는 행복은 밑바닥 필부에게도 구태여 행복이랄 것도 없는 반복되는 일상이런만 나는 그런 복도 없을 게 뭐람. 이런 한탄이야말로 보이지 않는 훼방꾼에 대한 새로운 적의, 새로운 미움일 수도 있었다.

"의학이 좀 발달했어야 말이지."

시내의 밥숟갈에다 소시지를 얹어주면서 황 여사가 무심히 말했다. 혁주는 영문을 몰라 쳐다보기만 했다.

"넉 달은 약과지, 예닐곱 달 된 애도 지우는 걸 봤다."

"설마요."

"마음 약하게 먹으면 죽도 밥도 안 된다."

"아무리 독하게 먹어도 그렇죠. 남의 배 속에 든 아이가 제 맘대로 됩니까."

"네 아이라며?"

"그렇다니까요. 그것까지 의심하는 건 싫습니다."

혁주가 퉁명스럽게 말했다.

"네 아이라면 네가 원치 않을 권리도 있으니까 원치 않는다는 의사표시를 분명히 하거라. 우물쭈물할수록 손해니까 하루빨리. 요새 세상에 애비가 원치 않는 자식을 낳으려는 여자는 없는 법이니까, 두고 보렴."

"그럴 것 같지 않은데요. 그 여자의 경우엔."

"말을 안 들을 것 같단 소리냐."

"예, 좀 그런 여자예요. 말발도 세구요."

혁주는 어머니가 저녁을 지으며 궁리한 대책에 실망한 빛을 감추지 않았다.

"제가 정말 똑똑하다면 애비 없는 자식을 낳지는 않을 게다. 그렇다고 너무 야박하게 굴진 말자. 저질러놓은 일의 책임이라는 게 있으니까 안전하게 수술을 받고 몸조리 잘할 수 있도록 비용은 넉넉히 내놓는 게 좋은 게다."

"글쎄 그런 여자가 아니라니까요. 아마 따귀라도 때릴걸요."

"그 여자가 그렇게 나오면 그건 네 애가 아닌 게야."

황 여사가 차갑고 단정적으로 말했다.

"네?"

"네가 반대하는데도 낳겠다면 그건 네 애가 아니라는 증거 아니겠느냐. 제 입으로 실토를 안 하면 우리 쪽에서 뉘 앤지 알 게 뭐냐고 시침 뗄 수도 있는 문제구."

그제서야 혁주는 어머니의 속셈을 알아차렸다. 같은 여자끼리 어쩌면 그럴 수가 있을까 싶었지만 지금 그에겐 어머니처럼 모진 마음의 도움이 필요하다는 것 또한 숨길 수가 없었다. 그래도 그는 또 한 번 같은 말을 되풀이했다.

"그 여자는 그런 여자가 아니라니까요, 정말."

"그래 그래, 그 여자 역성은 나중에 들어도 늦지 않을 테니 에미가 말한 순서대로 서둘러 해결하도록 해라. 약혼 날짜가 보름밖에 안 남았어. 우린 한 번 해본 장단이지만 미스 정은 처음이니 행여 섭섭지 않도록 신경을 써줘라."

바쁘게 됐네요, 이 정도는 비꼬고 싶은 걸 참고 혁주는 입맛 없는 식사를 했다. 전화 소리가 시끄럽게 울렸다. 모자가 동시에 흠찟할 만큼 시끄러운 소리였다. 어머니의 눈빛이 사뭇 명령조로 혁주가 받기를 촉구하는 걸 보면 어머니 또한 문경이 전화일 거라고 꺼리는 눈치였다.

"혁주 씨? 시내 좀 어때요. 걱정이 돼서 죽겠어요."

문경이가 아니고 정애숙인 것은 반가웠지만 무슨 소리인지 몰라 잠시 어리둥절했다. 곧 오늘 만나는 걸 취소하면서 둘러댄 핑계가 시내가 별안간 아프다는 전화를 받았다는 거였다는 데 생각이 미쳤다.

"아, 네. 미안해요, 괜한 걱정을 끼쳐서요. 애가 종종 그래요. 할머니가 응석을 너무 받아주셔서 그런지, 떼도 잘 쓰고 신경질도 잘 부리고. 오늘은 그게 좀 심했던가 봐요. 노인이 혼자 감당을 못하시고 회사로 전화를 거신 걸 난 또 혼비백산을 해가지고……."

처음에 꾸며댈 땐 좀 더듬던 말이 아귀를 맞춰가며 청산유수로 잘도 나왔다.

"정말 지금은 괜찮은 거죠?"

"그럼요. 제 무릎에서 밥 한 그릇 다 먹고 지금 텔레비전 보고 있어요. 자식이 뭔지 지레 놀래가지고……. 미안해요."

"아녜요. 미안한 건 저예요. 제가 먼저 시내에게 신경을 써야 하는 건데……. 앞으로는 우리 만날 때 시내하고 같이 만나요. 왜 그 생각을 진작 못 했나 몰라. 시내가 신경질도 낼 만해요. 아빠 사랑을 빼앗긴 게 좀 억울했겠어요. 아이들은 보기보다 예민하대요."

이 얼마나 사랑스러운 여잔가. 곁에 있다면 왈칵 안아주고 싶었다. 정애숙은 좋은 일은 서두르는 게 좋다고 당장 내일 시내도 함께 데이트를 하자고 했고 혁주는 모든 시름을 잊고 그러자고 했다.

어린이 정식을 따로 해 파는 양식집에서 만난 애숙은 서툴고 조심스럽게 그러나 성의를 다해 새엄마 흉내를 내려 들었다. 혁주는 그게 고맙고도 애처로웠다. 뭐든지 혁주가 시키는 대로 따라 시키던 애숙이가 처음으로 혁주와 다른 걸 시켰는데 그건 어린이 정식이었다.

"우리 시내는 어린이 정식, 나도 같은 걸로……."

애숙이 이렇게 말하는 걸 보고 혁주는 마음에도 없는 핀잔을 주었다.

"무슨 여자가 먹는 데 그렇게 개성이 없어요."

"입는 데 하도 개성을 찾다 보니 질렸나 봐요. 특별히 맛있는 음식도 맛없는 음식도 잘 모르겠어요."

"쳇, 맛난 거 얻어먹긴 다 틀렸군."

"노력할게요."

이렇게 고분고분하니 더 할 말이 없었다. 차 속에서 시내가 잠든 사이에 혁주는 애숙이 귓전에다 대고 은밀히 속삭였다.

"미안해요. 애숙 씨한테도, 또 애숙 씨 부모님한테도 면목이 없어요. 이런 혹을 달고 데이트를 하게 돼서……. 요 다음엔 우리끼리만 만나도록 해요."

"그런 소리 말아요. 오늘 얼마나 재미있었다구요. 결혼할 때까지 쭉 같이 만나도록 해요. 우리 부모님도 대찬성이세요. 글쎄 일거양득이라나요. 시내를 끼워넣고 데이트하는 게 말예요."

"일거양득이라뇨?"

"결혼하기 전에 시내하고 충분히 친해놓을 수가 있을 테니 좋고, 또 하나는요, 제가 과년하고 혁주 씨는 경험 있는 홀아비이고 그러니까 혼전에 행여나 무슨 사고를 칠까 봐 부모님은 은근히 걱정을 하시다가 시내가 끼게 되니 안전 보장이 된다 이건가 봐요."

애숙의 그런 솔직함뿐 아니라 딸 가진 부모의 평범한 걱정까지 문경에게는 없는 미덕으로 돋보였다. 혁주가 애숙과 이런 고상한 재미를 보게 됐다고 해서 문경이 문제를 잊고 있거나 될 대로 되라는 심정인 건 아니었다.

처음엔 혐오감 없이는 들을 수 없었던 어머니가 가르쳐준 방법이 결국은 최상의 방법이라는 걸 알게 되었고 시간을 지체할수록 이쪽이 불리해진다는 것도 깨닫게 되었다. 하루빨리 애숙을 내 사람 만들고 싶은 욕심으로는 일각이 여삼추 같다가도 여자의 태중에서 아이가 자라는 정확한 속도를 생각하면 아찔하도록 시간이 빠르게 흘렀다.

혁주는 일부러 문경이네 학교 아이들이 잘 가는 학교 앞 빵집에서 그 여자를 불러냈다. 교사의 퇴근 시간은 학생들의 하학 시간보다 늦은 편이어서 혁주가 기대했던 것처럼 학생들이 많지는 않았다. 또 저희들끼리 알아서 선생님 근처는 피했으므로 두 사람은 다방 같은 데보다 훨씬 호젓하게 마주 앉게 되었다.

문경이는 성적에 치사한 극성스러운 학부모를 대할 때 곧잘 쓰는, 무슨 말이든지 다 들어줄 용의가 있되 교육의 권한과 자존심에 관한 영역만은 한 치도 양보할 수 없다는 외유내강한 표정으로 나타났다.

무슨 말을 먼저 꺼내야 할지 몰라 입가를 헛되게 실룩거리고 있는 혁주를 보다 못해 문경이가 먼저 말을 걸었다.

"우리 너무 자주 만나는 거 아녜요?"

"빨리 해결하는 게 피차 좋을 것 같아서……."

"뭘 말인가요?"

"우리 이러지 맙시다. 이걸로 깨끗이 해결해요."

혁주가 준비해가지고 온 돈 봉투를 일부러 탁 소리를 내면서 그 여자 앞에 놓았다.

"흥, 끝내 나를 공갈범 취급하는군요?"

"그게 아니라……."

"아니면 뭐예요. 그저께는 나더러 공갈 협박 말라고 호통을 치더니 이렇게 돈을 싸가지고 나타난 걸 보니 죄가 있긴 있군요."

"여긴 당신 제자들 이목이 번다한 자리요. 조용히 점잖게 해결합시다."

"이미 때가 늦었어요."

"때가 좀 늦었다는 건 나도 알고 있소. 그 대신 비용도 충분히 챙기느라 챙겼소."

"그런 뜻으로 늦었다고 말한 건 아니었는데……. 우린 참 말이 안 통하는군요. 왜 이렇게 됐죠?"

"그런 걸 따질 계제가 아니오, 지금 나는. 그럼 그렇게 알고 가겠소."

"뭘 어떻게 아셨나요?"

"해결이 된 걸로 믿겠소."

"해결 소리 구역질 나요. 어서 이 봉투 집어넣지 못 해요?"

"좋소, 정 안 받겠다면 당신 제자들이 보는 앞에서 큰 소리로 망신을 주어서라도 받게 하고 말 테니, 그래도 좋소?"

"안 좋아요, 무서워요. 당신은 능히 큰 소리로 이 돈으로 빨리 아이를 떼란 말야, 이 화냥년아, 이럴 수 있는 사람이에요. 여긴 학교 앞이고 나는 그런 망신을 당하기 전에 빨리 이 봉투를 챙겨야겠군요. 그렇지만 내일은 아마 내가 당신을 회사 사무실까지 찾아가서 이 돈을 얼굴에다 뿌리며 고래고래 고함을 치게 될걸요. 그래도 좋다면 놓고 가요."

당신이 이렇게까지 악질인 줄은 몰랐다고 뇌까리며 혁주가 봉투를 거두어 가지고 가버린 후에도 한동안 그 여자는 거기 멍하니 앉아 있었다. 누가 누구한테 할 소린지 모르겠다고 생각하면서도 그닥 노엽지는 않았다. 멍했다. 일이 왜 이렇게까지 엉망으로 돼버린 걸까. 혁주를 찾아갈 때 바란 게 뭐였던가. 아직 태어나진 않았지만 분명히 존재하기는 존재하는 아이가 극적으로 두 사람의 재결합을 도와주길 바라기라도 했단 말인가. 알 수 없는 거 천지였다. 하지만 알지 말 것을 하고 후회하는 마음은 없었다. 자기가 저지른 일의 결과에 대해 무책임할 수 있는 건 똥오줌 가릴 때까지면 족하지 않겠는가.

다음 날은 혁주의 어머니가 문경이 아파트로 같은 돈 봉투를 가지고 와서 '해결'을 보려고 했다. 황 여사는 경험과 실적이 풍부한 해결사처럼 등 치고 배 만지는 식으로 위협과 협박을 적절하게 반복했다. 그 다음엔 혁주가 오고 또 그 다음 날은 황 여사가 오는 식으로 모자가 겨끔내기로 드나들면서 문경이를 지치게 했다. 만나는 횟수가 거듭됨에 따라 세 사람은 점점 극단적인 언어를 쓰기 시작했고 보통 사람 같으면 일생에 한 번 들어낼까말까 한 정신의 가장 더러운 똥창까지 들어내 깃발처럼 흔들게 되었다. 그 여자의 남은 소망은 이제 한 가지밖에 없었다. 그들로부터 자기로부터 놓여나는 거였다. 나를 좀 내버려둬 줘, 제발. 그 여자는 자다가도 잠꼬대를 하면서 벌떡 일어나곤 했다. 그리고 놓여날 수 있는 방법이, 자신도 태아도 살아남을 수 있는 방법이 보이기 시작했다.

마치 세상없이 결백한 사람도 반복해서 고문을 당하면 죄목이 생각나듯이.

실상 그건 저지른 죄도 생각해낸 죄도 아니고, 고문자가 쉴 새 없이 암시한 죄였다. 그 여자도 결국은 그 암시에 걸려들고 말았다.

"제발 날 좀 내버려두세요. 이 아이는 댁들하고는 아무 상관 없는 아이니까요. 김혁주 아이가 아니란 말예요. 아니고말고요."

만약 혁주 쪽에서 먼저 내 아이가 아니라고 발뺌을 했더라면 그 여자는 아마 없는 은장도라도 빼들고 비장하게 결백을 주장했을지도 모른다.

그 여자의 이 거짓말 한마디는 그야말로 거짓말처럼 쌍방 간에 휴식과 평화를 가져왔다. 악몽에서 깨어난 기분도 쌍방이 비슷했다.

혁주 모자는 그 자리에서 당장 그 수많은 고문의 언어들을 잊고 고상한 얼굴로 그러면 그렇지, 감히 누구한테 그 더러운 덤터기를 씌우려고……, 하면서 떠나갔고 그 여자도 내가 어쩌다가 저런 사람들과 내 자식을 나누려고 했었을까. 아아 이제야 비로소 나만의 자식을 가지게 되었구나, 나만의 아이를, 하면서 독점의 기쁨과 평화로운 외로움에 잠겼다.

그러나 허위 자백 끝에 사흘 밤 사흘 낮의 꿈 없는 긴 잠을 얻어냈다고 해도 그게 진정한 휴식일 수가 있을까.

방학식 날이었다. 아침부터 쨍쨍 내리쬐는 뙤약볕 아래서 교장 선생님의 길고 긴 훈시를 듣는 건 정말 고역이었다. 전통 깊은 사립 중학이라지만 중학 입시가 없어진 지 오래니 아직도 남아 있는 영광은 늙은 교사들이 많다는 정도였다. 교장도 정년에 구애받지 않고 이사회의 승인으로 임명되기 때문에 일흔이 다 된 분이었다. 효도의 으뜸은 집을 들고날 때 부모님한테 고하는 것이다부터 시작해서, 길에서 차조심, 외출할 때 너무 몸이 많이 드러나는 옷 안 입기, 특히 여학생은 친구들하고만 캠핑 안 가기, 부득이 친구들하고만 갔을 경우에도 절대로 텐트에선 안 자기 등등 손자들을 앞에 놓고 타이르는 할아버지의 잔소리처럼 귀담아들으면 버릴 말은 하나도 없지만 들떠 있는 학생들에겐 지루하기 짝이 없는 것이었다. 아이들이 와아 하고 웃었다.

"왜들 저래?"

멍하니 딴생각을 하며 그늘진 쪽에 피해 섰던 문경이가 어느 틈에 옆에 와 서 있는 국어의 임현자 선생한테 물었다.

"할아버지가 여학생을 날고기에 비유했잖아?"

"또?"

"그래. 그러니까 남자애들이 저 입맛 다시는 소리 내는 것 좀 봐."

"노인네도 주책이야."

"단상에서 연설은 하고 싶고, 맨날 할 소리가 뭐 있겠어."

"그래도 맨날 날고기는 좀 너무하잖아 요새 세상에……."

"요새 세상이면 옛날의 날고기가 익은 고기밖에 더 됐겠어? 저런 소리 들을 수 있는 것도 우리 애들 복이야. 요즈음 애들이 저런 소리를 어디 가서 들을 수 있겠어. 저런 어른이 저런 구닥다리 잔소리를 저렇게 당당하게 하실 수 있다는 게 난 왠지 보기 좋더라."

"하긴 그래. 노인네들 모시는 집도 많지 않고, 계시는 집에서도 손자 손녀들에게 저런 말씀을 함부로 해도 아들 며느리가 가만히 있을 만큼 대우받는 노인들은 더군다나 드물고, 부모들이라야 내남없이 오직 공부 잘하는 게 사람 노릇의 전부인 양 자식을 다락같이 위해 바치는 데만 급급하니……."

"성교육까지 학교에서 시켜주길 바라지만 그게 어디 제대로 되디? 배운 쪽보다 가르치는 쪽에서 먼저 얼굴이 빨개져 가지고서야."

"아유 말도 마, 그 얘기라면."

남녀공학이지만 가정이나 가사 시간은 여학생만 듣고 남학생은 실업이나 공업을 선택하도록 돼 있었다. 그러나 이 학교에선 교장 재량으로 한 달에 한 번씩은 가정 시간도 분반을 하지 않고 같이 배우도록 하고 있는데 주로 성교육, 남녀 간에 지켜야 할 에티켓 등을 가르치도록 돼 있었다. 자연히 가정 선생인 문경이가 서투른 대로 그 방면의 전문가 노릇을 해야 했고, 임현자 선생이 완곡하게 지적한 대로 그 여자는 그 시간을 제대로 활용한 것 같지 않았다. 수업에는 완벽주의자인 그 여자지만 그 시간만은 어물쩍 시간이나 메우고도 별로 가책을 받거나 좀 더 잘해볼걸 하는 생각이 없었다. 교장 선생님의 의욕 과잉 때문에 재수 나쁘게 걸려든 가외의 일이란 생각이 고작이었다. 그렇게 전연 책임을 안 느끼던 그 시간에 대해 그 여자는 느닷없이 켕기기 시작했다. 아이들한테 못할 말을 하지는 않았더라도 자신이 그 시간을 맡았다는 것 자체가 비교육적이었다는 자격지심은 참으로 고약했다.

방학식 날은 으레 그렇듯이 반마다 어머니들이 꽤 와 있었다. 문경이 담임인 3학년 5반 복도에도 어머니들이 모여서 수군대고 있다가 문경이를 보자 뚝 그치면서 창 쪽으로 물러섰다. 같이 모여 있으면서도 각각 자기에게만 특별히 대해주길 바라는 어머니들의 소망을 뻔히 알면서 문경이는 모개로 형식적이고 깍듯한 인사를 하고는 교실로 들어갔다. 성적표를 나누어주고 주의 사항을 간간이 말하는 동안도 곧 봉투에 시달려야 할 걸 생각하면 짜증부터 났다. 혁주의 돈 봉투에 학을 뗀 뒤끝이기 때문일까 무슨 팔자로 가는 곳마다 사회의 오물통에만 코를 박아야 하나 하는 신세 한탄이 절로 났다.

교사 노릇 10년이면 소위 봉투라는 학부형들의 촌지에 적당히 길들여져 있거나 단호하게 맞서 있을 법한데 아직 그 여자는 그 문제에만은 일관성이 없었다. 거기 맛을 들이거나 그걸 생활비로 계산한 적이 없었음에도 불구하고 그건 아직도 그 여자에게 극복해야 할 그 무엇이었다.

교사 생활 초기엔 맞대놓고 단호하게 봉투를 거절했다. 아마 순진해서 그럴 수가 있었을 것이다. 그러나 곧 안 받는 것만이 능사가 아니라는 걸 깨닫게 되었다. 생활을 꾸려나가는 데 봉투의 부조가 절대적으로 필요한 중년의 가장인 동료 교사가 새파란 처녀 교사의 이런 결벽성을 매우 같잖게 아니꼽게 여긴다는 걸 알아차리는 데는 그리 오래 걸리지 않았다. 흥 네까짓 게 뭔데, 그들의 입장에선 문경이가 되레 물을 흐려놓고 있었다. 동료 사이에서만 발붙일 곳이 없어진 게 아니라 학부모 사이의 소문도 좋은 편이 아니었다. 봉투를 주려다 뜻을 못 이룬 어머니는 십중팔구는 자기 자식이 특별한 미움을 받고 있다고 생각하려 들었고 그건 돈에 따라 편애를 한다는 소문이나 다름없이 억울하고 곤혹스러웠다.

봉투에 맛을 들이게 되면 그 수입을 최대한으로 올리기 위한 문리도 트인다는 것 정도는 알 수 있을 만큼 연륜이 쌓이면서 문경이는 자연스럽게 그런 도를 거꾸로 써먹을 줄 알게 되었다. 학부형에게 학교에 드나들어야 할 구실이 생기지 않도록 신경을 썼고, 특별한 문제가 생겨 또는 문제를 만들어서 담임을 면담하러 온 어머니하고도 북적대는 교실이나 교무실 등 시선이 번다한 곳 외의 호젓한 장소나 기회를 만들지 않았다. 그런 중에도 잽싸게 봉투를 남기고 가는 집요한 어머니도 없지 않아 있었지만 돌려주려고 신경을 쓰는 대신 누구한테 얼마를 받았나를 잊으려고 노력을 했다. 기억하고 있는 한 그 아이를 대하는 데 있어서 사념이 생길 듯해서였다. 비록 그게 편애가 아니라 단순한 주목이나 경원이라 하더라도 교사로서 지켜야 할 바 공평에 득될 리 없는 사념은 피하는 게 수였다.

불가피하게 봉투를 받게 되더라도 그 효과가 전혀 안 나타나게 하는 방법은 원칙적인 것 외의 것에 대범한 문경이의 성격에도 맞았고 또 더디지만 효과도 있었다. 그 선생한테는 돈 쓰나 마나라고 소문이 나자 애써 봉투를 내밀려는 어머니도 극소수로 줄어들게 되었다. 공립학교가 아니어서 한 학교에서 오래 근무할 수 있다는 것도 돈 쓰나 마나인 선생이라는 낙인을 구태여 갱신할 필요 없이 지속시키는 데 도움이 되었다.

그러나 비록 최소한이나마 봉투 수입이 있긴 있는 이상 그 씀씀이에만은 신경을 안 쓸 수 없었다. 어려운 아이를 도와주는 방법도 생각해보았으나 자칫하면 선행으로 소문이 날 수도 있었고, 그렇게 될 경우 봉투를 표가 나게 거절했을 때보다 더 혹독하게 동료 교사의 빈축을 살 우려가 있었다. 결국은 표 안 나게 흐지부지 쓰기로 했다. 단 담임 맡은 반을 위해서. 개인에게 있어서도 그렇지만 집단에 있어서도 약간의 흐지부지 쓸 수 있는 돈이 있다는 건 참 좋은 일이었다. 윤활유처럼 생색 안 내고 운영을 부드럽게 도와주었다. 이를

테면 의연금이나 무슨 무슨 성금 등 관에서 권장하는 잡부금은 반끼리 경쟁을 부추기게 돼 있는데 늘 꼴찌를 못 면하던 문경이네 반이 중간 정도라도 하게 된 건 그 여자가 별안간 극성스러워져서가 아니라 서랍 속에 흐지부지 쓸 수 있는 자금이 있었기 때문이었다. 그 밖에도 흐지부지 쓸 수 있는 용처는 쏠쏠했다. 조위금, 환경미화, 아이들에게 읽히고 싶은 책을 사서 교실에 비치해놓기 등 유용하게 쓸 욕심을 부리자면 한이 없었지만 씀씀이가 커지면 저절로 수입에도 욕심이 생길 것 같아 흐리멍덩하게 생긴 돈이니 철저하게 흐지부지 쓰기로 한계를 정해놓고 있었다.

이렇게 봉투 문제는 졸업을 한 줄 알았는데 교실 앞에 진을 치고 있는 어머니들을 보자 느닷없이 심사가 뒤틀렸다.

얼마나 넣으면 될까. 3만 원? 애걔걔 요샌 최하가 5만 원이야. 그것도 후진 동네니까 그렇지 ××동에선 최하가 10만 원이라던데. 아유 ××동 얘긴 말도 말아요. 암튼 선생 버릇은 그 동네 엄마들이 다 망쳐놓는다니까. 동네가 문제유? 선생 나름이지. 그래 우리 선생은 아직 순진해서 뭘 모른 것 같더라. 정말 돈맛을 모르는지 알게 뭐유. 누가 시험 삼아 한 백만 원만 넣어줘봤으면 좋겠더라. 당신이 그래 보지 그래. 호호호…….

이렇게 자기들끼리 찧고 까불었을 게 보지 않아도 본 듯했다. 문경이는 어머니들에 대해선지 대상이 분명치 않은 싫증이 신트림처럼 고약하게 치미는 걸 느꼈다. 다행히 어머니들이 딴 반에 비해선 몇 안 되었고 보아하니, 거의 공부 잘하는 애 어머니들이었다. 문득 문경이에게 좋은 생각이 떠올랐다. 그 여자는 종례를 끝마치기 전에 어머니들을 교실로 불러들였다. 그리고 개별 면담을 통해 해야 할 말, 부탁하고 싶은 소리를 공개적으로 했다.

"영범이 어머니 잘 오셨어요. 영범이는 공부도 잘하지만 인기도 좋고 영도력도 있나 봐요. 1학년 때부터 내리 반장이라 제 생각으로는 좀 갈아보고 싶었는데 그게 어디 담임 마음대로 돼야 말이죠. 압도적인 표로 당선이 된걸요. 어머니 모신 김에 억지로라도 영범이 단점을 들추라면 글쎄요. 1등 자리를 너무 오래 독점하는 거라고나 할까요? 정상에서 밀려나보는 것도 해볼 만한 체험인데……."

"아이고 선생님, 우리 영범일 그렇게 치사한 공부벌레 취급하지 마세요. 잠 실컷 자고 놀 만치 놀고 슬슬 해도 1등만 하는 걸 어쩝니까. 머리 좋은 것도 죄가 됩니까?"

영범이 어머니가 노기등등한 목소리로 항의했다.

"공부벌레란 뜻은 결코 아니구요. 줄창 1등만 하면서 받는 심리적인 압박감을 눙쳐주고 싶어서 한 소립니다. 얘들아, 느희들도 영범이에 대해 하고 싶은 칭찬이 있으면 이런 기회에 해보렴."

문경이는 까딱하단 옥신각신하게 될 것 같아 이렇게 슬쩍 말머리를 아이들한테로 돌렸다.

"칭찬 말고 흉을 좀 보면 안 될까요."

공부는 중간쯤 하고 두루뭉실하게 생긴 철환이가 손을 번쩍 들고 말했다. 장난스럽긴 하지만 악의는 없는 얼굴이었다.

"글쎄다. 친구의 흉을 그 친구 어머니 앞에서 본다는 건 선생님은 찬성할 수 없는데."

"흉이 아니라 요구 조건인데도 안 돼요?"

저 녀석이 무슨 소리를 하려고 저러나 엄마들한테 신경이 쓰이면서도 궁금해서 잠깐 망설이고 있는데 그새를 못 참고 영범이 어머니가 나섰다.

"말해봐. 흉이든 요구 조건이든 불만이든 다 들어줄 테니……."

싸움을 걸듯이 도전적인 목소리였다.

"저요오, 영범이는요, 우리 반 예쁜 계집애들은 다 제 것처럼 군대요."

아이들이 까르르 웃었다. 부반장 혜실이 발딱 일어서더니 철환이한테 삿대질을 하면서 대들었다.

"야, 철환이 너 말 다했어. 계집앤 뭐고 제 것은 또 뭐니? 여자가 무슨 물건이니?"

혜실의 항의를 시작으로 남학생과 여학생이 패를 갈라 말다툼을 시작했다. 교실이 떠나갈 듯 시끄러웠다.

"아니, 쟤들을 저렇게 그냥 놔두시면 어떡해요?"

참다 못한 엄마들이 담임의 도움을 청했다.

"재미있잖아요. 실컷 싸우게 두세요."

아이들이 저절로 조용해지길 기다려 다음 엄마들하고도 차례차례 그런 식의 공개적인 상담을 해서 돌려보냈다. 정말 단둘이 머리를 맞대고 상담해야 할 문제아의 부모는 한 사람도 안 와 있었기 때문에 그게 성의 없는 짓이라곤 생각하지 않았다. 학기말이나 방학식 날 봉투를 완전히 면해보긴 처음이어서 날아갈 듯한 기분이었다. 그 여자는 자기도 모르게 그런 방법으로 혁주의 봉투에 대한 복수를 꾀하고 있는지도 몰랐다.

그러나 봉투를 완전히 면한 줄 안 건 잠시 동안의 착각이었다. 영범이 어머니가 교무실에서 기다리고 있었다. 아까와는 달리 만면에 웃음을 띠고.

"깜박 잊을 뻔했어요."

"뭘 말씀인가요?"

"이번 달 〈샘가〉가 읽을 만해서 선생님 드리려고 한 권 더 샀는데 그냥 갈 뻔했지 뭐예요."

그러면서 작은 잡지를 내놓았다. 뻔한 수법이었다. 하얀 사각 봉투의 도톰한 부피로 겉장이 약간 들려 있는 잡지를 문경이는 단호하게 내밀었다.

"이걸 어쩌나, 전 〈샘가〉 정기구독자예요. 벌써 다 읽은걸요. 오늘날의 사도師道 무엇이 문젠가?라는 특집 참 웃기던데요. 물론 읽어보셨겠지만."

"아, 네에."

그 방면엔 꽤 도가 튼 영범이 어머니였지만 어쩔 줄을 몰라 하다가 그 작은 잡지를 자기 백 속에 도로 넣었다. 부당하게 망신을 당했다고 여겼음인지 눈꼬리가 상큼하게 삐쳤다. 그래도 즐거운 방학 보내시라는 수인사만은 잊지 않고 횡하니 사라졌다. 문경이는 그런 수작을 여봐란듯이 큰 소리로 했기 때문에 곧 교무실 안의 껄끄러운 시선에 몸이 오그라드는 듯한 기분을 맛봐야 했다.

옆자리의 임현자 선생이 속삭이듯 나무랐다.

"아니, 차 선생 무슨 일이야? 왜 그렇게 티껍게 굴어. 그렇게 고소하고 싶어?"

문경이는 나도 모르겠다는 표시로 어깨를 한 번 으쓱해 보이고는 곧 눈물이 그렁해지고 말았다. 봉투라면 닭살이 돋을 것 같은 이상한 혐오감은 아무도 이해할 수 없으리라는 외로움이 그 여자를 슬프게 했다.

"차 좀 얻어타도 돼?"

운동장에서 그 여자는 종종걸음으로 임 선생을 따라잡으며 말했다. 변명도 할 겸 임 선생에게만은 그간에 생긴 신상의 변화를 얘기하고 싶었다. 두 사람은 그만큼 흉허물 없는 사이였다.

"그렇잖아도 모실려고 했어."

"왜?"

"요새 좀 비정상인 것 같아서."

"오늘만이 아니고?"

"쭈욱 이상했어. 오늘은 더 심했고."

"그래? 안 이상하게 보이려고 노력했는데."

"뭐가 있긴 있었군."

"응 좀."

"좋은 일? 나쁜 일?"

"그것도 좀 알아맞추지 그래."

"좋은 일 같지는 않지만 나쁜 일이 생길 턱도 없잖아. 이혼당해 혼자 사는 여자한테 더 무슨 나쁜 일이 생길 건덕지가 있겠어?"

"내 처지가 그 정도로 비참했던가."

차 가진 교사들이 주차장으로 쓸 수 있는 공터는 교무실이 있는 구관과 ㄱ자로 연결된 신관 끄트머리의 골목을 돌아가야 있었다. 특별활동실을 신축할 예정지라 제법 넓었고 제 차로 출근하는 교사도 많지 않아 아직 주차난은 없었지만 골목길은 겨우 차 한 대가 빠질 만해서 웬만한 운전 솜씨로는 차체가 받히거나 우그러지기에 알맞았다. 임 선생의 은빛 중형차도 뒷문의 손잡이 바로 밑이 쭈그러져 있었다.

"어머 임 선생 운전 솜씨도 별게 아니네 뭐. 결국은 박았구나?"

문경이는 으레 그 골목길을 돌다 그렇게 된 거려니 하고 조금 빈정댔다. 선생들이 가진 차 중에선 임 선생 차만이 중형차건만 얼마나 유연하게 털끝 하나 안 다치고 그 좁은 커브길을 돌 수 있나를 자랑하는 소리를 여러 번 들었기 때문이다.

"아냐, 보면 몰라? 여기서 박았으면 거기가 어떻게 우그러지냐? 자, 봐, 이쪽을 덜 꺾어서 저쪽 담을 들이받았대도 거기는 얼토당토 않잖아. 또 이쪽 건물 모서리에 걸린다 해도 거기가 아랑곳이야."

경력이 몇 년 되는 오너가 으레 그렇듯이 운전 솜씨 나무라는 소리만은 그냥 넘기지 못하고 문경이를 옆에 앉힌 채 요리조리 부딪는 시늉까지 해가며 변명을 했다.

"아유, 알았어. 임 선생 실력 알았으니 제발 곱게 빠져나갑시다.

요 밴댕이 창자 같은 길도 미꾸라지처럼 잘 빠지는 솜씨가 실수를 했을 리는 없고……, 어데서 어떤 초보한테 받았구먼."

"글쎄, 그 자리는 초보 아니라 장님도 받을 수 없는 자리라니까."

차가 학교 운동장을 빠져나오자 임 선생은 선글라스를 꺼내 쓰며 심란하게 말했다.

"그럼 어떻게 된 거야."

"우리 반 애가 일부러 그랬대. 돌로 쳐서."

"저런 못된. 그래 그 녀석을 그냥 놔뒀어?"

"아직 생각 중이야."

임 선생의 소리가 전에 없이 침통하게 들렸다. 선글라스 때문에 자세한 표정은 읽을 수 없었지만 부드럽던 뺨이 경직돼 낯설어보였다.

문경이는 임 선생이 차 좀 긁힌 것 가지고 너무 상심하는 것 같아 아니꼬운 생각이 들었다.

"뭘 그만 일을 가지고 심사숙고까지 하고 그래. 불러서 한 번 따끔하게 야단치고 말 일이지. 차 가진 사람들 너무 차 가지고 애지중지하는 거 얼마나 꼴보기 싫은지 알아? 사람 나고 차 났지, 차 나고 사람 난 거 아니잖아."

"동감이야. 나도 사람에 대해서 심사숙고하는 중이지, 차에 대해서 그러고 있는 거 아냐."

"뭘 아냐. 고 괘씸한 녀석을 어떡하면 정신이 번쩍 나게 혼내주나 궁리하는 건 결국 차가 고물 된 게 억울해서이면서."

"조금도 정곡을 찌르지 못했어. 교외 쪽으로 드라이브나 하면서 얘기할래? 다방으로 갈래?"

차는 이미 문경이가 사는 아파트 단지를 지난 지 오래였다.

"기사 마음대로 해."

야산과 꽃마을을 지나자 다시 아파트 단지가 나타났다.

"아직도 서울특별시야?"

"벗어날려면 아직아직 멀었어."

"고수부지로 갈 걸 그랬나."

"이 뙤약볕에 미쳤어."

임 선생이 낯선 아파트 단지의 상가 옆에 차를 세웠다. 아래층엔 부동산 중개소가 즐비했고 위층엔 다방 간판도 몇 군데 눈에 띄었다. 우중충하고 냉방이 잘된 다방 안은 한산했다.

"그 녀석이 글쎄 친구들 앞에서 내 차에다 돌을 던지면서 이러더래. 선생 주제에 무슨 돈으로 자가용을 굴리겠느냐고, 엄마들이 꽉꽉 와이로 맥인 돈으로 더럽게 호강한다고. 하필 호랑이 곽 선생한테 그 현장을 들켜가지고 곽 선생이 그 녀석 덜미를 잡아가지고 교무실까지 데려왔더라구."

"집이 너무 못살면 그럴 수도 있어. 우리 학교는 아파트 단지하고 재개발 지역하고 한 학군인 게 정말 큰 문제야. 임 선생 같은 일 안 당해도 담임 맡을 때마다 빈부의 문제처럼 신경 쓰이는 일도 없더라. 그 녀석 야단 안 치기 잘했네, 뭐."

"가난한 집 애가 아냐. 즈네는 차가 두 대야. 식구는 세 식구인데.

그러니까 엄마 아빠가 따로 차를 굴리는 셈이지. 아빠는 우리 중등 교사보다 월급이 곱절쯤 되는 고급공무원이고 엄마는 가정부를 고용하고 있으니까 순수 무직이고 그 집에 차 두 대보다 우리 집 한 대가 훨씬 더 온당한데 그 녀석의 태도는 마치 불의를 응징하고 난 정의의 사나이처럼 당당하더라니까."

"맙소사."

딴 선생은 몰라도 임 선생이 차를 굴리게 된 경위는 문경이가 알기로는 좀 우스꽝스럽긴 해도 분수에 넘치는 건 아니었다. 임 선생 남편은 대기업 기술개발부에 있다가 독립해서 차린 부품 생산업체가 탄탄하게 자리를 잡아가고 있었다. 그러나 어떻게 된 게 운전면허 따는 데는 칠전팔기의 곡절을 겪더니 따고 나서 차를 사고도 혼자서 몰고 나가질 못했다. 연수도 받을 만큼 받았건만 도무지 실력이 늘지 않자 차는 저절로 면허를 늦게 딴 임 선생 차지가 되어 남편의 운전기사 노릇까지 겸하게 된 것이었다.

"나는 그 녀석의 정의감에 불타는 당돌한 눈동자를 보자 그만 섬찟해지면서 말문이 막혀버렸고 그때부터 지금까지 이상한 무력감에서 도무지 헤어나질 못하겠어. 그 애의 정의감을 통해 우리 사회의 중상류층의 일그러진 정의감의 정체를 파악한 것처럼 느꼈다고나 할까. 엄마들 참 잘났어. 존경스러워. 제 자식을 가르치는 선생은 잘살아도 멸시, 못살아도 멸시하면서 선생을 멸시할 수 있는 근거가 돼주는 자기들의 부나 지위는 과연 정당한가에 대한 회의는 부모 자식이 어쩌면 그렇게 똑같이 백치일 수가 있느냐 말야. 가정

교육이 그렇게 잘돼 있으니 선생이 학교에서 해줄 게 남아 있을 게 뭐람."

"그래도 못된 건 조상 탓이라고 아이들이 빗나간 책임은 다 학교한테 돌리려고만 하니 정말 해먹을 짓이 아냐."

"그래도 난 교사 스스로 그렇게 자조하는 건 더 못 참아 주겠더라."

"자조가 아니라 사실이 그렇잖아. 임 선생도 말했듯이 잘살아도 멸시, 못살아도 멸시받는 직업이 어디 그리 흔해."

"이번 일을 통해 내가 제일 쇼크 먹은 건 뭐니 뭐니 해도 우리 남편의 반응이야."

"남편한테 그런 일까지 고해바쳐야 되나. 난 결혼생활 별로 오래 안해봐서 잘은 모르지만 그 정도는 혼자서 삭이지 그랬어."

"차가 찌그러진 걸 어떻게 말을 안 해. 다 듣고 나더니 노발대발 당장 학교를 그만두라는 거야."

"누군 든든한 남편 둬서 좋겠다. 쇼크 먹었다더니 듣고 보니 남편 자랑이네 뭐."

"차 선생 정말 그렇게 생각해?"

"그래 당장 그만둬도 벌어먹여줄 남편 있는 사람 정말 부럽다."

"그이도 그랬어. 밥 안 굶길 테니 당장 그만두라고. 박봉은 참아줘도 수모는 못 참아주겠대. 더구나 제자로부터 그런 수모를 당하고도 안 그만두는 건 자기를 무시하는 거라나."

"그만해둬. 지 남편이 얼마나 애처간지 자랑이 지나친 것 같아.

소박데기 앞에서."

"놀리지 마. 난 그때처럼 내 남편한테 실망한 적이 없었다. 나는 선생 노릇을 좋아해. 그 일에 보람을 느끼기 때문에 남들이 박봉이라고 하는 보수도 크고 대견하게 받아들였고. 근데 우리 남편은 내가 내 직업을 얼마나 좋아한다는 건 조금도 모르고 있었던 거야. 자기가 버는 돈하고 내가 버는 돈하고 액수로 비교해서 내 직업을 우습게 보는 건 제자한테 당한 무시와 뭐 다르냐 말야?"

"이치가 그렇게 되나?"

문경이는 얼떨떨해서 좀 어벙한 대답을 했다.

"그래, 나는 내 일에 충분한 보람을 느꼈기 때문에 넉넉한 돈을 버는 남편의 직업에 비해 열등감을 느껴본 적도 심심풀이로 다닌다고 생각해본 적도 없는데 그 사람은 마치 내가 여지껏 직장생활을 할 수 있었던 게 자기의 크나큰 시혜였던 것처럼 굴더라고. 아니꼬워서 숨이 턱턱 막히는 것 같았어."

"혹시 대판 싸운 거 아냐."

"속 시원히 싸워나 봤으면 뭘 하러 차 선생한테 이런 하소연을 하겠어. 의사소통이 될 것 같은 문제가 생겼을 때는 싸움도 불사하지만 상대방의 고정관념이 절벽일 때는 안 싸워. 일방적으로 다치게 돼 있는 싸움을 뭣하러 해. 자기가 운전기사를 고용할 테니 차는 그만 끌고 다니기로 하고 화해했어. 다시는 학교에 차 안 가지고 올 거야."

"결국 해고당한 거네 뭐."

"글쎄 말야. 자기가 변변치 못해서 내가 기사 노릇까지 겸한 생각은 안 하고 마치 내 허영심으로 학교까지 차 끌고 다닌 것처럼 몰아붙이더라구."

"부부간의 일을 뭘 그렇게 까다롭게 따져. 차에서 비롯된 분쟁 차로 일단락 봤으면 된 거 아냐?"

"인간의 문제는 어떡하구?"

"임 선생 나도 얘기 좀 하자."

문경이가 별안간 짜증을 냈다. 속사정을 털어놓고 의논하고 싶었던 건 자기가 먼전데 임 선생이 먼저 하소연을 했고, 그 하소연이 자기 사정에 비해 너무 안 급하고 사치스럽다는 게 문득 화가 났던 것이다.

"그래 참, 차 선생이 무슨 고민이 있다는 걸 느낀 게 어제오늘이 아닌데 내 소리만 늘입다 했네. 미안 미안."

"미안한 정도가 아냐. 꼭 당장 오줌 쌀 사람 밀치고 화장실에 먼저 들어가 담배 한 대 피고 나오는 년처럼 밉살스러워."

"어머 그 정도야? 진작 가르쳐주지."

"나 아기를 가졌어."

"그래서?"

"왜 그렇게 안 놀라?"

"놀라야 되는 거야?"

"그럼 독신녀가 애를 가졌다는데도 안 놀라면 어떡해?"

"그렇지만 남자 없이 혼자 애를 만들었을 리는 없잖아."

"그야 물론이지."

"그런데 왜 놀라?"

"그래, 안 놀라도 좋아. 놀래줄려고 이런 얘기 꺼낸 건 아니니까. 아직은 아기를 낳을까말까도 불확실해. 실은 그걸 결정하는 데 임 선생의 도움이 필요해서 만나자고 한 거야."

문경이는 비교적 자세하게 혁주와의 어렴풋하고도 오랜 인연과 짧은 행복과 더러운 끝장을 임 선생한테 털어놓았다.

"이제야 이해가 돼. 아까 교무실에서 봉투를 가지고 왜 그렇게 이상하게 굴었는지."

임 선생이 나직이 한숨을 쉬며 말했다.

"임 선생이라면 어떻게 하겠어? 애를 낳아야 할지 안 낳아야 할지 입장을 바꾸어서 한번 생각해봐. 그 극성맞은 모자한테 시달리다 못해 그 사람의 애가 아니라고까지 말했지만 그게 어디 내 정신으로 한 소리겠어? 그 후 여지껏 내 정신이 아니라니까."

"나라면 그런 사람 애 배지도 않았을 거야. 미안해. 이런 말투."

"괜찮아, 어차피 입장이란 서로 바꿀 수 있는 게 아니니까."

"그래 중요한 건 차 선생 생각이야. 차 선생만이 결정할 수 있는 문제야."

"내가 낳고 싶어도 애비가 원치를 않으니까 문제지. 그럴 땐 낳을까말까가 팽팽하게 맞설 수밖에 없잖아. 오죽해야 제3자한테 이렇게 도움을 청하겠어. 임 선생이 어느 한쪽에다 머리카락만 한 무게라도 더하면 그쪽으로 확 기울어버리고 말겠어."

"사양하겠어. 난 어느 한쪽에도 내 의사를 보태지 않을 거야."

"우정도 없어? 깍쟁이 같으니라구."

"왜 아이의 의지는 생각 안 해? 나는 생명이 잉태될 때 이미 태어나려는 강렬한 의지를 가지고 있다고 생각하는데. 거기다가 엄마의 낳고 싶은 마음을 보태봐. 어디로 기우나."

"정말 그럴까?"

문경이가 처음으로 환하게 웃었다.

"그렇지만 차 선생."

그러나 임 선생은 웃지 않고 오히려 더 근심스러운 얼굴로 말했다.

"너무 좋아하지만 말고, 차 선생 자신의 마음을 냉정하게 재차 점검해볼 필요가 있지 않을까?"

"그게 무슨 뜻이지?"

"차 선생 정말 아이가 갖고 싶어?"

"거기 대해선 더 생각할 것도 없다니까."

"혼자서 애 기르는 게 쉬운 일 아냐. 남의 이목, 쑥덕공론에 어떻게 대처할 것인가도 문제고……."

문경이보다 임 선생의 얼굴이 진정한 조심으로 흐려졌다.

문경이는 피식 웃었다. 임 선생에 비해 자기가 너무 철딱서니 없는 것 같아서였다. 철딱서니 없이 굴면서 묘한 휴식감을 즐기고 있었다.

"남이야 뭐라든 나는 내 아이를 행복하게 기를 자신이 있어."

문경이는 무턱대고 씩씩하게 말했다.

"결혼하고 싶은 남자가 다시 생길 수도 있어. 또 그렇게 돼야 하고. 나도 그렇게 되길 바래. 아이는 그때 가서 낳아도 늦지 않아."

"시집은 안 가. 두 번이나 데였어."

"정말?"

"정말이라니까."

문경이는 야무지게 말하고 나서 아이스커피 잔 밑에 남은 얼음 조각을 입에 털어넣고 오드득 오드득 소리내어 씹었다. 그런 모습을 물끄러미 바라보던 임 선생이 한숨을 쉬면서 말했다.

"해산달이 언제야?"

"해산달? 으응, 의사는 예정일이라고 그러던데. 내년 1월 초래."

"이왕이면 아들 낳았으면 좋겠다."

임 선생이 의례적으로 한 말에 문경이는 느닷없이 화를 냈다.

"딸 낳고 싶어. 나는 장차의 내 아이가 남자일 거라고는 상상도 하기 싫어."

"아이 아빠에 대한 미움 때문에 지금은 그럴 수도 있겠지만 막상 낳으면 안 그래. 나는 첫딸 낳고도 울었다면 말 다했지."

"어머, 임 선생 정말이야? 뜻밖인데."

"나 자신의 일인데도 나도 뜻밖이었는걸. 그렇게 분하고 억울할 수가 없더라구. 지금 생각하면 그것도 일종의 모성애였겠지만 이왕이면 그런 부정적인 정서로 모성애가 비롯될 건 없다고 생각해."

"다음에 아들 못 낳았으면 또 낳고 또 낳았겠네."

임 선생은 남매를 두고 있었다.

"그건 꼭 아들이 있어야겠다는 것과는 다른 기분이었어. 이 세상에 인간으로 입문하는 조건을 100점 만점이라고 칠 때 남자로 태어나면 기본점 50점은 따고 들어가는 거라구. 그러니까 여자로 태어난다는 건 상대적으로 50점 감점인 셈이지. 대학 입시에서 만일 제 자식이 까닭 없이 1, 2점만 감점을 당해도 사생결단하고 덤비지 않을 엄마 없을걸. 50점의 불이익이 분하고 억울해서 우는 건 당연해."

"그런 기분 난 잘 모르겠어. 앞으로도 이해하게 될 성싶지 않고. 내가 내 아이를 기다리는 심정은 엄마로서가 아닌가 봐. 나는 그 애를 친구나 동지로 삼고 싶어. 임 선생보다 더 확실한 친구를 갖고 싶은 거야. 이런 내 소망에다 대면 그 남자에 대한 증오는 물거품 같아."

문경이는 왠지 숨을 죽여가며 중얼거렸다.

임 선생이 시계를 보았다. 문경이는 방학 동안의 소집일 날 결근을 할 테니 반 아이들을 돌봐달라는 부탁을 하고 일어섰다. 개학할 때까지 어디 조용하고 시원한 산촌에 묻혀 있을 작정이었다. 그동안 자신도 배 속의 아이도 너무 시달렸단 생각이 들었다.

태어나서 지금까지 그렇게 완벽한 휴식을 취해보긴 처음이다 싶은 여름방학이었다. 한 달 남짓을 순전히 먹고 자고, 먹고 빈둥거리며 보냈더니 개학하고 만난 사람마다 몰라보게 살이 쪘다고들 했다.

"체중이 글쎄 한 달 동안에 3킬로나 불었다니까요."

문경이는 이렇게 태연하게 대꾸했다.

"중년살은 조심해야 돼요. 쪘다 하면 허리부터 굵어지던걸요."

20대 미술 선생이 충고인지 비양거림인지 모를 소리를 하면서 문경이의 허리를 유심히 보았다.

"나 아직 중년소리 들을 나이 안 됐어. 두고 보라구. 어느 날 여봐란듯이 날씬해질 테니까."

문경이가 이렇게 유들유들하게 굴 때마다 임 선생은 괜히 옆에서 안절부절을 못 했다. 허리가 걷잡을 수 없이 굵어져 마침내 가슴에 주름이 많이 잡힌 벙벙한 내리닫이를 새로 사 입고 출근한 날이었다. 문경이보다 임 선생이 불안해서 어쩔 줄을 모르더니 이따 점심시간에 양호실에서 만나자는 말을 마치 결투라도 신청하듯이 날카롭고 강압적으로 했다. 옆자리라 긴말을 속삭일 시간도 얼마든지 있고 은밀한 얘기라면 퇴근길에 같이 나가 다방 같은 데 들를 수도 있는데 그러는 걸 보면 유쾌한 용건 같지는 않았다. 문경이는 임 선생이 먼저 자리를 뜬 후에도 가기가 싫어서 미적거리고 있었다. 그러나 언제 당해도 당할 일이란 생각 때문에 조마조마했다. 실은 임 선생이 뭐라고 그래 주길 고대하고 있었는지도 모른다. 문경이가 겉으로 아무리 유들유들하게 굴었다지만 속속들이 무신경한 건 아니었다. 임신한 사실을 고백한 유일한 동료가 임 선생이었다는 건 문경이가 그만큼 임 선생을 좋아하고 믿고 있다는 표시였다. 고백 안 한 사람들한테도 임신한 사실을 숨길 수 없을 만큼 배가 불러지자 일반적인 남들의 눈에 자신의 임신이 어떻게 비칠까 알고 싶었다. 남들이 이해하고 감싸주거나 무관심해주길 바라는 건 아니었다. 자신의 입장이 얼마나 흥미진진한 스캔들거리인지 각오하고 있었다. 남들이 뭐라는 소리를 상상만 해도 부르르 몸이 떨렸다. 그렇기 때문에 임 선생의 온건한 도덕관과 이성을 통해 어느 만큼 걸러진 남들의 소리를 듣고 싶었다. 아울러 남들의 비난이 너무 원색적이거나 과도할 때는 임 선생이 중간에서 변호자 노릇도 좀 해주길 바랐다. 임 선생이라면 능히 그렇게 해줄 수 있을 것 같았다.

양호 선생은 알아서 자리를 피했는지 임 선생 혼자서 기다리고 있었다.

"그 배 좀 어떻게 할 수 없어? 조마조마해 죽겠어."

임 선생이 대뜸 애걸조로 말했다. 전혀 예기치 않은 말이었기 때문에 문경이는 실망의 빛을 감추지 못했다.

"임신복까지 입고 도대체 어쩌자는 거야?"

문경이의 말 없음을 기가 죽은 걸로 간주했는지 임 선생의 언성이 한 옥타브 높아졌다.

"임신한 여자가 임신복 입은 걸 그런 눈으로 보지 마, 제발."

문경이가 임 선생 옆에 헌 옷처럼 구겨져 내리면서 가느다랗게 말했다. 임 선생 옆에서만은 긴장하고 싶지 않았다. 터무니없이 당당하게 굴 기력도 없었다.

"아직은 허리에 뭘 좀 감든지 하면 눈가림을 할 수 있을 텐데 너무 노력을 안 하는 것 같아."

"그런 헛된 노력을 뭣하러 해. 쑥쑥 자라는 걸 그런 방법으로 억제할 수도 없겠지만, 억제할 마음이었으면 진작 없앨 수도 있었을 거야."

"나는 차 선생이 이렇게 나올 줄은 몰랐어. 정말."

임 선생은 별안간 믿거라 하고 꿔준 돈을 떼먹힌 여자처럼 적나라한 실망과 모멸을 드러냈다.

"왜 그래? 나는 그래도 임 선생만은 나를 이해하고 내 편이 돼줄 줄 알았는데."

"미안해. 이해하고말고. 남의 말 하기 좋아하는 사람들이 흉보고 손가락질하면 역성을 들어줄 각오도 하고 있었어. 그렇지만 그렇게 되기 전에 알아서 조치를 취할 줄 알았어."

"어떤 조치를?"

"휴직을 하거나, 사직을 하거나. 생각해봐. 학부모나 이 사회가 교육자에게 요구하는 것 중의 도덕적인 것의 비중이 얼마나 막중한가를……."

"부도덕하게 생긴 아이가 아냐, 내 아이는. 알잖아?"

"알아. 아니까 이렇게 차 선생을 상대하지, 모르면 아마 상대도 하기 싫었을 거야."

"상대해줘서 고마워. 나도 실은 내가 홀몸이 아니란 게 미구에 교무실 안에 그리고 학교 안에 퍼질 일만 생각하면 무서워. 임 선생도 나를 위해 조마조마하고 있다는 것도 알아. 그렇지만 휴직을 하고 아이를 몰래 낳긴 싫어. 사직은 더군다나 할 수가 없구. 지금은 나만의 밥줄이지만 곧 두 입의 밥줄인 걸 어떻게 놓을 수가 있겠어."

"맙소사, 그렇게 대책이 없는 줄은 정말 몰랐어."

"내가 내 아이를 위한 유일한 대책은 이 아이를 감추지 않는 거야. 부끄러워하지 않는 거야. 법으로 정해진 산전산후 휴가도 당당히 따먹을 테니 두고 봐."

임 선생이 딱하다는 듯이 바라보거나 말거나 문경이는 이렇게 호언장담을 했다. 문경이 배는 사정없이 불러왔다. 처음에 임신복을 입었을 때만 해도 허리 굵어지는 걸 카무플라주하려고 그런 센스 없는 옷을 입은 줄 알고 놀려대던 동료들이 싹 입을 다물고 저희들끼리 눈짓만 하게 되었다. 복도에서 마주치면 으레 공손히 허리를 굽히게 되어 있는 아이들의 눈빛도 어느 틈에 스승들의 눈빛을 닮아가면서 허리를 굽히는 대신 저희들끼리 서로 허리를 꾹꾹 찌르며 피해갔다. 새소리처럼 재잘대는 웃음 끝에 '얼굴에 철판' 어쩌구하는 소리가 문경이의 귀를 후벼판 적도 한두 번이 아니었다. 얼마 못 견딜 것 같은 막연한 공포와 고독감으로 그 여자의 얼굴은 형편없이 수척해지고 배만 맹꽁이처럼 불러왔다.

교장실의 부름을 받은 것은 겨울방학 얼마 안 남기고였다. 겨울방학이 고비다, 그 고비만 그야말로 얼굴에 철판 깔고 넘기면 된다고 기다리고 기다리던 겨울방학을 문경이 모르게 진행되는 사태가 기다려줄 리 만무했다.

배가 부르고 나서 일대일로 대할 기회를 용케 피해온 교장이었다. 문경이는 교장실에 들어서자마자 그동안 자기가 교장을 피해온 게 아니라 교장이 자기를 피해줬다는 걸 깨달았다. 교장은 지금도 문경이를 바로 보지 않았다. 이마에 잔뜩 내 천 자를 긋고 책장 유리에 암울하게 비친 문경이 옆모습에다 대고 겨우 턱짓으로 앉으라는 시늉을 했다. 문경이는 몸을 공처럼 오그리고 소파 한 모서리에 엉덩이를 붙였다. 다분히 허세이긴 했지만 누구 앞에서도 부른 배를 감추려 하거나 창피해하지 않았건만 교장 선생 앞에선 그게 되지 않았다. 이건 옳지 않다. 강요된 죄의식, 강요된 수치감이다. 이렇게 반발하려 해도 노인의 정정하고 깨끗한 동안은 절로 그 여자를 주눅 들게 했다.

"이래도 되는 겁니까, 차 선생."

학생들 앞에서의 그의 쩌렁쩌렁한 목소리는 착 가라앉아 있었으나 그 여자 귀에는 추상같이 들렸다.

"죄송합니다. 교장 선생님."

그 여자는 몸을 더욱 동그랗게 말았으므로 배 속의 드센 발길질은 명치를 치받쳤다.

"이제라도 죄송한 걸 알았으면 됐어요."

"뭘 말씀인가요?"

문경이는 얼떨결에 이런 바보 같은 질문을 하고 말았다.

"아니 그럼 뭔지도 모르고 사과를 했단 말예요?"

교장 선생이 탁자를 탁 쳤다. 탁자 위의 유리 재떨이가 오래도록 진동했다.

재떨이의 진동이 멎은 후에도 문경이의 놀란 가슴은 후들댔다.

"이런 꼴을 보여드리게 돼서 죄송합니다."

"겨우 그겁니까?"

"네?"

"내가, 이 늙은이가 그 입에 담기 싫은 소리를 꼭 입에 담아야 하겠습니까?"

"말씀 안 하셔도 압니다. 제가 뭘 잘못했는지."

"알면 책임을 져야죠."

"전 아무에게도 책임을 전가하지 않았습니다. 힘겹지만 아무에게도 폐 안 끼치고 제 힘으로……."

문경이는 울음이 복받쳐 말끝을 잇지 못했다. 교장 선생으로서가 아니라 이 세상을 자기보다 갑절을 더 산 노인으로 대하고 싶은 마음이 갑자기 그 여자를 심약하게 했다. 꾸짖음과 자애가 함께 그리워 한없이 울고 싶었다. 그러나 자애가 조금도 섞이지 않은 교장의 다음 음성 때문에 그 여자는 울음을 뚝 그칠 수밖에 없었다.

"차 선생 지금 무슨 말을 하는 거요? 내가 묻는 건 교육자로서의 대사회적인 책임이지, 혼자 사는 여자의 방탕한 사생활의 불미스러운 결과에 대한 사적인 책임이 아니잖소. 그걸 내가 왜 묻겠소? 나 그렇게 한가하고 저급한 사람 아녜요. 이날 이때까지 상스러운 소리 한 번 입에 담지 않고 살아왔어요. 여북해야 벌써부터 말해야 된다고 생각하면서도 설마 내가 말할 때까지 있을라구, 하는 마음으로 기다려왔겠어요. 교육자가 정말 이래도 되는 겁니까? 어떻게든지 마지막 망신만은 스스로 피할 줄 알았는데……."

교장이 언성을 높이면서 처음으로 그 여자의 배를 똑바로 바라보았다. 교장은 그 흉한 배를 바라본 것만으로도 그의 정결한 생애가 부정탄 것처럼 느꼈고 그 여자는 그 여자대로 그런 시선이 닿았다는 것만으로도 배 속의 정결한 생명이 부정탄 것처럼 느꼈다. 교장은 황급히 그의 시선을 거두었고 그 여자는 두 손으로 배를 가리는 자세로 돌아앉았다.

"아직도 못 알아들었어요? 단도직입적으로 말하리다. 사표를 내셔야겠어요. 이왕 낼 사표 파다하게 소문이 퍼지기 전에 냈으면 좀 좋아요?"

"알겠습니다."

가슴속 깊이로부터 몸이 사시나무 떨리듯 떨려오는 걸 참으려고 어금니를 지그시 문 채 겨우 그 말 한 마디를 할 수가 있었다. 너무 쉽게 승복한다는 생각도 없지 않았지만 조리 있는 말은 단 한마디도 할 자신이 없었기 때문에 어쩔 수가 없었다.

"충격이 심한 것 같은데 나 역시 쇼크예요. 사표 내는 시기를 너무 미룬다 싶긴 했어도 차 선생이 자발적으로 사표 낼 생각이 전혀 없었다는 건 정말 몰랐거든요. 어쩜 그럴 수가 있어요? 상식을 가진 사람의 도덕관으로는 도저히 상상도 할 수 없는 일 아녜요? 교육자가 아니더라도 말예요. 차 선생이 그런 사람인 줄 조금만 더 일찍 알았더라도 사태가 이렇게까지 악화되기 전에 내 선에서 쉬쉬 마무리를 짓는 건데……."

나중 말은 입속에서 우물거렸지만 그가 심히 낭패스러워하고 있다는 건 여실히 나타났다. 그 여자는 교장이 말하는 사태의 악화라는 게 사표를 내지 않을 수 없게 된 자신의 입장인 줄만 알고

"죄송합니다. 진작 의논을 드렸어야 하는 건데……."

"의논은 무슨 놈의 의논, 나 그 따위 저속한 의논 받는 사람 아녜요."

그 여자는 더 이상 아무 말도 못하고 교장실을 물러났다. 제 발로 걸어나오면서도 그 여자는 마치 비질을 당하는 검부락지처럼 어떤 난폭한 힘에 밀려나고 있는 것처럼 느꼈다.

텅 빈 교무실에 임 선생 혼자 남아 있었다. 보나마나 그 여자를 기다리고 있을 터였지만 그 여자는 본체만체 제자리에 앉아서 서랍을 있는 대로 열어제쳤다.

"차 선생, 서랍 정리는 나중에 해도 늦잖아. 뭐라고 말 좀 해봐."

"알잖아 내가 뭐라고 안 해도. 그래. 쫓겨났어. 비참해."

"진작 사표 낼 걸 그랬어."

"임 선생이 내라고 할 때? 임 선생이 옳았다고 말하고 싶은 거지? 충고 안 듣더니 꼴 좋다고……."

"차 선생 왜 그렇게 화부터 내려고 그래."

"내가 화부터 낸다고? 교장실에서 내가 무슨 꼴을 당했는지 당신 같은 사람은 아마 상상도 못 할걸."

"왜 못 해. 얼마나 심하게 구셨을까 보지 않아도 본 듯해서 나는 나대로 애절을 하고 있었어. 그렇지만 그분이 너무한 거라고만 생각하지 마. 차 선생만 모르고 있었지 제일 먼저 들고 일어난 게 어머니회였어. 어머니회에서 교장 선생님한테 압력을 넣었는데 처음엔 들은 척도 안 하셨다나 봐. 차 선생을 봐줄래서가 아니라 그 어른 성미로 봐서 개입하는 것조차 당신 체면에 관계된다고 생각하셨던가 봐. 그러면서 본인이 알아서 처신하기만을 기다렸는데 어머니회에서 더욱 세게 나오는 걸 어쩌겠어. 이사장한테도 알리고 그런 선생한테 사춘기 아이들을 배우게 하느니 집단적으로 전학을 가든지 휴학을 시키고 사회적인 여론을 환기시키겠다고 법석들을 하는 바람에 교장 선생님이 나서게 된 거야."

"몰랐댔어."

"어쩌면 그렇게 깜깜일 수가 있어?"

"아주 모른 건 아냐. 알고 싶지 않았던 것뿐이지. 보기 싫은 게 극도에 달하면 아무 이상 없이도 눈이 안 보이게 되는 수도 있다지 아마. 그와 비슷한 심리 작용으로 눈치를 무감각하게 만들었었나 봐."

"등잔 밑이 어두워도 분수가 있지."

임 선생이 기가 막히다는 듯이 한숨을 쉬었다.

"어머니회에서도 제일 앞장서서 설치고 다닌 이가 바로 차 선생 반의 영범이 엄마니 하는 소리야."

문경이는 열린 서랍들을 꽝꽝 소리나게 닫고는 책상 위에 푹 엎드렸다. 임 선생은 그 여자가 울고 싶어서 그러는 줄 알고 잠시 내버려 두었다. 그러나 그 여자가 잠든 것처럼 꼼짝을 안 하자 살그머니 다가가 어깨를 두 손으로 감싸안으며 말했다.

"자아 이제 퇴근합시다. 우리 어디 가서 저녁이나 먹으면서 앞으로의 일을 의논하자구."

"임 선생이 뭘 안다고 내 일을 의논해?"

그 여자는 엎드린 채 조용히 말했다.

"왜 몰라. 나 차 선생 마음 다 알아. 대신 아파주고 싶을 만큼."

그 여자가 벌떡 일어나면서 헝클어진 머리를 두억시니처럼 흔들면서 말했다.

"당신이 내 마음을 안다고? 당신에게 교직은 기껏 좋아하는 일이고, 보람을 느낄 수 있는 일이야. 흥 아니꼽게스리. 나에겐 이 교직이 밥줄이란 말야. 앞으로는 두 사람의 밥줄인데 나는 그 밥줄을 잃었어. 밥줄을 잃은 기분이, 아직 이 세상에 나오지도 않은 아이의 밥줄까지 잘린 기분이 어떤지 당신처럼 팔자 좋은 여자가 알게 뭐냐 말야. 아아, 난 밥줄을 잃었어."

그 여자는 비로소 울음을 터뜨리며 임 선생의 가슴에 얼굴을 묻었다. 임 선생도 눈시울을 붉힌 채 그 여자의 울음이 절로 그치길 기다렸다.

3

 사표를 내고 퇴직금을 받아든 문경이는 다시 명랑해졌다. 7백만 원이 넘는 액수였다. 저축도 좀 있어서 출산비용 하고도 2년은 먹고 살 수 있는 목돈이 수중에 있었다. 생후 2년 동안은 아이도 한참 손이 갈 시기이니 목돈을 곶감 꼬치 빼먹듯이 빼먹으면서 온갖 시름 다 잊고 아이 기르는 일에만 전념할 작정이었다. 다 까먹고 난 후의 걱정은 그때 가서 해도 늦을 건 없다는 배짱 같은 게 생겼다. 궁하면 통하게 돼 있다던가 산 입에 거미줄 치랴는 말이 크게 힘이 되기도 했다.
 예정일을 사흘쯤 지나 진통이 와서 정기 진단을 받던 동네 산원에 입원한 지 다섯 시간 만에 순산을 했다. 3.8킬로나 되는 충실한 사내아이였다. 임 선생은 병원으로도 와주었고 퇴원할 때도 와서 도와주었다. 퇴원한 지 2주일쯤 되어서 아기에게 필요한 걸 한 보따리

나 사가지고 온 임 선생은 능숙한 솜씨로 아기 목욕까지 시켜주고 나서 말했다.

"녀석 볼수록 밉게 생겼네그려. 어쩌면 엄마는 조금도 안 닮았지? 이목구비가 또렷해질수록 더해. 엄마가 섭섭해서 어쩐다지?"

이러면서 질겁하듯이 차근차근 아기를 뜯어보는 임 선생의 눈길에는 애 아버지의 모습을 찾아내려는 집요한 호기심 같은 게 엿보여 문경이는 문득 서글퍼졌다. 아기를 낳고 나서부터 그 여자는 왠지 혁주의 모습을 떠올릴 수가 없었다. 어렴풋하고 추상적인 모습으로 생각날 뿐 구체적인 모습이 신기할 정도로 안 떠올랐다.

"아냐, 안 섭섭해. 조금도."

"왜, 딸이 아니라서 섭섭하진 않구?"

"그것도 안 섭섭하구. 난 생긴 대로의 우리 아기가 그냥 좋고 신기하고 감사하고 그래."

"어쭈 그렇게 고상하게 굴 거 없어. 내 식으로 50점은 벌써 따가지고 세상에 나왔으니 얼마나 기특하냐고 좋아해도 괜찮아."

"알았어. 근데 왜 이렇게 뭘 많이 사왔어. 나만 자꾸 염치없어지잖아."

"다 산 거 아냐. 산 건 포장한 것뿐이고 다 우리 아이들 어려서 입던 헌 옷들이야. 말짱해. 아직도 두셋은 더 길러도 될걸."

"나더러 두셋을 더 낳으란 소리 같아서 겁난다."

"아무리. 참, 흔들의자, 보행기, 유모차 그런 것도 사지 마. 필요한 시기가 되면 내가 다 한꺼번에 싣고 올 테니까."

"고마워. 나도 아직은 부자야. 예금통장에 목돈 넣어놓고 빼쓰는 재미도 여간 아냐. 퇴직금 받아들고 무슨 생각한 줄 알아? 까치밥 생각이 나데. 시골서 감 딸 때 맨 윗가지에 몇 개 남겨놓잖아. 겨우내 까치들 먹으라고."

"그렇게 생각하면 안 되지. 그게 어디 남이 베푼 자선인가? 우리가 죽자꾸나 벌어서 다달이 적립한 돈에다 이자를 조금 붙여주는 건데 뭘 그렇게 감지덕지해."

목욕하고 새근새근 잠자던 아기가 얼굴을 찡그리기도 하고 방긋방긋 웃기도 했다. 배냇짓이야말로 천사의 웃음이었다. 두 여자도 천사의 미소에 감염된 듯 오래간만에 뜻없이 그러나 마음으로부터 기쁨이 우러나서 은근히 미소를 교환했다.

"그런 줄 알면서도 놀고도 살 수 있다는 게 신기하고, 마냥 이렇게 살 순 없지 싶어 겁이 나기도 한다니까."

"세상 여자들은 다 그렇게 살아. 쉬는 지 며칠이나 됐다고 벌써부터 그렇게 불안해하고 그래. 꼴보기 싫게."

임 선생은 정말 꼴보기 싫은지 눈을 흘겼다.

"세상 여자들 얘기가 나왔으니 말인데 대부분의 여자들이 사는 방식이다 싶기도 해."

"어쭈, 자기가 마치 그게 옳지 않다고 생각해서 저항을 하다가 이 꼴이 된 것처럼 굴고 있네."

임 선생이 또 한 번 눈을 흘겼다. 그러나 비꼬거나 얕잡는 투가 아닌 푸근한 눈길이었다.

"그러게 말야. 내 팔자 사나운 생각은 안 하고……."

"팔자 타령은 더욱 차 선생답지 않아."

"모르겠어 뭐가 뭔지. 1, 2년 놀고 먹을 수 있는 목돈만 있어도 이렇게 든든한데 다달이 빼쓰는 액수만큼 채워주는 화수분 같은 남편이 있는 팔자란 얼마나 느긋할까 은근히 부럽다면 말 다했지. 남편 잘 만난 여자들이 콧대 높은 것도 이해가 되더라니까."

"점점 더 차 선생답지 않아지네."

임 선생이 맥빠진 웃음을 웃으며 아기를 들여다보았다.

"정말 나답지 않지?"

문경이가 쓸쓸하게 말했다. 아직도 푸석한 화장기 없는 얼굴에 몇 가닥 주름이 신산스러워 보였다.

"차 선생답다는 게 도대체 뭐게?"

임 선생이 아기를 들여다보던 눈을 들어 그 여자를 쏘아보면서 따지듯이 날카롭게 말했다.

"왜 이랬다저랬다 남 헷갈리게 해?"

"차 선생답다는 게 고작 그렇게 헷갈릴 수 있는 거라면 차 선생답다는 걸 아주 포기하는 게 어때?"

"임 선생 무슨 말을 하려고 그래? 너무 어렵게 굴지 마. 난 못 알아듣겠다."

"내가 차 선생을 보통 여자들과 다르게 생각하는 것도 잘못이지만 차 선생이 자신을 그렇게 생각하는 건 더 큰 오해인지 몰라. 자신에 대한 오해를 한번 풀어봐. 공연한 잘난 척만 안 할 수 있어도 훨씬 앞날이 편해질 수도 있어."

"무슨 소린지 난 통 못 알아듣겠어."

"아까 차 선생이 모처럼 정직한 소리 했잖아. 다달이 빼쓰는 액수만큼 채워주는 화수분 같은 남편이 있으면 얼마나 편하겠느냐고. 그런 편한 생활은 차 선생과 인연이 없다는 생각을 고치란 말야."

"애 아버지 얘기를 하고 싶은가 본데 우리 아긴 아버지가 없어. 그가 자기 자식을 부정했어. 우리 아긴 나만의 자식이야."

"이 아이를 좀 봐. 얼마나 잘났어. 남도 탐나. 이런 관옥 같은 아이의 아버지라면 차 선생한테 들은 것보다 훨씬 괜찮은 남자일지도 모른다는 생각이 들어. 아니 보통 정도의 남자만 되더라도 이 아이를 보면 단박 심경의 변화가 생길 것 같아. 화내지 마, 내 멋대로 한 생각이야."

"때는 이미 늦었어. 그는 작년 가을에 결혼했어."

"이런 걸 그저 타이밍이 안 맞았다고 하면 너무 경솔한가?"

"그는 딴 여자와 결혼하기 위해 먼저 우리 아기를 부정했어. 타이밍을 못 맞춘 건 내 쪽이고 그 남자는 착착 잘도 타이밍을 맞추었는걸."

"만일 애 밴 여자가 딴 남자와 결혼할 생각이었으면 애가 크나큰 짐이거나 아니면 목숨 걸고 중절을 해야만 했으련만 남자는 말 한마디로 제가 뿌린 목숨을 없앨 수가 있으니……."

"내가 어떻게 그런 남자를 용서할 수 있겠어?"

"용서하라곤 안 했어. 벌을 톡톡히 주면서도 실속을 차리는 방법도 있어. 생각만 고쳐먹으면."

임 선생의 말투가 간절해졌다.

"오, 제발 나를 꼬시지 말아. 그 남자한테 화수분 노릇을 시키면서 나는 정부 노릇이나 하란 말이지."

"꼭 그렇게 최악의 말만 골라 쓸 게 뭐람? 화수분 노릇 시키기가 그렇게 쉬운 것도 아니구. 그보다 급한 건 그 남자로 하여금 이 아이를 부정했던 걸 번복시키는 일이야. 이 아이를 제 자식으로 인지시키는 일이야."

"왜? 뭣하러?"

"그게 사실이니까. 앞으로의 차 선생의 생활력 여하에 따라서는 화수분 같은 건 전혀 필요 없게 될지도 모르지만 아이를 즈이 아버지 호적에 입적시키는 문제는 그와는 별도의 문제야."

"내 호적에다 나 혼자 낳은 아이로 입적시킬 거야. 물론 내 성을 따르게 할 테고 요새 세상에 엄마 성을 따른 아이가 불이익을 당하는 법은 없다고 생각해."

"여자가 불이익을 당하는 게 반드시 명문화된 법조문에 의해서만은 아니잖아. 관습에 의해서지. 이 아이도 언제 어디서 관습이나 고정관념에 의해 불이익이나 수모를 당할지 모르는 일이야."

"나는 우리 아기를 그런 것들 때문에 상처받지 않도록 강하게 늠름하게 키울 테니 두고 봐."

"성령으로 잉태한 예수님도 세속의 족보에 올라 있다는 걸 명심해둬. 왜 그랬을까?"

문경이가 그 문제를 조금도 안 생각한 건 아니었다. 중요하게 여기지 않으려고 노력했을 뿐이었다. 임 선생도 그 문제를 단도직입적으로 얘기하지 않고 빙빙 돌아서 조심스럽게 접근해왔기 때문에 오히려 더 심각하게 들렸다.

임 선생이 다녀간 후 며칠 동안을 끙끙거리며 썼다 찢었다 썼다 찢었다 수없이 되풀이한 끝에 마침내 편지 한 통을 썼다. 혁주한테 보내는 편지였다. 집으로 보낼까 회사로 보낼까 겉봉을 고쳐 쓰느라 또 며칠을 허비했다. 혁주의 어머니와 그의 신혼의 아내에 대한 배려에서라기보다는 편지 내용의 간단명료하고 사무적인 사연 때문에 회사로 보내고 싶은 쪽으로 마지막 결정을 내렸다. 아직도 남아 있는 한 조각의 자존심이 이제 와서 혁주를 곤경에 빠뜨리거나 혁주네 집 식구들의 입초사에 오르내리는 일을 피하도록 했는지도 모른다.

몇월 며칠 사내아이를 낳았고, 그 아이가 당신과 나의 아이라는 사실을 당신이 인정해줘서 사실대로 기록될 수 있기를 바란다는 그 여자의 편지에 대한 혁주의 답신에는 육필은 단 한 자도 들어 있지 않았다. 공문조로 타이핑된 사연은 간단했지만 충분히 야비했다.

차문경 여사

여사가 본인의 아이를 낳았다구요? 여사의 말귀를 못 알아듣겠음을 용서하시기 바랍니다. 또한 여사로부터 그와 같은 협박을 당한 게 이번이 처음이 아니라는 걸 본인이 기억하고 있음을 상기시켜드리고자

합니다. 앞으로 다시 이런 허무맹랑한 협박으로 본인의 신성한 가정의 평화가 위협을 받을 시에는 여사의 정신 상태를 의심할 것이며 본인도 응분의 조치를 취할 것임을 경고합니다.

×년 ×월 ×일 김혁주

끄트머리 성명 삼자까지 타이핑을 했으면서도 무슨 생각에선지 이름 다음에다 인주 빛깔도 선명하게 날인을 하고 있었다. 붉은색은 마치 도덕군자의 팬티에 찍힌 창녀의 연지 자국처럼 우스꽝스럽고도 생경스러워 보였다. 내용을 한 번 훑어보고 치가 떨린 문경이도 그 인주 빛깔에 이르러서는 픽 하고 웃고 말았다.

그 여자는 아무하고도 상의하지 않고 혼자서 아기 이름을 문혁이라고 지었다. 순우리말 이름도 몇 개 생각해놓은 게 있고 또 뜻과 음이 좋은 한자 이름도 사전을 보며 맞춰놓은 게 있었지만 혁주와 문경이 두 사람의 이름자 중에서 한 자씩 떼다가 아들의 이름을 만들기로 했다. 아마 임 선생한테 그런 뜻을 의논했더라면 단박 치사하다느니 집요하다느니 하는 평을 들을 게 뻔했다. 그러나 문경이는 그렇게라도 해서 그 아이의 출생의 진실을 남겨놓고 싶었다. 가끔 그 탐스럽고 잘생긴 아기 아버지가 혁주라는 생각을 하면 뜨악해진 적도 있었지만 사실이 마음에 안 든다고 해서 뜯어고치거나 없이할 수 있다고 생각할 수 있을 만큼 편리한 거짓말쟁이가 못 되었다.

아기는 백날을 지나면서 어렴풋하던 아버지의 모습이 점점 더 확실해지기 시작했다. 보행기를 올라타게 되자 영감님처럼 약간 구부정하게 걷는 혁주의 걸음걸이까지 빼닮을 조짐이 보였다. 그 여자는 신기하고 한편 낭패스럽기도 했다.

문득 문득 아기를 안고 회사 앞에서 혁주의 퇴근길을 지켜 서 있고 싶은 충동에 사로잡히곤 했다. 만약 자기가 그렇게 할 수만 있다면 혁주는 두말도 못하고 그의 아들을 인지할 것 같았다. 어떤 때는 아기를 잘 씻기고 입히고 자신도 곱게 몸단장을 하고 나서 아기를 안고 회사 앞으로 가기 일보 직전까지 이르른 적도 있었다. 이상하게도 그 공문투의 편지 끝의 시뻘건 날인 생각만 하면 아무리 고조된 용기도 맥없이 꺾이고 말았다. 처음 보았을 때는 우스꽝스럽고 생급스럽게만 보이던 날인이 날이 갈수록 그 여자가 도저히 대적하거나 돌파할 수 없는 철옹성 같은 기득권처럼 여겨졌다. 혁주가 의도한 것 이상의 효과를 거두었다고나 할까.

혁주가 회사로 배달된 문경이의 편지를 받았을 때는 옥시글옥시글한 신혼 재미에 아내의 임신까지 확실해져서 더할 나위 없이 행복할 때였다. 그는 편지를 받았을 때도 그러하였고 다 읽고 나서도 호사다마라는 생각밖에는 별로 충격을 받지 않았다. 문경이로부터 배 속의 아이가 그의 아이가 아니란 자백을 얻어냈을 때 어렵사리 불쾌한 책임을 벗어났다는 안도감은 느꼈을진 몰라도, 물론 그걸 믿은 건 아니었다. 그러나 그 후에 획득한 꿈같은 행복을 확실하게 해두고 싶은 욕심은 차차 그걸 믿는 쪽으로 자신을 몰고 갔다. 그는 아무런 거리낌없이 문경이로부터 협박을 당하고 있다고 느꼈으며 그 더러운 협박으로부터 그의 신성한 가정을 지켜야 할 사명감에 불탔다. 그는 자신이 조금도 인정에 약해져선 안 된다는 단호한 결의를 나타내고자 의도적으로 육필을 피하고 회사 마크가 들은 타이프 용지에다 타자를 찍어 답장을 썼다.

그리고 보니 자신의 노여움과 확고한 결심을 나타내기엔 어딘지 좀 미흡한 것 같아 쾅 하고 도장을 찍고 나니 분도 좀 풀린 것 같고 말로 미처 다 나타내지 못한 게 보충된 것도 같았다. 무엇보다도 자신의 말에 권위가 붙은 것 같아서 흡족했다.

약간의 치기랄까 허세 때문에 찍은 도장에 문경이는 필요 이상 주눅이 들고 있었다. 어쩌면 단순히 도장 때문이 아닌지도 몰랐다. 문경이는 외롭고 불안하고 조금씩 곤궁해지고 있었지만 혁주는 행복하고 자신있고 날로 윤택해지고 있었다. 열등감은 피해 의식을 불러일으키게 마련이다. 우월감이 까딱하단 무모한 가해의 충동이 되는 것처럼.

혁주는 문경이가 그의 첫아들을 낳았다는 데 대해서도 매우 냉담했다. 그는 오직 그의 행복을 방해받고 싶지 않았다. 아아, 아름답고 여자다울 뿐 아니라 경제력까지 있는 아내처럼 사랑스러운 게 이 세상에 또 있을까. 그 사랑스러운 아내는 목하 임신 중이었다. 그는 그의 행복에 도취해 눈에 보이는 게 없었다.

그로부터 3년 여가 지났다.

아이는 건강하고 사랑스럽게 자라주었다. 우리 나이로 네 살이 된 문혁이는 어찌나 숙성한지 벌써 세발자전거는 마다하고 보조 바퀴가 달린 두발자전거를 탔다. 약간 긴 듯한 결 좋은 머리칼을 나부

끼며 속도감을 즐기는 아이를 베란다에서 내다보는 건 무엇과도 바꿀 수 없는 그 여자의 기쁨이자 뿌듯한 자랑이었다. 암만해도 나이가 있는지라 다리의 길이가 페달까지 닿기에 넉넉지 않은지 뒤에서 보면 아이의 궁둥이가 몹시 씰룩댔다. 그 여자는 그게 우습고도 신통해 환하게 웃으면서 아이가 커브를 돌기를 기다렸다. 어린이 놀이터를 가운데다 둔 타원형의 아스팔트 길은 아직도 차도나 주차장으로 쓰이지 않는 단지 내의 유일한 안전지대여서 부부가 배드민턴을 치거나 아이들이 자전거를 타기에 알맞았다. 커브를 돈 아이는 엄마의 시선을 의식했는지 이쪽을 보면서 한 손을 들어 보였다. 그럴 땐 아이가 아니라 소년처럼 보였다. 그 여자는 짜릿한 행복감을 느꼈다. 신나게 몇 바퀴를 돌고 난 아이는 곧 싱그러운 땀 냄새를 풍기며 엄마를 부를 것이다. 그리고 먹을 것을 찾을 것이다. 건강한 아이답게 문혁이는 잘 놀고 잘 먹었다. 아이의 탐스러운 먹성을 생각하면서 그 여자는 부엌 쪽으로 갔다. 감자, 삶은 계란, 사과, 우유 등 아이의 간식거리를 궁리하다 말고 그 여자의 얼굴엔 점점 그늘이 졌다. 다섯 자리 숫자밖에 안 남은 은행의 잔고가 생각났기 때문이다.

퇴직금 말고도 그 여자는 어느 정도 여축을 가지고 있었다. 이혼하고 혼자 살고부터 교사 월급으로도 다달이 저축이 가능했다. 그러나 혼자 산다고 해서 안 먹고 안 쓰고 안 입고 오로지 돈 모으는 재미 하나로 살 만큼 그 여자는 악착같지가 못했다. 행여 메마르고 악착같아질까 봐 늘 자신을 돌보았다. 돌보고 걱정해줄 가족이 없으니까 스스로 그 일을 해야만 했다. 혼자 먹는 식사도 손님 대접처럼 갖출 거 갖춰놓고 분위기까지 신경을 쓰며 했다. 나를 나 이상 잘 대접할 사람이 누가 있을까, 이렇게 생각하면서 열심히 대접했다. 옷도 사치할 형편은 못돼도 남들한테 꽤 잘 입는다는 소리를 들었으니까 옷 한번 장만하려면 값싸고 그럴듯한 걸 고르려고 돈보다 시간을 많이 들이는 편이었다. 낭비나 사치를 모르는 집안에서 자라서 절제가 몸에 배 있긴 해도 체질적으로 궁상스러운 건 질색이었다. 결국 쓸 만큼 쓰고 저축을 했단 얘기니까 그렇게 많을 리는 없었다. 그래도 거기다가 퇴직금을 합치니까 그 여자로서는 평생 처음 쥐어보는 거금이더니 고작 3년 남짓 파먹고 나서 바닥이 나다니.

혼자 살 때도 아무렇게나 입거나 아무거나 먹지 않도록 노력한 그 여자가 아이가 생겼으니 씀씀이가 갑절로 늘어나는 건 당연했다. 직업도 없이 식구까지 늘었는데도 한 푼을 쪼개 쓰려는 안달을 안 했던 것도 천성이 낙천적이어서가 아니라 그 여자가 노력한 결과였다. 그 여자는 아이에게 심리적으로나 물질적으로나 아빠가 안정된 직업을 가진 가정 분위기를 보장해주고 싶었다. 복 많은 여자들은 임신 중 태교에 힘쓰기도 한다는데 그 여자는 태아의 목숨을 지키기도 벅찼다는 걸 그렇게라도 해서 보상하고자 했다. 그래서 그동안 내일 어떻게 될까 근심하지 않고 편안한 마음으로 넉넉하게 먹고, 생활에 즐거움을 해치지 않을 정도로만 절약하면서 살았다.

그 여자가 넘치지 않을 정도로 윤택하게 살면서도 그 목돈이 3년이나 넘어 유지됐던 건 물론 주위의 따뜻한 도움 때문이기도 했다.

지금 아이가 타고 있는 자전거도 임 선생 아들이 타던 걸 물려준 거였다. 요새 갑자기 생활들이 넉넉해지기 시작한 언니 오빠들의 도움도 컸다. 동기간들은 도와줄 때마다 설교를 하면서 도와줘서 아니꼬울 때도 있었지만 만약 나에게 나 같은 동생이 있어도 그럴 수밖에 없으려니, 입장을 바꾸어 생각하면 참아줄 만했다. 그러나 그 여자가 너무 오랫동안 동기간의 물심양면의 도움을 감지덕지하지도, 감사하는 기색도 없이 예사롭고 떳떳하게 받은 건 잘못이었나 보다. 이제 너도 뭘 해야지, 사생아 낳은 게 무슨 벼슬이라고 마냥 놀고먹느냐는 투의 비양거림을 큰언니가 먼저 비추더니 차례차례 약속이나 한 듯이 베풀던 동정이 식어갔다.

하긴 하늘도 스스로 돕는 자를 돕는다지 않나. 언니 오빠들이 나에게 홀로서기 연습을 시키려는 게야. 그 여자는 도움을 받을 때 비굴하지 않았던 것처럼 그게 끊어졌을 때 원망도 하지 않았다. 그 여자가 특별히 잘났거나 무감각해서가 아니라 아이의 유아기와 유년기만은 에미로서 정서적인 안정을 누리고 싶었다. 그게 아이에겐 태중에서 못 받은 태교의 대신이 되길 바랐고 자신에겐 고된 앞날을 위한 충전이 되길 바랐다. 편안하고 무심하게 산 거야말로 저절로 된 게 아니라 그 여자가 가장 큰 노력을 기울인 결과였다.

그러나 더 이상 편안하고 무심할 수는 없을 것 같았다. 손가락질이나 비웃음에는 무심할 수 있었지만 잔고가 달랑달랑한 예금통장에 어떻게 무심할 수 있단 말인가.

아이가 문밖에서 연속적으로 시끄럽게 벨을 눌러댔다. 놀다가 배

고플 때 하는 버릇이었다. 그 여자는 급히 현관문을 열었고 아이는 치마폭으로 덥석 안겨왔다. 그 여자는 아이를 번쩍 안아 올렸지만 어깨 높이 이상으로 들어올리진 못했다. 그 여자는 자기 힘에 부치는 아이의 몸무게를 대견해하며 아이를 힘주어 안았다. 격렬한 운동을 하고 난 아이는 끈끈하고도 시척지근했다. 아아 얼마나 좋은 냄새인가. 그 여자는 거의 황홀한 기분으로 아기를 보듬어 안았다. 안긴 아이의 튼실한 어깨 너머로 저만치 복도 끝집 앞에서 이쪽을 물끄러미 보고 있는 젊은 남자와 시선이 맞부딪쳤다. 그 남자도 아이를 안고 있었는데 문혁이하고도 논 적이 있는 동갑내기 여자아이였다. 늘 예쁜 핀을 꽂고 예쁘게 빗고 있던 그 아이의 머리는 헝클어져 있었고 얼굴도 꾀죄죄했다. 이쪽과 눈이 마주치자 얼른 눈길을 피해 먼 산을 바라보는 남자도 초조해보였다. 못 볼 것을 본 것 같아 안으로 들어가려는데 계집애가 문혁이한테로 오고 싶은 시늉을 하면서 몸을 뒤틀었다. 남자가 "안 돼" 하자 앙 하고 울기 시작했다. 그 여자는 들어가려다 말고 이끌리듯이 그들 부녀 곁으로 다가갔다.

"우리 문혁이하고 놀래? 엄마가 어디 가셨나 보구나."

그러면서 문혁이를 내려놓고 그 여자아이를 안았다. 나이는 문혁이만큼 뵈는데 안쓰럽도록 가뿐하고 가냘픈 아이였다.

"우리 아이한테 엄마 소리 하지 마십시오. 애 엄마는 죽었습니다."

남자가 눈길을 허공에 둔 채 말했다.

"그럴 리가요. 얼마 전에도 애 데리고 슈퍼에 온 걸 봤는데······."

그 여자는 처녀처럼 앳돼 보이던 아기 엄마를 생각하며, 이 철없이 젊은 아빠가 부부 싸움 끝에 이렇게 못되게 구는구나 싶어 웃음이 나오려고 했다. 그러나 남자가 하도 슬픈 눈으로 쳐다보자 그 여자는 움찔하고 말았다.

"그 사람은 애 고모였습니다. 며칠 전에 시집을 갔죠."

"그럼 애 엄마가 그렇게 됐다는 게 정말이란 말씀인가요?"

"그런 농담도 합니까?"

남자가 버럭 역정을 내면서 딸을 빼앗으려고 했다. 계집애가 싫다고 앙탈을 하면서 그 여자의 목을 얼싸안았다. 남자가 낭패스러운 얼굴로 바지 호주머니를 뒤졌다. 담배를 찾는 눈치였지만 몸짓으로만 그쳤다.

"미안합니다. 아무것도 몰랐습니다. 아파트 이웃이라는 게 워낙 그렇지 않습니까."

"피차 마찬가지죠 뭐."

"아이 돌볼 사람은 있습니까? 고모가 참 잘 거두었었는데……."

"파출부한테 맡겼었는데 그 아줌마가 글쎄 오늘 아무 연락도 없이 안 오지 뭡니까. 자기 아니면 내가 출근도 못 하리라는 걸 뻔히 알면서……."

"세상에, 아이 맡길 데가 없어서 회사도 못 나갔단 말입니까? 할머니도 안 계신가요?"

"친할머니는 안 계시고 외할머니는 시골 사세요. 오셔서 봐주실 순 없지만 맡기려면 갖다 맡기라곤 하지만 그러긴 싫어요. 죽이 되든 밥이 되든 제 자식은 제가 길러볼랍니다."

남자가 제딴엔 당당하게 굴려는 것 같았지만 자포자기하게 말했다.

"그런 말이 어딨어요. 아이는 사람을 만들어야지 죽을 쑤면 되나요?"

그 여자는 남자가 열 살은 손아래로 보이는지라 이렇게 의젓하게 타이르면서 불현듯 선생 티를 낸 것처럼 느꼈다. 그리고 가슴이 아릿하게 잃어버린 직업에 대한 향수에 사로잡혔다. 남자의 팔목시계가 정오에 육박하고 있었다.

"지금 출근해도 되는 거라면 서둘러서 준비를 해요. 이 아이는 저녁때까지 내가 봐줄게요. 너 이름이 뭐야?"

그 여자는 막내 남동생 대하듯이 스스럼없이 그러나 조금 무뚝뚝하게 말했다.

"정말 그래주시겠습니까. 회사에는 아이가 아파서 조금 늦겠다고 전화 걸어놨습니다. 이름은 하나입니다. 감사합니다."

그리고 꽁지가 빠지게 집으로 들어갔다. 그 여자는 하나는 안고 문혁이는 걸리고 집으로 들어와 두 아이 몫의 간식을 차렸다. 어떤 가능성이 그 여자의 가슴을 울렁거리게 했다.

겉으로는 낙천적인 것처럼 굴었지만 예금통장의 전액이 여섯째 자리로 떨어졌을 때부터 그 여자는 곧 빈털터리가 되는 두려움에 떨었고, 그 전에 뭔가를 시작해야 한다는 강박관념에 쫓기고 있었다. 일을 가진 엄마의 아이를 온종일 돌봐주는 일도 그 여자가 머릿

속으로 타진해본 돈을 벌 수 있는 수많은 가능성 중의 하나였다. 하나는 문혁이하고 잘 놀았다. 낮잠을 재우고 나서 씻기고 머리를 가뜬하게 빗기고 나니까 딴 아이처럼 고와졌다. 반나절 동안에 뺨에 핏기까지 살아난 것 같았다. 아주 시들어버리기 직전에 물을 준 화초처럼 그 빠른 소생력이 그 여자를 기쁘게도 보람 있게도 했다.

하나 아빠의 퇴근은 그 여자가 예상했던 것보다 한 시간 가량 늦었지만 서둘러 달려온 티가 역력했다. 남자도 하나가 달라진 게 놀라운 모양이었다. 껴안고 볼을 부비며 처량하게 넋두리를 했다.

"하나야, 너 이 아줌마가 좋은 모양이구나. 녀석은 그저 여자만 좋아하면서 파출부 아줌마하곤 왜 그렇게 잘 못 사귀냐. 그럼 못써 이 녀석아. 네 분수를 알아야지. 그렇게 귀여워하던 고모도 널 버리고 가버렸잖아."

이 남자 철나려면 아직 아직 멀었네. 그 여자는 남자의 이슬 맺힌 눈을 보며 속으로 혀를 찼다.

"아이한테 그렇게 불안감을 줄 거 뭐 있어요."

그 여자는 점점 자신있게 큰누나처럼 굴었다.

"고모가 오늘 회사가 전화했더군요. 하나 보고 싶어 죽겠다고 울더군요. 이 오래비 때문에 시집도 가기 전에 엄마 노릇만 실컷 해본 생각을 하면 어찌나 측은한지 나도 울고 싶은 걸 참고 하나 잘 있으니 걱정 말고 시집살이나 잘하라고 타일렀죠. 파출부 아줌마 때문에 낭패본 얘기도 안 했어요. 쭈루루 달려올까 봐서요. 잘했죠?"

남자가 붙임성 있게 물었다. 그 여자는 잘했다는 표시로 고개만 크게 끄덕여주었다. 그러고 나서 차 한잔하고 가라고 붙들어 앉혔다. 향기가 괜찮은 잎차를 한 잔씩 앞에 놓고 자연스럽게 용건을 꺼냈다.

"내가 앞으로도 계속해서 하나를 맡아 돌봐주면 어떻겠어요. 물론 출근했다 퇴근할 때까지만이고 일요일도 빼고요."

"그게 무슨 말씀입니까?"

"나도 아들 하나 데리고 혼자 살거든요. 지금까지는 별 어려움 없이 살았는데 앞으로는 나도 돈벌이를 해야 할 것 같아서요. 그러니까 거저 애 보기를 하겠다는 건 물론 아니고요, 또 댁의 아이만 전적으로 봐주겠다는 것도 아니지요. 하나를 시작으로 이 일을 키우게 되길 바래요. 한 다섯 아기까지는 돌볼 자신이 있고 또 그 정도는 돼야 생계가 해결되니까요."

"그게 정말이십니까. 꿈만 같군요. 이렇게 좋은 일이 있을 줄은 몰랐습니다. 갑자기 날아갈 것처럼 행복해지네요. 정말 이래도 되는 겁니까?"

남자가 이게 꿈인가 생신가 하는 얼굴로 탄성을 질렀다.

"안 되지요. 아빠가 날아가면 하나는 어떡하라구요."

"우리 하나 때문에 그런 거창한 계획을 세우셨단 말씀이십니까? 오늘 하루 동안에……."

"천만에요. 돈벌이의 방법으로 무슨 생각은 안 해봤겠어요. 애 보기도 그중의 하나였는데 오늘 하나 때문에 마침내 결정을 보게 된 거죠. 하나가 나 취직시켜줬지 뭡니까."

그 여자는 아빠 무릎에 앉은 하나의 볼을 찔러주며 말했다. 수고비는 한 달에 10만 원 정도면 어떻겠느냐고 문경이 쪽에서 먼저 제안을 하고 아직도 이게 꿈인가 생신가 너무 쉽게 곤경에서 벗어난 걸 감지덕지해하는 데 여념이 없는 남자는 더 많아도 좋다고 했다. 그러나 그 여자는 그와 유사한 일을 하는 데를 통해 좀 더 알아보아서 앞으로 올릴 수도 내릴 수도 있다는 정도의 융통성을 두는 걸로 그 문제를 마무리했다. 아내의 일이 아이 기르는 일만이 아니므로 그 남자는 아이 문제가 해결 된 후에도 식사나 청소, 빨래를 위해 다시 파출부를 고용하게 될 테고 그때 비로소 10만 원도 벅차다는 걸 알게 될 것을 생각하고 그 여자는 쓴웃음을 지었다.

며칠 후 그 남자는 하나 또래의 여자아이를 또 한 명 소개해주었다. 같은 단지에 사는 친구 부부가 맞벌이를 하면서 딸을 외할머니한테 맡겼었는데 하나 얘기를 듣더니 애엄마가 특히 솔깃해하더라는 거였다. 만나본 애엄마는 이 기회에 친정 의존에서 벗어나 독립된 가정을 이루어보고 싶다고 했다.

두 아이를 확보하게 된 그 여자는 어느 만큼 자신도 생기고 꼭 필요한 일이라는 보람도 가지게 되어 선전을 한번 해볼까 하는 용기가 생겼다. 먼저 그의 집 현관문에다 예쁜 그림으로 장식한 '할미새 둥지'라는 포스터를 써붙였다. 같은 포스터를 상가 게시판이나 진입로의 전주, 각 동의 현관마다 있는 게시판 등에 붙였다. 외부에 붙이는 포스터에는 따로 돌 지나서부터 유치원 가기 전까지의 아기들을 엄마들이 원하는 시간에 맡겼다가 원하는 시간에 찾아갈 수 있다는 것과 전직 교사가 정성을 다해 돌본다는 걸 명시했다. 그 여자가 첫 사업에 '할미새 둥지'라는 좀 별난 이름을 붙인 건 아기들이나 엄마들이 할머니에 대해 가질 법한 그리움과 편안한 느낌을 이용해보자는 속셈도 있었다. 또 뻐꾸기는 따로 둥지를 짓지 않고 할미새 둥지에다 알을 낳아놓으면 할미새가 제 알과 다름없이 품어 부화시킨다는 걸 엄마들이 연상해주어도 나쁠 게 없다고 생각했다.

이름을 잘 지었는지 시기를 잘 탔는지 한 달에 두 명꼴은 되게 새로 맡아달라는 아기가 늘어나 반년도 안 돼서 그 여자의 둥지는 포화 상태가 되고 말았다. 소형 아파트 단지라 젊은 맞벌이 부부가 많다는 것도 잘되는 이유 중의 하나였다.

그러나 그것도 사업인지라 잘된다는 소문이 나자 경쟁자가 나타났다. 같은 단지에 놀이방이라는 유사한 집이 또 하나 생겨났다. 남이 자리 잡은 사업에 파고들려니까 그 나름의 작전이 필요하긴 했겠지만 그 여자가 사생아를 낳아 교직에서 쫓겨났단 소문을 낸 모양이었다. 겨우 돌 지난 아들을 맡겼던 국민학교 선생인 엄마가 어느 날 노기등등해서 그 여자의 과거를 들춰내 치사한 언사로 모욕을 주더니 아기를 데려갔다. 놀이방으로 데려간다고 했다. 그 선생처럼 노골적인 모욕을 주지는 않았지만 마치 자기 애가 부정을 탄양 억울하고 꺼림칙한 얼굴로 아기를 빼가는 엄마가 그 후에도 늘어나 불과 한 달 새에 아기 수효는 반으로 줄었다. 분하고도 김빠지는 일이었지만 그 후 다시 맡겨오는 아이도 생겨나 결국은 그 여자가 돌보기 알맞은 선에서 들쭉날쭉했으므로 더 열심히 그 일에 매달리는 수밖에 없었다. 그 일은 두 모자의 밥줄이었고 또 적성에도 맞는 일이었으므로 놓치고 싶지 않았을 뿐 아니라 발전도 시키고 싶었다. 경쟁자가 생겼다는 것도 좋은 사업의 확산이었으므로 모략보다는 선의의 경쟁 쪽으로 유도하는 게 개척자다운 도리이다 싶었다. 그 여자는 자기가 돌볼 수 있는 한계인 6, 7명을 넘게 되면 놀이방을 소개해줄 정도로 여유를 갖고 보다 유익한 놀이, 보다 쾌적한 환경을 꾸밀 공부와 연구를 소홀히 하지 않았다. 가까운 이웃인 하나 아빠도 그런 일에 좋은 의견을 내주기도 했고 또는 직접 도와주는 수고도 아끼지 않았다. 특히 그 여자가 20대의 엄마 선생한테 모욕당하고 깊은 실의에 빠졌을 때, 그가 적절히 위로해주고 용기를 북돋아준 건 그 여자가 재기하는 데 무엇보다도 큰 힘이 돼주었다. 문혁이를 정규 과정의 유치원에 보낸 후에도 하나는 계속해서 '할미새 둥지'에 다녔다. 유치원 갔다 온 후에 돌볼 사람이 없는 가정이니 어쩔 수가 없었다. 이래저래 하나한테는 엄마 노릇까지 해왔고 하나 역시 너무 따라서 딴 아이들한테 편애나 텃세로 보이지 않도록 신경을 써야 했다. 그 밖에는 아무런 문제 없이 그 여자의 둥지가 아기를 맡길 만한 집으로 소문이 나고 신용을 얻기까지는 그 사건 이후 다시 1년이 걸렸다.

  어느 날 평소보다 그렇게 늦은 시간도 아닌데 하나를 데리러 온 하나 아빠는 거나하게 취해 있었다. 무엇이 그렇게 기분이 좋은지 싱글벙글이었다. 올라오란 말도 안 했는데 현관에서 아이를 데려가던 이가 성큼성큼 올라오더니 차 한잔 얻어마시자고 했다.

"좋은 일이 있나 보죠?"

"있다마다요."

"승진?"

"그보다 훨씬 좋은 일이에요."

"뭘까? 하나한테 엄마라도 생겼나?"

"맞았어요. 벌써부터 점 찍어뒀던 올드미스한테 지난주에 청혼을 했거든요. 부모님만 승낙한다면 어쩌구 하면서 며칠 애를 먹이더니 오늘 마침내 부모님 뵙고 승낙은 물론 날짜까지 받아냈답니다. 장인 장모 성미가 저보다 더 급하던걸요. 쇠뿔도 단김에 빼야 한다나요."

"그랬어요? 정말 잘됐네요. 축하해요."

그의 착한 심성을 잘 아는지라 그가 행복하게 된 게 그렇게 기쁘고 대견할 수가 없었다.

"문혁이 엄마가 제일 기뻐해주실 줄 알았어요. 그동안 정말 고마웠어요. 아아 나의 큰누님 같은 문혁이 엄마!"

술김에 잔뜩 기분이 고조된 남자가 연극 대사를 외듯이 읊조리면서 하나를 안고 있는 그 여자를 하나와 함께 얼싸안았다. 갑자기 당하는 일이라 몸에 중심을 잃은 그 여자는 휘청하면서 소파 쪽으로 엉덩방아를 찧었고, 남자가 그 위로 덮치는 꼴이 되었다. 잠시지만 두 사람의 꼴이 우습게 되었다. 그때 마침 딴 날보다 좀 늦게 퇴근한 철우 엄마가 철우를 데려가려고 허둥지둥 들어서다 말고 에그머니나 하고 비명을 질렀다. 잘못한 것도 없이 얼굴이 빨개진 그 여자가 뭐라고 변명의 말을 할 새도 없이 철우 엄마는 아이의 손목을 잡아 끌고 가버렸다. 그 뒤통수가 어쩐지 심상치 않아 보였다. 그렇다고 나쁜 짓을 할 의도가 없었던 게 뻔한 하나 아빠에게 뭐랄 수도 없고, 그 여자는 잠시 뭐라고 형언할 수 없는 고약한 기분에 사로잡혔다. 그 여자의 예감은 적중했다. 그 밤이 다 가기도 전에 그 소문은 그 여자에게 아기를 맡긴 가정으로 쫙 퍼졌다.

그 선생이 글쎄 아기들도 보는 앞에서 연하의 남자하고 어쩌구 저쩌구, 연하의 남자기만 하면 또 좋게, 그 남자 딸도 맡았으니까 학부형도 되는데 어쩜 그럴 수가……. 혹시 당신 남편이 아이 찾으러 간 적 없었어? 왜, 그 늙은 여자하고 뽀뽀했을까 봐. 지금 남편이 문제유? 우리 아이들을 그런 문란한 여자한테 맡겼던 게 문제지. 아무리 남자한테 걸신이 났기로서니 순진한 아이들 앞에서 어쩜 그럴 수가 있을까. 이번이 처음이 아닐지도 모른다고 생각해봐. 얼마나 치떨리나. 그러게 내 뭐랬어. 사생아를 배서 쫓겨난 여자를 그래도 전직 교사라고 믿거라 한 게 우리들의 불찰이지 누구 탓할 게 뭐 있어.

이렇게 전화통에다 대고 또는 일부러 만나서 찧고 까부는 소리가 귀에 징해서 그 여자는 밤새 잠을 이루지 못했다. 그 여자의 추측은 과히 틀리지 않았다. 더 지독하고 음탕한 소리들도 했다. 그리고 일제히 아이들을 보내지 않았다. 그 여자는 서럽고 억울했지만 엄마들이 원망스럽지는 않았다.

아아, 그 남자가 다시 나를 빈털터리로 만들어버렸어. 그 여자는 실로 오래간만에 혁주를 원망하며 머리칼을 쥐어뜯었다. 뒤늦게 그 사실을 안 하나 아빠가 백배사죄를 하면서 재기할 용기를 가지라고 했지만 그 여자는 그럴 마음이 나지 않았다. 엄마들을 원망할 마음은 아니었지만 정이 떨어졌다. 아파트 단지의 생리에도 정이 떨어졌고 다시는 그런 식으로 엄마들과 상종하고 싶지도 않았다. 다시는 혁주에 의해 빈털터리가 되고 싶지도 않았다. 체면이나 교양 도덕을 코에 걸어야 하는 직업을 가지려고 하는 이상 혁주와의 지난 관계 때문에 빈털터리가 되는 위험을 벗어날 순 없으리라.

그 여자는 복덕방에 집을 내놓았다.

집을 복덕방에 내놓았다는 것만으로도 허전하고 허전해서 그 여자는 안 하던 짓이 하고 싶어졌다. 안 하던 짓이란 신세 한탄이었다. 그 여자가 학교를 그만두고 나서도 변함없는 우정을 유지하고 있는 유일한 동료 교사인 임 선생한테 전화를 걸었다.

"어머, 웬일이야, 차 선생이 나한테 전화 걸 적이 다 있으니."

"우린 일주일이 멀다 하고 만나지 않으면 전화질했었는데 놀라긴."

"죄다 내가 걸었지 차 선생이 건 적 있는 줄 알아?"

"임 선생은 출근하고 난 집에만 있으니까 전화 걸려면 얼마나 신경 써지는 줄 알아? 아침 시간은 아예 생각도 못 하고 퇴근 후 시간도 지금은 가장 피곤한 시간인데, 지금은 아이들하고 놀아줄 시간인데, 지금은 서방님이 퇴근해서 깨가 쏟아질 시간인데, 하고 망설이게 된단 말야. 한마디로 무직자의 열등감이지 뭐."

"아이고 알았어, 알았으니 어서 용건이나 말하슈."

"용건은 따로 없고 신세 한탄이 하고 싶어서……."

이렇게 어렵게 시작해서 털어놓은 그간의 사정을 다 듣고 난 임 선생은 그렇게 될 수밖에 없었다는 걸 수긍해주었지만 아파트를 파는 건 펄쩍 뛰면서 반대했다.

"미쳤어. 지금 거기가 금싸라기 땅이야. 들어온 복을 내쳐도 분수가 있지 그 좋은 아파트를 팔아서 어쩌겠다는 거야."

"나 이 아파트에서 되는 일 없는 건 임 선생도 알잖아. 동네도 정 떨어지고."

"이 바보야. 그건 차 선생 개인 사정이고 거긴 지금 8학군이야. 딴 집 같아 봐 제 아이가 문혁이만 할 때면 8학군으로 전입하려고 혈안이 돼 있을 거야. 문혁이 생각도 해야지."

"제발 그 팔자 좋은 소리 좀 그만해. 난 지금 빈털터리래두. 이 열여덟 평을 밑천으로 뭔가를 다시 시작하지 않으면 굶어죽게 돼있단 말야. 단지 두 식구의 생계가 그렇게 심각하다는 걸 임 선생 같은 부르주아가 이해해주길 바라는 내가 바보지만 말야."

"부르주아 좋아하네."

"내 처지에 비해선 그런 걸 어떡해."

"상대적으로 차 선생 처지도 그렇게 비칠 수 있다는 걸 명심해두라고."

"설마."

"설마가 아냐. 그 아파트값이 지금 얼만 줄 알기나 알고 내놓았나 모르겠네."

"나를 너무 숙맥이 취급하지 말아. 너무 많이 올라서 나도 좀 놀랐어. 8학군만 면하면 그 돈으로 조그만 독채 전세 얻고도 상당한 목돈이 떨어질 것 같아. 이제 문혁이도 어린애가 아니니까 그 돈을 곶감 꼬치 빼먹듯 빼먹고 살진 않을 테지 뭐. 천천히 생각해가며 내가 할 수 있는 장사를 궁리해볼 거야."

"구태여 8학군에 집착하지 않는 차 선생 생각엔 나도 찬성이야. 그렇지만 아파트를 팔지는 마. 지금 그 아파트 전셋값이나 알아봐. 또 놀랄걸. 아마 집값의 3분의 2도 넘을 테니까."

"그것도 알고 있어."

"근데 왜 팔아?"

"이 동네가 정떨어졌다고 했잖아."

"혼자서 외아들 키우는 주제에 그렇게 감정적으로 굴면 어떡해? 전세 줘도 얼마든지 딴 동네도 갈 수 있잖아. 두고 봐. 그 정떨어진 집이 해마다 황금알을 낳을 테니. 전셋값은 해마다 오르거든. 딴 동네 집값이나 전셋값의 상승률은 8학군보다 훨씬 둔하니까 잘하면 몇 번 올려받은 전셋값을 보태서 집을 또 한 채 장만할 수 있을 거야. 단 그동안 차 선생이 장사를 하든 취직을 하든 해서 생활비를 벌 수만 있다면 말야. 황금알을 낳는 거위를 덧들이거나 놓치지만 않으면 차 선생도 부르주아 되는 건 시간문제일 테니 두고 봐."

임 선생이 점점 더 수다스러워졌다. 그 여자가 울적하거나 기가 죽어 있을 때의 임 선생의 버릇이었다. 그래서 그 여자는 임 선생의 수다가 가슴이 짠하도록 고마웠다.

"8학군이 그 정도라니까 어째 좀 놓치기가 아깝네. 내년이면 학교에 갈 문혁이한테 미안한 것도 같고."

그 여자는 가슴이 짠해진 김에 응석도 부리고 싶어 그렇게 말했다.

"이왕 정떨어졌으면 정떨어진 동네에다 철저히 복수를 해보는 거야. 황금알은 황금알대로 챙기고 8학군 아닌 동네에서도 문혁이를 공부 잘 시켜 좋은 학교 보내면 될 거 아냐."

임 선생한테 그 여자는 결국은 설득을 당하고 말았다. 설득을 안 당할 수가 없는 게 말만 그럴듯하게 한 게 아니라 바쁜 시간을 내서 앞장서서 다니면서 실제로 보여준 현상이 거의 말과 맞아떨어졌기 때문이다. 임 선생 말대로 아파트를 전세 놓은 돈으로 강북에 새로 개발된 주택단지의 다세대주택 중의 한 세대를 전세로 얻고도 목돈을 쥘 수가 있었다. 처음부터 여러 세대가 살도록 설계된 주택이라 아파트처럼 독립되어 있었고 시설도 불편함이 없이 갖추어져 있었다. 가용 면적은 오히려 전에 살던 아파트보다 넓어서 숨통이 트였다. 마침 바로 길 건너엔 대단위 아파트 단지가 입주 중이었고 상가는 분양 신청 중이었다. 그것도 임 선생이 앞장서서 알아본 결과 길목이 좋은 데는 이미 다 분양이 끝나 있었고 장사가 될성부르지 않은 데만 군데군데 남아 있었다. 아쉬운 대로 그거라도 잡자고 임 선생이 서둘렀다. 집으로부터의 거리도 가깝고 남아 있는 돈도 겨우 그런 자투리 매장이나 분양받을 수 있을 만큼이어서 그렇게 하기로 했다. 케이크가게, 떡집, 치킨센터, 수입상품점, 건강식품상 등이 이미 들어서서 성업 중인 1층 매장에서 2층으로 올라가는 계단에 가려서 정문 쪽에선 잘 안 보이는 삼각형 매장을 그 여자는 마음에 들어했고 임 선생은 아직은 반듯한 게 남아 있는 2층이나 3층 쪽을 권했다. 그러나 그 여자 생각으로는 2층과 3층은 의류와 액세서리 실내장식품이 주여서 밑천이 없이 덤벼들 자신이 없었다.

"밑천이 없으면 내가 좀 꾸어줄게, 이자 없이."

"이자가 없으면 없는 것만큼 더 부담이 된다는 거 알잖아."

"하여튼 그놈의 고약한 성미 가지고 장사나 할 수 있으려나 몰라."

"내가 얼마나 질기게 밥줄에 매달릴 수 있다는 건 임 선생도 알잖아."

그 여자는 문혁이를 뱄을 때의 일을 임 선생한테 상기시키면서 스스로의 각오도 새롭게 했다.

"그렇지만 장소가 너무 후미져서……. 밑천도 넉넉잖은데 좁은 건 탓할 수는 없지만 안 보인다는 건 치명적인 문제 아니겠어?"

"출입문 쪽에서만 잘 안 보인다 뿐이지 매장 전체에선 그래도 한가운데야. 잘하면 황금알을 낳게 할 수도 있어."

"어쭈, 이 여자 황금알에 맛들였네. 장사는 가혹한 현실이야. 무엇보다도 구체적인 방법이 필요해."

"잘 안 보이는 대신 냄새는 피울 거야."

"냄새를? 어떻게?"

"임 선생이 내 음식 솜씨 칭찬해준 거 그냥 듣기 좋으라고 한 소리 아니지?"

"그래, 나 입술에 붙은 소리 못하는 거 알잖아? 그렇지만 내가 차 선생네서 얻어먹은 건 고작 김치깍두기, 나물밖에 더 있어?"

"그 정도의 메뉴만 임 선생이 솜씨를 보장해줘도 난 만족이야."

그 여자가 그 모서리 매장을 보고 영감처럼 떠올린 장사 종목은 반찬가게였다. 나물이나 밑반찬 등 아파트에 사는 주부들이 하기 싫어하는 반찬을 맛깔스럽게 만들어 팔면 가장 밑천이 적게 들고도 회전이 빠른 장사가 되리라는 그 여자의 전망은 다행히 적중했다. 오전 중에도 가게를 비워놓고 집에서 준비를 해도 됐고 오후에 시작한 장사를 저녁시간에 끝내고 일찌거니 집에 돌아올 수 있어서 문혁이를 돌보는 데 지장이 없다는 것도 반찬 장사의 매력이었다. 임 선생이 보장해준 대로 그 여자의 반찬 솜씨는 깔끔하고도 구수해서 한번 맛을 들이면 또 찾게 되어 있었다. 그러나 처음부터 손님의 눈길을 끌게 한 데는 임 선생의 공로도 적지 않았다. 임 선생은 반찬 가게 이름을 '장모님 솜씨'라고 붙여주었을 뿐 아니라 출입문으로부터 '장모님 솜씨'라는 표지판이 가게를 인도하도록 머리를 써주었다.

"차라리 엄마 솜씨나 어머니 솜씨가 낫지 않을까. 장모님 솜씨는 어째 좀 야시롭다."

그 여자의 불안을 임 선생은 가볍게 일축했다.

"주부들이 나물이나 밑반찬을 장만하는 건 아이들 때문이 아니라 대개 옛날 입맛을 못 잊어하는 남편 때문인데, 남편이 시어머니 솜씨를 그리워하는 건 또 못 참아주는 게 요즈음 젊은 주부들의 심보라구. 반면 우리 장모님 솜씨가 최고라고 하면 듣기 좋아하는 주부들의 속셈을 넘겨짚은 작명이니까 잘될 거야."

작명과 음식 솜씨가 서로 궁합이 잘 맞았는지 그 여자의 반찬가게는 날로 소문이 나고 매상이 올라서 품목도 김치, 찌갯거리, 김밥 등을 추가하게 되었다. 그중에도 김밥의 인기는 대단해서 김밥 전문점이 지하에 서너 군데나 있는데도 불구하고 일요일날은 예약을 받지 않으면 미처 해낼 수가 없을 정도로 번창했다. 그 여자는 먹고사는 문제에 비로소 자신이 생겼고 일을 거들어줄 아주머니도 한 사람 고용하게 되었다.

무엇보다도 교양이나 체면을 코에 걸지 않고도 먹고 살 수 있게 되었다는 게 그 여자를 자유롭고 행복하게 했다.

4

　돌아누워서 울기만 하는 아내를 위로하다가 지친 혁주는 문득 담배 생각이 간절했다. 허둥지둥 병실 밖으로 나오다 말고 복도에 지켜 서 있는 어머니와 마주치자 입안에서 '앗' 소리를 삼킬 만큼 놀라고 풀이 죽었다.
　"어머니 언제 오셨어요. 오셨으면 들어오시잖구 여기서 뭘 하세요."
　"널 기다리고 있었다."
　예상한 대로 황 여사의 말투는 싸늘했고 도전적이었다.
　"슬기가 밤새 많이 보챘죠?"
　혁주는 짐짓 딴청을 부렸다. 슬기는 애숙과 결혼하고 얻은 딸이었다.

"슬기가 어린애냐 보채게. 내일모레면 학교에 갈 년이."

슬기가 어린애가 아니란 소리는 돌 지나고부터 황 여사가 글강 외듯 왼 소리였다. 죽은 며느리가 남긴 유일한 혈육이 손자가 아닌 손녀였기 때문에 혁주가 애숙이를 후처로 맞아들이자마자 태기가 있었을 때 황 여사는 이번만은 아들 손주 보기를 얼마나 열망했던가. 그러나 또 손녀였기에 어서어서 사내 동생 보기를 축원할 수밖에 없었다. 남들은 백일 안에도 아우가 들어선다는데 돌이 지나도 아우를 안 보더니 세 살 네 살을 속절없이 넘기니 며느리의 나이에 신경이 써지는 건 당연했다. 그래서 더욱 애꿎은 손녀 나이만 들먹였다.

애숙이 미모와 경제력과 여자다움을 겸비했다는 조건 때문에 나이가 좀 많다는 걸 거의 신경 안 쓰고 며느리로 맞았다는 걸 황 여사가 슬슬 후회하기 시작할 무렵 그 일이 생겼다. 애숙도 겉으로는 전실 딸 시내와 제 속으로 낳은 딸 슬기만으로 만족한 척했지만 아들 손주를 고대하는 시어머니로부터 받는 압박감은 견디기 어려운 것이었다. 슬기를 낳고 나서 한두 해는 딸을 낳았으니까 아들도 낳겠지 하고 기다릴 수 있었지만 슬기가 다섯 살이 넘도록 아우가 없자 자신의 가임 기간을 염두에 두지 않을 수가 없었다. 어떡하든 마흔이 넘기 전에 한 번 더 임신을 하고 싶다는 갈망이 하도 절실하다 보니 생리 현상도 늘쭉날쭉 불규칙해져서 몇 번인가 헛된 희망에 가슴을 졸인 적도 있었다. 이래선 안 되겠다 싶어 임신을 위한 정밀검사를 받던 중 불행 중 다행으로 자궁 내의 악성종양을 조기 발견하게 된 것이었다.

"수술은 잘됐답니다. 좀 전에 의식도 회복했구요."

황 여사가 며느리의 수술 경과에 대해 묻지 않자 혁주가 먼저 이렇게 말했다.

"수술이 잘됐다면 혹만 떼어내고 아기집은 놔뒀다더냐?"

황 여사가 비꼬는 투로 말했다.

"어머니, 다 아시면서 이렇게 공연한 억지를 부리시면 어쩝니까?"

"내가 억지 안 부리게 됐냐? 아기집을 떼낸 것도 계집이라고 역성을 들긴……."

"어머니 우리에겐 슬기가 있잖습니까. 딸도 없이 잘 사는 부부도 많아요."

"흥, 이 늙은이만 없으면 느이도 그럴 텐데, 하고 에미가 눈엣가시 같겠구나."

"어머니 정말 왜 이러세요?"

"몰라서 묻냐? 우리 집안은 대가 끊어지게 됐다. 이게 이만저만한 일이냐. 그까짓 계집애 둘 아니라 열이 있으면 뭘하냐. 대를 못 잇는걸."

"어머니, 대를 잇는다는 게 도대체 뭡니까?"

혁주는 어머니를 보지 않고 허공을 보면서 침통하게 말했다. 어머니 입에서 그 말이 나오기 훨씬 전, 아내가 다시는 임신할 수 없으리라는 게 확실해지자마자 자신에게 최초로 던진 질문도 그거였고 지금까지 수없이 되풀이해온 질문도 같은 거였다.

"뭔 뭐냐. 자식 된 도리지."

질문의 심각성에 비해 어머니의 대답은 너무도 간단했다. 혁주는 울컥 치미는 혐오감을 얼버무리기 위해 돌아서서 담배를 피워 물었다. 차멀미할 때 미식미식하다가 별안간 토악질이 치미는 것처럼 걷잡을 수 없는 혐오감이었다. 그는 어머니를 외면한 채 간신히 감정을 가라앉히고 말했다.

"슬기 에미한테도 그렇게 심한 말 하시려거든 그냥 가시는 게 낫겠어요. 모셔다 드리죠."

"못난 것, 그저 계집만 끼고 돌 생각이라니까. 아범 무서워서 까딱하단 고부간에 의절할라."

무슨 생각에선지 황 여사의 말투에 심통이 가시고 농담조로 누그러졌다.

"끼고 돌래서가 아니라요, 지금 그 사람 기분도 생각해주셔야죠. 누가 뭐래기도 전에 자꾸 울기만 하는 사람한테 언짢은 말씀하실 게 뻔하니까 하는 소리죠."

"에미가 울디?"

"네."

"쯧쯧 거봐라. 지가 내 집 들어와 전실 애 귀애해, 재산 불려, 시에미 공경 잘해, 뭐 하나 잘못한 게 없건만도 아들 하나 못 낳은 죄가 그리도 무섭구나."

황 여사는 아들의 기분은 아랑곳하지 않고 혼자서 연방 고개를 주억거리며 알았다는 시늉을 했다. 혁주는 문득 어머니가 아내를 미워하고 있는지 동정을 하고 있는지 헷갈리기 시작했다.

"아범아."

황 여사가 혁주의 발끝을 보면서 감길 듯이 은근하고 간곡한 소리로 불렀다.

"네, 어머니."

혁주는 까닭 없이 떨리는 목소리로 대답했다.

"그 여자가 낳은 애는 잘 자라겠지?"

"그 여자라뇨?"

"시침 떼지 말아라. 우리가 모른 척한 여자 말이다."

"어머니, 제발."

"가만있자. 그 여자가 배부른 걸 본 게 아범이 새장가들기 바로 전이었으니까 우리 슬기보다도 크겠구나. 그 아이가."

"한 번도 본 적이 없습니다."

혁주가 쓰디쓰게 말했다.

"아들이냐? 딸이냐? 그 아이는."

황 여사의 눈빛이 번쩍 빛나면서 혁주를 바라보았다. 혁주는 절체절명의 순간에 몰린 것처럼 체념하고 말았다.

"아들을 낳았다고 하더군요."

"아들?"

황 여사의 얼굴에 환한 화색이 도는 걸 보고 혁주는 비로소 안할 말을 한 것처럼 느꼈다. 황 여사의 화색은 점점 황홀한 미소로 번졌다.

"어머니 왜 이러세요."

"내가 뭘 어쨌다고……."

"지금 그 애가 무슨 소용이랍니까? 우리 입으로 우리 자식이 아니라고 수없이 잡아뗀 자식인걸요."

"우리가 벌을 받고 있는 게야. 요샌 당대에 죗값이 내린다더니, 그 여자에게 우리가 못할 노릇 한 벌을 이렇게 당장 받을 줄은 미처 몰랐구나."

그러나 황 여사는 죗값을 하며 뉘우치는 사람과는 얼토당토않은 환한 미소를 아직도 짓고 있었다.

"됐어요. 어머니, 그 아이에 대해서 그쯤 생각하신다면 저도 안심입니다. 그 이상은 미련을 갖지 마세요."

"미련을 갖지 말라니 그게 무슨 소리냐?"

"아닙니다. 아무것도 아닙니다."

"고마운 노릇이다."

황 여사가 두 손을 앞으로 모으며 기도하는 자세로 머리를 조아렸다.

"왜 이러세요?"

"우리 가문에 대가 끊이지 않게 해주신 천지신명의 뜻이 이 아니 고마우냐."

"어머니 그 아이는……."

"아이고 내 정신 좀 보게나. 며늘아기 문병 와서 마냥 딴청만 부리고 있었네."

황 여사는 혁주가 하려는 말을 이렇게 가로막더니 서둘러 병실로 들어가려고 했다.

"어머니 제발."

"알았다. 알았어. 행여나 네 댁 마음 상하게 할 소리 할까 봐 그러지. 이제 심통 부릴 까닭이 하나도 없는데 뭣 하러 심통을 부리겠느냐. 며늘애기한테 무슨 잘못이 있다고……. 나 그렇게 못된 시에미 아니다."

그러면서 병실 안으로 들어갔다. 혁주는 한동안 그 자리에 더 서 있었다. 애숙이를 후처로 맞고 나서 행복했던 나날이 주마등처럼 스쳐갔다. 남자들끼리 여자를 평할 때 쓰는 이분법에 두 가지가 있다. 하나로 섹시한가, 못 한가, 또 하나는 재수가 있나, 없나인데 두 가지를 다 겸비한 여자는 꿈에나 그릴까 현실적으로는 한 가지만 갖춘 여자를 만나도 행운인데 애숙이는 두 가지를 겸비하고 있었다. 섹시한 아내가 주는 만족도는 혁주의 독점 사항이었지만 애숙이 재수 좋은 아내라는 건 황 여사도 인정하고 있었고 친척 친지간에도 널리 알려진 사실이었다. 애숙은 결혼 전에도 자기 사업을 성공적으로 이끌어왔거니와 결혼하고 나서는 표면적으로는 사회활동에서 손을 뗀 것처럼 굴면서 실질적인 이재의 솜씨는 쉬지 않고 발휘해왔었다. 현재 혁주는 해마다 착실한 신장세를 보이고 있는 기성품 수출업체의 유능한 사장이고, 그의 가정은 경제적 부유와 문화적으로 세련된 감각과 가족적 화목이 적절히 조화된 모범적인 상류가정이지만 그와 그의 가정을 그렇게 만든 건 애숙이라는 걸 누구보다도 혁주가 잘 알고 있다. 애숙은 결혼 전까지 키워온 자기 사업에서 표면적으로는 손을 뗐지만 뒤에 숨어서 직접 활동할 때 이상의 수완을 발휘하고 있었다. 애숙의 수완의 가장 큰 미덕은 혁주로 하여금 조금도 아내의 조종을 받고 있다는 걸 못 느끼게 하면서 성취감을 만끽하게 하는 거였다. 혁주는 모든 남자들이 부러워하는 것들인 성공한 사업, 아름답고 순종적인 아내, 화목한 가정을 겸비한 자신을 돌이켜 보면서 처복이라는 게 바로 이런 거로구나 하는 정도로 아내의 공을 인정한 건 사실이나 복이란 굴러들어온 거지 노력이나 실력하곤 상관 없는 거였다. 결국 그는 그가 성취한 모든 것을 그 자신의 노력과 실력의 결과로 삼을 수가 있었다. 외적으로는 누구나 선망하는 성공의 조건을 빠짐없이 갖추었고 내적인 성취감 또한 의심할 나위가 없었으니 그의 행복감은 완벽하달 수 있었다.

다만 황 여사처럼 심각한 건 아니었다 해도 아들만 하나 있었으면 더 바랄 게 없을 텐데 하는 아쉬움이 없었던 건 아니다. 그러나 옥에도 티가 있듯이 아무리 행복한 사람에게도 한 가지 걱정은 있어야 될 것 같고, 그 정도의 걱정이라면 걱정 중에선 가장 경미한 걱정일 듯싶어 될 수 있는 대로 의식을 안 하려고 해왔다. 혁주는 홀로 또 한 개비의 담배를 피워 물면서 의식할 필요조차 없다고 생각해온 가장 경미한 걱정에 의해 그의 가정이 뿌리째 흔들리려는 위기의식을 달래려 들었다. 그러면서 오래간만에, 실로 오래간만에 차문경이 낳았다는 그의 아들에 대해 생각했다. 자신의 어릴 적의 사진을 닮은 건강하고 귀염성스러운 소년의 모습이 떠올랐다. 그의 입가에 미소가 번졌다. 황 여사가 그 아이가 아들이라는 걸 확인하고 나서 지은 미소를 닮은 황홀한 미소였다. 그는 미소지으며 생각했다. 그 동안 애숙과의 사이에서 아들을 못 본 걸 그닥 크게 걱정하지 않은 건 딸자식도 아들만 못지않다고 생각해서가 아니라 어디선가 자라고 있을 아들을 의식해서가 아니었을까. 순간 혁주는 자신의 속셈에 섬찟했지만 행복하고 음흉한 미소를 지울 만하진 않았다. 그가 허둥지둥 점잖고 근심스러운 표정으로 되돌아온 것은 복도 끝 엘리베이터에서 내린 장인 장모를 보고 나서였다.

수술하는 동안 줄창 지켜 있다가 회복실에서 실려오는 딸을 확인하고 나서 집도한 의사를 만나러 갔다가 오는 길이었다. 평소 그리도 당당하고 품위 있던 장인 장모도 딴사람처럼 초췌해 보였다. 고개를 숙이고 장인 뒤에 숨다시피 한 장모와는 달리 장인은 그래도 호탕하게 웃으며 말했다.

"안심하게나. 수술은 성공적이었다네. 딴 장기가 말짱하다니 얼마나 다행인가."

그러면서 혁주의 어깨를 토닥거렸지만 어찌나 비굴해 보이는지 되레 혁주 쪽에서 위로의 말을 해주고 싶은 심정이었다. 그때 장인 뒤에 숨은 장모가 흑, 하는 소리를 내며 손수건으로 얼굴을 가리는 게 보였다.

장인이 어린애 다루듯이 부드럽고 조심스럽게 한사코 몸을 숨기려는 장모를 그의 등 뒤에서 떼어내어 앞으로 내세웠다.

"원 사람도, 수술실에 들어가기 전까지는 딸자식 하나 죽는 꼴 볼까 봐 벌벌 떨더니 생명엔 지장 없다는 소리 듣자마자 자궁 떼어낸 게 아깝고 자네 볼 낯이 없어서 이런다네. 사람 욕심이 이렇다니까."

장인 역시 면목 없다는 듯이 쓸쓸하게 웃으면서 말했다. 평소 장인 장모가 다 자애롭고 살뜰한 편은 못 됐다. 성격 탓도 있겠지만 뭐 하나 꿀릴 게 없다는 우월감 때문인지 장인은 과묵하고 무뚝뚝했고 장모는 사교적이고 콧대가 높은 편이었다. 혁주는 이렇듯 그에게 만만하지 않던 장인 장모가 자기 앞에서 쩔쩔매는 모습을 묘한 쾌감을 느끼며 지켜보았다.

"자네 볼 낯이 없네."

장모가 벌겋게 충혈된 눈에 다시 하나 가득 눈물이 고였다.

"글쎄 고정하래도……."

장인이 정색을 하고 장모를 나무랐다. 그러나 장인의 표정도 거의 울상이었다.

"딸 가진 죄인이라더니……."

장모는 자신의 저자세를 딸 둔 부모 공통의 것으로 보편화시키며 한숨을 쉬었다. 일종의 자위책이리라.

"그래서 자고로 딸은 애물이라고 하지 않았소."

장인도 맞장구를 쳤다.

혁주는 장인 장모의 이렇듯 적나라한 딸 가진 죄인 노릇을 지켜보면서 새삼스럽고도 힘차게 아들은 있고 볼 일이라고 생각했다. 만약 지금 나에게 숨겨놓은 아들이 없었다면 얼마나 비참했을까. 혁주는 자신이 장인 장모에게 턱없이 거만하게 화풀이를 할 필요도, 장인 장모와 더불어 비통과 절망을 나눌 필요도 없이 홀로 의연할 수 있게 해준 숨겨놓은 아들이 대견하고 기특했다. 애숙이하고 재혼해 행복하게 사는 동안 까맣게 잊고 지낸 아들이 그의 무의식 밑바닥에서 힘차게 자맥질을 하며 솟구쳐오르자마자 그가 기대고 내세울 수 있는 언덕과 체면이 돼주고 있었다. 아들이란 얼마나 좋은가. 혁주는 아들을 가졌다는 기쁨과 함께 아들을 떳떳하게 표면화시키는 데 있어서 아내나 처가 쪽의 반발을 그닥 두려워하지 않아도 될 것 같은 안도감을 느꼈다.

"들어가 보시죠. 에미는 아까아까 깨어났습니다. 지금 어머니도 와 계십니다."

혁주는 장인 장모를 따뜻한 연민의 시선으로 감싸며 말했다.

"사부인께서 벌써?"

장인 장모가 동시에 부르짖으며 병실 앞에 멈춰섰다. 송구스러워 몸둘 바를 모르는 눈치가 역력했다. 마침 황 여사가 병실에서 나오다 그들과 마주쳤다. 황 여사의 표정이 거만하고 비통하게 굳어졌다.

"뵐 낯이 없습니다. 사돈 마님."

얼떨결에 사돈과 맞닥뜨린 장모는 다시 손수건으로 얼굴을 가리며 울음을 삼켰고 이번엔 장인이 장모 뒤로 고개를 떨구고 물러났다.

"별말씀을. 다 우리 가운인걸요."

황 여사가 땅이 꺼지게 한숨을 쉬었다. 애숙이가 깨어난 지가 몇 시간이나 됐다고 친정식구나 시집식구가 약속이나 한 듯이 애숙이의 용태에 대한 근심은 저리 가라, 오로지 애숙이가 떼어낸 자궁에만 연연하며 그 돌이킬 수 없는 상실을 비통해하고 있었다. 특히 황 여사의 망연자실은 사돈 내외의 몸둘 바를 모르게 했다. 당장 꺼질 수 있다면 깜쪽같이 꺼지고 싶은 눈치였다. 평소 며느리한테 더할 나위 없이 자애로운 시어머니 노릇을 하면서도 기회만 있으면 아들에게 며느리 흉을 보지 못해 하는 황 여사의 이중성을 잘 아는 혁주가 보기에는 그런 과장된 비탄이 계산된 연기로 보였다. 감추어놓은 아들 손주를 드러낼 때 예상되는 며느리와 사돈의 놀라움과 반발을 최소한으로 줄이기 위한 어머니의 계산된 연기를 혁주는 간파했을 뿐 아니라 자연스럽게 동조했다. 그도 땅이 꺼지게 한숨을 쉬면서 말했다.

"어머니는 집에 가 계세요. 여기 일은 장모님한테 맡기시고요. 그 사람 심정도 그게 편할 테니까요."

"알았다. 나더러 병구완을 하래도 맥이 빠져서 할 것 같지도 않다만 어째 사부인 뵙기에 미안쿠나."

"별말씀을요. 이렇게 와주신 것만도 얼마나 고맙고 힘이 된다구요. 여기 염려는 마시고 댁에 가서 편히 쉬십시오."

장모가 죄인처럼 머리를 조아리고 말했다.

"쉬는 것도 편해야요. 이 판에 쉬는 게 다 뭡니까?"

"어머니, 그만해두시고 어서 가세요."

혁주는 황 여사가 더 싫은 소리를 할까 봐, 장인 장모를 생각하는 척 서둘렀다. 그리고 엘리베이터까지만 배웅해도 될 것을 아래층 현관까지 모시고 나가 자판기에서 커피를 빼서 마시면서 시간을 끌다가 병실로 돌아왔다. 그런 대수롭지 않은 행동도 장인 장모에겐 편 가름처럼 신경이 쓰였다. 아닌 게 아니라 그건 편 가름의 시작이었다. 황 여사는 그날 이후 병원엔 신경 안 쓰고 집에서 편안하고 당당하게 상심을 달랬고, 장인 장모는 딸의 간병을 도맡아 하면서도 하루 한 번씩 들르는 혁주에게 저자세로 쩔쩔맸다. 퇴원할 때도 친정에서 좀 더 조리를 시키고 보약이라도 먹여서 보내겠다는 장모의 제안을 혁주는 두말 않고 선선히 받아들임으로써 아내와 처가 식구로 하여금 석연치 않은 소외감을 느끼게 했다. 애숙이 친정에서 요양하는 동안도 혁주는 빨리 집으로 돌아와야지 집안 꼴이 말이 아니라는 정도의 아쉬운 소리도 안 했다. 기다리다 못해 애숙이 쪽에서 아이들 보고 싶어 못 살겠다고 애틋한 눈물을 보인 끝에 겨우 시집으로 돌아올 수가 있었다. 뭐 하나 꿀릴 게 없을 뿐 아니라 후취로 오기에는 과람한 조건을 갖췄다는 우월감 때문에 처음부터 눈치보거나 기 죽지 않고 시집살이를 해온 애숙이로서는 그것만으로도 여간 굴욕스럽지가 않았다. 그러나 애숙의 굴욕은 그것만으로 끝난 게 아니었다. 집안 분위기가 전 같지 않았다. 남편은 자주 한숨을 쉬었고 어머니는 자주 눈물을 보였고, 시내와 슬기는 그 새중간에서 구박만 받은 아이들처럼 날로 불쌍해지고 있었다. 식구 간의 화목도 자연스럽지 못했고 자연스러운 건 오직 근심밖에 없었다. 다시는 아이를 낳을 수가 없고 따라서 아들을 가질 가망도 없다는 데 따르는 근심은 돈이나 시간이 해결해줄 수 있는 것도 아니니 근심이라기보다는 절망이었다. 곱게 자라 사랑을 많이 받고 하고 싶은 일마다 뜻대로 풀려 불행에 대한 대비도 이해심도 없이 살아온 애숙에게는 실로 견디기 어려운 고통이었다. 친정에서 정성껏 달여 먹인 보약도 그녀가 그 생소한 불행을 극복할 수 있는 힘이 되진 못했다. 애숙은 하루하루 수척하고 멍해졌다. 남들 다 가진 아들을 영영 가질 수 없다는 열등감과 한 가문의 대를 끊어놓았다는 죄의식이 그녀의 몸뿐 아니라 마음까지 허약하게 만들었다. 애숙은 매사가 시들해서 기쁨도 슬픔도 선명하게 느끼질 못했고 뒤에서 조종하던 사업에 대해서도 의욕이 도무지 생기지 않았다. 가끔 아무도 모르게 은밀히 맹렬한 의욕을 느낄 적이 있는데 그건 어디 가서 남의 아들을 훔쳐오고 싶다던가, 잃어버린 자신의 자궁을 되찾을 수 있는 방법이 꼭 있을 것 같아 몸이 다는 식의 터무니없는 것이어서 의욕이라기보다는 광기였다. 애숙은 여지껏 외모와 물질에 대해 충분한 우월감을 누려온 만큼 남다 가진 걸 자기만 못 가진 걸 참을 수가 없었고 그 열등감에도 약했다. 남 보기에도 그랬지만 스스로 생각해도 사람이 다 변한 것 같았다. 자궁이 자신의 전부였던 것처럼 자궁을 상실하고 나서는 본래의 인간성까지 점점 달라져가고 있었다.

 이런 애숙이를 대하는 혁주나 황 여사의 태도는 나무랄 데가 없었다. 보약도 한 제를 더 먹도록 강요하다시피 했고 아들 욕심을 드러내지 않으려고 대화할 때마다 세심한 주의를 했다. 하다못해 일가친척 중에서 아이를 뱄다거나 아들을 낳았다는 소식이 와도 애숙이의 마음을 언짢게 하거나 열등감을 건드릴 짓도 하지 않으려는 시어머니나 남편의 세심한 배려가 되레 애숙이를 괴롭혔다. 그런 배려에서 따뜻한 애정을 느끼기보다는 불쌍해하고 있다는 걸 느끼는 게 고작이었다. 애숙의 자존심은 연민보다는 차라리 미움을 받고 싶었다.

애숙의 우울증과 피해 의식이 극도에 달했을 때 혁주는 그 일을 터뜨렸다. 슬기보다는 반년이나 먼저 낳은 아들이 혁주에게 있었다는 사실은 애숙에겐 청천벽력이었지만 한 차례 소동을 부리고 난 그녀는 묘한 안도감을 느꼈다. 그 아이가 애숙을 만나기 전에 생겨났다는 계산 때문에도 그럴 수가 있었고, 무엇보다도 시어머니의 능란한 구변이 큰 위로가 되었다.

"너하고 선도 보기 전의 일을 가지고 네가 섭섭해할 거 없지 않겠느냐. 상대방 여자는 처녀도 아니고 애비하곤 나이도 동갑인 소박데기란다. 그때 애비가 상처하고 3년씩이나 혼자 지낸 후라는 것도 생각해줘야 한다. 고적한 홀애비가 이혼하고 혼자 지내는 대학동창을 우연히 만나서 상관을 한 걸 지금 와서 나무라서 무슨 이득이 돌아오겠느냐. 그보다는 그런 여자 속에서라도 아들이 태어난 걸 감지덕지해야 하는 게 네 입장이라는 걸 명심해야 하느니 우리도 일이 이렇게 될 줄은 꿈에도 모르고 너하고 혼인식 올리기 전에 아이를 떼라고 몇 번이나 그 여자를 타일렀지만 그 여자도 제 팔자가 장차 정식 결혼해서 자식 낳고 살 팔자가 못 된다는 것쯤은 알았는지, 아이를 낳겠다고 고집을 부리더구나. 이 집 자식도 아니니 상관 말라는 게야. 아무리 제 몸을 함부로 굴렸기로서니 그런 말버릇이 어디 있겠느냐. 그 말 한마디에 오만정이 떨어져서 아이를 떼건 낳아 기르건 상관 않기로 작정하고 너하고 혼사를 치렀고, 너도 알다시피 그 후 이날 이때까지 겉으로나 마음속으로나 그쪽과 연통을 하거나 궁금해한 적이 한 번도 없었다. 네가 아들만 낳았다면 아마 영원히 그렇게 됐을 것을, 지금 그 아들이나마 되찾으려는 애비나 내 심정인들 오죽하겠느냐. 그걸 네가 이해 못 하고 이 집안에 불화를 일으킨다면 나도 그 꼴은 못 본다."

"그 여자가 그 아이를 호락호락 내놓을까요?"

"자식 하나 얻어가지려고 어수룩한 애비를 꼬신 여잔데 쉽게 뺏기기야 하겠느냐. 또 강제로 뺐는다는 것도 사람 할 짓이 아니고. 그렇지만 우리 호적에 입적시키는 거야 그 여자도 마다고는 못 할 줄 안다. 입적시켜달라고 애걸한 적도 있다니까. 이 세상 어미치고 지 자식을 사생아로 키우고 싶은 어미가 어디 있겠느냐. 나도 입적 이상은 안 바란다. 우선 대나 안 끊자는 거고 그러면 너도 다리 뻗고 살 게 아니냐."

심한 말도 서슴지 않았음에도 불구하고 황 여사의 말이 애숙에게 위로가 되었던 것은 아들을 낳았다는 그 미지의 여자를 이쪽에서 마음대로 짓밟고 이용할 수 있는 여자로 취급하는 그 특이한 말투 때문이었다. 한 번도 본 적이 없는 그 여자를 쓰면 뱉고 달면 삼켜도 되는 만만한 여자로 가정할 수 있다는 건 애숙에게 있어서 참으로 불행 중 다행이었다. 그녀는 귀염만 받고 자라 떼만 쓰면 무엇이든지 가능했던 경험을 풍부하게 가지고 있었다. 이번 일도 스페어 아들이 대기하고 있다가 아들을 못 낳게 된 절망에서 구원해준 것처럼 느꼈다. 그러면 그렇지, 고통에 약한 나에게 구원의 여지가 전혀 없는 절망이 주어질 리가 없지. 이렇게 자신의 좋은 팔자만 믿고 응석 부리듯 매달렸다.

  그런 아이가 있다는 것을 알게 되고 나니 몰랐을 때보다 좋아진 건 한두 가지가 아니었다. 애숙은 날로 건강하고 명랑해졌고, 예전처럼 자유롭게 혁주를 지배하고 조종할 수 있게 되었고, 혁주는 아무 걱정 없이 사업에만 전념하게 되었고, 집에서나 밖에서나 다시 공처가 노릇을 자연스럽게 할 수 있게 되었다. 그 일이 가져온 무엇보다도 큰 복은 식구들이 더욱 화목해진 거였다. 이제 가족 간의 편 가름 같은 건 없었다. 그 아이는 어떻게 생긴 아이일까? 그 아이를 입적시키는 일은 뜻대로 잘될까? 잘 안 될 땐 돈으로 해결할 수밖에 없는데 그 아이가 가난하게 살고 있었으면 좋으련만 입적을 시키고 나면은 조금씩 조금씩 그 아이를 빼앗아오고 싶을 텐데. 그럴 수 있기 위해서라도 그 아이의 엄마는 곤궁하고 무력한 입장에 처해 있기를……. 이런 공동의 관심사와 가상의 적을 겨냥한 투지로 가족 간에 똘똘 뭉친 마음은 그 어느 때보다도 물샐틈이 없었다.

5

 유난히 바쁜 날이었다. 반찬가게에다 김밥을 한 종목 더 추가하고 나서 처음 맞는 소풍철이기 때문인지 아침부터 눈코 뜰 새가 없었다. 김밥은 예약받은 것만 해주기로 하고 있건만도 그렇다.
 "아줌마 먼저 들어가요, 뒷정리는 내가 할게요."
 아줌마를 고용하고 나서 장사가 더 잘되는 게 다행스럽기도 하고 한편 미안하기도 했다. 고용할 때만 해도 일손이 달리는 건 오후 서너 시경부터 저녁 시간까지라고 말했는데 온종일 부려먹게 되니 괜히 악덕기업주라도 된 기분이었다.
 "지가 할게요. 선생님이나 좀 쉬셔요."
 아줌마는 문경이가 한때 교사였다는 걸 어디서 들었는지 꼬박꼬박 선생님이라고 불렀고 그 여자도 그게 듣기 싫지 않았다.

"고단하지 않아요?"

"그만큼도 안 고단하고 입에 밥이 들어가면 미안해서 어쩌게요."

"그렇게 생각해줘서 고마워요. 요샌 맨날 아침부터 볶아치니까 내가 꼭 아줌마를 속인 것 같아 속으로 얼마나 불안한지 몰라요."

"선생님도, 장사를 하시려면 장사꾼답게 구셔야죠. 장사꾼이 장사 잘되는 걸 미안해하시면 어떻게 돈을 버시려고 그러세요."

"아줌마 같은 사람 만난 것도 내 복이지 뭐유. 아줌마 오고 나서 장사 잘되는 것만큼은 나도 섭섭지 않게 생각할게요."

"저야말로 선생님 같은 장사꾼 만난 게 큰 복이네요."

"그래요, 우리 복 좋은 사람끼리 신나게 빨리 치웁시다. 우리 문혁이가 또 기다리다 못해 마중 오겠수."

그 말이 채 끝나기도 전에 엄마, 하는 씩씩한 소리가 나면서 문혁이가 달려오는 게 보였다. 그 여자도 마주 달려가 아이를 얼싸안았다. 아이의 몸은 튼실하고 가슴의 고동은 약간 빠른 듯하면서도 힘찼다. 그 여자도 웃고 아이도 웃었다. 모자는 매일 저녁 그렇게 만났다. 만약 아이가 마중 나오지 않았어도 집 현관에서 같은 모양으로 만났을 것이다. 그 여자는 안아 올린 아이가 힘에 겨워 내려 놓으려고 했지만 아이는 좀 더 오래 엄마의 품에 늘어붙어 있으려고 했다. 아이가 눈을 가느스름하게 뜨고 엄마의 어깨로부터 젖가슴까지 얼굴로 훑어내리기 시작했다. 아이가 황홀한 표정으로 하고 있는 짓은 엄마의 냄새 맡기였다. 끈끈한 땀 냄새에다 온갖 반찬 냄새가 혼합된 엄마의 냄새를 아이는 그렇게 좋아했다. 그 여자는 반찬 장사로 밥을 먹기 시작한 후로 거의 자신의 체취가 되다시피 한 온갖 양념 냄새를 깔끔하고 점잖은 자리에선 더러 부끄러워한 적도 있었으나 아이가 좋아한다는 걸 알고부터는 스스로 거리끼지 않게 되었다. 그 여자는 아들과 함께 자기 장사까지도 대견하고 자랑스러웠다. 가슴이 충만하게 행복한 시간이었다. 그 여자의 하루의 하이라이트였다.

"또 오셨어요? 아까 잔뜩 사가시고선······. 다 팔렸는데."

가게 앞에서 우두커니 모자의 행복한 모습을 바라보고 있는 노부인에게 아줌마가 말을 시켰다. 노부인은 아줌마가 낮에 왔던 자기를 알아보는 게 뜻밖이었는지 곤혹스러운 표정으로 들고 있던 비닐주머니를 얼른 뒤로 감추었다. 비닐주머니는 그 쇼핑센터 매장에서 공동으로 쓰는 것으로 단박 표시가 났고 더군다나 낮에 판 나물과 마른 반찬 젓갈류가 희미하게 비쳤다. 아줌마가 수상쩍은 얼굴로 재차 물었다.

"혹시 낮에 사가신 게 입맛에 안 맞으셨는지요? 입맛에 안 맞으시는 것까지는 책임질 수 없습니다만 만의 하나라도 변질이 됐다면 물러드리겠습니다."

아줌마는 문경이로부터 교육받은 대로 공손하게 말했고 노부인은 점점 더 곤혹스러운 얼굴로 어쩔 줄을 몰랐다. 그제서야 문경이도 그 점잖고 곱게 늙은 부인을 어디서 본 듯하여 주의 깊게 바라보았다.

그럴 리가, 설마······. 문경이는 그 귀부인의 모습에 겹쳐지는 6

년 전의 그악스러운 황 여사의 모습을 떨어내려고 도리질을 하며 우선 문혁이 먼저 뒤로 감추었다. 거의 본능적인 방어 태세였다.

"나를 알아보겠소?"

황 여사의 목소리도 가늘게 떨렸다. 순간 문경이는 치가 떨렸지만 문경이 뒤에서 남실대는 아이의 머리를 바라보는 황 여사의 입가엔 어느새 보통 할머니와 다름없는 자애로운 미소가 번졌다.

"뭣 하러 오셨습니까? 제가 여기 있다는 걸 어찌 아시고."

"만나보고 싶어 수소문했다오. 시간 좀 내주겠소?"

"저는 만나뵐 일 없는데요. 한가한 몸도 아니구요."

"잠깐이면 돼요. 괴롭히거나 해칠 생각은 추호도 없으니 안심해요."

"사람 어떻게 보고 하시는 말씀이십니까. 저를 아무한테나 호락호락 해를 입거나 괴로움을 당할 사람처럼 보셨다면 잘못 보셨습니다."

문경이는 말은 그렇게 했지만 온몸이 사시나무 떨리듯 떨렸다. 떨고 있는 자신이 한심하다는 생각 때문에 눈물까지 글썽해지려고 했다. 그 여자에 비해 황 여사가 훨씬 여유가 있었다. 적반하장도 분수가 있지. 그 여자는 그것도 억울했다.

"거봐요. 우리는 암만해도 할 얘기가 많을 것 같지 않소? 어디 조용한 데로 가는 게 좋을 듯싶은데."

"좋습니다. 아줌마, 우리 문혁이 좀 집에 데려다 줄래요. 그리고 좀 같이 있어줘요. 잠깐이면 될 테니까."

그 여자가 아줌마에게 아이를 맡기려 하자 황 여사가 황급히 가로막았다.

"개도 데리고 가면 안 되겠소? 잠깐 동안만이라도 같이 있고 싶은데."

그러면서 아이의 손목을 잡았다. 워낙 붙임성 있는 아이라 다른 한 손으로는 자연스럽게 엄마의 손을 잡고 가운데서 깡충거리기 시작했다.

"아이도 있고 하니 케이크집이 좋을 것 같소만……, 난 이 근처 지리를 잘 몰라서."

상가를 나오자 황 여사는 그렇게 말하면서 아이의 손을 두 손으로 감싸더니 얼굴을 찬찬히 들여다보기 시작했다. 이윽고 경탄, 환희, 회한 그런 것들이 차례차례 스치며 노부인의 얼굴을 처참하게 구겨 놓았다. 문경이는 동정심과 함께 불확실하고도 엄청난 위험을 감지하고 외마디소리를 질렀다.

"고정하시죠. 아이 앞에서 이러시면 어쩝니까."

그리고 서둘러 근처에 보이는 케이크집으로 들어갔다. 다방보다 한결 조용하고 한산했다. 따라 들어온 황 여사는 다시는 감정이 격해져선 안 되겠다 싶었던지 아이한테만 말을 시켰다.

"잘도 생겼네. 이름이 뭐였지?"

"문혁이요. 차문혁."

"좋은 이름이구나. 나이는?"

"여섯 살……."

"저런 똑똑도 하지. 내년엔 학교 가겠네. 자아 우리 문혁이 뭐 먹고 싶은가."

그러면서 아이의 손목을 잡고 진열장으로 가서 먹고 싶은 케이크를 스스로 고르게 했고 아이스크림을 먹는 아이를 홀린 듯이 지켜보는 황 여사의 눈빛은 곧 아이스크림처럼 녹아내릴 듯이 따뜻하고 감미로워졌다. 문경이 또한 여지껏 혼자 손으로 아이를 기르면서 살아오는 데 적지 않은 힘도 되었지만, 타고난 인간성을 척박하게 하는 데도 기여했던 황 여사에 대한 증오와 원한이 맥없이 무너지려는 걸 느꼈다. 황 여사의 보통 할머니다움은 문경이에게 그만큼 놀랍고 감동스러운 것이었다.

이러면 안 된다는 생각을 문경이가 마음을 도사려 먹으면서 일어서려고 할 때도 황 여사는 붙들지 않고 고맙다는 말만 연발했다. 그리고 아이에게 이것저것 값비싼 걸로만 골라서 케이크를 한 보따리 사주고 나서 힘주어 안아보더니 아쉬운 듯 작별인사를 했다.

황 여사의 쓸쓸한 뒷모습이 저만치 가고 나서야 문경이는 내 아들은 당신네와 아무 상관 없는 나만의 아들이다, 당신 입으로 그렇게 부정하지 않았느냐고 면박을 주지 못한 걸 후회했지만 돌이킬 수 없는 일이었다. 그리고 집으로 돌아와서 깨끗이 씻긴 아이와 식탁에 마주앉아서는 면박을 준 것보다도 훨씬 효과적인 복수를 했다고 자위했다. 오늘따라 문혁이는 유난히 혁주를 닮아보이면서도 탐나게 잘생겨 보였다.

며칠 있다가는 혁주가 비슷한 시간에 나타났다. 문경이는 예상하고 있었던 것처럼 그닥 놀라지 않았다. 마침 아이가 거기 나와 있지 않은 것도 그 여자가 격앙하지 않고 차분하게 구는 데 도움이 되었다.

"혹시 아이가 나와 있으면 먼발치에서 한 번만 보고 가려고 했소."
"될 수 있으면 이런 데 안 나오도록 한답니다. 어쩌다가 나오죠."
"그럼 어머니가 운이 좋으셨군."

혁주가 혼잣말처럼 중얼거리고 어깨를 축 늘어뜨렸다.

순간 그 여자는 마음이 약해지려고 해서 그들 모자가 번갈아가며 나타나 괴롭히고 협박하던 6년 전 일을 생각하려고 애썼다.

"한 번만 보고 싶었는데……."

혁주는 그 여자의 냉담한 태도에도 굴하지 않고 슬슬 그 근처를 몇 바퀴 돌고 와서 애걸했다. 온몸에 부티가 절절 흐르는 사람이 비굴하게 구는 건 더 못 봐줄 노릇이었다. 아줌마가 이상한 눈으로 바라보는 것도 신경 써졌다.

"어머니가 그러시더군. 꼭 나를 빼닮았다고……. 차 선생 보기에도 그렇소?"
"전혀 안 그래요. 그럴 리도 없구요."
"역시 차갑군."
"도대체 지금 와서 나한테 뭘 바라는 거죠?"

그 여자는 정말로 견딜 수 없이 화가 나서 소리 질렀다. 그럴수록 혁주는 죽여줍쇼 하는 태도로 일관했다.

"더도 안 바래요. 꼭 한 번만 보고 싶소."

"그 약속 지킬 수 있겠어요?"

"지키다마다 그렇게 날 못 믿겠소?"

그 소리엔 그 여자도 가만히 있질 못했다.

"당신네를 내가 믿기를 정말 바라고 하는 소리예요? 기가 막혀서. 당신네처럼 편리하게 생겨먹은 사람들은 벌써 잊었는지 모르지만 당신 어머니하고 당신하고 짜고 번갈아가며 나한테 못할 노릇한 걸 내가 어떻게 잊겠어요. 죽는 날까지 그걸 못 잊을 텐데 당신을 믿어요?"

숫제 말을 안 할 걸 그랬나 보다. 다리가 벌벌 떨리면서 언성이 높아졌다.

"이러지 말고 우리 잠깐 어디로 갑시다."

혁주는 놀랐는지 잡아끌다시피 앞장섰다. 하필 황 여사하고 만났던 제과점이었다. 그 지긋지긋한 모자한테 6년 만에 다시 번갈아 당하고 있는 의혹과 억울한 생각이 지글지글 피어올랐다. 오히려 혁주 쪽에서 먼저 평정을 회복하고 침울한 소리로 말했다.

"잘못했소. 죽을죄를 졌소. 그러나 당신은 이미 복수를 했잖소."

"그게 무슨 소리예요?"

"나에겐 아들이 없소. 그때 결혼한 아내는 딸 하나를 낳고 단산 수술을 하지 않으면 안 되었으니 더 낳을 가망도 없고……."

이제 모든 게 확실해졌다. 궁금한 게 풀려서 속도 시원하거니와 뜨겁고 뭉클한 기쁨 같은 게 솟구치는 걸 숨길 수가 없었다. 그래도 짐짓 냉담하게 비꼬는 투로 물었다.

"그래서요?"

"당신이 이겼소."

"그럼 우리 사이는 이제 깨끗이 끝난 게 아닌가요? 당신이 역전을 시킬 음모라도 꾸미고 있는 게 아니라면."

"나를 그렇게까지 나쁜 사람으로 여기지 않았으면 좋겠소. 아이를 봐서라도."

"내 아이를 들먹이지 말아요. 당신 입술에 오르내리는 것도 싫어요."

"어떤 저주든지 달게 받겠소."

"다신 오지 말아요. 꼴도 보기 싫으니까."

"한 번만 보여주면 다시 또 보자고는 않겠다고 약속하겠소. 그렇지만 당신하고 볼일은 좀 더 남아 있을지도 모르겠소."

"무슨 뜻이죠?"

"당신이 이기고, 내가 벌 받은 건 저절로 그렇게 된 거지 누가 시켜서 된 건 아니잖소. 억지로 꽈다붙이면 하늘의 뜻이랄 수도 있겠지만, 그렇다고 인간이 할 도리가 남아 있는 것까지 모르는 척할 순 없는 거 아니겠소."

"이제 와서 당신 입에서 인간의 도리 어쩌구 하는 소릴 듣게 되다니."

"개도 고양이도 웃을 소리라고 하고 싶겠지만 당신의 협조 없인 그나마의 인간 노릇도 못하고 말 테니 도와주오. 부탁이오."

"아이는 한 번만이라면 보여줄 수도 있어요. 그 밖에 또 뭘 도와

달라고 싶은 거죠?"

"아이를 내 아들로 입적시키고 싶소."

"안 돼요. 당신네 모자가 어떻게 해서 내 입에서 그 아이가 당신네 자식이 아니란 소리가 나오게 됐는지 벌써 잊었어요? 세상에, 그건 고문이었어요. 이제 와서 뭐라고? 그래도 애비라고 권리를 주장하려고……."

그 여자는 속이 떨리고 입에 침이 말라 더 이상 말을 잇지 못했다. 혁주가 오히려 여유 있어졌다.

"권리를 주장할 생각은 조금도 없어요. 그 아이가 장차 누릴 수 있는 권리를 주고 싶을 뿐이지. 그 아이는 나에겐 단지 하나밖에 없는 아들이란 말요. 당신이 정 싫다면 할 수 없는 노릇이지만 분을 가라앉히고 생각해보면 알 것이오. 어엿한 아버지를 없는 것처럼 하는 것도 아이에게 할 짓이 아니라는 걸."

"난 이제 그런 감언이설에 넘어갈 만큼 순진하지 않아요. 나도 산전수전 다 겪은 여자가 되고 말았어요. 다 당신네들 덕이죠."

"그 아이를 내 호적에 올린다고 해서 지금하고 달라질 건 아무것도 없어요. 그 아이가 당연한 권리를 누리게 되는 것도 한참 앞날의 이야기고, 또 전적으로 그 아이의 자유의사에 달린 문제니까."

"여기서 잠시 기다릴래요? 아이를 데려오겠어요. 한 번만이라는 거 명심해요."

"오늘은 당신이 너무 피곤해 뵈고 또 흥분한 거 같으니 나중에 봐도 상관없겠는데."

혁주가 뭘 믿고 그러는지 점점 더 느긋해졌다. 그럴수록 그 여자는 알 수 없는 조바심으로 마음이 옥죄였다.

"아아뇨. 오늘 보고 가요. 그런 핑계로 당신을 또 보게 되는 건 정말 싫으니까."

그 여자는 그의 대답을 기다리지 않고 집으로 달음질쳤다. 알 수 없는 분노를 화통처럼 뿜으며.

"인사해. 엄마 친구분이야."

아이를 앞세우고 온 그 여자는 혁주가 미처 뭐라고 말하기 전에 헐떡이며 이렇게 말했다.

"그럼 이 아저씨도 선생님이야?"

아이가 이상하다는 듯이 물었다. 그 여자를 집까지 찾아오는 친구는 대개 교사 시절의 동료여서 아이도 선생님의 분위기엔 어느 정도 익숙해져 있었다. 아이 보기에도 혁주가 선생님 같지가 않아선지 막연히 심상치 않은 걸 느껴선지 앞으로 선뜻 나서지 않고 엄마의 눈치만 봤다.

"안녕."

혁주가 먼저 악수를 청했다. 아이가 미적미적 손을 내밀자 혁주는 두 손으로 받아 감싸고 한참을 있다가 아이의 손등에다 정중히 뽀뽀를 했다. 그 여자는 혁주가 심각하고 축축한 쪽으로 유도하려는 분위기를 깨기 위해 짐짓 명랑한 소리로 말했다.

"우리 문혁이 뭐 먹을까. 삼색 아이스크림하고 파이 어때?"

아이가 고개를 끄덕였다. 아이가 먹는 걸 말없이 지켜보던 혁주가 거진 다 먹어갈 무렵 가져온 상자를 끌렀다. 원격조종할 수 있는 날씬하게 생긴 자동차였다. 산뜻한 색상 하며 견고하고도 쪽 빠진 자태며 외제 상품 하며 10만 원도 넘어 호가할 것 같은 장난감이었다.

"당신의 어머니도 그러더니 당신도 마찬가지군요."

"뭐가 말이오?"

"아이한테까지 물질 공세 취하려는 거 말예요. 6년 전 저 아이를 없애라고 둘이서 번갈아가며 돈 봉투로 날 협박할 때하고 어쩌면 그렇게 안 달라졌죠?"

그 여자는 아이를 의식해서 혁주의 귓전에다 대고 속삭이듯 오금을 박았다.

"말 삼가요. 이건 내가 외국 출장 길에 막연히 이 아이를 그리워하며 산 거였소. 이렇게 되리라는 건 꿈에도 모르고 순수한 마음으로 산 걸 모독하지 말아요."

그러면서 조종기에다 따로 가져온 건전지를 집어넣자 안테나를 촉각처럼 곤두세운 스포츠카는 테이블과 의자의 다리를 요리조리 피해가며 제과점의 모노륨 바닥을 순식간에 통과해 길바닥으로 나가버렸다. 혁주가 아이에게 의미 있는 일별을 하고 밖으로 따라나가자 아이도 환성을 지르며 따라나갔다. 바깥과는 기껏해야 잘 닦인 유리창 하나를 사이에 두고 있었다. 네 활개를 치며 뛰노는 혁주와 아이의 모습이 잘 보였지만 소리는 잘 들리지 않았다. 그 여자는 그게 안타까웠다. 조종기는 혁주의 손에서 아이한테로 넘어갔다. 혁주가 무어라고 주의할 점을 가르쳐주는 것 같았다. 아이가 조종을 하자 차가 차도로 내려갔다. 혁주가 허풍스럽게 놀라며 조종기를 빼앗으려고 하자 아이가 안 내놓으려는 것 같았다. 혁주가 웃으면서 아이를 안아 올려 둘이서 함께 조종을 하기 시작했다. 뭐가 그렇게 좋은지 아이가 깔깔대며 한 팔로 혁주의 목을 감는 게 보였다.

외국 출장 갔다 오는 아빠가 선물로 사온 원격조종할 수 있는 자동차가 아이가 속으로 얼마나 부러워한 꿈의 장난감인지 그 여자는 알고 있었다. 아이가 지금 누리고 있는 황홀경이 그 여자의 가슴을 미어지게 했다. 두 사람의 놀이는 거의 무아지경이었다. 워낙 성품이 밝고 잘 노는 아이였지만 그렇게 행복해 보이긴 처음이었다. 혁주의 개구쟁이 짓도 일품이었다. 전에 깊이 사귈 동안도 미처 알아보지 못한 그의 감추어진 일면을 본 것처럼 느꼈다.

어느 순간 혁주가 먼저 딱 놀이를 그만두더니 장난감을 수습하고 아쉬워하는 아이를 앞세우고 제과점 안으로 들어왔다.

"자아, 자아, 그만 놀자. 너무 오래 놀면 엄마가 다시는 우리끼리 못 놀게 할지도 모르니까."

일부러 크게 말하는 게 그 여자 들으라고 하는 소리 같았다. 그 날은 더 이상 입적에 대한 말은 없이 서운할 정도로 미적거리지 않고 떠나갔다. 그러나 아이를 한 번만 보겠다는 약속은 지켜지지 않았고 그 여자도 구태여 그걸 탄하지 않았다. 아이가 몹시 기다리는 눈치였기 때문이다. 다음에 올 때도 혁주는 비싼 장난감을 사왔고 미리 그 여자의 허락을 받고 단둘이만 나가서 외식을 하고 돌아왔다. 그동안 아이를 어떻게 포섭을 했는지 아이는 혁주를 자연스럽게 아빠라고 부르고 있었다. 그 여자도 아이에게 혁주가 아빠라는 걸 어떻게 혼란이나 충격을 주지 않고 가르쳐줄 수 있을까 은근히 걱정하고 있던 참이었기 때문에 차라리 잘됐다 싶었다. 혁주가 돌아간 후 은근히 아이의 마음을 떠봐도 아이가 갈등을 느끼고 있는 흔적을 찾아볼 수 없었다. 아이의 마음이란 어른의 마음의 잣대로 잴 수 없는 특이한 유연성을 가지고 있나 보다. 또 천륜도 무시 못 한다고 생각됐다. 혁주는 미웠지만 부자가 금세 친해진 게 천륜 때문이라고 생각하면 그 여자는 쉽게 편안해질 수가 있었다. 되레 올때마다 들입다 비싼 장난감을 사가지고 와서 아이의 환심을 사려는 혁주가 딱해 보였다. 저렇게 조바심 안 해도 아빠는 아빠인 것을 하고.

그 여자의 그런 연민은 혁주를 애 아버지로 인정한 거나 다름없는 생각이었다.

혁주가 드나드는 사이사이 황 여사는 황 여사대로 고기나 과일 케이크 등 비싼 먹을 것을 사가지고 와 그 여자의 눈치를 살펴가면서 아이의 환심을 사려고 애썼다. 입적을 핑계로 만나기 시작한 게 핏줄의 정에 이끌리게 되는 과정을 지켜보면서 그 여자는 두려움과 함께 묘한 승리감 같은 걸 맛보고 있었다. 혁주의 말대로 그 여자는 복수를 한 것인지도 몰랐다.

혁주와 황 여사는 비싼 물건을 잔뜩 사가지고 와서도 비실비실 비굴하게 행동했고 그 여자가 아이를 보여주면 감지덕지했고 안 보여줘도 싫은 소리 한마디 못 했다. 그 여자는 자기도 모르게 그런 관계를 즐기고 있는 사이에 아이는 아무런 갈등 없이 새로운 아버지와 할머니의 존재를 받아들였고 쉽사리 고급의 장난감과 비싼 물건에 길들여졌다. 그들이 친해지는 걸 천륜이라고만 생각해오던 그 여자도 차츰 지나친 물질 공세로부터 아이를 보호할 필요성을 느끼게 됐다. 혁주의 당초의 약속도 입적 문제만 허락해주면 자주 드나들지 않겠다고 했고, 그들의 물질 공세도 목적을 빨리 달성하고픈 일종의 정서불안 증세로 보였기 때문이다. 이왕이면 아이가 학교에 들어가기 전에 입적 문제를 마무리짓고 싶은 것도 그 여자의 솔직한 심정이었다. 성이 달라지는 일이라 아이의 혼란을 최소한으로 줄이려면 서두를 수밖에 없었다.

　문혁이를 김혁주의 아들로 입적시키는 일은 문혁이가 태어나기 전부터 그 여자가 바라던 바였고 그렇게 바라던 걸 시뜩하게 미룬 건 그게 거부당했을 때의 원한 때문이지 사실대로 기록되길 바라는 마음에 변화가 있었던 것은 아니다. 물론 그동안 자신의 성을 따르게 하면서 지녀온 나만의 자식이라는 강한 오기와 소유욕을 양보하게 된 게 서운하기도 했지만 자신이 속한 사회가 부계혈통 사회니만치 홀로 모계혈통으로 기르는 외로움과 불안에서 벗어나고 싶기도 했다. 부계혈통 사회에선 아버지의 호적에 입적시키는 게 원칙이고 내 자식도 이제부터 원칙대로 키우게 됐다는 안도감이 비로소 어미의 도리를 다한 것 같은 만족감과도 비슷한 게 그 여자의 솔직한 심정이었다.

　그 여자가 문혁이를 낳고 나서 한때나마 입적을 시켜주길 애걸하다가 거절당하자 사생아로 키우되 강한 아이로 키우기로 결심한 것도 인습적인 편견에 의해 불이익이나 상처를 안 받을 강한 아이지, 자기가 속한 사회의 법질서를 일부러 무시하고 사는 비상식적인 인간을 뜻한 건 아닐 터였다.

그 여자는 아이하고 놀고 싶어 왔다는 혁주한테 아이는 보여주지 않고 조용한 다방으로 데리고 가서 용건부터 말했다.

"입적을 시키되 사실대로 기록하는 걸 잊지 말아야 해요. 문혁이가 당신과 내 아이라는 게 사실이니까 그렇게 기록되길 바라는 거지 행여 당신네가 잘나고 유력해 보여서 내가 양보하는 줄 알면 곤란하단 말예요. 될 일도 아니고요."

"그게 무슨 뜻인지 난 못 알아듣겠는걸."

혁주의 안색이 경직됐다. 저게 바로 저 남자의 본색이다라는 생각이 불길한 예감처럼 선뜩하게 그 여자를 스쳤다.

"나도 문혁이의 생모로 기재되길 바란단 말예요. 그게 사실이니까."

"뭐라고? 그럼 나더러 이혼을 하란 소리가 아뇨. 당신 참 대단한 여자군. 아들 하나를 미끼로 너무 큰 걸 노리고 있었구만. 기가 막혀서……."

"기가 막힌 건 나예요. 난 내가 말한 대로 사실대로 기록되길 바랄 뿐이에요. 난 지금 당신의 아내가 아니고, 또 당신 같은 사람의 아내가 돼달래도 10리는 도망갈 사람이란 말예요. 사람이 한 번 속지 두 번 속나요? 지금의 당신네들 부부 관계에 법적인 도전을 할 생각은 꿈에도 없으니 안심하고 문혁이를 당신 호적에 올리되 모난에 나를 생모로 기록해야 돼요. 너무 강조하는 것 같지만 나는 사실이 사실대로 기재되길 바랄 뿐이에요."

"내가 만일 내 임의로 문혁이를 아내와의 사이의 아이로 신고한다면 어쩔 테요."

"당신 아내와 내 아들 사이가 친생자 관계가 아니라는 걸 확인해달라고 법원에다 청구할 거예요."

"당신은 순진한 척 사실, 사실, 하지만 뒤로는 여차즉하면 법에 호소할 궁리까지 하고 있었군. 그렇게까지 영악한 여잔 줄 몰랐소."

"당신처럼 자기 이익에 따라 마음대로 사실을 왜곡하는 사람과 상대해야 할 때 사실을 사실로 인정해줄 법이라는 빽이라도 있어야 하는 거 아녜요?"

"그래서 법을 얼마나 연구했는지 모르지만 문혁이가 혼인 외의 자식이 될 때 장차 받을 불이익까지는 왜 못 생각했소? 우리는 내 재산보다 아내 명의의 재산이 훨씬 더 많은데 아내는 아마 제가 낳은 딸한테 다 상속을 시키면 시켰지 문혁이한테는 한 푼도 상속을 안 시킬지도 모르는데."

"그건 당연하잖아요. 자기가 불린 재산 자기 핏줄한테 주고 싶은 건. 나 그 재산 탐나서 문혁이 인지해달라는 거 아녜요."

"문혁이 장래를 생각하면 그럴 수는 없을 텐데……."

"당신이야말로 문혁이 장래를 생각한다는 게 고작 그거였어요? 여지껏 받은 장난감이나 먹을 것이나 다 구역질이 나요. 그걸로 우릴 매수한 줄 알고 있었을 거 아녜요. 사실이고 나발이고 다 일없으니 10년이 걸리든 백 년이 걸리든 돈으로 안 되는 것도 이 세상에 쌔고 쌨다는 걸 깨닫기 전엔 내 앞에 얼씬도 할 생각 말아요."

이렇게 해서 문혁이의 인지를 둘러싼 첫 담판은 어이없이 끝났다. 그러나 모욕을 당하고 화가 머리끝까지 나서 자리를 박차고 일어난 혁주는 며칠 안 돼 속죄하는 죄인처럼 풀 죽고 면목 없는 모습으로 다시 나타났다.

차문경을 생모로 해서라도 입적을 시키겠다는 거였다.

그 여자는 혁주의 비굴한 저자세와 불안 초조를 지켜보면서 그만하면 지난날 문혁이를 입적시켜달라고 애걸할 때 당한 모욕과 배신을 어느 정도 갚아준 것처럼 느꼈기 때문에 더는 군소리 안 하고 승낙을 했다. 그러나 김혁주의 장남으로 기재된 호적등본을 떼본 그 여자는 착잡한 감회로 울음이 복받쳤다. 오랜 소원을 성취한 것도 같았지만 그동안 자신을 지탱해준 받침대를 잃은 것처럼 휘청거렸고, 아무리 가난할 때도 충만하게 해주던 보물을 잃은 것처럼 허전하기도 했다.

달라진 건 아무것도 없어, 문혁이는 내 아들이고, 김혁주의 호적에 사실대로 기재되길 바란 건 내 오랜 소원이었지 않나.

이렇게 자위했지만 현실은 야금야금 달라지고 있었다. 문혁이를 보고 싶다는 핑계로 뻔질나게 드나들던 아버지와 할머니의 발길이 뜸해진 대신 조금씩 당당해진 그들은 문혁이가 어른을 뵈러 오길 요구하기 시작했다. 처음부터 윗사람의 권위를 내세워 문혁이의 의무를 강요한 건 아니고 처음엔 할머니 생신날 문혁이를 초대하는 형식이었다. 이왕 그 집안의 호주상속자가 된 마당에 절손될까 봐 온갖 굴욕을 무릅쓴 그 집안의 웃어른 생신을 굳이 외면할 만큼 그 여자는 옹졸하거나 원한이 맺혀 있지 않았다. 정성껏 마련한 선물까지 안동해서 데리러 온 운전기사한테 아이를 내주었다. 돌려보내기로 약속한 시간보다 한 시간쯤 늦게 돌아왔지만 크게 신경 쓰지 않았다. 되레 물건도 아닌 아이를 시간 약속까지 하고 빌려주듯이 내준 건 너무 옹졸한 처사가 아니었던가 뉘우치는 마음까지 없지 않았다. 그러나 시작이 반이라던가. 그렇게 한 번 길을 트기 시작하자 툭하면 아이를 불러가지 못해 했다. 집안 식구 생일마다 불러가는 것으로도 성이 차지 않는지 할머니가 보고 싶어한다고, 누이들이 놀고 싶어한다고도 차를 보냈다. 외롭게 자랐으면서도 붙임성이 좋은 문혁이는 누이들과 쉽게 친해진 모양이었다. 누이들 얘기를 자주 했고 어떤 때는 문혁이 쪽에서 먼저 누이들하고 놀고 싶어하기도 했다. 동기간이 생겼다는 건 좋은 일이었다.

그러나 문혁이가 무슨 말끝에 '큰엄마'는 참 예쁘고 엄마보다 훨씬 멋쟁이라는 소리를 했을 때는 그 여자도 충격을 받았다. 예쁜 멋쟁이보다 '큰엄마'가 충격적이었던 것이다. 그쪽 여자가 '큰엄마'라면 나는 무언가? 작은엄마? 소실? 첩? 그 정도로 자신을 비하시키고 나서도 역시 그까짓 호칭에 신경 쓸 거 없다고 자신의 옹졸함을 나무랐다. '큰엄마' '작은엄마'는 백모 숙모에게도 해당되는 호칭이 아닌가. 그 여자도 그 무렵엔 부르기 편한 대로 아이한테 그쪽 집을 말할 때 '할먼네' 아니면 '큰집'이라고 하고 있었다.

크리스마스 때도 문혁이는 큰집에 초대되었다. 문혁이한테는 벌써부터 바람을 넣은 듯 며칠 전부터 선물 받을 기대로 아이는 잔뜩 들떠 있었다. 선물은 받기만 하는 게 아니라 주기도 해야 된다는 걸 가르쳐주려고 그 여자는 아이의 손목을 잡고 같이 선물을 사러 다녔다. 그리고 그동안 아이의 눈이 얼마나 높아졌는지를 몸소 느끼고 경악을 금치 못했다. 아이는 몇백 원짜리 장난감이나 학용품을 거들떠도 안 보고 비싸고 반질반질한 수입 상품이나 어른들의 사치품 쪽으로만 눈길을 주고 있었다. 억지로 달래고 야단을 쳐서 아이의 분수에 맞는 걸 사도록 했지만 아이는 끝내 시뜻하고 불만스러운 표정을 풀지 않았다.

큰집에선 크리스마스이브에 데려간 아이를 그날 밤 돌려보내지 않았다. 처음 있는 일이었지만 특별한 날인 걸 감안해서 탓할 마음은 없었다. 그러나 다음 날 오후에나 돌려보내면서 아이에게 딸려 보낸 어마어마한 선물은 그 여자를 아연실색하게 했다. 할머니로부터 한 살 터울의 어린 누이동생에 이르기까지 식구들마다 각각 포장을 달리한 선물은 누가 선물했나와는 전혀 관계없는 고가품 아니면 사치품이었다. 자기의 키보다 더 큰 선물 상자에 가린 운전기사가 아마 도련님이 학교에 갈 때 필요한 일습을 장만해 보내신 것 같다고 변명을 할 만치 그 선물은 우선 부피로부터 비위에 거슬렸다. 내용물도 기사의 말과 틀리지 않았지만 옷도 몇 벌씩이나 되는 게 하나같이 기가 질리게 비싼 것들이었고 학용품은 값도 알 수 없는 외제품들이었다. 이건 어른들한테는 천 원짜리, 누나들한테는 5백

원짜리 정도의 선물을 사보낸 그 여자에 대한 중대한 도전이요 모욕이었다. 특히 책가방을 비롯해서 도시락통 지우개에 이르기까지 학용품 일습이 단 한 개의 국산품도 안 섞인 일제일 뿐더러 그 생김새와 씀씀이가 아이들뿐 아니라 어른의 눈도 능히 홀리게 할 만큼 아름답고, 간사하리만치 정교한 데 이르러서는 분노마저 금할 수가 없었다.

그 여자는 단호하게 아이로부터 그 모든 것을 빼앗으려고 했고 아이는 몸부림치며 그 모든 것을 차지하려고 했다.

그 여자는 처음으로 아이를 몹시 때렸다.

매맞고 잠든 아이의 종아리를 쓰다듬으며 그 여자는 문득 아이의 다리가 풍족한 물질의 늪에 깊숙이 빨려 들어가고 있는 것처럼 느꼈다. 위기의식이 차가운 칼날처럼 무섭고 섬뜩하게 그 여자를 스쳤다. 아이를 꼭 껴안고 잠이 들어서도 사정없이 빨아들이는 깊이 모를 진흙탕에서 아이를 구하려고 몸부림치는 꿈을 꾸다가 깨어났다. 악몽이었다. 온종일 일이 손에 잡히지 않고 불안했다.

저녁때 엄마를 상가까지 마중 나온 아이는 쇼윈도의 어린이 마네킹이 입고 있는 스키복을 보고 발길을 멈추더니 말했다.

"엄마 나도 저런 거 큰엄마가 사주었어. 설 쇠고 스키 타러 가는데 같이 가자고. 엄마 나 가도 되지? 시내 누나도 아빠도 다 같이 간댔어. 할머니만 집 보시고."

아이가 엄마의 눈치를 몹시 보면서 말했다. 한 번도 그런 적이 없던 아이였다. 그 여자는 비정상적인 가족 관계가 아이의 성격에 혹시라도 나쁜 영향을 끼칠까 봐 아이가 그쪽 식구들과 어울리는 일에 스트레스를 안 받도록 세심하게 신경을 썼었다. 그 집 가면 어찌어찌 하라고 특별한 예절을 강요하지도 않았거니와 그 여자 자신도 특별히 좋아하거나 싫어하는 눈치를 안 보이고 예사롭게 굴려고 노력했다. 그러나 처음 든 매질에 아이는 벌써 어른들의 싸고싼 비밀을 다 알아버렸다는 듯 순진치 못한 얼굴을 하고 있었다.

그동안 겪은 신상의 변화가 아이에겐 과중했었나 보다. 너무 그쪽에서 하자는 대로 아이를 내맡겼었다는 후회도 되었다. 그 여자는 다만 아이가 부자 아버지를 포함해서 갑자기 생겨난 새로운 가족과 환경의 변화를 사실대로 받아들이길 바랐을 뿐이었다.

그 여자는 안 된다고 그러고 싶었다. 그러나 아이가 상심할 게 미리 염려되었다. 아이는 이미 전에는 상상도 못할 것들에 대한 욕망을 가지고 있었다. 돌이킬 수 없는 일이었다. 그 여자는 어찌할 바를 몰랐고 괴로웠다. 그러나 그걸 내색해선 안 된다고 생각했다. 아이로 하여금 줄줄이 일어나는 변화를 무사히 넘기게 하려면 자기가 먼저 그걸 대수롭지 않게 여겨야 된다고 생각했다.

그 여자가 그렇게 망설이는 동안 아이가 초조한 듯 쳐다보았다. 너무 오래 생각했나? 그까짓 일을 가지고 너무 오래 생각하는 것도 아이에겐 부담이 될 것도 같아 냉큼 "괜찮고말고"라고 말해버렸다. 그리고 이내 낭패감에 사로잡혔다. 그러나 다른 무슨 말을 할 수 있단 말인가? 그 여자는 울고 싶었다. 무엇인가 납덩이 같은 게 그 여자의 마음을 짓눌렀다. 그 여자는 괜히 아이를 보고 미소 지었다.

그러나 아이는 미소 짓지 않았다. 아이는 정직하니까. 아이도 뭔가에 짓눌리고 있었다.

아이가 신년 연휴를 용평 스키장에서 보내는 동안 그 여자도 반찬가게 문을 닫고 집에서 오래간만에 푹 쉬도록 했다. 자연히 텔레비전이 유일한 벗이었고 텔레비전은 고맙게도 뉴스 시간에도 오락 시간에도 자주 용평 소식을 전해주었다. 날이 포근해 서울에선 아직 눈다운 눈을 못 보았는데 용평과 설악산 쪽엔 간밤에도 50센티가 넘는 폭설이 내렸다고 했다. 뉴스 시간엔 대관령의 제설 작업과 거북이걸음을 하는 차량, 아예 주인 없이 세워진 빈 차들의 모습과 함께 풍성한 눈에 환호하면서 즐기는 스키어들의 모습을 비춰주었다. 쇼도 용평에서 찍은 거였다. 멋진 스키복을 입은 인기 연예인들이 유연한 활강 폼으로 노래를 부르기도 하고, 일부러 엎으라지며 고꾸라지며 사람을 웃기기도 했다. 북구의 아이들을 방불케 할 만큼 눈 장비를 완벽하게 갖춘 아이들이 천진하게 웃기도 하고 손으로 V 자를 그려 보이기도 하면서 화면에 비치고 싶어 연예인 근처를 얼씬대는 모습이 한층 현장감을 살리고 있었다. 그동안 고달프고 억척스럽게만 살아온 그 여자에겐 눈부신 별천지였다. 그러나 문혁이가 그 별천지와 관계를 맺기 시작한 이상 그 별천지는 신기하고 재미있는 구경거리일 수만은 없었다. 그 여자는 역경을 살아오면서 웬만한 어려움이나 근심에 동요 안 할 배짱 하나는 두둑해졌다고 생각하고 있었다. 그러나 자신이 어렵게 쌓아올린 생활에 별천지로 통하는 출구가 생겨났다는 건 여지껏 경험한 어떤 어려움이나 근심하고도 달랐다. 그 여자는 두려웠다. 거의 눈물을 흘릴 뻔한 적도 한두 번이 아니었다.

아이는 돌아온다는 날에 돌아왔고 매우 건강하고 행복해 보였다. 3박 4일이나 아이가 엄마 곁을 떠나 있던 적은 처음이었다. 겨우 그 동안에 또 한 번 북구라파 아이들 생각을 했다. 그러나 그 여자가 북구라파 아이들에 대해 구체적으로 뭘 알고 있는 건 아니었다. 눈이 많은 지방, 따뜻하고 원색적인 털옷, 해맑은 피부, 순진한 표정 등 다분히 동화적인 상상력이 고작이었다. 어쩌면 그 여자는 이런 약간 유치한 상상력으로 보다 심각한 변화를 모르는 척하고 싶었는지도 모른다. 그 여자가 정말 알고 싶은 건 아이의 내적 변화였다. 그러나 아이는 엄마와 떨어져서 보낸 3박 4일 동안을 어떻게 지냈는지 한마디도 말하지 않았다. 문혁이는 원래 그런 아이가 아니었다. 유치원에서 배운 거, 친구집이나 길 가다 새롭게 보고 들은 거, 외갓집이나 이모네서 사촌들하고 놀다가 생긴 일 등을 엄마가 묻지 않아도 자세하고 생생하게 들려주던 아이였다. 그런 아이가 분명히 여지껏의 경험 중 최고의 획기적인 경험이 되었을 지난 3박 4일에 대해선 없었던 것처럼 굴었다. 아이의 그런 능청스러움이란 얼마나 부자연스러운 것인지. 궁금하면 그 여자 쪽에서 먼저 물어볼 수도 있으련만 그 여자도 그러지 않았다. 아이와 어른이 무슨 꿍꿍이속인지 마음을 합해 그동안을 구태여 여백으로 남겨 놓으려고 했다. 그러나 아이는 친구들하고 놀 때는 곧잘 스키 타러 갔다 온 걸 자랑삼았고 그 여자는 신경을 곤두세우고 그걸 엿들었다.

그렇게 그 여자가 심사가 편치 않을 때 혁주 쪽에서 새로운 제안을 해왔다. 아이의 주민등록을 그의 집으로 옮겼으면 하는데 어떻게 생각하느냐는 거였다. 전화로 조심스럽게 물어온 걸 그 여자는 생각하고 말 것도 없이 일언지하에 거절을 했다. 거절을 하고 나서도 안 들으니만 못하고 생각할수록 치가 떨렸다. 괘씸한 생각 같아선 당장 달려가서 따귀라도 때리고 싶었다. 입적을 시켜달라고 할 때 고분고분 협조했던 게 후회가 됐다. 바로 그게 만만하게 보인 시초가 된 것 같아 분하고 억울했다.

그 여자가 달려갈 것도 없이 혁주가 먼저 달려왔다.

"남의 얘기를 끝까지 듣기도 전에 전화를 그렇게 끊는 법이 어딨어요?"

혁주는 즉시 달려온 사람답지 않게 흥분한 기색 없이 차분하게 말했다.

"끝까지 듣는다고 해서 내 대답이 달라질 리 만무하니까요."

"사람이 말을 그렇게 무쪽 자르듯이 딱 잘라 말하는 게 아녜요."

혁주의 훈계조의 온화한 말투가 털벌레처럼 징그러워서 그 여자는 언성을 높였다.

"당신 지금 얻다 대고 제 마누라 훈계하듯 수작 부리는 거예요?"

그의 마누라를 입에 담았다는 것만으로도 아차, 싶었지만 한 번 내뱉은 말을 주워담을 수는 없었다. 그럴싸해서 그런지 그의 얼굴에 얕잡는 듯한 미소가 스친 것 같았다.

"그렇게 들렸다면 미안하오. 나는 다만 당신이 좀 더 협조적일 수도 있다고 생각했을 뿐이오. 딴 일과 달라서 문혁이를 위한 일이 아니오."

"그애 주민등록을 옮기는 일이 말인가요?"

"화부터 내지 말고 생각해봐요. 우리 집은 8학군에 있고, 국민학교도 부자 동네라 시설 좋고 잘 가르치기로 소문난 학교에 보낼 수 있소. 딸들은 다 그런 학교에 보내면서 하나밖에 없는 아들을 이런 후진 동네에 있는 학교에 보내려니 어찌 걸리지가 않겠소. 나보다는 어머니하고 집사람이 더 극성이지만 말요. 여자들의 교육열은 알아주는 거 아뇨. 그래서 당신도 기꺼이 협조할 줄 알았던 거요. 주민등록만 옮기자는 게지 아이의 몸까지 옮기자는 것도 아닌데 그렇게 과민하게 반응할 게 뭐 있소?"

"몸은 안 옮기면, 그럼 1학년짜리가 이 동네서 그 동네까지 매일 한강을 건너서 통학을 할 수 있단 소리예요, 뭐예요. 그 말도 안 되는 소리 좀 작작 하시우."

"당신은 마치 우리 쪽은 사람도 아닌 것처럼 여기는 모양인데 애비도 사람이오. 왜 그 생각을 안 했겠소. 회사 차 말고 집사람 차가 따로 있는데 이번 기회에 운전수를 고용해서 아이의 수송을 전담시키고 나머지 시간만 집에서 쓰기로 했소. 그래도 안 되겠소?"

"네. 안 되고말고요. 그리고 그런 눈으로 날 바라보지 말아요. 당신 눈엔 내가 자식의 교육 문제는 안중에도 없는 한심한 에미로 보이는 모양이지만 내 눈엔 당신네들이 그렇게 보여요. 알아듣겠어요? 내 말뜻."

"모르겠소, 전혀."

"당연하죠. 그게 당신네들과 나의 사람의 차이니까요. 그렇다고 나의 교육관을……. 조금 우습네요. 교육관이라고 말해놓고 나니. 그냥 자식 기르는 도리라고 해둡시다. 그 문제를 놓고 당신하고 긴 말하고 싶지 않아요. 당신네 같은 벽창호가 알아듣게 할 재간도 없거니와 그럴 필요성도 없으니까요."

"당신이 뭐라고 변명해도 당신은 지금 동물적인 애정 때문에 중요한 걸 놓치려 하고 있소. 후회할 거요."

혁주가 냉혹하고 거만하게 말했다. 그 여자는 속속들이 떨려서 말문이 막혀버렸다.

"당신은 뭘 너무 몰라. 우리는 마음만 먹으면 문혁이를 당신한테서 빼앗아갈 수도 있어."

그런 무서운 말을 혁주가 남기고 가버리자 그 여자가 발을 동동 구르며 제일 먼저 한 짓은 겨우 문혁이를 찾아나서는 거였다. 아이는 놀이터에서 동네 아이들하고 섞여서 잘 놀고 있었고 그 여자가 힘주어 껴안고 놓아주지 않자 참고 있다가 곧 몸을 비틀었다. 그리고 그 다음엔 생각한 게 집을 옮기는 거였고 전셋집이기 때문에 곧 실행에 옮길 수가 있었지만 물론 8학군을 염두에 두어서가 아니었다. 아직은 성업 중인 반찬가게가 있는 동네를 벗어날 형편이 아니었다. 결국은 그 동네에서 문혁이가 갈 국민학교하고 좀 더 가까운 집으로 옮긴 데 불과했다. 도둑맞은 집이 정떨어지듯이 도둑을 맞을 것 같아 미리 정이 떨어졌다고나 할까. 이사하고 나서야 너무 허둥댔다고 쓴웃음이 나올 정도였으니까 이사해서 한동안이라도 혁주네를 피할 수 있으리라고 여긴 건 아니었다. 무서웠기 때문에 외로웠기 때문에 가만히 있을 수가 없었고 학교 운동장이 내 집 마당처럼 바라보이는 집이라는 게 심리적으로 위안도 되었다.

문경이가 단 몇 달이라도 정말 큰집과의 관계를 끊고 싶었다면 전셋집을 옮기는 것과 동시에 반찬집도 폐업을 하든지 멀찌거니 떠나야 했을 것이다. 그러나 그 여자는 그러지 않았다. 그래 볼까 하는 생각조차 스친 적이 없었다. 남에겐 우습게 보일지 몰라도 반찬집은 그들 모자의 밥줄이었다. 밥줄은 남으로부터도 침해받을 수 없지만 본인 또한 함부로 경시해선 안 된다는 생각에 그 여자는 투철했다. 밥줄을 놓쳤을 때의 막막하고 참담한 체험은 밥줄을 빼앗은 사람들에 대한 분노보다도 그렇게 호락호락 빼앗긴 자신에 대한 분노로 더 많이 남아 있었다. 그만큼 자리가 잡힌 반찬가게만은 악착같이 지키고 싶었다.

결과적으로 이사는 괜한 짓이었다. 문경이의 생활의 근거가 반찬가게에 있는 이상 큰집과의 관계는 그 후에도 변함이 없었다. 아이를 빼앗아갈 수도 있다는 말은 혁주가 홧김에 한번 그래본 것일 뿐 다시는 그런 협박조의 말을 입에 담지도 않았거니와 그럴 의심을 받을 만한 짓도 하지 않았다. 8학군에 대한 얘기도 다시는 거론하지 않아 아이는 이웃 학교에 입학해 잘 다녔다.

할머니가 보고 싶어한다고, 또는 누나 생일이라고, 피크닉을 간다고 가끔 문혁이를 데려가거나 값비싼 선물을 보내오는 일도 전과 다름없었다. 그러나 그걸 청할 때 정중했고 약속한 시간을 어기지 않고 돌려보냈기 때문에 이사까지 하느라 법석을 떤 게 스스로 창피하고 무안해질 지경이었다. 그 여자는 다시 마음을 놓고 생업에 종사할 수가 있었다. 다만 아이가 터무니없이 비싼 옷이나 물건에 길들여지면서 예상되는 넉넉지 못한 친구가 대부분인 학교생활과의 갈등에 대해선 혁주하고 한번 진지하게 상의해볼 참이었다. 혁주가 아이를 위하고 사랑하는 마음에 거짓이 없다면 그 방법의 차이나 잘못은 쉽게 고쳐나갈 수 있다고 믿었다.

그러나 그런 상의할 시간을 갖기 전에 여름방학이 왔고, 혁주가 처음으로 약속을 안 지키는 일을 저질렀다. 저녁 먹여서 보내마고 데려간 아이를 그날 밤 돌려보내지 않았다. 방학이라 어른 아이가 다 느긋해져서 그러려니 했다. 그러나 그런 버릇은 짚고 넘어가야 할 것 같아 다음 날 회사로 전화를 걸었다.

문혁이가 배 속에 있고 혁주가 전산실 김 계장일 때 걸어보고 처음 걸어보는 전화였다. 지금 혁주는 남의 회사 계장이 아니라 자기 회사를 가진 사장이었다. 전화도 쉽게 연결되지 않았고 여비서인 듯한 상냥한 목소리는 회의 중이신데 누구시라고 전할까요? 하고 이쪽의 신분을 알고 싶어했다. 괜히 이름만 대선 안 바꿔줄 걸 같았다. 차문경이가 영자, 미자, 정숙, 영숙과 무엇이 다를까. 그쪽에서 요구하는 건 사회적인 지위나 가족적 관계일 터였다. 얼떨결에 그 여자는 "문혁이 엄마라고 전해주세요"라고 말했다. 그리고 나서 자신의 이름이 김씨 집 호적에 문혁이의 생모로 올라 있음을 무슨 큰

백이나 되는 것처럼 상기했다.

"그렇게 전하겠습니다."

여비서는 그렇게 말하고 전화를 끊었다. 바꿔주려고 물어본 것도 아닌데 괜히 신분을 밝힌 게 아닌가 하는 생각도 들었다. 그리고 자신이 왜 그렇게 떳떳지 못해야 하는지 분하고 억울했다.

넉넉잡고 회의가 끝났을 것 같은 무렵 다시 전화를 걸었다.

"아까 전화 걸었던 문혁이 엄마입니다만 김 사장님과 통화할 수 있을까요?"

그 여자는 신분은 물론 교양까지 과시하려고 애썼다.

"네, 잠깐만 기다려주십시오."

그 여자는 여직원의 사무적인 말투에서도 뭔가를 짐작해내려고 잔뜩 신경을 곤두세웠다.

"전화 바꿨소."

혁주 목소리였다.

"문혁이 때문에 걸었어요."

"잘 있소."

"오늘은 보내주세요."

"알았소."

전혀 감정이 섞이지 않은 짧은 대꾸는 찰까닥 하는 기계적인 음향과 함께 끝났다. 문경이는 마치 불의에 떠다밀린 것처럼 어안이 벙벙했다. 그리고 그날도 문혁이는 돌아오지 않을 것 같은 예감이 들었다. 돌려보내주지 않을 줄 뻔히 알면서도 그 여자는 목마르게 문혁이를 기다렸고 밤새 잠을 못 이뤘다.

다음 날은 한결 성난 목소리로 다시 회사로 전화를 걸었다. 전화는 곧 연결이 됐지만 그쪽 목소리도 잔뜩 성이 나 있었다.

"아이는 잘 있다고 했잖소."

"안부를 묻는 거 아네요. 약속이 틀리잖아요. 오늘 안으로 꼭 돌려보내 주셔야 해요. 안 그러면……."

"안 그러면?"

비꼬고 경멸하고 있다는 것을 나타내려고 그랬을까. 딴 사람의 목소리처럼 한껏 꼬이고 가시 돋친 목소리였다.

"화낼 일이 아니잖아요."

"아이는 물건이 아니란 말요."

"누가 물건이랬어요?"

"난 그 애 애비요."

혁주의 말투가 별안간 선언 투로 변했다. 짐은 국가라고 선언하는 제왕의 목소리도 아마 그보다 더 오만불손하진 않았으리라. 그 여자는 공구했다. 혁주의 부권에 대해서라기보다는 별안간 당면하게 된 새로운 국면에 자신이 너무 무방비 상태라는 게 두려웠다.

"그래서요?"

그 여자의 목소리는 형편없이 떨렸다.

"문혁이가 어디 못 올 데 온 거 아니니 성화 좀 작작 하란 말요."

그리고 나서 또 '찰까닥'이었다. 설사 그가 대답을 기다려줬다고 해도 그 여자는 암말도 못했으리라. 꽤 오랫동안 수화기를 쥔 채 말문이 막혀 있었다.

이윽고 떠오른 생각은 더 늦기 전에 아이를 빼앗아와야 한다는 거였다. 더 늦기 전에, 더 늦기 전에……. 그 여자는 '더 늦기 전에'에 끊임없이 쫓기면서도 늦도록 장사를 해야만 했다.

대강 머리를 매만지고 옷을 갈아입었다고는 하나 마음이 급해서 멋에까지 신경을 쓸 겨를이 없었다. 혁주가 사는 아파트 진입로의 휘황한 상가와 산책 나온 그곳 주민들의 세련되고 대담한 옷차림은 이국의 휴양지를 방불케 했다. 한여름이었다. 특히 여자들의 옷차림은 여름 꽃밭 같았다. 그 여자는 자신의 옷차림이 수수한 정도가 아니라 궁상맞게 보일 것 같아 그만 주눅이 들려고 했다. 그러나 그럴수록 문혁이가 보고 싶은 열정도 목구멍까지 차올랐다. 그 여자는 화차처럼 뜨겁게 헐떡이며 혁주네 아파트에 당도했다. 문혁이가 드나드는 동안 동 호수만 알아놓았을 뿐 가보긴 처음이었다.

문을 열어준 가정부의 어깨 너머로 서늘한 바람이 머리카락 한 줌이 땀에 함부로 엉겨붙은 그 여자의 이마에 상쾌하게 와 닿았다. 복중으로 치닫고 있는 날씨와 좋지 못한 예감과 분노로 뜨겁게 달구어진 그 여자에게 냉방이 잘된 아파트의 실내 온도는 매우 생뚱스러웠다. 그 여자는 갑작스러운 이질감 때문에 문혁을 찾으러 온 걸 잠깐 잊어먹고 별세상 같은 분위기를 멍한 기분으로 바라보았다. 저녁 식사 후인 듯 감미로운 고기 냄새가 희미하게 남아 있었지만 넓은 거실 한가운데 차려진 건 색색가지 과일이었다. 은빛 쟁반 위에 소담하고 모양 있게 썰어담은 과일, 둘러앉아 담소하는 사람들의 나른하고 근심 없는 표정, 그것들을 비추는 샹들리에에서 요염하게 하늘대는 크리스털 조각들……. 그 여자의 눈길이 거기까지 미쳤을 때 "엄마!" 하면서 문혁이가 뛰어나왔다. 아이는 엄마에게 깊이 파고들었다. 그리고 울음을 터뜨렸다. 그 여자는 품속에서 흐느끼는 아이의 어깨를 감싸안으며 그동안 앙상해진 것처럼 느꼈다. 사흘 만인데도 그 여자는 아주 오랫동안 아이에게 무심했던 것처럼 느꼈고, 엄마가 무관심한 동안 앙상해진 건 아이의 어깨뿐 아니라 마음도 함께라는 걸 깨달았다.

혁주의 아내인 듯싶은 우아한 여자가 앞장서고 그 뒤로 놀란 식구들이 우루루 몰려나왔다. 그들이 놀란 건 갑작스러운 엄마의 출현보다도 아이의 울음인 듯했다. 왜 우냐고 한마디씩 했다.

"어머머 쟤 좀 봐. 온 집안 식구가 상전처럼 떠받들었는데도 뭐가 부족해서. 아이 분해. 즈이 엄만 우리가 짜고 구박이라도 한 줄 알겠네."

큰엄마가 이렇게 푸념을 하면서 서로 뒤엉킨 모자를 노려보았다. 어떡하든 빼앗아 가지고 싶은 호시탐탐한 눈빛이었다. 문경이는 큰엄마의 그런 눈빛에 전율하면서 아이의 몸과 마음이 그동안 황폐해진 건 저 눈독 때문이라고 생각했다.

그 여자가 어렸을 적 저녁나절이면 한꺼번에 피어나는 분꽃이 신기해서 어떻게 오므렸던 게 벌어지나 그 신비를 잡으려고 꽃봉오리 하나를 지목해서 지키고 있으면 딴 꽃은 다 피는데 지키고 있는 꽃만 안 필 적이 있었다. 그러면 어머니는 웃으며 말했었다.

"그건 꽃을 예뻐하는 게 아니란다. 눈독이지. 꽃은 눈독 손독을 싫어하니까 네가 꽃을 정말 예뻐하려거든 잠시 눈을 떼고 딴 데를 보렴."

어머니 말대로 했더니 신기하게도 그동안에 꽃이 활짝 벌어졌던 기억이 왜 그렇게 생생한지, 그 여자는 오직 아이를 눈독으로부터 보호해야겠다는 생각만 하면서 인사도 하는 둥 마는 둥 아이를 데리고 나와버렸다. 그리고 쫓아오지도 않는데 쫓기듯이 허둥거렸다. 아이는 밖에 나와서도 울음 끝을 길게 끌었고 "엄마 나 다신 그 집에 보내지 마"하고 응석을 부리기도 했다.

그 여자는 그래 그래 다신 안 보낼게. 엄마가 잘못했다고 사과 겸 약속을 했지만 그 집에서 아이가 무슨 일을 당했는지 묻지 않았고 아이도 고자질 같은 건 하지 않았다. 그 여자는 아이에게 고자질할 건덕지가 있을 만큼 언짢은 일을 당했다고 여기진 않았다. 그쪽 여자 말짝으로 상전처럼 떠받들었을 게 틀림없건만 애정 없는 소유욕, 지나친 비위 맞춤에 아이는 스스로 넌더리를 내고 있었다.

그쪽에서도 아이의 태도가 여간 섭섭하지 않았나 보다. 한동안 소식과 연락이 딱 끊겼다. 처음엔 그러려니 했지만, 다시는 보고 싶다는 소리 없이 방학을 넘기자 토라져도 단단히 토라졌구나 조금은 안됐단 생각이 들었다. 그러나 가을까지도 단절과 침묵이 계속되자 슬그머니 불안해지기 시작했다. 그렇지만 그런 날벼락이 떨어질 줄은 꿈에도 몰랐다.

10월 초 차문경은 가정법원으로부터 출두하라는 통지서를 받고 비로소 자신이 김혁주가 제기한 자 인도 청구권 소송의 피신청인이 되었음을 알게 되었다.

피신청인이라니, 그 여자에겐 피고나 다름없는 어감으로 들려서 우선 가슴이 떨렸다. "빚보증 서기나 송사질 좋아하는 자식은 낳지도 말라"는 식의 가정교육을 받으면서 자란 그 여자였다. 식구 중에 누가 재판소는 물론 파출소에 불려가는 꼴도 본 적이 없었다. 그게 결코 좋은 건만은 아니었다. 그 후 산전수전 겪을 만큼 겪었건만도 법원으로부터 날아온 문서는 죄 없이도 겁나고 위협적이었다.

다행히 출두해야 하기까지는 충분한 시일이 남아 있었다. 그리고 출두해야 할 장소도 법정이 아니라 가사조정실로 돼 있었다. 조금씩 마음의 여유가 생겼고 법적인 맹문이에서 벗어나보고자 하는 의욕도 생겼다. 법적인 무지 때문에 당한 억울한 일은 수없이 들어와서 거의 상식에 가까웠다. 재판소가 덮어놓고 싫고 무서운 것도 실은 그런 상식에 근거하고 있었다. 그러나 어떤 싸움에 있어서도 미리 얕보이면 불리하다는 것 또한 그 여자가 살아오면서 터득한 상식이었다. 얕보이지 않으려면 뭘 알아야 한다는 것, 무지하면 얕보여 싸다고까지 생각한 건 그동안 까맣게 잊어버린 줄 알았던 고등교육을 받은 성깔인지도 몰랐다.

가사 선생 시절, 졸업반 아이들한테 더러 여자이기 때문에 당해야 하는 법률상의 불이익에 대해 말해준 적이 있었다. 연합고사를 치르고 나면 시험 점수에 구애받지 않고 교사 재량껏 세상 물정이나 남녀 간의 애정 문제 등 그 또래의 아이들이 솔깃해할 만한 얘기를 해줄 수 있는 시간이 생기는 법이다. 그런 여백의 시간일망정 유용하게 보내려고 제법 공부를 해가며 가르치긴 했지만 어디까지나 상식의 차원을 못 벗어난 얘기였고 그 상식도 벅찰 만큼 그 여자의 제자들은 그때 철부지들이었다. 그 여자는 아쉬운 대로 그때 큰소리치며 알은척한 법률 상식을 생각해내려 했지만, 생각나지도 않았거니와 지금까지 유용한가도 긴가민가했다. 벌써 그때가 언젠가. 법이란 끊임없이 새로 생겨나기도 하고 개정되기도 하지만, 묵은 법이 저절로 사문화되거나 폐지되기도 하니까.

그러면서도 그 여자의 의식에 집요하게 달라붙어 그때나 이때나 한결같이 유효한 상식이 있었으니 그건 민법 중에서도 가족생활 관계를 규정지은 소위 가족법은 여성에게 일방적으로 불리하게 돼 있다는 일종의 피해 의식이었다.

그 여자는 육법전서를 비롯해서 몇 가지의 법률 서적을 사들였다. 육법전서는 너무 활자가 작아 시력이 많이 약해졌다고 처음으로 자신의 노쇠현상을 깨달은 것 외엔 별 소득이 없었지만 상식적으로 해설해놓은 친족법에 관한 책들은 도움이 되고 위안도 되었다. 그 여자는 마치 호랑이에게 쫓겨 뒤란 나무 위로 올라가 하느님 하느님 저를 살리시려거든 성한 동아줄을 내려주시고, 저를 죽이시려거든 썩은 동아줄을 내려달라고 기도하는 옛날이야기 속의 어린 오누이 같은 심정으로 가족법 사이를 헤맸다. 어떡하든지 문혁이와 더불어 움켜잡을 수 있는 성한 동아줄을 찾아내야만 했다.

심판에 회부되기 전에 조정 절차를 거쳐야 하는데 조정은 어디까지나 쌍방의 원만한 합의가 이루어졌을 때 법적 효력이 생기는 거지 강제력은 전혀 없다고 했다. 그 정도만 알고 나도 좀 마음이 놓였다. 조정 절차에 기대를 걸어서가 아니었다. 혁주가 걸어온 싸움을 끝까지 싸워보지도 않고 손들 사람들도 아니거니와 그 여자 또한 아이의 양육권을 내놓는다는 건 상상도 할 수 없는 일이었다.

조정위원 중에 솔로몬이 있다고 해도 합의점을 찾을 가망은 없었다. 그렇지만 심판에 회부되기 전에 조정의 과정이 있다는 건 시간을 벌기 위해서도 자신에게 유리한 건수를 찾아내기 위해서도 고마운 일이었다. 특히 아닌 밤중에 홍두깨처럼 불의에 당한 피신청인의 경우는 더욱 그러했다.

하필 출두해야 하는 날은 김밥의 예약이 여느 때의 몇 곱 몰린 날이었다. 아줌마하고 새벽부터 김밥을 말다 말고 시간이 되자 옷도 못 갈아입고 입은 채로 가정법원으로 달려갔다. 법원 3층 조정실 앞 긴 나무의자에서 기다리는 동안 그 여자는 비로소 자기가 너무 초라하다는 걸 깨달았다.

조정 절차를 심판보다도 가볍게 보았기 때문에 옷차림에 신경을 안 썼는지도 모른다. 그건 중대한 실수였다. 그 여자는 목둘레가 늘어난 보랏빛 셔츠에 말아올린 소매를 내려서 판판히 쓰다듬다 말고 검정바지에 밥풀 자국이 버짐처럼 얼룩진 걸 발견하고 어쩔 줄을 몰랐다. 지독한 낭패감 때문에 울음이 복받치려고 하는 걸 간신히 참고 그 여자는 손수건에 침을 묻혀가며 그 밥풀 자국을 열심히 문질렀다. 그러다가 한쪽 뺨이 따갑게 남의 시선을 의식하고 휘둘러보니 저만치 혁주 부부가 물끄러미 이쪽을 보고 있었다. 그쪽도 출두하리라는 당연한 사실을 왜 좀 더 미리 의식하지 못했을까. 아무리 목구멍이 포도청이라지만 먹고사는 일을 모든 일에 우선한 자기 꼴이 쥐구멍이 있으면 들어가고 싶도록 참담하게 느껴졌다. 부티와 교양이 철철 넘치게 차려입은 그들 부부의 시선에 적의는 없었다. 그러나 적의보다 연민이 더 견디기 어려웠다. 밥풀 자국 문지르는 일을 계속하려도 침이 말라버려 뜻대로 안 됐다. 다행히 곧 그들 차례가 되어서 안으로 같이 불려 들어갔다.

정면에 부장판사가 앉고 양쪽에 두 사람씩 사회 저명인사로 구성된 조정위원이 앉았다. 네 사람 중엔 여자도 한 사람 있었다. 산부인과 의사인데 여성지에다 청소년 문제를 다룬 글을 많이 써서 문경이도 이름을 아는 소위 여류 명사였다.

문경이는 싫든 좋은 혁주 부부와 나란히 앉아야 했다. 반찬 냄새가 그들에게 풍길 것 같아 떨어져 앉고 싶었지만 양쪽에 배석한 서기 때문에 그것조차 여의치 않았다.

조정위원들이 참고 서류를 팔랑팔랑 넘겨 해당되는 사건 번호를 찾아 신청인과 피신청인의 교육 정도, 직업 등을 유심히 살펴보고 나서 그 뒷장에 간략하게 요약된 신청 취지와 신청 원인을 훑어내렸다. 그들이 흥미있어하는 건 신청 원인보다 첫눈에 현격하게 드러나는 양측의 신분의 차이인 것 같았다.

"지금 현재 아드님은 생모가 양육하고 있겠군요?"

판사가 먼저 이렇게 말문을 열자 혁주가 그 말을 받아 생모는 새벽부터 시장 바닥에서 일하고 아이는 셋방을 지키다가 혼자 책가방을 챙겨서 등교해야 하는 경제적 궁핍과 열악한 교육 환경을 더는 보고만 있을 수 없다는 뜻을 명백히 했다. 혁주는 이렇게 가진 자의 느긋한 우월감과 부권을 유감없이 과시하고 본처와 생모는 양쪽에서 말 한마디 없이 겉모양만 가지고도 능히 그의 말이 사실임을 증명하고 있었다. 아니나 다를까 조정위원들은 입을 모아 아이의 장래와 행복을 위해 양육권을 법률상의 친권자에게 넘기라고 문경이를 설득하기 시작했다. 그 여자는 아이의 행복에 대해서 당신네들이 도대체 뭘 안단 말이냐고 대들고 싶은 걸 힘겹게 참고 그럴 순 없다는 짤막한 대답으로 일관했다. 여의사가 혁주에게 좀 색다른 질문을 했다.

"생모로부터 아이를 빼앗을 생각만 하지 말고 생모 밑에서도 윤택한 교육 환경을 누릴 수 있도록 아버지가 배려하실 생각은 없으신지요?"

혁주는 소송까지 제기할 때는 그전에 왜 그런 생각을 안 해봤겠느냐고, 벌써 골백번도 넘게 시도해봤지만 생모가 말을 안 들었다고 받아넘겼다. 줘도 안 받을 거라는 건 사실이지만 무엇보다도 억울한 건 만장일치로 모든 사람이 자신을 도와줘야 할 극빈자로 보고 있다는 거였다. 그 여자가 그런 비참한 취급을 당하고 있는 동안도 본처는 부덕과 교양을 겸비한 조용하고 사려깊은 태도로 일관했다. 그러나 그 여자는 그 온화한 눈빛 속에서 아흔아홉 냥 가진 이가 한

냥 가진 이의 모든 것인 한 냥을 기어코 뺏고 말겠다는 비정한 소유욕을 역력히 읽어냈다.

결국 조정은 성립되지 않았고 판사는 심판에 회부한다고 말했다. 문경이는 혁주 부부와 함께 그 방을 물러났지만 잠시라도 같이 걷기가 싫고 거북해서 뒤로 처져서 자동판매기를 찾는 것처럼 서성댔다. 그들이 마지막 차례였는지 조정위원들도 곧 뒤따라나왔다. 여의사 방주혜 박사가 혼자 서 있는 문경이를 보고 친근하게 웃어 보였다. 그리고 딴 조정위원과 작별의 인사를 나누더니 문경이 곁으로 다가왔다.

"볼일이 남아 있나요?"

"아뇨. 그 사람들하고 같이 가기 싫어서……."

"그럴 거예요. 안에서 일껏 화해를 시켜놓았는데도 나오자마자 싸우는 사람도 봤어요."

"재미있는 구경 많이 하시겠네요. 차 한잔 대접해도 되겠어요?"

방 박사는 거절하지 않았다.

"선생님 보시기에 재판하면 제가 이길 가망이 있을까요?"

다방에 앉자마자 문경이는 다급하게 물었다.

"글쎄요. 내가 뭘 알아야죠?"

"조정위원이신데두요?"

"집안 내나 혈육 간의 분쟁이라는 게 법조문으로만 규정할 수 없는 인정적인 게 대부분 아녜요. 그래서 나잇살이나 먹고 경험도 풍부한 소위 명사한테 위촉해서 좋은 말로 타일러서 해결할 수 있는 여지를 찾아보자고 있는 제도니까 별거 아녜요. 설사 조정이 성립된다 해도 얼마나 그 화해가 진실하고 오래갈는지는 의문의 여지가 많구요."

"인정이라는 게 편견과 다를 거 하나 없더군요."

"불쾌했었나 보죠?"

"돈푼이나 있어 보이는 사람의 주장에 덮어놓고 동조하는 게 고작 저명인사가 할 짓인가요? 시정잡배와 뭬 다르죠?"

"단단히 화가 났군요. 그렇지만 우린 누가 옳고 그른 걸 판결한 건 아니잖아요. 아이의 장래와 행복을 아주 상식적인 시각으로 판단해서 보다 유리한 쪽으로 책임지게 하고 싶었을 뿐이에요. 물론 어디까지나 권고지 강제할 권한은 없었고, 댁에선 우리 권고를 받아들이지 않았어요."

"뜻하지 않게 내 아들을 인도하라는 청구권 소송을 당하고 나서 가슴이 떨리기도 하고 겁도 났어요. 가족법에 대해 뭘 좀 알아야겠다는 생각도 들어 생전 처음 법률책을 다 읽어봤죠. 워낙 생소한 분야라 제대로 이해했다고는 할 수 없지만 자에게 의사능력이 없을 때에만 친권자의 인도청구권을 인정한다는 게 흥미롭더군요. 우리 아이는 분명한 의사능력을 가지고 있거든요. 그렇지만 겨우 일곱 살짜릴 법정에 세워 그걸 묻게 하고 싶지 않아요. 그 나이의 의사능력이라는 건 실상 얼마든지 외부적인 조작이 가능하다는 것도 알고 있구요. 그보다는 '자에게 의사능력이 없는 경우라도 친권자의 인도청구권은 언제나 인정되어서는 안 되며 자의 복리를 위한 것인가를 고려하여 결정하여야 한다. 특히 자의 부모가 이혼하고 모가 자를 양육하고 있을 때, 부가 친권자로서 모에 대하여 인도청구를 할 수 있는데, 이 경우에는 제반사정에 비추어 자의 복리를 특히 고려해야 한다' 는 대목이 얼마나 힘이 됐는지 몰라요. 이거야말로 내가 찾던 성한 동아줄이라고 무릎을 쳤죠."

"성한 동아줄이라뇨?"

방 박사가 말귀를 못 알아듣고 물었다. 문경이는 거기에 대한 설명 대신 서글프게 웃었다. 어떻든 지난 며칠간의 노력을 헛수고로 만들면 안 된단 생각이 얼핏 스쳤다.

"어머니가 아이를 뺏기지 않을 굉장한 법적 근거라고 생각했단 얘기죠. 그렇지만 오늘 조정위원들한테 당하고 나니까 그런 희망이 터무니없는 거란 생각이 들어 맥이 쭉 빠져요."

문경이는 어깨를 쭉 처뜨리는 시늉을 과장해서 보여주면서 말했다.

"우리 조정위원들이 댁을 미처 이해하지 못했다는 건 인정해요. 그렇지만 그렇게까지 큰 잘못을 한 것 같지는 않은데."

"재판 때 판사도 자의 복리는 가진 자가 더 잘 보장해주리라고 쉽게 판단해버릴 수 있겠구나 싶었어요. 조정위원들의 태도를 보아하니 그랬어요."

"물론 아이한테 복리가 되는 게 돈이 다는 아니겠죠. 그렇지만 복리에서 돈이 차지하는 비율을 너무 무시해서도 안 된다고 생각하는데……. 댁은 아이에게 복리는 모성이면 다라고 말하고 싶겠지만."

방 박사는 그러면서 새삼스럽게 문경이의 초라하고 구질스러운 옷차림을 훑어보는 것이었다.

"선생님 보시기엔 제가 아이의 복리에 위배될 만큼 그렇게 가난해 보입니까."

"외모로 주머니 사정까지 단정할 수야 있나요."

"전 돈은 얼마 없지만 아이 하나쯤 넉넉히 입히고 먹이고 공부시킬 만한 경제력은 있습니다. 무엇보다도 나는 내 아이를 사랑하구요. 그러나 애 아빠나 그쪽 여자는 그 아이를 필요로 할 뿐입니다. 구색으로서 아들이 필요한 겁니다. 나는 그 아이가 딸이었더라도 똑같이 사랑했을 테고 똑같이 안 뺏길려고 최선을 다했을 겁니다. 그들은 아닙니다. 다시는 임신을 할 수 없다는 걸 알고부터 그 애를 찾기 시작했습니다. 그전엔 그 애가 즈이집 자식이 아니라는 강제 자백까지 나한테 받아낸 사람들이 말입니다. 그들에겐 딸이 둘이나 있습니다. 게다가 부유하기까지 해서 아들만 하나 있으면 세상에 그릴 게 없다고 생각한 것 같습니다. 아시죠? 선생님도 아흔아홉 냥 가진 자가 한 냥 가진 걸 빼앗아 채우고자 할 때 얼마나 수단 방법 가리지 않고 잔혹해질 수 있는지. 나는 그 애를 사랑하기 때문에 그 애에 대해 많은 꿈이 있지만 그들은 계획이 있을 뿐이에요. 어떻게든 그 애를 그들의 구색을 완벽하게 할 도구로 삼아야겠다는 철저한 계획 말입니다. 아까 선생님도 보셨죠? 그들이 아이의 행복에 대해 얼마나 쉽게 생각하는지를요. 나는 돈은 얼마 없지만 돈만 있으면 아이를 행복하게 해주는 건 문제 없다는 생각은 구역질 나요. 가

소롭구요. 돈이 얼마 없어서 그런지 모르지만 나는 오히려 그들이 내세우는 돈의 위력은 물론 혜택으로부터도 아이를 보호해야 할 것처럼 느끼거든요. 내 이런 생각을 판사가 이해해줄까요? 돈이 얼마 없다는 게 결코 자식을 빼앗길 만큼 비참한 악조건은 아니라는 것도 아울러 이해받고 싶어요."

방 박사가 이를 드러내고 방실방실 웃었다. 우스운 얘기를 한 것 같지는 않았지만 비웃거나 얕잡는 웃음은 아니었다. 푸근한 친근감이 가는 웃음이었다.

"돈이 얼마 없다는 소릴 시방 몇 번이나 한 줄 알아요?"

웃고 나서 이런 엉뚱한 질문을 했다.

"왜요. 그 소리가 마음에 안 드셨나요."

"아뇨, 여간 마음에 들지 않았어요. 돈이 얼마 없는 상태가 얼마나 좋아요. 난 그걸 알거든요."

"저를 놀리실 셈이군요."

"천만에요. 내가 자랄 때 우리 어머니한테 가장 많이 듣던 소리가 그 소리였어요. 애야 우린 돈이 얼마 없단다. 그러면서 교복도 내리 입히고, 내복도 기워 입히고 용돈도 조금밖에 안 주셨죠. 그렇지만 학비를 제때에 못 내거나 밥을 실컷 못 먹거나 할 정도로 궁색한 형편은 아니었어요. 얼마 없다는 건 아주 없는 것보다는 여유가 있으니까요. 아버지가 교육자셨는데 육 남매가 되었으니 어머니가 언제나 돈이 얼마 없을 수밖에요. 돈이 얼마 없는 상태는 형제간에 우애, 절제, 근면을 배우기에 아주 적절한 상태였나 봐요. 육 남매가 다

쓸 만하게 되었거든요. 지금 난 남매밖에 안 낳았어요. 남편도 의사니까 아이들은 아쉬운 것 모르고 유복하게 자라죠. 돈이면 다라고 하지만 돈이 아무리 많아도 해줄 수 없는 게 딱 한 가지 있잖아요. 돈이 얼마 없을 때의 활력 말예요. 그게 얼마나 중요하다는 걸 알고 있기 때문에 아쉬운 것이 없이 해주면서도 미안한 생각이 드는 거 있죠?"

"선생님이 돈이 얼마 없는 상태가 뭐라는 걸 정확하게 이해해주셔서 얼마나 기쁜지 몰라요."

"앞으로 잘될 거예요. 잘되길 빌겠어요."

"그래도 재판받을 생각하면 떨려요. 어려서부터 빚보증 서거나 소송 좋아하는 자식은 낳지도 말라는 식의 가정교육을 받아온 탓인지 웬만한 손해라면 당하고 말지 경찰이나 법원 신세 안 지자 주의였는데."

그 여자가 한숨을 쉬자

"팔자 한탄이라면 안 듣겠어요."

방 박사의 말투는 농담 같으면서도 단호한 데가 있었다.

"안 그럴게요. 시간 내주셔서 감사합니다. 실은 재판받을 생각을 하면 떨리거든요. 떨린 나머지 선생님을 상대로 재판의 예행연습을 하고 싶었나 봐요."

"나도 재판에 대해서 잘은 모르지만 시방 나하고 얘기한 것처럼 긴 얘길 늘어놓을 새도 아마 없을걸. 심판 때보다 소상하게 자초지종을 늘어놓을 수 있으라고 조정 과정을 미리 둔 것 아니겠어요.

그러니까 심판 전에 아까 나한테 얘기한 요지를 서면으로 작성해서 제출하세요. 저쪽에선 변호사에게 위임할 경우도 염두에 두고 조리 있게 쓰셔야 돼요. 가족법에서 자의 복리를 특히 고려해야 한다는 대목이 가장 마음에 들고 힘이 되더라고 말했죠? 그럼 그걸 믿고 매달리는 거예요. 그걸 믿고 그걸 근거로 해서 주장을 펴나가란 말예요."

"고맙습니다."

"어떻게 생긴 아이인지 언제고 한 번 볼 기회가 있었으면 좋겠네."

"그 애에게 거는 저의 가장 찬란한 꿈이 뭔 줄 아세요? 남자로 태어났으면 마땅히 여자를 이용하고 짓밟고 능멸해도 된다는 그 친부의 권리로부터 자유로운 신종 남자로 키우는 거죠. 그 꿈을 위해서도 그 애는 제가 키우고 싶어요."

그러나 법원에 준비 서면을 제출해야 하는 기한이 임박해질 때까지 그 여자는 한 자도 쓰지 못했다. 잘 써야겠다는 강박관념과 지난 일을 돌이켜볼수록 괘씸해지는 혁주에 대한 감정 때문에 붓끝이 헛되게 떨기만 하고 나가질 않았다. 고독감이 뼈에 사무쳤다. 자신이 살아온 방법을 지켜보고 따뜻하게 이해해줄 너그러운 친구, 공정한 증인은 없는 것일까. 동기간도 생각해보았고 임 선생도 생각해보았다. 그들이 그동안 많이 힘이 돼준 건 사실이지만 본질적으로는 기존 도덕의 편이었다. 동기간이니까 친구니까 동정은 해주었는지 몰라도 이해해주진 않았다.

어디서부터 혁주와의 잘못이 비롯된 걸까. 첫날부터였다. 처음 혁주하고 자고 난 다음 그가 벽에 걸린 십자고상을 보고 버럭 화를 내던 생각이 났다. 그 여자는 혁주하고 자기 전에 십자고상이 내려다보고 있다는 걸 의식하지도 못했지만 설사 의식했다고 해도 그걸 안 보이게 감추고 그 짓을 해야 한다고 생각하진 않았을 것이다. 신의 눈길이 두렵기는커녕 신이 증인을 서주길 바랄 만큼 그 여자는 그 짓에 떳떳했었다. 그러나 혁주는 정반대였다. 그때부터 벌써 두 사람은 어긋나기 시작했다.

그 여자는 이사할 때 짐 속에다 챙기긴 했지만 다시 벽에 걸진 못한 십자고상을 창고 속에서 힘들여서 찾아냈다. 그리고 기도를 어떻게 하는지 잘 몰랐기 때문에 사람 대하듯 스스럼없이 말했다.

"주님. 당신은 다 보셨으니까 다 아시죠? 제 마음도 다 아시죠? 전 지금 그 사람과의 관계를 진술해야 하는데 미움에 사로잡혀 정직할 수 없을까 두렵습니다. 주님 제가 정직할 수 있도록 도와주시고 제가 앞으로 받을 심판이 주님의 뜻에 합당한 것이 되게 하소서."

기도 덕분인지 신청인 쪽을 헐뜯지 않고도 진술서를 쓸 수가 있었다. 신청인이 아이의 복리에 얼마나 어긋나는 심성을 가졌다는 결정적인 증거가 생각났기 때문이다.

문혁이를 낳고 나서 마지막으로 보낸 애절한 편지에 대한 혁주의 답신을 그 여자는 아직도 간직하고 있었다.

그 당시 김혁주가 다니던 회사 마크가 들어 있는 타이프 용지는 그동안 누리끼하게 변색돼 있었지만 타이핑된 사연은 육필보다 훨씬 더 개성적이었다. 그건 어쩌면 육성에 가까웠다. 그 여자는 그 비인간적인 사연을 눈으로 읽은 게 아니라 혁주의 목소리로 들으면서 새삼스럽게 몸서리를 쳤다.

차문경 여사

여사가 본인의 아이를 낳았다구요? 여사의 말귀를 못 알아듣겠음을 용서하시기 바랍니다. 또한 여사로부터 그와 같은 협박을 당한 게 이번이 처음이 아니라는 걸 본인이 기억하고 있음을 상기시켜드리고자 합니다. 앞으로 다시 이런 허무맹랑한 협박으로 본인의 신성한 가정의 평화가 위협을 받을 시에는 여사의 정신 상태를 의심할 것이며 본인도 응분의 조치를 취할 것임을 경고합니다.

×년 ×월 ×일 김혁주

그 다음이 네모반듯하고 시뻘건 도장 자국이었다. 편지를 받았을 당시는 하도 기가 막혀서 웃고 말았건만 지금은 사연보다 맨 끝에 도장자국이 왜 그렇게 가슴이 아린지 몰랐다. 그 편지를 찢어버리지 않고 간직하고 있는 지가 7년이 넘었건만 꺼내보긴 처음이었다. 생각하기도 싫었다. 마치 아물지 않은 상처 딱지를 뜯어보는 것처럼 혐오스러웠던 것이다. 혁주도 아마 자기가 무슨 일을 저질렀는지 모르고 있으리라. 그는 도장을 찍은 게 아니라 비수를 꽂은 거였다. 가슴속 깊숙이 욱신거렸다. 그 여자는 그 후 다시는 남자를 사랑한 일도 남자와 더불어 사는 생활을 꿈꾼 적도 없었다. 정조관념 때문이 아니라 일종의 불능이었다.

그 여자는 분노나 원한을 원색적으로 드러냄이 없이도 혁주가 아버지 자격이 없음을 조리있게 주장하는 서면을 작성할 수가 있었다. 복사한 혁주의 편지를 첨부하는 것만으로 많은 말을 절약할 수가 있었기 때문에 그 여자는 오히려 자신의 어머니 자격을 증명하는 데 더 많이 고심했다. 방 박사가 호감과 관심을 보여서인지 돈이 얼마 없다는 것도 숨기고 싶지 않았다. 떳떳하게 자랑하고 싶기조차 했다. 그러나 돈이 얼마 없다는 것이 아주 없다는 것하곤 다르다는 것만은 말하고 싶어 비록 전세를 준 거긴 하지만 자신의 명의로 된 아파트의 등기부 등본과 반찬가게의 납세 증명까지 떼어다 붙였다.

재판 날은 조정 때 미리 주눅 들었던 생각을 하고 옷차림에 각별히 신경을 썼다. 화장도 야하지 않을 정도로 공들여서 처발랐다. 초라하지 않고 생기 있고 당당하게 보이고 싶었다. 그동안 얼마나 자신을 돌보지 않고 먹고 사는 데만 골몰했었나를 돌이켜보며 콧날이 시큰했다. 그러나 감상에 젖어선 안 된다고 생각했다. 그 여자는 마치 이야기 속에 나오는 소년처럼 무작정 씩씩하게 법원으로 향했다.

그 여자는 자기 차례가 될 때까지 남들이 재판받는 걸 구경하면서 한꺼번에 그렇게 많은 사건을 재판하다니, 과연 판사가 공정한 재판을 할 수 있을 것인가 의심스러워지기 시작했다. 그 여자가 기도하는 마음으로 공들여 작성한 서면이 판사 눈에 띄지도 않고 넘어갔을지도 모른다는 생각도 들었다. 그런 생각이 들기가 잘못이었다. 정말 그랬을 것 같아서 판사의 그런 안일과 무성의를 사생결단 따지고 싶은 미친년 같은 열정이 치받쳤다.

다행히 그들의 차례가 되었다. 공식적인 몇 가지 질문을 하고 나서 판사가 그 편지를 읽었다. 전혀 감정이 섞이지 않은 목소리여서 문경이도 처음 듣는 것처럼 귀를 기울였다. 그런 지독한 사연을 저렇게 아무렇지도 않게 읽을 수도 있구나. 그 여자는 아득한 낭패감에 사로잡혔다.

"신청인이 ×년 ×월 ×일 이런 편지를 피신청인에게 한 게 사실입니까?"

판사는 역시 감정도 억양도 섞이지 않은 소리로 물었다.

문경이는 여지껏 눈길을 마주치는 걸 피해왔던 혁주를 똑바로 바라보았다. 혁주가 아니라고 대답해선 안 된다고 생각했다. 그 입에서 그 소리를 듣느니 차라리 죽는 게 낫다고까지 생각했다. 그가 그 사실을 부정한다고 해도 다시 증명할 수 있는 방법이 없는 건 아니었다. 또 그 사실을 감쪽같이 부정한다고 해서 그가 승소할 수 있다는 보장이 있는 것도 아니었다. 그런 걸 예측할 수 있는 단서를 판사의 태도나 재판의 진행 과정에서 찾으려 해봤댔자 헛수고였다. 실상 지금 그 여자는 결과에 대해선 거의 생각하고 있지 않았다. 시방 그 여자는 겁이 나서 간이 오그라붙는 것 같았지만 그가 부정하면 자신에게 불리해질까 봐 그렇게 겁이 나는 게 아니었다.

만일 그가 그 사실을 부정하면 그런 남자와 한때 살을 섞었다는 사실이 너무도 치욕스러울 것 같았다. 또한 아무리 소중한 아들이라지만 그 생명의 비롯됨에 있어서 반의 책임은 그런 남자에게 있다는 걸로 아들까지 뜨악해질 것 같았다. 그 여자는 그게 싫고 두려웠던 것이다.

그래서 제발 정직하라고 마음으로부터 그 못난 남자를 격려하고 있었다. 문경이의 강렬하던 시선이 슬프고 따뜻하게 풀렸다. 혁주가 내리깔고 있던 눈을 잠깐 치떴다. 두 사람의 눈길이 마주쳤다. 그 여자는 두 가닥의 한없이 가냘프고 초라한 떨림이 문득 서로 스친 것처럼 느꼈다. 남자가 떨리는 목소리로 "사실입니다"라고 말했다. 그 후 몇 마디 더 묻고 대답했지만 그 여자는 건성으로 들어서 아무것도 못 알아들었다.

보름 후 언도 공판이 있기 전에 그 여자는 혁주가 고소를 취하했다는 걸 알았다.

서울 사람들

1

올챙이 적 생각을 왜 해

버스노선이 연장돼서 1년 전 종점이 구종점으로 불리는 것 외엔 달라진 건 아무것도 없었다. 기사식당, 연탄가게, 세탁소, 약국, 잡화상, 문방구, 화장품 대리점, 복덕방이 1년 전 순서 그대로 자리 잡은 골목 어귀에서 오히려 혜진은 낯가림을 하면서 같은 버스에서 내려 앞서거니 뒤서거니 같은 길로 들어서던 아주머니에게 물었다.

"아까 그 정류장이 구종점 맞죠?"

아주머니는 고개만 끄덕이고 앞서갔다. 반 평이나 될까. 남의 집 추녀 끝을 물려내서 유리문을 닫고 복덕방이라고 써붙인 속에서 노인네가 서너 명 장기를 두고 있는 것도 1년 전과 다르지 않았다. 어찌 1년 전뿐일까. 혜진이가 그 동네에서 12년 동안을 줄창 봐온 광경이었다. 아직도 겨울 점퍼를 입고 웅숭그리고 앉아 훈수를 하고 있는 김 노인은 특히 혜진이하고 인연이 깊었다. 뒷방 세를 줄때마다 공교롭게도 그 노인이 중개를 했고, 그때마다 김 노인은 구전을 1부를 쳐달라고 했고, 혜진은 5리 이상은 한 푼도 더 못 주겠다고 맞섰다. 물론 혜진은 5리 이상 한 푼도 더 주지 않았고, 김 노인은 다시는 이 집에 세를 놔주나 보라고 침까지 퉤퉤 뱉고 돌아섰지만, 혜진이네 뒷방이 비기가 무섭게 손님을 데려오는 건 항상 김 노인이었다.

혜진은 김 노인과 눈이 마주칠까 봐 얼른 외면을 하고 그 앞을 지나치면서 속으로 중얼댔다.

지금 때가 어느 때라고 아직도 복덕방일까. 귓결에라도 그 흔해 빠진 ××개발, ○○부동산 소리도 못 들었나, 원. 그러니까 맨날 저 모양 저 꼴들이지.

구질구질한 상가를 지나 주택가로 꼬부라지는 모퉁이집에 처녀 점집 간판이 붙어 있는 것도 예전과 다르지 않았다. 혜진은 12년 동안이나 살다가 바로 1년 전에 떠난 동네가, 떠날 때와 조금도 다르지 않은 게 도리어 낯선 까닭을 이해할 수가 없었다. 이 더럽고 퇴락한 동네가 내가 살던 동네란 말인가? 그녀는 이 동네를 떠나고 나서 1년 동안에 이미 변화의 속도에 편안히 길들여져 있었기 때문에 홀로 안 변하고 정지돼 있는 것이 급변 이상으로 낯설었다.

처녀 점집에서 오르막길로 꼬부라지면서 골목은 좁아지고, 노면은 울퉁불퉁 고르지 못해졌다. 지난 겨울, 수도 동파 사고가 잦았다더니 길을 몇 번이나 파헤쳤길래 보도블록이 들쭉날쭉 엉망으로 곤두서 있기도 하고 숫제 시커먼 흙바닥이 드러난 데도 있었다.

연탄 리어카의 한쪽 바퀴가 웅덩이처럼 파인 데 빠져 끙끙대고 있었다. 혜진은 뒤를 밀어줄까 하다가 얼른 비켜서서 베이지색 투피스 자락이 더럽혀질까 조심하면서 리어카 옆을 빠져나갔다. 연탄 리어카를 밀어주다니……. 그녀는 자신이 하마터면 할 뻔한 짓을 이해할 수가 없어 고개를 갸우뚱했다. 연탄 리어카를 안 밀고도 예쁘고 섬세한 살롱 구두는 고르지 못한 노면 때문에 심한 상처를 입고 망가지기 직전이었다.

한 떼의 국민학교 학생들이 재잘대면서 리어카를 밀기 시작했다. 리어카는 또다시 그녀의 투피스 자락을 스치고 앞질러갔다. 요새도 저런 아이들이 있나? 그녀는 묘한 감동을 맛보면서 그 시커먼 연탄 리어카가 한참 떨어질 때까지 우두커니 서서 지켜보았다. 그러나 그건 이 동네의 예사로운 풍습일 뿐 미담도 선행도 아니었다. 혜진이가 살 때도 그랬다. 평지가 아닌 비탈 동네라 연탄을 배달시킬 때마다 리어카꾼 눈치가 보이는 동네 사람들은 연탄 리어카만 보면 고운 옷 돌볼 것 없이 밀어주기로 묵계 같은 게 돼 있었다. 다만 혜진이 그걸 잊어버리고 있다 뿐이었다.

좁은 오르막길을 꼬불꼬불 휘돌면서 혜진은 집집마다 대문 앞에 아가리를 벌리고 있는 쓰레기통에 진저리를 쳤다. 쓰레기통마다 연탄재가 넘치다 못해 양쪽 집에서 넘친 연탄재가 길을 막고 있는 골목도 있었다. 싱그럽고 훈훈해야 할 봄바람 속에도 회색빛 연탄 먼지가 난분분했고, 굴뚝마다 내뿜는 독한 가스로 목구멍이 아리도록 매캐했다. 길에서 말다툼을 하던 아이들이 뭐가 틀렸는지 서로 상스런 욕을 퍼붓다가 별안간 연탄재를 던지기 시작했다. 아이들이 연탄재 던지기 놀이에 금방 도취해서 욕 대신 희희낙락 킬킬대기 시작했다. 연탄재는 아이들 머리통에도 맞고 가슴팍에도 맞고 남의 집 유리창에도 맞았다. 혜진은 연탄재 던지기를 마치 눈싸움처럼 즐기는 아이들이 끔찍해서 오던 길을 되돌아 다른 골목으로 접어들었다. 골목이 소삽한 동네가 흔히 그렇듯이 어디로 가나 결국은 통하게 돼 있었다.

혜진은 얽히고설킨 골목들이 아직도 제 손바닥 위의 손금처럼 뻔하건만도 역시 이 동네가 낯선 까닭을 조금은 알 것 같았다. 연탄 때문이었다. 도처에 널린 시커멓고 싱싱한 연탄과 다 타서 희뿌옇고 삭막한 쓰레기로 변한 연탄재 때문이었다. 결혼하고부터 시작된 연탄과의 씨름은 장장 12년 동안을 하루도 거르지 않고 계속됐고, 한겨울엔 하루에 20여 장의 연탄을 갈지 않으면 안 되었다. 그녀는 12년을 같이 산 남편의 성미보다 연탄의 비위를 맞추기에 더 급급했었다. 비위 맞추기가 불가능한 고약한 저질탄은 또 얼마나 많았던지, 연탄이라면 몸서리가 나게 지겨웠다. 너무 지겨웠기 때문에 면하자마자 곧 잊어버렸는지도 모른다.

아직도 연탄을 때며 사는 사람들이 서울 장안에 남아 있다니. 혜진은 그 연탄을 때는 동네를 그녀가 살던 동네로서가 아니라 다만 딱하도록 후진 동네로서 바라보면서 경멸 섞인 연민을 느꼈다. 혜진의 아파트는 동부서울의 대단위 아파트단지 한가운데에 있었다.

신경 써야 할 이웃은 아래위층밖에 없었고, 앞으로도 뒤로도 바라보이는 건 그녀의 집과 똑같은 규모로 규격화된 이웃들뿐이었다.

그녀는 연탄을 안 갈고도 지난겨울의 그 혹독한 추위를 전혀 모르고 지낼 수가 있었고, 기후에 대한 무관심은 자연스럽게 타인에 대한 무관심으로 이어졌다. 관심을 가질 필요가 없을 만큼 서로 사는 사정이 빤했고, 야들야들하리만치 편리에 잘 길들여진 얼굴은 내 얼굴이자 이웃들의 얼굴이었고, 적어도 서울 사람들이라면 다 그만큼은 살고 있으려니 했다.

못난 사람들 같으니라고. 그녀는 아직도 그 독한 살인가스를 구들장 밑에 깔고 쿨쿨 단잠을 잘 수 있는 그 동네 사람들이 경멸스럽다 못해 인종이 다른 족속들인 양 심한 위화감을 느꼈다. 자기가 살던 동네에 대한 예기치 않은 그녀의 낯가림도 실은 그런 위화감의 표현일 뿐이었다.

악취가 코를 찌르면서 "비켜요, 비켜" 하는 거친 외침이 그녀를 담벼락으로 밀어붙였다. 일부러 그러는 것처럼 아슬아슬하게 똥통이 그녀의 옷자락을 스치고 지나갔다. 암만해도 재수 나쁜 날이었다. 혜진은 하마터면 그 동네를 찾아온 중대한 용건을 잊고 되돌아갈 뻔하다 말았다.

오물을 치고 있는 집은 하필이면 혜진이가 방문하려는 명희네 집이었다. 명희네 집과 나란히 붙은 60년대 식 허름한 개량주택이 혜진이가 시부모 모시고 시동생 거느리고 12년을 살던 집이었다.

명희는 고쟁이 같기도 하고 '몸뻬' 같기도 한 통 넓은 바지를 입고 대문간에 딱 버티고 섰는데, 손바닥엔 성냥개비 분지른 걸 소중하게 받쳐들고 있었다.

미리 전화를 걸고 온 방문이었지만 혜진을 맞는 명희의 태도는 지나치게 소탈했다.

"응, 왔구나. 먼저 들어가 있을래?"

"하필 손님 오는 시간에 똥을 칠 건 또 뭐니?"

"손님? 네가 손님이라고? 웃기고 있네. 서로 영감 코 고는 소리까지 빤히 듣고 살던 게 엊그저껜데 손님은 무슨 손님이냐. 냄새 맡기 싫으면 어여 들어가. 참 커피물이나 좀 연탄불 위에 놔줄래?"

명희는 혜진이 까마득히 잊고 있는, 서로 아래윗집에 이웃해 살던 1년 전 일을 바로 엊그저께로 끌어당기면서 이렇게 스스럼없이 굴었다. 하긴 명희하고 혜진이처럼 인연이 끈질긴 친구도 없었다. 고등학교와 대학교 동창이었고, 명희가 먼저 시집가서 남편 친구를 우연히 혜진이한테 소개한 게 당장 눈이 맞아 불과 석 달 만에 결혼을 했고, 시집에 들어와 살았기 때문에 내 집 걱정은 없는 혜진이가 결혼 5년 만에 처음으로 집 장만하려는 명희에게 팔려고 내놓은 바로 옆집을 흥정붙여, 그 후 줄창 이웃으로 지냈다. 담 너머로 훌훌 기름 냄새가 넘어온다 싶으면 곧이어 부침질 접시가 넘어왔고, 종알종알 바가지 긁는 소리가 들리면 남편이 먼저 참지 못하고 맥주병을 들고 가 화해를 붙인답시고 주거니 받거니 밤새도록 마셔서 새로운 부부 싸움을 유발하기도 했다.

혜진이가 작년 이사철에 시험 삼아 내놓은 집이 당장 팔려 허둥지둥 변두리의 미분양된 아파트로 이사를 가게 됐을 때, 명희는 며칠 밤씩 잠이 안 왔고, 그 전날 밤은 날갯죽지를 하나 잃은 것처럼 허전해서 눈물로 베개를 적시기까지 했다. 그러나 다달이 동창 곗날 만날 때마다 눈에 띄게 씀씀이와 옷차림이 달라지는 혜진을 보면서 우정은 어느 틈에 시샘하고 탐색하는 마음으로 변해갔다.

 남편들의 월급은 서로 빤했다. 형편이 엇비슷한 회사의 총무부 과장자리에 벌써 5년째 붙박이로 붙어 있는 것도 양쪽 남편이 똑같았다. 군돈이 생기는 자리도 아니었고 설사 그럴 만한 자리에 있대도 그럴 위인들이 못되는 것까지 양쪽 집 남편은 서로 닮아 있었다. 다만 혜진이네가 식구가 좀 많아 더 쪼들리다가 이젠 명희네와 똑같은 다섯 식구였다. 아이들이 커질수록 씀씀이도 늘어나 50만 원 안팎의 월급으로 살림 꾸리기가 얼마나 힘들다는 걸 명희는 너무 잘 알고 있기 때문에 혜진이의 별안간 헤퍼진 씀씀이는 안달이 나게 궁금한 불가사의였다. 명희는 혜진이가 아파트로 이사를 갈 때만 해도 그 빤한 월급에서 다달이 관리비 떼어내고 나면 속이 아려서라도 얼마 못 살걸 하는 마음으로 질투심을 달랬었다. 그러나 두고 볼수록 예상과는 정반대인 걸 보고 조바심이 안 날 수가 없었다.

 그 오랜 수수께끼가 마침내 어제 풀려서 명희는 속이 다 후련했고 기분이 매우 좋았다. 어제 명희는 혜진이로부터 돈 있으면 2백만 원만 꿔달라는 전화를 받은 것이다. 그러면 그렇지, 아파트 단지의 소비성향을 분수없이 따라가느라고 이젠 빚까지 지게 됐다 이거지. 명희는 그동안 안달이 나게 궁금하던 것의 정체가 겨우 빚이었다는 게 신바람이 나게 고소했다.

저러다 아파트 들어먹을 날도 멀지 않았다 싶으면서도, 계 타서 단자회사에 넣어둔 돈을 선뜻 해약해서 꿔줄 마음이 생겼다. 우정이라기보다는 이자 돈이 탐나서였고, 이자 돈보다도 더 탐나는 건 돈을 꾸어주면서 맛볼 우월감이었다. 이사가고 나서 달라진 혜진이로 하여 느낀 열등감이 얼마나 고약했던지 명희가 기대하는 우월감엔 복수심마저 포함돼 있었다.

혜진은 부엌을 한 번 기웃거리고 나서 마루 끝에 을씨년스럽게 걸터앉았다. 조금도 변하지 않은 명희네 살림살이가 혜진이 보기엔 영락한 것처럼 안돼 보여서 그러고 있는 거였다. 그러나 명희는 돈 꾸러 온 친구가 마땅히 그만큼은 주눅이 들었으려니 싶어 더욱 의기양양했다.

"아니, 이걸 한 지게라고 퍼가지고 나오는 거예요? 통이 반도 안 찼잖아요. 이 아저씨가 정말 사람을 어떻게 보고 이러실까. 안 돼요, 안 돼. 어서 마저 채워요."

명희는 변소 뒷문이 난 뒤란에서 좁은 골목을 돌아나오는 인부를 가로막더니 거의 똥통에 코를 박듯이 들여다보면서 이렇게 호통을 쳤다. 인부도 지지 않고 거친 소리를 했다.

"아주머니, 이만한 집을 지니고 살면 좀 체통을 차리시우. 이게 참기름인 줄 아나, 채우긴 예서 더 어떻게 채워요. 찰찰 넘게 채웠다가 길에 찔끔찔끔 엎지르면 아주머니가 쳐줄 거요, 어쩔 거요. 비켜요, 비켜."

"아니, 아저씨가 엎지른 걸 내가 왜 쳐요. 가다가 엎지르는 건 아저씨 자유고 내 집에선 한 지겟값을 제대로 쳐 받으려면 한 지게를 제대로 채우란 말예요. 안 그러면 반 지겟값밖에 못 받을 줄 알아요."

그러면서 똥지게 막대기를 휘어잡으니까 인부도 못 이기는 척 비실비실 뒷걸음질쳐 뒤란으로 돌아갔다.

"대강 해두렴. 나 보기엔 네가 너무한다 싶다. 그 사람이 그래도 착하니까 그만했지 못되게 나오면 어쩌려고 그래."

"쟤 좀 봐. 아파트로 이사가더니 아주 귀부인 같은 소리만 하네. 이 동네에서 똥 칠 때마다 제일 큰 소리 나던 집이 뉘집인데 그래. 너는 반 통이라거니 일꾼은 거진 다 채웠다거니 싸우다가 네가 막대기를 가지고 오물의 깊이를 잰다고 휘젓다가 일꾼한테 망신당하고 동네에서 구경꾼이 모여들던 생각 안 나?"

명희는 뭐가 그렇게 고소한지 입가에 사뭇 회심의 미소를 띠고 야죽댔다. 혜진은 그런 사실이 자신에게 있었나 없었나를 생각해내기보다는 '에이, 똥이 무서워서 피하나 더러워서 피하지' 하는 생각으로 못 들은 척 딴청을 부렸다.

"너 아까부터 손바닥에 받쳐든 건 뭐냐? 성냥개비에서 뭐 나온대? 귀중품처럼 떠받치고 있게."

"쟤 좀 봐. 너 이걸 정말 몰라서 묻니?"

"그럼 그걸 내가 어떻게 알아?"

"너 정말 내 속 이렇게 뒤집을래?"

"거기 서 있으니까 변소 냄새에 속이 뒤집히지, 내가 왜 네 속을 뒤집는다고 그래."

혜진은 영문을 모르는 채 될 수 있는 대로 점잖게 타일렀다. 확실하게 드러난 신분의 격차 같은 게 혜진의 우월감을 자신있게 했고, 자신있는 우월감은 힘 안 들이고 혜진을 우아하게 만들었다.

"이것아. 이것도 너한테 배운 버릇이야. 똥 칠 때마다 행여 일꾼한테 똥지게 수효를 속을까 봐 너는 꼬박 지키고 섰으면서도 손바닥에다 이렇게 산을 놓곤 했었잖아. 흉보며 배운다고 지독하다 싶으면서도 편리하기에 나도 써먹는 거야."

명희는 혜진의 시침 딱 뗀 우아함이 아니꼽다 못해 기분이 나빠 거의 애걸하듯이 설명을 했다. 그러나 혜진의 우아함은 미동도 안 했다. 그렇게 지독하게 한 푼에 치를 떨고 산 적이 있고 없고를 따져서 뭘 어쩌겠다는 걸까. 혜진은 그때 생각이 안 나니 없었던 일이나 마찬가지였다.

일꾼이 이번엔 오물을 넘치게 퍼가지고 뒤란에서 돌아나왔다. 심통이 난 일꾼은 오물을 함부로 엎지르면서 대문간으로 나갔다. 혜진은 구역질이 치밀었다. 사람의 배 속에 그런 게 들었다는 건 너무나 모욕적이고 믿을 수 없는 사실이었다. 그녀는 왕년에 똥지게 수효를 속지 않기 위해 손바닥에다 성냥개비로 산을 놓은 사실뿐 아니라 배 속에 현재 그런 게 들어 있다는 사실까지도 부인하고 싶었다. 그런 게 들어 있을 리가 없었다. 그녀는 자신의 오물도 식구들의 오물도 근래엔 본 적이 없었다. 보지 않았으니까 없는 거나 마찬가지였다. 그 더러운 건, 그 더러운 걸 눈뜨고 보고 그걸로 흥정까지 하는 사람들의 배 속에나 있어 마땅했다.

혜진은 코를 싸잡고 가까스로 구역질을 참고 방으로 먼저 들어갔다. 채광이 잘 안 되는 안방은 어둑시근하고 연탄 내가 매캐했다. 혜진은 콜록콜록 헛기침을 하면서 방안을 휘둘러보았다. 이윽고 명희가 부엌으로 난 쪽문으로 끓는 물주전자를 먼저 들여놓고 나서 쟁반에다 커피니 프림이니 과일이니를 챙겨가지고 들어왔다.

"네가 돈을 다 꾸게, 뭔 일이 생겼어?"

명희는 사뭇 의논성스럽게 물었다. 돈을 꾸러 온 주제에 조금도 주눅이 들지 않고 시종 우아하기만 한 혜진이가 신경에 거슬렸지만 뭔가를 알아내기 위해선 서둘러선 안 된다고 생각했다.

"뭔 일이 있긴."

혜진은 혜진대로 명희가 손이나 씻고 커피를 타고 과일을 깎는 것일까가 신경에 거슬려 건성으로 대답했다.

"2백만 원이면 큰 돈이야. 나한테는 말야."

명희는 이렇게 말해놓고 나서 "나한테는 말야" 소리는 뺄 걸 그랬다고 생각했다. 꾸어주는 사람보다 꾸어가는 사람에게 보다 큰돈이어야 한다는 생각이 뒤늦게 그녀의 자존심을 상하게 했다.

"알아, 동창계에서 두 머리 탄 거지? 월급쟁이가 2백만 원짜리 계 두 머리 붓기가 얼마나 어렵다는 걸 내가 왜 몰라."

말은 그렇게 하면서도 혜진은 너무 여유가 있어 보였다. 명희는 기어이 하고 싶은 말을 하고야 말았다.

"얘, 나 기분 나쁘다. 넌 돈 꾸는 주제에 왜 그렇게 여유가 있냐? 꼭 월급쟁이 면하고 경기 좋은 사업이라도 하는 것 같다."

"경기 좋은 사업?"

혜진은 이렇게 반문해놓고 혼자서 쿡쿡 웃기 시작했다.

"왜 그래? 뭐라고 말 좀 해봐. 뭐 좋은 일 있으면 나한테도 좀 가르쳐주면 안 되니?"

명희는 돈을 꿔주면서 우월감을 누려보겠다는 당초의 의도와는 딴판으로 자기도 모르게 비굴하게 빌붙고 있었다.

"이 집 얼마나 나가니?"

"맨날 그 타령이지. 이 동네 집값 안 오르는 건 너도 알잖아."

"우리 아파트는 6천에 팔라고 자꾸만 졸라서 귀찮아 죽겠어."

"뭐, 6천? 너 그거 작년 이맘때 3천 주고 산 거 아냐? 지지리도 안 팔리는 아파트라 분양가만 주고 층수도 마음대로 골라서 산다더니 그게 그렇게 올랐어? 말도 안 돼. 그건 정말 말도 안 돼."

명희는 세차게 도리머리를 흔들며 간신히 비명 같은 소리를 냈다. 가슴이 무두질을 하듯이 아파왔다.

"글쎄 말야. 나도 말이 안 된다고 생각하는데 그 시세도 싼 모양이야. 자꾸만 팔라는 걸 보면……."

"그럼 1년 사이에 가만히 앉아서 3천을 벌었단 말이지?"

"3천이 뭐 많니? 큰 거 가진 사람들은 1년에 1억도 버는데."

"1억은 그만두고 3천만 해도 한 달에 얼마씩이냐? 250 아냐. 손끝 하나 까딱 안 하고 250씩을 벌었단 말이지, 네가?"

"꼭 그렇지도 않아. 우리 동네가 별안간 바람을 탈 때만 해도 한 달에 5백씩 오르더라. 요샌 뜸해서 한 백씩 오르나 봐. 이거 이자 2부씩 쳐주면 되지?"

혜진은 얼이 빠진 명희가 내놓은 백만 원짜리 수표 두 장을 손끝으로 가볍게 튕겨 보이고 나서 핸드백에 집어넣으면서 말했다. 명희는 감히 그 돈의 용도를 묻지 못했다. 언제 갚을 거냐는 둥 이자는 2부 5리는 받아야겠지만 2부로 해주는 대신 날짜는 꼬박꼬박 지켜야 한다는 둥 마지막 다짐을 하고 싶었지만 꾹 참았다. 쩨쩨하게 보일 것 같아서였다. 한 달에 가만히 앉아서 2, 3백만 원을 거뜬히 버는 친구에게 2년 동안 덜 먹고 덜 입고 오물통을 5부로 채웠나 7부로 채웠나까지 일일이 감시를 해가며 겨우 2백만 원을 모은 자기가 얼마나 쩨쩨해 보일 것인가 생각만 해도 주눅이 들었다. 명희는 괜히 억울하고 서운한 걸 참고 2백만 원을 2, 3천 원처럼 가볍게 내주는 걸로 최소한의 체면을 유지했다고 생각했다.

혜진은 순전히 생활비의 적자를 메우기 위해 돈을 2백만 원씩이나 꾸고도 조금도 걱정이 되지 않았다. 빚도 겁나지 않았고, 생활비에 못 미치는 남편의 월급도 짜증스럽지 않았다. 가만히 앉았어도 한 달에 2, 3백만 원씩 재산이 불어난다는 건 전혀 새롭고도 놀라운 경험이었다. 매일매일 금달걀을 낳는다는 옛날이야기 속의 닭은 다름 아닌 현대의 아파트였다. 혜진은 늘어난 수입에 알맞게, 그리고 이웃과도 보조를 맞춰가며 소비를 늘려갔다. 생활에 아등바등 하지 않으니까 저절로 언행에 우아한 품위가 생기고 사는 게 한없이 즐거웠다. 생을 즐긴다는 게 무엇인지 비로소 알 것 같았다.
 2백만 원 수표를 챙긴 혜진은 점심 해먹고 가라는 명희의 만류를 가볍게 뿌리치고 친구의 집을 나왔다. 그리고 그 구질구질하고 낯선 동네를 쫓기듯이 벗어났다. 얼른 집에 가서 샤워를 하고 싶었다. 연탄 먼지와 오물 냄새를 씻어내고 향기로운 로션을 온몸에 바르리라. 그녀의 아파트는 매달 2, 3백만 원의 공돈을 벌게 해줄 뿐 아니라 그녀에게 온갖 편리와 안락을 제공해주는 즐거운 나의 집이기도 했다.
 새로 생긴 단지인 그녀의 동네는 질서정연하고 정결했다. 단지 내에서 만나는 그만그만한 나이 또래의 젊은 부인들은 또 얼마나 정다운가. 그 여자들이야말로 혜진과 공돈의 비밀을 같이하는 미덥고 알뜰한 동업자들이었다. 만일 아파트의 오름세가 조금이라도 둔화되면 반상회에서 고운 목청을 높여 단결을 다짐함으로써 더욱 높은 수익을 보장할 수도 있었다. 녹지대가 알맞게 배치된 단지 내의 공기는 신선하고 감미로웠다. 혜진은 느긋하게 심호흡을 하며 개업을 내일모레로 앞둔 쇼핑센터를 쳐다보았다. 거대한 건물이, 안에 구비된 상품 선전이 적힌 오색의 현수막에 뒤덮여 펄럭이고 있었다. 런던포그, 위크엔드, 논노, 니나리, 샤롯데, 지방시, 신데렐라, 버킹검, 맨하탄, 벨라, 쁘랭땅, 모아, 그린에이지, 나이키, 프로스펙스, 월드컵……. 현수막이 바람에 펄럭일 때마다 거대한 건물이 유연한 춤을 추고 있는 것처럼 보였다.

2

개처럼 벌어서 정승처럼 써

혜진이 그 소리를 처음 들은 것은 남편의 늦은 귀가를 기다리다 소파에서 잠깐 잠이 들었다 깨었을 때였다. 어디선가 사람들이 떠들고 웃는 소리가 들렸다. 그 소리는 매우 작아 곤충의 날갯짓 같기도 하고, 감이 먼 전화 목소리 같기도 하고, 그녀가 잠든 사이에 잠깐 들어와 잡담을 즐기던 귀신들 목소리의 여운 같기도 하고, 일시적인 환청 같기도 했다.

혜진은 괜히 무서운 생각이 나서 일부러 큰기침을 하고 일어나서 거실을 서성거렸다. 환청이라면 정신만 번쩍 차리면 없어질 테고, 귀신들의 아우성이라 해도 인기척을 들으면 물러날 것이기 때문이었다. 그러나 그 가냘프면서도 확실하고, 확실하면서도 비현실적인 소리는 여전히 이어지고 있었다.

꽤 늦은 시간인 듯 창밖으로 곧바로 보이는 아파트 진입로를 지나는 차들은 뜸하면서도 조급했다. 어디선지 술주정뱅이들의 고함소리가 들렸다. 그러나 아직도 혜진의 귀에 들리는 그 소리는 그런 현실적인 소리하곤 판이했다. 바로 지척에서 나는데도 아득한 지난 시간 속에서 들려오는 것처럼 희미하고 육성으로서의 인간미가 걸러진 기분 나쁜 것이었다.

혜진은 용기를 내어 그 목소리가 들리는 곳을 찾아보기 시작했다. 그 소리는 엉뚱스럽게도 벽 속에서 나고 있었다. 그렇다고 벽 너머 옆집의 소리도 아니었다. 그 소리는 벽 속에 갇힌 소리였다. 그 벽엔 인터폰이 달려 있었다. 그 후에도 혜진은 인터폰에서 새어 나와 벽을 타는 가냘픈 통화 소리를 자주 들었다. 그녀는 벽 속에 갇힌 그 소리를 들을 때마다 마치 갇혀 사는 자신의 비명 소리를 듣는 것처럼 느끼곤 했다. 벽 속엔 이 거대한 아파트 단지의 동과 동, 방과 방을 이어주는 인터폰의 선 말고도 얼마나 많은 선과 관이 얽혀 있을 것인가. 전화선, 전깃줄, 수도관, 온수관, 하수도관, 난방관, 안테나줄……. 그 많은 선과 관 중 하나만이라도 끊기거나 막혔을 경우를 가정하면 혜진은 지레 겁이 나고 멀미까지 났다.

혜진이 태어난 집은 수수깡으로 외를 엮고 그 위에 진흙으로 벽을 친 한옥이었다. 소녀 시절 이사가서 산 곳은 대나무로 외를 엮고 회칠을 한 일본식 가옥이었고, 시집가서 산 곳은 시멘트블록을 쌓고 양회칠한 개량주택이었다. 지금 사는 곳은 철근에다 콘크리트를 입힌 아파트이니 점점 견고한 집으로 옮겨 사는 꼴이었다. 그만큼 우리 모두의 생활과 더불어 그녀의 생활이 향상됐다고도 볼 수 있었다.

보다 튼튼한 집이 보다 안전한 집이라면 혜진이 겁을 낼 까닭은 조금도 없었다. 그러나 안전과 함께 보장된 편리가 언제 고장을 일으킬지 몰라 두려웠고, 안전이 보장해주는 고립감 역시 멀미가 나게 싫었다. 일단 싫증이 나자 도저히 걷잡을 수 없었다. 그녀는 집에 있을 땐 우리에 갇힌 짐승처럼 실평수 24평의 공간을 오락가락 지접을 못 했고, 오락가락에 지치면 문을 잠그고 별 볼일 없는 외출을 일삼았다. 그렇다고 지금 와서 수수깡으로 외를 엮고 진흙 바른 집에서 살고 싶은 건 아니었다. 혜진은 이미 아파트의 편리라는 맛을 알고 있었다. 편리란 일단 한번 맛을 들이면 도저히 끊을 수 없는 중독성이 뛰어난 마약이었다.

반상회가 끝나고 잡담을 하는 자리에서 혜진은 요즈음 그녀가 앓고 있는 그 이상한 증세에 대해 하소연을 하고 싶어졌다.

"영란 엄마, 아마 영란 엄마가 들으면 촌스럽다고 할지 모르지만 난 요즈음 이상한 병을 앓고 있다우. 온종일 집에 있으면 꼭 차를 오래 탄 것처럼 미식미식 멀미가 나기도 하고, 우리에 갇힌 것처럼 답답하기도 해서 괜히라도 한 차례 나갔다 와야 해요. 그뿐인 줄 알아요? 벽 속에 숨어서 우리를 편리하게 해주는 수많은 선이나 관 중 하나라도 고장이 나면 우린 어떤 혼란을 겪을까, 생각하면 끔찍해서 잠이 다 안 와요. 남편은 이런 내 노이로제를 동정해주기는커녕, 날더러 한국사람이 아니라 기나라 사람이래요. 예전 중국의 기나라 사람은 하늘이 무너져내리지 않을까 걱정을 했다나요?"

이런 혜진의 하소연을 듣고, 거기 모인 여자들은 너도나도 비슷한 증세를 앓은 경험을 얘기했다.

"철이 엄마, 처음 아파트에 살아보는 거죠? 처음이 제일 그래요. 아파트 멀미가 극도에 달하는 게 아마 처음 살아본 지 1년쯤 될 무렵일걸요. 그것도 맞죠? 감쪽같이 낫는 방법이 딱 하나 있어요. 이사를 가는 거예요. 조금 큰 아파트로요. 당장 이사갈 수 없으면 새로 짓는 아파트 청약만 하러 다녀도 그 증이 감쪽같이 가신다니까요. 아파트에 3년 이상 사는 사람 별로 없는 게 다 그런 까닭이라구요."

"맞아요, 맞아요."

거기 모인 사람들이 다 그런 경험을 가지고 있었고, 다 하나씩 주택청약 예금통장을 가지고 있었다.

"이 아파트의 편의 시설이 언제 고장날지도 모른단 근심, 그거 절대로 기우 아녜요. 말이야 바른 말이지 얼마나 날림으로 지었다구요. 잘 지은 아파트도 10년을 못 간다는데 이 날림 아파트는 빨리 팔아치우는 게 수예요. 1년 남짓한 사이에 배로 뛰었으면 그만이지 더 바랄 게 뭐가 있겠어요. 아유 참, 이런 말 밖으로 샐라. 이런 말 밖으로 샜다간 우리가 일치단결해서 올려놓은 집값이 뚝 떨어질지도 모르니까 우리 피차 말조심합시다. 참, 여기 혹시 전세 든 분 없나 몰라?"

"걱정 말아요. 전세 든 사람은 반상회에 나오지도 않으니까."

이렇게 해서 혜진도 주택청약 예금통장을 가지게 됐고, 그걸 가지고 나니까 거짓말처럼 감쪽같이 멀미와 답답증이 가시고, 다시 사는 게 즐거워졌다. 날림 공사한 벽 속에 들어 있는 선과 관에 대한 공포도, 그것들이 막히거나 망가지기 전에 우린 떠날 거니까라고 생각하면 두렵기는커녕 오히려 재미가 났다. 더욱 재미가 깨로 쏟아지는 건 1년 만에 분양가의 배가 된 집을 팔아 새로 지은 걸 분양가로 살 경우 40평도 넘는 걸 살 수도 있다는 거였다. 재산을 증식시키기란 얼마나 쉽고도 재미난 일인가? 억대의 부자가 꿈이 아니라 바로 손만 뻗으면 잡히는 현실이었다.

그러나 혜진의 통장이 9개월이 지나자마자 변경된 주택청약 방법은 채권 입찰이라는 아리송한 관문이 신설돼 혜진을 약간 골치 아프게 했다. 그러나 0순위를 부지하세월 기다릴 때와는 달리 눈치와 재수만 통하면 단박에 당첨이 될 수도 있었다. 해가 바뀌고부터 유명한 아파트 분양 공고가 잇달았다. 혜진은 노이로제 현상이 싹 가셨을 뿐 아니라, 보람 있는 전문직에라도 종사하게 된 것처럼 생기와 의욕이 충만했고, 하루하루가 살맛이 났다.

혜진은 번번이 당첨이 될 뻔하다 말았다. 아슬아슬하게 떨어졌기 때문에 다음 번엔 큰마음 먹고 채권가를 크게 올려서 써넣건만 역시 아슬아슬하게 떨어지긴 마찬가지였다. 분양이 거듭될수록 채권가가 하늘 높은 줄 모르고 치솟기 때문이었다. 커트라인에 걸릴 듯 말듯 떨어진다는 건 안타깝고도 스릴이 풍부한 경험이었다. 만약 커트라인에 간당간당 매달려 당첨이 된다면 그건 또 얼마나 스릴

넘치는 쾌감이 될 것인가. 혜진은 비로소 생의 뚜렷한 목표를 설정하고 오로지 그 일에만 전념했다.

그러는 사이에 젊고 유능하고 기동성이 뛰어난 부동산 회사의 직원, 우리의 옛말로는 복덕방과도 흉허물 없이 농지거리를 주고받을 수 있는 사이가 되었다. 그들의 자가용으로 아파트가 들어설 예정지나 모델하우스를 보러 다니기도 하고 이마를 맞대고 채권 입찰가를 상의하기도 했다. 젊고 잘생긴 사원을 자그만치 20, 30명씩 거느린 대복덕방도 있었다. 떨어지고 나면 혜진은 홧김에 그들과 어울려 맥주를 딱 한 잔만 마시고 나서 은근슬쩍 술기운을 빌려 그들을 얕잡고 비난하기도 했다.

"아니, 젊은 사람들이 뭘 못해 이 짓들을 해요? 유흥가에 기식하는 남녀를 독버섯이라고 하나 본데 당신네들이야말로 백해무익한 독버섯이에요. 직업에 귀천이 없다는 건 아무리 보잘것없는 직업도 남에게 도움을 주기 때문인데 당신네들은 순전히 사회악에 이바지해서 먹고사니, 당신네들에 비하면 공사장 인부나 청소부, 식당 종업원, 웨이터들이 얼마나 떳떳하고 좋아 보이는지 몰라요. 큰일이에요, 큰일. 당신네 같은 사람들이 설자리를 잃어야 우리가 정말 잘 살게 됐다고 할 수 있는 건데······."

이렇게 듣기 거북한 소리도 할 수 있다는 것은 그들과 그동안 그만큼 친해졌기 때문이었다. 그들도 가만히 듣고만 있을 사람들이 아니었다.

"사모님. 우린 정말 억울해요. 사회 여론은 마치 우리 복덕방 업자들이 아파트값을 올리는 줄 아는데, 그게 아닌 건 사모님도 아시잖아요? 우리가 조작하면 왜 사모님 당첨을 못 시켜드리겠수. 사모님은 우리가 쓰라는 것보다 매번 더 쓰는데도 꼭 떨어지잖아요. 우리가 예상하는 것보다 훨씬 더 쓰는 게 사모님들이라구. 우리도 발표 때마다 사모님들 통 큰 데 정말 놀란다니까. 사모님들 다 미쳤어요. 미치지 않곤 그럴 수가 없어요. 그러고도 욕은 우리가 다 얻어먹는데, 우리 고마운 줄 모르면 사모님 정말 섭해. 우리가 하는 일이 어디 그뿐인 줄 알아요? 우리가 국가와 민족을 위해 얼마나 지대한 공헌을 하고 있는지 들어볼래요? 국가는 단시일내에 채권 수입을 1천억 원 이상이나 올렸는데 그게 다 뉘 덕이겠어요? 또 민족을 위해선, 우리 단골들 돈 벌게 해주니 좋은 일이고. 사모님도 당첨만 한 번 돼봐. 우리하고 손잡기 싫어도 잡게 될 테니. 이 세상에서 돈 싫다는 사람 봤어요? 가장 좋은 걸 가질 수 있게 해주는 직업이 뭐가 나빠요? 예로부터 개같이 벌어서 정승같이 살라고 했어요. 그 말은 돈 벌려고 하는 것은 어떤 짓이든 나쁜 일이 될 수 없다는 얘기도 돼요. 안 그래요, 사모님?"

그들 역시 마시지도 않은 술에 취한 척 이렇게 하고 싶은 얘기를 마음껏 지껄였다.

이렇게 복덕방 젊은이들과 친해지고 발이 넓어지자 때때로 엉뚱한 전화가 걸려오기도 했다. 수원, 판교, 대전, 청원, 안성, 반월 등 혜진이 감히 꿈도 못 꿔본, 앞으로 유망한 땅에 대한 투기를 부추기는 전화가 심심찮게 걸려오는 걸 보면 그 바닥에선 혜진이 돈푼깨나 있는 사모님으로 알려진 모양이었다. 그러나 실상 혜진이 가진 거라곤 달랑 주택청약 예금통장이 전부였다. 그러나 이 세상에 돈 싫은 사람 없다는 건 진리여서 돈 벌 수 있다는 정보도 들으면 들을수록 구수해서 딱 잘라 돈 없단 소리를 안 하고 솔깃하게 귀 기울이는 버릇이 어느 틈에 생겼다. 땅 투기는 아파트 투기에 비해 그 규모가 매우 크면서도 세금 등에 있어선 아파트보다 많이 어수룩하다고 했다.

"사모님, 아파트 그까짓 거 몇 푼 남는다고 아파트에 대한 미련을 못 버리고 좋은 기회 다 놓치고 말았잖아. 아파트 채권 살 돈만 한 달 전에 내가 말한 땅에 투자했어 봐. 가만히 앉아서 고부라졌어도 두 번은 고부라졌을걸."

이렇게 약을 올렸다. 듣드니 이런 소리만 듣는 사이에 혜진은 통이 커지고 돈에 대한 혼란이 왔다. 몇천만 원은 돈 같지도 않았다. 그래서 몇천만 원 소리를 할 때는 '그까짓' 소리를 붙이는 이상한 버릇까지 생겼다.

이 무렵 기다리고 기다리던 강남의 K동 U아파트 분양 공고가 났다. K동의 U아파트는 입지적 조건도, 건설업체도 최고급으로 치는데여서 투기를 일삼는 사람들이나 복덕방뿐 아니라 실수요자도 학수고대하던 거였다. 혜진은 그동안 여러 군데 넣어봐서 경험을 쌓은 편이지만, 고지식한 실수요자 중엔 K동의 U아파트 아니면 해볼 필요도 없다는 일편단심파도 상당수여서 그 열기가 대단했다. 신청 날짜가 되자 복덕방 전화는 불이 나는데도, 직원들은 현장으로 뛰느라 사무실은 텅 비어 있었다. 분양 신청을 받는 각 주택은행 창구는 마감 시간이 임박하자 신청자가 쇄도해서 극심한 혼란을 빚었다. 마감 시간에 사람이 몰리는 거나 각종 정보가 난무하는 거나, 눈치작전이 치열한 거나 영락없이 일류대학 원서접수 창구였다. 어떻게 하면 남의 채권입찰액수를 훔쳐볼 수 있을까, 사람마다 시선이 날렵하고 교활하게 번득이고, 손끝이나 뒤통수에 눈이 하나 더 달리지 않은 게 한이었다. 그도 그럴 것이 분양하는 동수는 얼마 안 되는데 평수와 층수에 따라 다시 세분되어, 그중에서 자기가 할 수 있는 세대수는 많아야 백 호 미만이었다. 서울에 있는 주택은행 지점이 70여 개라니 한 지점에서 같은 평수의 당첨자가 하나도 나올까말까 하다는 계산이 나온다. 그렇다면 모두가 적이었다. 은행 마감 시간까지 문안에 발을 디딘 사람에겐 다 신청권을 주기로 하고 은행은 앞뒷문을 굳게 닫았다. 사람과 돈의 열기로 은행 안은 지글지글 달아올랐다.

"당신 뭐야? 뭔데 남의 걸 엿봐."

이러면서 멱살을 잡는 남자가 있는가 하면 이 중에서 복덕방쟁이는 제발 나가줬으면 좋겠다고 애절하게 하소연하는 여자도 있었다.

"난 아들딸 칠 남매가 다 서울대학만 나왔다우. 중고등학교는 물론 다 경기구. 중학교부터 입시가 있을 때였으니까 도합 스물한 번의 입시를 치렀는데도 한 번도 낙방이라는 걸 안 당해봤는데 이 아파트 신청만은 벌써 일곱 번째 떨어지고 이게 여덟 번째니, 아파트 붙기가 서울대학 붙기보다 더 어렵다니 그게 말이나 되우?"

어떤 노부인이 이렇게 혜진에게 말을 시켰다. 혜진은 대꾸할 말이 없어서 웃기만 하는데 대신 어떤 청년이 나서서 대답을 해줬다.

"할머니, 그게 왜 말이 안 됩니까. 서울대학에 제아무리 들어가기가 어렵다 해도 경쟁이 10대 1을 넘긴 적은 아마 없을걸요. 그렇지만 두고 보세요. 이 U아파트는 100대 1도 넘을 겁니다. 10대 1보다는 100대 1이 더 좁은 문인 거야 말하면 잔소리죠."

들입다 싸우는 부부도 있었다. 아내가 2천만 원이 넘는 채권입찰액을 써넣으려 하자 남편이 기겁을 해서 그만 큰소리를 지른 게 싸움의 시작이었다.

"당신 미쳤어? 우리가 그런 돈이 어디 있다고……."

"여보, 남부끄러워요. 다들 듣겠어요. 그까짓 2천만 원 갖고 뭘 그래요."

"아니 그까짓 2천만 원이라니. 채권을 5백만 원 어치만 사도 돈이 될까말까라고 했었잖아."

"당신도 참, 창피하지도 않아요? 여기가 어디라고 5백만 원 소리를 또 해요? 5백만 원 써넣으면 안 되는 게 뻔한 걸 보면 몰라요?"

"그럼 안 하고 가면 될 거 아냐. 지금 사는 우리 집이 어때서……."

"당신은 그래서 발전성이 없다구요."

"뭐 발전성? 내가 우리 식구 밥을 굶겼소, 아이들 공부를 못 시켰소?"

"아유 몰라요. 당신 목소리 좀 낮춰요. 난 누가 뭐래도 K동의 U아파트 한번 살아볼 테니까."

"K동 U아파트에 살면 매일 아침 어디서 금달걀이 떨어진답니까?"

"암 떨어지고말굽쇼."

옆에서 누군가 이렇게 말참견을 하자 일제히 웃음소리가 터졌다. 혜진도 덩달아 웃으면서 5백만 원에서 2천만 원이면 그까짓 1천 5백만 원 상관인데 창피한 줄도 모르고 언성을 높이는 그 부부가 참으로 하찮아 보였다. 그들이 하찮아 보이는 것 못지않게 몇천만 원도 하찮아 보이는 마음으로 그녀는 마침내 거의 분양가와 맞먹는 채권액을 써넣을 수가 있었다.

당첨자를 발표하는 날, 모델하우스 근방의 혼란은 어마어마한 것이었다. 서울의 모든 승용차와 택시가 그곳으로만 모이는 것처럼 그곳으로 통하는 널찍한 도로들은 일찍부터 장장한 차량의 홍수를 이루었고 모델하우스 안팎은 그야말로 인산인해였다.

혜진은 발표 시간이 임박해서야 그곳에 도착했는데도 잠깐 동안에 받은 복덕방의 명함이 한 바가지는 됐고, 그녀의 뒤를 그림자처럼 따르는 싹싹하고 미끈한 단골 복덕방 청년도 서너 명 되었다. 마침내 방이 붙기 시작했다. 방 앞으로 모이느라 무섭게 소용돌이치는 군중의 질서를 호소하는 마이크 소리가 더욱 긴장을 고조시켰다. 여기저기서 나붙은 방을 사진 찍고, 커트라인이 얼마라고 외치고, 붙었다고 환성을 지르고, 껴안고 펄쩍펄쩍 뛰고, 떨어지면 어깨를 축 늘어뜨리고 그 자리를 떠나고, 영락없이 일류대학의 합격자 발표장의 모습 그대로였다.

"사모님 축하해요. 드디어 당첨됐어요. 당첨!"

혜진을 뒤쪽에 물러나 있게 하고 방을 보러 앞으로 갔던 복덕방 청년이 양손을 높이 쳐들어 V자를 그려보이면서 군중을 헤치고 나왔다. 혜진도 남들이 하는 대로 펄쩍펄쩍 뛰면서 좋아하고 나서 그동안 수고했다고 청년들에게 차 한잔씩 사고 청년들의 차로 집까지 왔다. 뭐가 뭔지 모르게 머릿속이 멍하고, 가슴이 울렁거리고 발이 땅에 붙지 않았다. 우선 저녁에 퇴근한 남편에게 그 기쁜 소식을 먼저 알렸다.

"당신 미쳤어? 우리가 그런 돈이 어디 있다고……."

펄쩍 뛰는 남편의 첫마디는 들으면서도 혜진은 돈이 없다는 게 별로 현실감으로 와닿지 않았다. 저와 똑같은 소리를 어디서 들었더라? 아 참, 아파트 신청하던 날 은행에서 어떤 부부가 싸우는 소리였었지. 남자들은 어쩌면 그렇게 다들 똑같을까, 하면서 남편들 전체를 싸잡아 연민할 만한 마음의 여유까지 생겼다.

다음 날 혜진은 아침부터 축하전화받기에 바빴다. 그동안 복덕방과 모델하우스를 드나들며 사귄 그 방면에 통하는 친구들이 꽤 많았다. 혜진은 축하의 말에 적당히 맞장구를 쳐주고 나서 "지금 말야, 마침 돈이 다 나가 있어서 말인데, 노는 돈 없어?"라는 식으로 돈을 좀 융통할 수 있을까를 타진해봤으나 다 헛수고였다. 혜진이 가지고 있는 건 당장 계약할 수 있는 주택청약예금 3백만 원이 전부였던 것이다. 그러나 혜진은 3백만 원밖에 없으면서 어쩌자고 3천만 원씩이나 채권입찰액을 써넣었을까 하고 후회하는 마음보다는 있던 돈 3

천만 원을 어디다 잃어버린 것처럼 허전하고 억울했다. 이럴 리가 없는데, 이럴 리가 없어. 그녀는 소매치기당하고 나서 빈 지갑과 빈 주머니를 다 뒤지면서 못 미더워하듯이 자신이 빈털터리라는 걸 믿을 수 없어했다. 이런 터무니없는 실물감 때문에 하루를 어물쩡 보내고 당첨자가 계약을 끝내야 할 마감 날이 되었다. 궁하면 통한다고 복덕방에 부탁해서 계약 전에 팔아치우는 방법이 생각났다. 그녀는 다시 생기가 나서 부랴부랴 복덕방으로 전화를 걸었다.

"사모님, 우선 계약은 하셔야지. 한두 푼짜리도 아니고 어떻게 당장 팔 수가 있겠어요? 그리고 이제 지난 얘기긴 하지만 사모님이 채권을 너무 많이 써넣어서 하마터면 최고입찰로 신문에 날 뻔했지 뭐유. 그렇다고 밑지고 팔 순 없고, 한동안 잊고 푹 묵혀야지 딴 수가 없어요. 그렇지만 사모님, 낙심하진 마슈. 부동산으로 밑지는 법은 절대로 없으니까. 다만 마음 느긋하게 잡숫고 때를 기다리란 얘기지. 알아들으셨어요? 사모님."

여기저기 몇 군데 전화를 더 걸어봤지만 대답은 비슷했다. 드디어 계약을 포기할 수밖에 없는 마지막 시간이 지나자 그녀는 허전하고 억울한 마음을 이기지 못해 밖으로 뛰쳐나가 무작정 길을 헤맸다. 계약을 포기했으니, 앞으로 3년간 아파트를 신청할 수 없다는 것 말고는 금전적인 손해는 한 푼도 안 본 셈이었다. 그런데도 거액을 손해본 것 같았다. 큰 부자에서 별안간 밑바닥 가난뱅이로 떨어진 것처럼 창피하고 비참해서 온 세상이 원망스러웠다.

어느새 밤이 깊어가고 영동의 환락가는 뜨겁고 요염하게 무르익어갔다. 그녀는 미아처럼 울상을 하고 그 한가운데를 방황하면서 생각했다. 사람들은 돈도 많지. 정말 개처럼 벌어서 정승처럼 쓰는 셈인가? 정승의 씀씀이가 이렇게 추악한 거라면 개처럼 버는 현장은 또 얼마나 부도덕할 것인가.

환락가는 개처럼 버는 모습을 어설프게 감추고 정승 같은 씀씀이만 드러내 보여주건만 결코 정승의 도시다운 품위는커녕 최소한의 인간다움도 찾아볼 수 없었다.

개처럼 벌어서 정승처럼 쓴다는 건 말도 안 돼. 개처럼 벌어서 짐승처럼 쓴다면 또 모를까. 개는 개일 뿐 골백번 죽었다 살아나도 인간이 될 순 없으니까. 혜진은 장구하게 우리의 경제 생활을 지배해온 그 말에 강하게 반발했다. 그러자 조금씩 제정신이 돌아오는 것 같았다. 그녀는 황급히 환락가를 벗어났다.

3

무슨 복에 복처를

혜진이 어느 만큼 제정신이 들면서 바라다본 영동의 환락가는 영락없이 소돔과 고모라의 성이었다. 그래서 벗어날 때도 뒤돌아볼 것 없이 총총히 벗어났다. 만약 뒤돌아보았다간 소금기둥이 될까 봐 두려워하듯이.

그러나 같은 시간에 혜진의 남편 찬국이도 영동 환락가 한복판에 있었다. 혜진이 환락가를 겉에서 바라보았다면 찬국은 안에서 몸소 맛보고 있었다. 막상 안에서 맛본 환락가는 그렇게 말초적이고 퇴폐적인 풍요와 허영과 쾌락과 욕망만 있는 게 아니었다. 지금 찬국의 마음이 매우 답답하고 울적하기 때문에 유난히 더 그런 면만 눈에 띄는지는 몰라도, 거기에도 역시 사람 사는 세상의 온갖 신산과 쓸쓸함과 고르지 못함이 있었다.

몇 년째 꾸준히 한 달에 한 번씩 모이기로 한 찬국의 고등학교 동창끼리의 모임을 강북의 한식집에서 영동의 왜식집으로 바꾼 지도 벌써 1년 가까이나 되었다. 여자들처럼 곗돈을 거두는 것도 아니고, 그냥 얼굴이나 보고, 애, 쟤, 개자식, 저 새끼, 말과 마음을 놓고 흉허물 없이 세상 이야기도 하고 남의 흉도 보고 음담패설도 할 수 있는 재미에 모이는 모임이었다. 헤어질 때마다 "역시 친구는 고등학교 친구라야"라는 데에 아무도 이의가 없을 만큼 기다려지는 화기애애한 모임이었다.

그렇지만 워낙 바쁜 세상이라, 조금이라도 강제성을 띠거나, 손톱만한 이권이 개입되거나 하지 않은, 순전히 정으로만 유지하는 모임에 출석률이 좋을 수만은 없었다. 문과 졸업생 3백여 명 중 고작 30여 명이 참석했고, 그중에서도 열 명 정도만이 다달이 출석하는 고정 멤버이고, 나머지는 몇 달에 한 번씩 얼굴을 내미는 유동인구가 불규칙하게 교체되고 있었다. 그렇게 유지되던 30여 명이나마 근래엔 점점 줄어드는 추세였다. 고정 멤버 중 두 명이 이민을 가고 한 명이 지방대학 조교수로 내려간 것도 그 모임을 한결 쓸쓸하게 했지만, 유동인구에도 변화가 많았다. 모임의 장소를 영동으로 옮긴 것도 그동안 회원들의 거주지가 반 이상 강남으로 옮겨진 걸 감안해서 편의를 도모하기 위함이었으나 그렇다고 출석률이 좋아지진 않았다.

'강변'이란 왜식집은 5층의 네모난 건물이 온통 요란한 네온에 뒤덮여 있어 바라보기만 해도 눈이 어지럽고 얼이 쑥 빠지면서도,

한편 환락에의 예감을 강렬하게 충동질하는 요상한 무엇이 있었다. 그러나 한 발자국만 들어가보면 요즈음 흔한 빌딩 내부와 별로 다르지 않았다. 신문 잡지의 고발기사에서 본 것처럼 얼굴이 비치는 화려한 이태리산 대리석이 깔려 있지도 않았고 몇백, 몇천만 원을 호가한다는 샹들리에가 늘어져 있지도 않았으며 귀부인풍의 기품 있는 호스티스가 마중 나오지도 않았다.

다만 문 안쪽의 노란 한복을 입은 아가씨가 서 있다가 까딱 고개를 숙였을 뿐이었다. 찬국이 예약한 방은 3층에 있었다. 바닥이 다다미인 것은 물론 기둥, 천장, 돌창문, 장지문, 등, 액자까지 골고루 잘도 왜색을 갖추고 있었다. 찬국이 해외연수나 출장 등으로 서너 번 가본 일이 있는 일본 내의 일본식보다 훨씬 일본 냄새가 지독한 일본식이었다. 그런 간드러진 일본식의 무수한 방을 오가는 무수한 아가씨들은 하나같이 땅에 잘잘 끌리는 한복을 입고 있었다. 순백의 하늘하늘한 옷감이 몸에 알맞게 감기고 문란하도록 깊이 파인 가슴에 늘어진 진홍빛 옷고름이 제 나라 고유의 옷을 매우 이국적으로 보이게 했다.

영화에서 본 라스베가스의 카지노를 연상시키는 선정적인 외관, 일본 본토의 일본식보다 한술 더 뜬 일본식 내장, 범람하는 한복……, 보통때 같으면 긴장을 풀기에 매우 적절한 트릭처럼 여겨졌을 '강변' 집이 지니고 있는 이런 외관과 내장과 인간의 부조화가 오늘은 이상스럽게도 찬국의 마음을 한층 쓸쓸하게 가라앉도록 했다.

"송 부장님이 1등이세요."

단골인 미스 지가 3층 죽실의 창호지문을 열어주면서 눈웃음쳤다. 회사에선 과장이건만 '강변' 집에선 언제부터인지 부장으로 통했다. 찬국은 시계를 보았다. 7시 10분 전이었다. 10분이나 일찍 오다니, 이게 무슨 꼴이람. 그는 오후 내내 이 모임을 염두에 두고 딴 일이 손에 안 잡혔던 자신의 처지에 심한 열등감을 느꼈다.

"송 부장님 오늘 심기가 언짢아 보이세요. 건강 조심하셔야지 요새 감기가 말도 못하게 독하대요."

미스 지가 녹차와 따뜻한 물수건을 가지고 와서 권하며 필요 없는 말을 했다. 몇 살이나 되었을까. 진홍색 옷고름은 툭 건드리기만 해도 풀어질 듯이 느슨하게 매어져 있고 그 안의 가슴은 아람이 번 밤송이처럼 반쯤 열린 채 곧 쏟아질 것 같았다. 찬국은 미스 지의 옷고름을 풀어본 적은 없었지만 술시중 들 때마다 반달만큼씩 드러나는 맨살의 겨드랑이를 간지럼 태운 일이나, 치맛자락 사이로 팔을 돌려 낭창낭창한 가는 허리를 죄어본 일은 여러 번 있었다. 지금도 미스 지는 모처럼의 호젓한 시간을 타 그 정도의 서비스는 할 각오가 되어 있는 것 같았다. 나이를 짐작할 수 없는 눈가에 노련한 추파가 잔물결처럼 아롱졌다. 그러나 찬국은 통 그럴 마음이 내키지 않았다. 다만 예전의 그의 어머니나 할머니가 그렇게도 정숙하고 금욕적으로 입던 단정한 한복을 저렇게 문란하고 선정적으로 입을 수도 있다는 데 대해 새삼스럽게 놀라움과 한탄을 금할 수 없을 뿐이었다.

"송 부장님 오늘 너무 점잖으시다. 어디 아프신 거 아녜요?"

"아프긴 임마. 나도 이제 마흔 살이야. 장난할 기운도 슬슬 빠질 때가 안 됐냐?"

찬국은 자기 입으로 마흔 살이라 해놓고도 마치 남의 말을 통해 자신의 약점을 정통으로 찔리운 것처럼 내심 흠칫했다. 그리고 속으로 생각했다. '오늘 온종일 울적하고 쓸쓸했던 건 마흔 살이란 나이 때문이었을까? 그럴 리가 없지. 마흔 살이 된 건 금년 정월이고 지금을 이미 유월인데……'

마흔 살이란 확실히 기분 나쁜 나이였다. 크도 작도 않은 회사의 끗발 없는 총무부 총무과 과장으로 5년씩 눌러앉아 있는 사이에 회사 내 여러 부서의 과장 중 흔치 않은 40대 과장이 된 것이다. 40대 초반까지도 승진이 안 되고 후배가 앞지르게 되면 회사를 그만두라는 소리나 마찬가지였다. 벌써 그를 앞지르는 후배가 하나둘 생겨나고 있었다. 그렇게 해서 자연도태된 선배를 그는 수없이 보아왔다. 그러나 찬국은 아직 갓 마흔이었다. 어느새 전전긍긍할 것까지는 없었다.

"어머머……, 남자 마흔이면 얼마나 멋져요. 가장 매력 있는 나이예요. 힘을 내세요. 송 부장님."

미스 지가 눈가의 추파를 새롭게 가다듬으면서 그에게 기대려고 했다. 이때 곽문호가 나타났다. 7시 정각이었다. 곽문호는 찬국을 보자 덤덤한 얼굴로 말했다.

"네 덕에 1등을 겨우 면했구나."

반에서 줄창 1등만 하던 곽문호의 말이라 그런지 1등의 어감이 매우 복잡하고도 처량하게 들렸다.

"자식 1등 착살맞게도 좋아하더니 이제야 좀 신물이 나나 보구나."

"아냐, 우리 여편네 가라사대 난 아직도 1등이라면 사족을 못쓴대. 그것도 별 볼 일 없는 것만 따라다니면서……."

문호가 자조하듯이 말했다.

"동창회도 느의 마누라 눈에 별 볼 일 없어 보였겠지?"

"두말하면 잔소리지 뭐. 실직 생활도 3년째가 되고 보니 어디 오라는 데만 있으면 아침부터 설레는 거 있지? 때 빼고 광낼 것까지는 없어도 괜히 생기가 나서 아침부터 끼니 재촉도 하고 옷 타박도 좀 하면서 부푼 마음으로 시간을 기다릴라치면 방정맞은 여편네가 종알종알 입으로 김을 다 빼놓는 거야. 오죽 못났으면 그까짓 고등학교 동창회에 1등으로 가서 죽치고 앉았겠느냐는 둥……."

"야, 1등으로 온 사람 앞에서 그 말은 좀 뺄 수 없냐?"

"미안 미안. 그렇지만 우리 여편네 입초시에 오르면 1등이나 꼴찌나 세임세임이니 신경 쓸 거 없어. 여편네 가라사대 도대체 40대의 남자가 얼마나 별 볼 일 없이 한가하면 다달이 열리는 고등학교 동창회 따위에 꼬박꼬박 참석을 하냐는 거야. 보나마나 사회의 낙오자들이나 모일 거라나. 여편네 또 가라사대 바로 그 점이 여고 동창회와 다른 점이라는군. 여고 동창은 남편이 출세를 하거나 돈을 왕창 번 친구가 주동이 되고 참석률도 높지만 남자는 그와 정반대일 거라는 거야."

"자네 부인 가라사대가 공자나 맹자 가라사대보다 훨씬 일리 있게 들리는데……."

찬국은 문호의 회색빛 귀밑머리를 바라보면서 쓸쓸하게 말했다.

정말이지 왜 이렇게 쓸쓸하고 허전한지 몰랐다.

"참 이상하더라, 그놈의 경제권이라는 게. 여편네가 경제권을 쥐고부터는 여편네 말은 다 옳은 소린 게라."

"자아식, 너라도 좀 씩씩하게 살지."

찬국은 문호가 어렵게 얻은 지방대학 전임 자리를 이사장과의 의견충돌로 사뭇 호기 있게 내놓던 3년 전 일을 생각했다. 그 당시만 해도 문호는 동창회의 작은 영웅이었다. 그가 무지무지하게 무식하고, 무지무지하게 약삭빠른 학원 장사꾼인 이사장을 얼마나 통쾌하게 면박주고 사표를 내던졌나 하는 무용담은 바로 동창회의 고정멤버인 평범한 월급쟁이들의 숨은 꿈을 대변해주고 있었다. 그들 역시 사표를 내던지고 싶은 무수한 고비를 넘겼기 때문이었다. 그러나 그들이 그때 문호의 무용담에 박수를 치고, 속이 후련한 김에 기분 좋은 통음까지 할 수 있었던 것은 그때만 해도 왕성하고 뜨거운 혈기가 남아 있는 30대였기 때문이었을 것이다. 또한 그때만 해도 이 세상엔 낭만이라는 것이 군데군데 남아 있었다.

그러나 이젠 사정이 달랐다. 세상도 달라졌고 그들도 40대였다. 문호가 한 짓은 참으로 어리석은 객기였다. 그는 자신이 한 짓이 얼마나 어리석은 짓이었다는 걸 몸소 증명이라도 하듯이 그 후 별 볼일 없이 초라하게 늙어가고 있었다. 찬국은 문호의 조로가 왠지 남이 일 같지가 않았다. 만일 여자들처럼 콤팩트라는 걸 가지고 다닌다면 당장 꺼내서 자신의 얼굴을 비추어 보고 싶을 만큼 문호의 회색빛 귀밑머리는 처량하면서도 섬뜩했다.

"3년씩 놀면서 내가 무슨 용가리 통뼈라고 씩씩하냐, 씩씩하길."

"암튼 놀고도 먹고 사니 용타, 부럽기도 하고."

"놀고먹다니 어림없는 소리 말아라. 이래 봬도 바쁘다 바빠."

"뭘 하는데?"

"번역 일도 하고 잡문도 쓰고 논문도 써주고……. 다 먹고사는 방법이 있지."

"그래? 거 참 다행이구나. 난 그 방면에 통 아는 게 없어 생판 노는 줄 알고 도와주진 못하나마 속으론 얼마나 걱정했다구. 월부 책이라도 들고 오지 않나 은근히 기다리기도 했구."

"아직 그 정도는 아냐. 나만 부지런하면 집에 앉아서도 웬만한 월급쟁이만큼은 버니까."

"자식, 근데 왜 마누라한테 쿠사리를 맞냐 맞길."

찬국은 남의 일에 괜히 울컥 부아가 치밀어서 이렇게 핀잔을 주었다.

"야, 요새 입에 풀칠이나 겨우 시켜준다고 남편을 남편 대접할 여자가 어딨냐?"

"그렇지만 처음부터 네 녀석한테 호강하려고 시집올 여자는 또 어딨냐?"

"똑똑한 척하기 좋아하는 여자가 호강보다 더 좋아하는 게 뭔 줄 아냐? 남편의 사회적 지위라는 거야."

"사회적 지위? 녀석 제법 웃기고 있네. 네 녀석이 그런 것하고 무슨 상관이 있다고?"

"왜 상관이 없어. 나 전임되고 나서 여편네가 얼마나 거드름을 피웠다고, 드나드는 장사치한테건 친척이나 친구한테건 우리 곽 교수가 어쩌구저쩌구 하면서 말야. 여편네가 그렇게도 좋아하는 교수 자리를 참을성이 잠깐 모자라서 헌신짝처럼 내던지고 말았으니 구박맞아 싸지 싸."

문호가 허전하고도 속물스럽게 웃으면서 고개를 움츠렸다. 찬국은 문호가 그 어느 때보다도 초라하고 겉늙어 보이는 까닭이 참담한 후회 때문이라는 걸 알 것 같았다. 그들의 모임에서 모처럼의 통쾌한 사건이었던 그 일을 후회함으로써 문호는 소영웅의 탈을 벗고 자신의 적나라한 본색을 드러낸 것이었다.

7시 30분이 지나고 나서야 하나둘 동창들이 모여들기 시작했다. 회의가 있었다느니, 거래처에서 한턱내겠다고 기다리고 있는 것을 뿌리치느라 혼났다느니 제각기 바쁜 핑계를 하나씩 둘러댐으로써 늦게 온 변명을 했다. 그러나 곽문호로부터 그의 아내가 말했다는 해설을 미리 들어둔 찬국은 하나같이 별 볼 일 없는 동창만 모여들고 있는 것처럼 보였다.

8시가 지나자 올 만한 동창은 다 모인 것 같았다. 못 온다고 미리 전갈을 보낸 친구도 있고, 외국 나간 친구도 있고 해서 평소보다 훨씬 적은 열댓 명밖에 모이지 않았다. 그럴 수도 있는 일인데도 찬국은 오늘따라 그게 몹시 섭섭했다. 그렇다고 안 나온 얼굴 중에 특별히 보고 싶은 얼굴이 있는 것도 아니었다. 별 볼 일 없는 모임에 안 나왔다는 건 별 볼 일 없는 처지에서 벗어났다는 뜻도 될 것 같았다. 아아, 하나둘 속속 별 볼 일 없는 모임을 떠나는구나. 하긴 40대니까. 남자 40대면 사업에 한창 기름이 오르든지, 사회적 지위가 단단하게 기반 잡히든지 할 시기니까. 결국 찬국의 섭섭한 마음은 질투일 수도 있었다.

생선회, 모듬냄비, 맥주 등이 들어왔다. '강변' 집의 특별 메뉴라는 강변정식도 들어왔다.

"말이라는 게 참 묘하거든. 이 집이 강변집이 아니고 천변집이어봐. 제아무리 5층집이라도 대폿집 술값밖에 못 받을걸. 강변이나 천변이나 뜻은 그게 그건데 어감은 이렇게 다르다니까."

고등학교 국어 선생으로 있는 친구가 무슨 대단한 발견이라도 한 것처럼 이렇게 좋아했지만 아무도 귀담아들은 것 같지 않았다. 유니폼처럼 똑같이 흰 치마저고리에 새빨간 옷고름을 늘인 아가씨들이 사이사이에 끼어 앉았다. 여자의 어디를 어떻게 주무르는지 비명에 가까운 교성이 들리는가 하면, 네가 무슨 요조숙녀라고 속바지씩이나 입었느냐는 호통소리도 들렸다. 이 집 음식값이 비싸서 못 쓰겠다고 내달부턴 다시 강북의 단골집으로 옮기자는 실속파와 실속만 따지려면 집에서 돼지불고기나 구워먹으라고 윽박지르는 허세파가 옥신각신하는 소리도 들렸다. 그러나 뭐니 뭐니 해도 들어도 들어도 싫증이 안 나면서도 가슴이 알싸하고 배가 살살 아프고 군침이 도는 얘기는 별안간 행운을 잡은 친구들 얘기였다. 무슨 줄을 어떻게 탔는지, 행운의 여신에게 어떻게 알랑을 떨었는지, 느닷없이 떼돈을 벌었다거나 벼락출세를 한 소문이 모임 때마다 꼭 한두 건씩은 있었다. 물론 그런 친구는 이 모임에 얼굴을 내밀지 않았기 때문에 그건 어디까지나 소문으로 그쳤다. 오늘은 특히 그런 소문이 풍성했다. 모두 어언 40대이기 때문일까?

찬국은 소문에 참견하는 일에 도무지 신명이 나지 않아 치맛자락 사이로 손을 넣어보았더니 허리가 땀으로 끈끈히 젖어 있었다. 초여름에 화학섬유로 된 한복이 얼마나 더울까 싶으면서 늘쩍지근하게 꿈틀대던 욕망이 싸늘하게 경직되는 걸 느꼈다. 그 여자가 참고 있는 신세 한탄에 비하면 남자들이 함부로 배출하는 허세와 소문이란 얼마나 철딱서니 없는 것들인가.

찬국은 모임이 파할 때까지 내내 아무것에도 신명이 나지 않아 한 구석에 존재 없이 앉아 있었다. 그러나 아무도 그의 우울을 눈치채지 못했다. 아무에게도 그런 여유와 아량이 없었다. 그래도 모임이 파하자 그는 임명된 것은 아니지만 습관적으로 수행해온 그의 임무를 충실히 이행했다. 계산서를 가져오게 하고 거기다가 치마저고리들한테 줄, 좀 짜지만 낯 뜨겁지는 않을 정도의 팁을 얹어서 합계한 것을 공평하게 나누어 부담시키는 일은 늘 그가 해온 일이었다. 영동에서는 중급이 될까말까 한 실속 위주의 집이건만 돌아가는 액수가 만만치 않았다. 허세파의 얼굴도 잠깐 일그러졌다. 이 노릇 하기 싫어서라도 다음 달부터 나오지 말아야지, 찬국은 마치 여지껏 발을 뺄 구실이 없어서 못 뺐던 것처럼 이렇게 별렀다. 그가 계산을 치르고 화장실까지 들렀다 나와보니 친구들이 삼삼오오 저만치 등을 돌리고 있었다. 그는 걷잡을 수 없이 허전해서 우두커니 '강변' 집의 휘황한 네온을 배경으로 서 있었다.

그때였다. 불참했던 이기배가 허둥지둥 '강변' 집으로 달려오고 있었다. 그는 어디서 무슨 술을 얼마나 퍼마셨는지 고약한 술지게미 냄새를 함부로 뿜어대면서 말했다.

"벌써 파했어? 자식들 하나같이 마누라 시집살이들 하느라고 일찌감치 떴구나 떴어. 조금만 기다려주면 어때서, 고교동창끼리 정 아꼈다 뭣에 쓴다냐?"

이기배를 기다리기는커녕 오늘 한 번도 화제에 오른 적이 없었다. 그는 부득부득 한잔 더 하자고 찬국을 붙들고 놓지 않았다. 찬국은 주머니를 거의 턴 끝이라 이러지도 저러지도 못하고 비실댔다. 그러나 이기배가 찬국을 끌고 간 곳은 '강변' 집 뒤쪽에 즐비한 포장집이었다.

"이 동네에 이런 집도 있다는 걸 몰랐지롱?"

이기배는 몹시 취해 있었다. 계집애처럼 혀를 날름 내밀고 찬국을 놀렸다. 연탄화덕 위에서 지글지글 끓어 넘치는 갯조개 위에다 아줌마가 양념장을 찔끔 치고 있었다.

"어디서 이렇게 취했어? 전작이 있으면 안 오면 어때서……."

찬국은 홀로 그를 떠맡게 된 걸로 오늘의 재수 나쁨을 더욱 뼈저리게 확인하면서 점잖게 이맛살을 찌푸렸다.

"오늘이 우리 학교 개교기념일 아니냐?"

이기배는 서울에서 멀지 않은 위성도시의 고등학교 선생님이었다.

"축하 잔치가 질탕했던 모양이군?"

"축하 잔치? 자식 누굴 약올리고 있어. 아이들은 하루 놀리고 교직원은 모를 내러 갔단다."

"농촌 돕기? 조오치."

"조오쿠말구. 자네도 텔레비에서 풍경깨나 감상했지? 도시 사람들이 시골에 모 내러 가서 폼 재는 거. 나는 적어도 그들하곤 다르다고 생각했어. 왜냐하면 난 농촌 출신이니까. 나는 그럴듯한 풍경으로 즐기지 않고도 정말 진지하게 노동을 할 수 있으리라 생각했던 거지. 오랜만에 농주 맛을 볼 수 있다는 기대도 나쁘지 않더군. 그런데 온종일 모를 내도 논 주인은 농주는커녕 내다도 안 보는 거야. 우리를 인솔한 교장이 점심에 짜장면을 사더군. 조금씩 소문이 도는데 우리는 부재지주의 땅에 모를 내주고 있다는 거야. 지주는 우리가 비지땀을 흘려 모를 내는 동안 아마 영동 어디에선가 사우나를 즐기고 있으리란 소문까지 나돌잖아. 내 더러워서. 저녁땐 관리인이 맥주를 내더군. 새우깡이니 호콩이니 하는 마른안주를 곁들여서. 내, 아니꼬워서. 막걸리는 우리끼리 나중에 읍내 술집이란 술집은 다 뒤져서 가까스로 얻어먹었는데 맛이 고약하더군. 괜히 맥주하고 짬뽕이 되는 바람에 속만 버렸어."

이기배는 소주병을 끌어당기더니, 병따개도 있는데 이빨로 우지끈 따서 병째 몇 모금 마셨다.

"실상 영동까지 온 건 동창회 때문이 아니라, 이 고장에 널렸다는 그 사우난가 한증막인가를 샅샅이 뒤져서라도 그 부재지주를 찾아내서 살찐 멱살을 잡아보고 싶어서였는데……. 오는 사이에 슬며시 열없어지지 뭐야."

"왜? 왜 열없어졌나? 응 왜?"

찬국은 그가 열없어진 게 술기운의 부족 때문이다 싶었는지 소주병을 빼앗아 큰 컵에 따라주면서 다그쳤다. 찬국이 다그칠수록 이기배는 점점 더 의기소침해지면서 가냘프게 속삭였다.

"그럴려면 사표 낼 각오까지 해야 되는데……. 아새끼는 줄줄이 달렸고 남처럼 처복이 있는 것도 아니고……."

"처복이라니?"

"경제력이 있든지 복부인 노릇이라도 할 줄 알든지. 요샌 복처처럼 큰 처복도 없다고들 하더구먼."

찬국은 복처라는 소리에 한없이 낄낄거렸다. 자신이 왜 하루종일 쓸쓸하고 허전했던지를 비로소 알 것 같았다. 그는 그의 아내가 아파트 투기에 손을 대는 걸 눈치채고도 모른 척 묵인했었다. 그게 뜻대로 안 돼가는 걸 알자 노발대발 누구 망신을 시키지 못해 복부인 노릇을 하려느냐고 야단을 쳤지만 실은 잘되길 얼마나 바랐던가. 잘못되면 사회적으로 지탄을 받는 복부인이었지만 잘되면 알토란 같은 복처였다. 세상이 지금처럼 영악해지기 전에 장가를 들어서 미처 처가 덕 볼 계산까지는 못했던 것도 생각하면 억울했다. 고등학교 적부터 장래의 처가 덕을 바라보면서 공부하는 요즘 세상에 조강지처의 처복쯤 기대했기로서니 나쁠 것도 없지 않은가. 찬국이 보기엔 주위에서 일어나는 소위 출세라는 것들은 그게 사회적 지위이든 치부이든 간에 모두 어떤 비정상적인 비결 같은 걸 뒤로 감추고 있었다. 그는 자기만이 그런 비결로부터 소외된 것 같아 마냥 초라하다가, 아내가 아파트 투기에 눈을 뜨는 낌새를 눈치채면서 마침내 그런 비결의 한 가닥과 줄이 닿은 것 같아 얼마나 마음이 부풀었던가.

"우리가 무슨 복에 복처를 모시겠나."

처복도 없는 두 남자는 주거니 받거니 밤 깊은 줄 모르고 소주잔을 기울였다. 그들의 쓸쓸하고 허전한 마음에 독한 소주가 불길처럼 뜨겁게 화려하게 번졌다.

4

숲 속의 야회장

"혜진이냐? 친정에 가끔가끔 안부전화 좀 하면 뭐 안 되는 일이라도 있냐? 오늘 나한테 좀 다녀가야겠다."

아침에 걸려온 친정어머니의 전화는 처음부터 냉랭하고 시비조였다. 그런 어머니가 아니었건만, 혜진이가 당신 마음에 안 드는 남자와 연애결혼해서 어려운 시집살이할 때부터 사사건건 못마땅해하는 게 오늘날까지 계속되고 있었다. 혜진이 역시 어머니가 두려웠다. 어머니 앞에서 괜히 기가 죽고 면목이 없었다. 맏이라 유난히 애지중지 기른 딸이 어머니의 기대와는 얼토당토않은, 겨우겨우 사는 집 맏며느리로 들어가 시부모 모시랴, 시동생들 공부시켜 결혼시키랴, 지지리 고생만 하는 걸 보고 마음이 아픈 건 당연한 일이지만 어머니는 그 정도가 좀 심했다. 딸이 이제야 시집살이 면하고 좀 살 만해진 지금까지 "에미 말 안 듣고 연애결혼하더니 꼴 조오타" 하는 악의에 찬 시선으로 딸을 바라보기 일쑤였다.

남남이 아닌 모녀지간이니만치 그 악의 속에 감추어진 절절한 연민의 정을 혜진이가 모를 리 없었다. 그러나 불쌍해한다는 건 미워하는 것보다 훨씬 더 견디기 어려운 수모였다.

혜진이가 마치 그 까닭을 묻기도 전에 어머니는 전화를 끊었다. 그런 어머니의 일방적인 태도는 혜진으로 하여금 친정에 무슨 급한 일이 생겼나 보다고 근심하게 하기보다는 내가 못사니까 무시한다는 고까운 생각부터 하게 했다.

요새 혜진은 계속 심기가 편치 못했다. 남처럼 한번 떼돈을 잡아볼 줄 알았던 아파트 투기가 그 모양으로 끝나버리고 나서 그 충격으로부터 아직 헤어나지 못하고 있었다. 곰곰 생각해보면 충격받을 만큼 손해가 난 것도 아니었다. 얼마간의 빚은 아파트 투기를 꿈꾸기 전부터 이미 진 거였고, 아파트는 당첨되고도 계약을 포기했으니까 그것 때문에 금전적인 손해를 입은 건 한 푼도 없었다.

그럼에도 불구하고, 그 일이 뜻대로 됐을 경우 적어도 2, 3천만 원은 벌 수 있으리라는 꿈에서 깨어나자 마치 2, 3천만 원의 돈을 실제로 잃어버린 것 같은 엉뚱한 실물감에 시달리고 있었다. 별안간 영락한 부자처럼, 남편의 얼마 안되는 월급이 눈에 차지 않았고, 돈 아끼는 일이 피곤하고 짜증스러웠고, 알뜰하게 장만한 살림살이들이 보잘것없이 초라해 보여 도무지 닦고 훔치고 거둘 생각이 나지 않았다.

내가 왜 이러지? 가끔가끔 자신을 반성 안 하는 건 아니었지만 그럴 때도 남편의 무능을 탓한다든가, 요지경 속 같은 세상 돌아가는 켯속을 한탄한다든가, 복덕방 청년들 욕을 한바탕하는 걸로 잘못을 자기 아닌 남의 탓으로 돌리고 말았다.

지금도 오래간만에 친정어머니 목소리를 듣고 나니 문득 모든 잘못이 어머니에게서 비롯된 것처럼 여겨지는 것이었다.

"어머니 때문이야. 나도 이만큼 살면 그렇게 못사는 것도 아닌데 어머니가 나를 맨날 못산다고 무시하고 업신여기니까 나도 한번 여봐란듯이 살아보려고 했던 것뿐이야. 나라면 결코 내 딸한테 우리 어머니처럼 못 해. 암 못 하고말고. 어머니만큼만 돈이 있으면 딸한테도 한밑천 떼어주지 돈 뒀다 갖고 갈 건가. 안 줄려면 사람을 업신여기지나 말든지."

이렇게 어머니에게 맺힌 원한이 많으면서도 혜진이는 어머니의 명령을 거역하진 못했다. 어머니에겐 일종의 위엄이 있었고 그 위엄엔 출가한 딸뿐 아니라 장성해 일가를 이룬 아들들도 감히 거스르지 못하는 묘한 힘이 있었다.

어머니는 돈이 많았다. 아버지의 사업이 규모는 작아도 여지껏 불황을 모르고 키워와 살기에 부족함이 없을 정도의 수입이 있었지만 이재에 뛰어난 어머니는 그 정도의 수입은 새발의 피라고 깔볼 만큼 통이 큰지라 도대체 어머니가 얼마만 한 큰돈을 굴리고 있는지는 자식들도 몰랐다. 그러나 막연히 어머니가 큰돈을 굴리고 있다고 짐작하는 것만으로도 자식들은 다 어머니 말에 쩔쩔맸고 때로는 마음에 없는 비굴한 아양까지 떨었다. 돈을 백으로 한 부모 자식 관계가 효도를 바탕으로 한 부모 자식 관계 못지않게 구순하고 화기애애했다.

"왜 얼굴이 그 모양이냐?"

성북동 친정집에 들어서자마자 어머니는 대뜸 혜진이를 곱지 않게 흘겨보면서 말했다.

"제 얼굴이 어때서요?"

"관두자. 다 제 팔자지. 내가 그런 고생문이 훤한 데를 골라서 시집보낸 건 아니니까."

"어머니 왜 또 그러세요? 처음엔 고생이 좀 됐지만 이젠 다 지난 일 아녜요? 어머니가 그렇게 성화하시던 연탄 때는 집 면하고 이제 우리 다섯 식구만 오붓하게 맨션아파트에서까지 살게 됐잖아요?"

"아이구 속 터진다. 그 코딱지만 한 아파트 소리 좀 작작해라. 네 나이가 지금 갓 스물이냐? 갓 스물 새색시라면 그 코딱지만 한 아파트에서 신접살림 해도 재미가 옥시글옥시글 나겠지만 네 나이 서른여섯이야. 식구는 자그만치 다섯 식구구. 난 창피해서 누구한테 내 딸이 실평수 스물다섯 평도 안 되는 아파트에 산다는 얘기도 못 하겠더라."

그렇게 창피하면 큰 걸로 하나 사주시구려. 그 소리가 목구멍까지 차오르는 걸 참고 혜진은 애써 화제를 돌렸다.

"왜 부르셨어요? 급한 일처럼 그러시더니……"

"응 참, 네 솜씨 써먹을 일이 생겨서."

"제 솜씨라뇨? 제가 무재주인 거 아시면서……."

"미대 생미과 나온 솜씨 좀 써먹자꾸나야. 혜숙이 방 좀 근사하게 꾸며주지 않을래?"

"혜숙이 방을요? 왜 혜숙이 지금 쓰는 방이 어때서요. 제가 보기엔 공주님 방 같던데."

"소녀 취미만 물씬 나지 품위가 없지 않든. 돈을 좀 들여서라도 고상하고 품위 있게 꾸며줘야겠더라."

"느닷없이 그건 또 왜요?"

"혜숙이한테 중매를 했단다. 근데 그 중매쟁이가 어찌나 까탈스러운지, 지가 먼저 색시 선은 물론, 색시 집, 색시 방까지 선을 보고 나서야 합당한 신랑을 물색해다 준다지 뭐니?"

"혜숙인 아직 대학교 3학년이에요. 벌써 중매를 대요?"

"내가 연애결혼에 지레 겁이 나서 그런다. 하나 남은 혜숙이만은 중매로 내 마음껏 보내볼란다."

"저야 처음부터 어머니 마음에 안 드는 결혼을 했다 치고 혜옥이, 태수, 태진이는 연애했어도 다 신랑 색시 잘 만나 잘살지 않우? 내 친구들은 다들 어머니가 여러 자식 힘 안 들이고 결혼시키신다고 복 많은 분이라고 그러는데……."

"복도 끔찍이도 많겠다. 내 눈엔 하나도 안 차. 즈이끼리 좋다니까 말리진 못했지만 자식들이 어쩌면 그렇게 하나같이 안목이 없는지……."

"어머니 정말 왜 그러세요? 김 서방이야 처음부터 미운 털이 박힌 사람이니까 제쳐놓고서라도 혜옥이 신랑도 그만하면 사람이 됐고, 태수, 태진이 색시도 요새 그만큼 고분고분하고 싹싹한 며느리가 어디 있다고 그러세요?"

"걔들이야 그렇다 쳐도 걔들 집안이 뭐 볼 게 있냐? 난 내 친구들 모인 자리에서 사돈들 얘기가 나오게 되면 창피해서 아예 입을 다물고 끽소리도 못 한단다."

"며느리 사위 얘기만 하는 게 아니라 사돈 얘기까지 하나요? 노인네들도 주책이야."

"모르는 소리 말아라. 요새 세상엔 사돈이 곧 가문이란다."

"네?"

"어떤 집과 사돈을 맺었냐에 따라서 그 집 가문을 알 수 있다, 이 말야."

"어머니, 우리 가문은 뭐가 그리 대단해서요."

"그러니까 좋은 가문과 사돈을 맺어보자는 거지."

"그럼 우리 가문의 앞날이 혜숙이한테 달렸군요?"

혜진은 뭐가 뭔지 몰라 얼떨떨한 얼굴로 말했지만 비꼬는 투가 드러나는 건 어쩔 수가 없었다. 그녀는 복덕방 청년들과 신나게 어울려서 투기판의 언저리에서 신기루 같은 돈다발을 좇을 때보다 한층 더러운 세태의 한 자락을 친정집 안방에서 맞닥뜨리고 있었다.

"아무튼 혜숙이가 아직 연애를 안 하는 게 천만다행이다. 중매를 댈려면 대학 3학년이 딱 맞는 시기라더라."

"저도 중매쟁이들 얘기는 대강 알고 있지만, 색시 방까지 선을 본다는 중매쟁이가 있다는 소리는 처음 듣네요."

"중매쟁이도 천층만층이지. 이젠 의대생 법대생 명단이나 갖고 다니면서 알은척하는 중매쟁이는 시로도라더라. 상류사회의 인맥이 제 손바닥 손금보다 더 환한 진짜 꾼은 또 따로 있대."

"진짜 꾼을 만나셨어요?"

"곧 만나게 될 게다. 자식 넷을 다 중매로만 성공적으로 결혼시킨 내 친구가 소개해준댔으니까."

"혜숙이가 고분고분 말을 들을까요?"

"걘 느이들하곤 달라."

"어떻게요?"

"우선 세대 차가 있잖니?"

"세대 차요? 우린 한 형제예요."

"넌 어째 그렇게 소식이 어두우냐? 요샌 세대 교체가 2, 3년마다 된다는 것도 모르냐? 5년이 옛날이야."

"뭐가 뭔지 모르겠어요. 어머니가 저보다 훨씬 더 세상을 앞서 가시는 것 같은가 하면 혜숙이는 거꾸로 옛날 여자로 돌아가는 것 같기도 하고……."

혜진은 손가락으로 자기 머리 위를 뱅뱅 돌리면서 어지럼 타는 시늉을 했다. 그리고 맥빠진 웃음을 웃었지만 속은 개운치 않으면서도 허전했다.

마침 혜숙이가 학교에서 돌아왔다. 혜숙은 "언니 왔어?" 하고는 2층 제 방으로 올라가버렸다. 혜진이는 약간 아니꼬운 생각이 드는 걸 무릅쓰고 2층으로 따라 올라갔다.

"마실래?"

냉장고에서 주스를 꺼내 마시고 있던 혜숙이가 캔을 하나 더 꺼내어 내밀면서 말했다. 혜진은 캔을 받아만 놓고 따진 않고 침대 모서리에 걸터앉아 방을 휘둘러보았다.

"엄마한테 실내장식 청부받았나 보군?"

혜숙이 냉랭하게 말했다.

"그렇다. 넌 왜 네 방 하나 제대로 못 꾸미냐?"

"전망이 이렇게 좋은데 방은 뭣하러 꾸며?"

"하긴 그렇구나. 이 집에 와서 처음으로 쓸 만한 소리 듣는 것 같다."

혜숙의 2층 방에선 아주 아름다운 숲이 바라보였다. 그러나 그건 자연 숲이 아니라 뉘댁 정원이라고 했다.

"언닌 무슨 말을 그렇게 해?"

"왜 내가 못할 말 했니?"

"엄마가 또 언니 속을 긁었나 보지?"

"별로 그렇지도 않았어."

"돈이 좋긴 좋은 건가 봐."

"왜?"

"언니도 그렇고, 올케들이나 오빠들도 그렇고 엄마한테 한 번도 좋은 소리 못 들으면서 그래도 엄마 말이라면 설설 기니 말야. 아무튼 효자 효녀들이라니까."

"그게 돈하고 무슨 상관이냐?"

"엄마한테 돈이 없었어도 언니 오빠들이 그렇게 고분고분할 수 있을까? 어림도 없을걸."

혜숙이 눈동자가 큰 눈을 더욱 크게 뜨고 혜진을 빤히 바라보면서 생글댔다. 혜진은 자기도 인정하고 싶지 않은 자신 속의 더러운 마음을 동생한테 들킬까 봐 얼른 눈길을 피했다.

"너 참 맹랑한 애로구나. 부모 자식 간의 도리를 어쩌면 그런 눈으로 볼 수가 있니?"

"언니가 핏대 올릴 건 없수. 난 조금도 언니 오빠들을 비난할 마음은 없으니까. 다만 헛물들 켜는 게 안돼 보여서 해본 소리야."

"헛물을 켜다니?"

"언니, 화제 바꿉시다. 내 방 꾸미는 데 얼마 받기로 했수? 이왕이면 왕창 뜯어내. 나도 힘닿는 데까지 협조할게."

"내가 돈에 그렇게까지 열이 난 줄 아니?"

"돈에 열 좀 나면 또 어떠우? 별난 데다 다 자존심 세우려고 그러더라, 어른들은……."

"그럼 넌 아이니?"

"솔직하다는 걸로……."

"내가 꼭 거짓말쟁이 같구나. 솔직히 말해서 지금 난 밸이 꼴린다. 걱정도 조금은 되고, 엄만 널 대단한 데로 시집을 보내고 싶으신 모양인데 요새 그렇게 혼인을 하려면 돈이 얼마나 드는지 아시고서 그러나 몰라. 우리가 다 연애결혼한 걸 두고두고 못마땅해하시지만 말이야 바른 대로 말이지, 연애결혼 때문에 당신 돈이 얼마나 절약이 됐다는 걸 아시면 고마워하실 수도 있으련만. 보아하니 우리한테 안 쓰고 아낀 돈 너한테 다 들이밀어도 모자라겠더라."

"결혼이야말로 부모의 소득을 분배받을 수 있는 단 한 번의 기회가 아닐까? 그 기회도 못 찾아먹은 건 언니 잘못이지 내 탓은 아뉴."

"너 정말 맹랑한 애로구나."

"언니가 그렇게 말하니까 거꾸로 언니가 애로 보이네. 언니는 뭘 너무 몰라. 언니는 엄마가 몇 살까지 사실 것 같우? 내 생각으론 백 살은 너끈히 사실걸. 이건 비꼬는 소리도 아니고 특별한 바람도 아니고, 의학의 발달, 건강에 대한 각자의 유별난 관심, 평균 수명의 급격한 상승추세 등으로 미루어본 과학적인 예상이야. 물론 우리 엄마 아빠에 국한된 얘기가 아니고 40, 50대에 암의 위험을 넘기고 난 모든 노인에게 해당되는 얘기지. 앞으론 노인 인구의 증가도 문제지만 더 큰 문제는 부의 노인 편중 문젤걸. 우리 엄마가 당신 생전에 돈을 자식들한테 한 푼이라도 내놓을 것 같아? 우리 엄마만 아냐. 지금 돈푼이나 쥔 중늙은이들이 일치단결해서 벼르는 게 생전에 자식들한테 재산 안 주기야. 근데 그 생전이라는 게 마냥 길 테니 기다리고 기다리는 자식들한테는 못할 노릇이지. 아무튼 재미있는 세상이야."

"나는 하나도 안 재미있다. 재미있기는커녕 무섭다 무서워."

"공포도 재미야 언니. 공포영화를 사람들이 왜 보게?"

"엄마는 너를 이용해서 상류사회와 사돈을 맺고 싶으신 모양인데 너라면 해낼 것 같다."

"잘 봐줘서 고마워 언니."

"우리나라에 상류사회라는 게 있긴 있는 거니?"

"글쎄 말야. 그 사회는 돈만 많은 것하곤 다른 사회 테지. 돈이 많다고 해도 우리가 많다고 생각하는 것하곤 단위가 다르든지."

"그러니까 너도 잘은 모르는구나."

"잘은 모르지만 있긴 있는 것만은 확실해. 언니, 저 숲을 좀 봐. 저 숲은 사시장철 저렇게 아름답다니까. 우리 집 베란다에까지 희귀한 숲의 새들이 날아올 적도 있어. 가끔 밤에 숲 사이로 수많은 등불이 보석을 뿌려놓은 것처럼 반짝거릴 적도 있구. 아마 마당에서 야회가 열리는 날일 거야. 그렇지만 그 속의 집은 숲에 싸여 한 번도 모습을 드러낸 적이 없거든. 안 보인다고 숲 속에 집이 있다는 걸 못 믿을 순 없잖아. 상류사회도 아마 그런 걸 거야. 나는 저런 집 야회엔 어떤 사람들이 모여 무슨 얘기를 할까 늘 안타깝도록 궁금했었는데 거기 초대받는 신분이 될 수도 있는 기회를 마다할 것 없잖아?"

"넌 자존심도 없니? 중매쟁이라는 게 어떤 건지나 알구 자신을 거기다 내놓으려구 그래?"

"우리 또래들이 거기 대해선 언니네들보다 훨씬 더 많이 알고 있으니까 걱정 말아."

"엄마가 하라는 대로 할 거란 말이지?"

"그렇다니까. 재미있잖아? 밑져야 본전이구."

"넌 그럼 여지껏 연애도 한 번 못 해봤구나?"

"언니도 참, 미리 안됐다는 얼굴 할 거 없수, 나도 그만한 장난질은 해볼 만큼 해봤으니까."

"장난질이라고 하는 걸 보니 너도 연애와 결혼은 구별해서 생각하겠다, 이런 속셈이구나?"

"그게 뭐 내 잘못인가? 남자들이 하나같이 연애할 만하면 결혼할 자격엔 미달이고, 결혼 자격이 있다 싶으면 연애 감정을 일으킬 요소가 전무하고, 둘 중 하나인 걸 낸들 어떡허우."

"네 눈이 이상해서 그렇지. 사람됨이란 그렇게 딱 부러지게 둘로 나눌 수 있는 게 아닌데."

"내 눈엔 그게 정신과 물질의 대립만큼이나 극명하게 보이는 걸 어떡허우? 요새 남자들의 정신 상태가 그만큼 분열돼 있는 게 아닐까?"

"남자들이 분열돼 있는 게 아니라 네가 분열돼 있는 거야. 누구에게나 함께 있는 두 가지 면을 함께 조화시켜서 보지 못하고 따로따로 대립시켜서 보는 건 네 쪽의 잘못이야."

"한 개인 속에서건 한 사회 속에서건 그 두 가지는 결코 조화될 수 없는 거라고 생각해. 어차피 대립돼 있는 걸 조화시켜서 보려는 건 헛수고이고 피곤한 노릇이야. 난 피곤하게 살지 않을 거야. 대립돼 있는 걸 갖느니보다 양자택일이 제일 속 편해."

"넌 젊은애가 어쩌면 그렇게 꿈이 없니?"

"내가 왜 꿈이 없어? 저 깊은 숲 속에 가려진 집 속엔 도대체 어떤 사람들과 어떤 생활이 있을까 하는 꿈이 요새 날 얼마나 살맛나게 한다구."

혜숙이 침대에 발랑 누웠다. 그리고 유리구슬처럼 정감 없는 눈으로 혜진을 말끄러미 바라보았다.

그날 친정에서 돌아오는 길에서였다. 실내장식을 청부 맡았달 수는 없어도 어느 정도는 손을 봐줘야 할 것 같아서 기초 조사도 할 겸, 오랜만에 문화적인 입김이라도 쐐서 심미안에 낀 먼지도 씻어낼 겸 해서 인사동 거리를 돌아 화랑이 즐비한 거리를 지날 때였다.

차종을 알 수 없는 미끈한 외제승용차가 차도에서 슬며시 인도로 올라오더니 로렌스 박 의상실 앞에 멎었다. 피부가 희고 부드러운 갈색 장발의 인상적인 기사가 먼저 내려서 차문을 열면서 정중하게 허리를 굽혔다. 여자의 은빛 구두와 유연한 다리와 몸에 붙은 단순한 옷과 진주 목걸이와 깨끗하고 매끄러운 목과 단아한 얼굴과 가운데 가리마를 타서 어깨까지 늘어뜨린 파마기 없는 검은 머리가 차례로 나타났다. 그 여자 얼굴의 두드러진 특색은 기가 질리게 고상하면서도 나이를 알 수 없다는 거였다. 스무 살이래도, 쉰 살이래도 곧이들을 만했다. 한마디로 미추와 연령을 초월한 얼굴이라고나 할까. 그 여자가 차에서 내려 로렌스 박 의상실 안으로 들어가기까지는 잠깐이었다. 그런데도 그동안 그곳을 지나던 사람이 일제히 발길을 멈추거나 늦췄기 때문에 잠깐 사람들의 울타리가 생겼다 없어졌다. 사람들은 곧 흩어져서 제 갈 길을 갔지만 그 여자를 같이 구경한 사람들끼리는 강한 공감이 흐르는 걸 느꼈다. 그건 매우 기분 나쁘다고밖에 표현할 길 없는 묘한 느낌이었다. 그 기가 질리게 고상한 여자는 왜 사람들을 그렇게 한결같이 기분 나쁘게 했을까? 그건 본질적으로 질이 다른 것 같은, 보통 사람은 아무리 애써도 도달할 수 없는 딴 세상 사람 같은, 분명한 이질감 때문이었다.

혜진이는 전에도 우리나라에서 제일 돈이 많다고 소문난 재벌 이모 씨의 부인, 김모 씨의 부인을 가까이에서 볼 기회가 몇 번 있었다.

정식 인사를 하고 만난 게 아닌 그냥 구경이었지만 그들의 인상 속엔 남편이 왕년에 운전수였다든가 쌀장수였다든가 하는 서민적인 경력을 연상시킬 만한 촌스러움과 순진함이 넉넉하게 남아 있어서 친근감과 함께, 사람 팔자 시간문제란 안도감 비슷한 것까지 느끼게 했었다. 은빛 구두의 여자가 거느린 것 같은, 아무도 뛰어넘을 수 없는 보이지 않는 벽 같은 걸 거느리고 있진 않았다.

혜진은 그 여자가 들어감으로써 한결 더 신비해진 로렌스 박 의상실의 쇼윈도를 들여다보았다. 거기엔 화려하고도 상긋한 노방의 여름 야회복을 입은 두 개의 마네킹이 춤추는 모습으로 서 있었다.

충분하게 부풀리고, 갈피마다 들꽃을 수놓은 본견 노방의 야회복은 입으면 곧 하늘로 덩실 날아오른다는 선녀의 날개옷 같기도 했고, 퇴폐와 사치가 극에 달했다는 마리 앙트와네트 시대의 궁중의상 같기도 했다.

로렌스 박의 쇼윈도는 늘 그랬다. 보면 즐거웠지만, 그런 옷을 실제로 입을 수 있는 귀부인이나 그런 옷을 입고 갈 만한 장소를 이 나라 안에선 상상도 할 수 없는 비현실적인 옷이었다. 그러나 지금은 아니었다. 혜진은 방금 본 미추와 연령을 초월한 그 여자가 그런 옷을 입고 숲 속의 야회에서 춤을 추는 것을 상상할 수가 있었다. 그런 곳이 소위 상류사회라는 곳인가? 자기는 못 들어가더라도 동기간이라도 들어가 그런 고장과 어떤 연관을 갖게 된다면 나쁠 것도 없다는 생각이 들었다. 나쁘기는커녕 하루 속히 그런 고장과 어떤 관계를 맺고 싶었다. 그건 호기심이라고 해도 좋았다. 그런 고장이 현실적으로 있다는 걸 인정하자마자 혜진은 그런 고장의 기가 질리게 고상한 외양이 은닉하고 있는 진짜 내막에 대한 강렬한 호기심을 걷잡을 수가 없었다.

5

허영의 시장

"얘, 돈은 얼마가 들어도 상관없지만 절대로 벼락부자 티만은 안 나게 꾸며야 한다."

어머니가 혜진이한테 혜숙이 방은 물론 안방, 거실 등 집 안의 실내장식을 확 뜯어 고쳐줄 것을 청부 맡기다시피 하면서 가장 자주 한 말이었다. 돈은 얼마든지 들이고도 벼락부자 티는 안 내야 된다는 어머니의 주문이 처음엔 가당치 않은 농담처럼 우습게만 들렸었다. 그러나 혜진이 직접 그 일을 맡아 가구점이랑 화랑이랑 골동품 가게랑 수입상품점이랑 인테리어 전문점 등을 드나들다 보니 어머니의 주문 이전에 세상 풍조가 이미 그렇게 흐르고 있었다는 걸 직접 보게 되어 그녀도 크게 놀랐다.

살림살이에 찌들고 녹슬은 그녀의 미적 감각에 화끈한 충격을 줄

만한 빼어난 가구나 실내장식품들이 생각보다 많았지만 그런 것들은 하나같이 엄청나게 비쌌고 또한 천박한 벼락부자 티와는 거리가 먼 은은하고 수수한 일품들이었다.

　어머니의 주문은 결코 가당치 않은 게 아니었다. 세상은 어머니보다 이미 한발 앞서 그렇게 흐르고 있었던 것이다. 그 세상이란 물론 우리 사회의 극히 일부분 천 분의 일이나 만 분의 일 정도의 특수 사회에 지나지 않았고 혜진이와는 상관도 없는 사회였다. 본적도 없거니와 꿈꿀 것도 없는 그런 특수 사회였다. 그렇지만 하나 남은 막내딸을 미끼로 감히 그런 사회의 문지방을 넘어보려는 어머니의 꿈을 통해 그런 사회가 실제로 존재한다는 것을 감지하게 된 것만으로도 혜진이는 어떤 희망과 불행감을 동시에 느꼈다.

　희망은 다분히 치사했다. 동생의 남편 덕을 볼 수 있을지도 모른다는 희망은 치사하면서도 감미로웠다. 소도 언덕이 있어야 비빈다는 말이 있다. 언덕 없이 비빈 깐으로 남편은 될 만큼 됐으니 앞으로 더 큰 발전을 기대할 수 없다는 걸 혜진은 알고 있었다. 새로운 친척에의 기대는 외계인의 초능력을 기대하는 어린이의 꿈처럼 허황되면서도 달콤했다.

　한편 불행감이란, 존재하기는 존재하되 그녀의 위치에선 도저히 보이진 않는 그런 사회에 자기의 삶을 비춰보게 됨으로써 비롯됐다. 자신과 남편의 노력으로 열심히 이룩해놓은 게 얼마나 보잘것없는 것인가 하는 열등감은 참으로 비참했다. 혜진이네가 아무리 정직하고 성실하게 노력해봤댔자 거북이걸음에 불과했다. 상대방은 토끼었다. 현대판 토끼는 결코 낮잠 같은 거 자지 않고 정력적으로 달렸다. 거북이의 승산이 있는 세상이 아니었다. 만약 혜진이가 거북이와 토끼 걸음의 차이를, 타고난 운명이나 공정한 실력 차로 받아들일 수만 있었다면 훨씬 마음 편하게 거북이걸음에 자족할 수 있었으련만, 그녀 역시 토끼 걸음에는 반드시 속임수와 비리가 감춰져 있다는 사회적 통념을 굳게 믿고 있었기 때문에 그렇지가 못했다. 분하고 억울했다. 이 세상에 억울한 것처럼 못 견딜 불행감이 또 있을까.

혜진이가 이런 복잡스러운 내심의 갈등에도 불구하고 친정집 집수리와 실내장식에 많은 도움을 줄 수 있었던 것은 오랫동안 잠재해 있던 배운 것과 미적 감각을 되살리고, 돈을 흥청거리고 써보는 즐거움 때문이었다. 그런 즐거움은 목적을 따질 것 없이 그녀를 살맛 나게 했다. 남편조차 친정 일로 분주한 그녀를 못마땅해하면서도 그녀가 예뻐지고 젊어진 것만은 인정을 했다.

드디어 알 만한 사람들 사이에선 그 실력이 널리 알려져 있다는 그 유명한 중매쟁이가 신붓감과 신부네 사는 형편을 보러 온다는 통고가 왔다. 어머니는 그때도 혜진을 불렀다.

"네가 접대를 좀 맡아줘야지 어떡허니?"

"알았어요. 저도 가보긴 하겠지만 일류 마담뚜가 도대체 어떻게 생겼나 구경가는 거지 접대하러 가는 건 아뉴."

"아이고 애야. 행여 마담뚜란 소리 입 밖에 내지 마라. 그 여잔 그 소릴 제일 싫어한대, 천격스럽다고."

"어머 꼴값하고 있네. 제까짓 게 마담뚜 아니면 그럼 뭐래요?"

"넌 그 여잘 보기도 전에 왜 사사건건 트집만 잡으려고 그러냐?"

"아무튼 보통내기가 아닌 건 알아줘야겠어요. 요새 마담뚜들 마음 못 놓지 않우? 언제 또 단속을 당할지 모르니까. 그 여잔 자기만 마담뚜가 아닌 척 뭐같이 굴면서, 남이야 단속을 당하든 망신을 당하든 자기 혼자 짭짤한 재미를 보려는 고등수법이 뻔해요."

"아무튼 그 소리는 입 밖에도 내지 말고 정중하게 대접을 하자."

"알았어요. 저도 마담뚜란 돼먹지 않은 복합어보다는 아줌마란 수수한 호칭이 더 좋아요."

"아줌마도 안 돼. 그 여자 부르는 호칭이 따로 있댄다."

"그럼 암호가 있군요? 어머 징그러워. 간첩인가 봐."

"듣기 싫다, 호들갑은. 그 여잔 윤 선생님이라고 부르는 걸 제일 좋아한다더라. 윤 선생님, 얼마나 듣기 좋으냐."

"알았어요. 정말 보통내기가 아니군요. 앞으로 뚜교수, 뚜박사도 나오겠네요."

윤 선생은 또 중매가 성사되기 전엔 신랑 집에서건 색시 집에서건 절대로 식사 대접을 받지 않는다고 해서 음료만 준비하기로 했다. 여름이니 주스나 과일화채를 내면 될 것을 어머니는 굳이 오미자차에 보리수단을 띄워서 내자고 했다. 요새 보리수단 하는 집이 어디 있느냐고 했더니 그럴수록 보여줘서 구습이 남아 있는 법도 있는 집으로 보여야 한다는 것이었다. 벼락부자가 아닌 걸로 보이려면 물건만 골동품을 갖춰야 하는 게 아니라 습관까지 구습을 갖춰야 하는 모양이었다.

혜진은 삶은 보리에 녹말을 묻혀서 끓는 물에 데쳐서 건지는 일을 서너 번이나 반복해야 하는 까다로운 보리수단을 만들면서도 연신 불평을 터뜨렸다.

"요새 이런 걸 누가 먹어요?"

"먹으라고 하냐, 보라고 하지. 좀 귀물스러우냐? 잘사는 집 드나들며 별의별 것 다 얻어먹어 본 그 여자도 아마 이 보리수단만은 처음 볼라."

"혜숙이 보러 오는 게 아니라 꼭 보리수단 보러 오는 것 같수. 참 혜숙이랑 우리 사는 걸 쭉 훑어보고 나서 탐탁지 않으면 중매 안 설 수도 있다면서요? 참 웃기는 여자야. 제 눈에 먼저 들어야 한다 이거지."

"그거 당연한 거 아니냐? 대학시험에도 예비고사라는 데 있듯이."

어머니가 하도 엄숙하게 말하는 바람에 혜진은 그만 말문이 막히고 말았다.

아닌 게 아니라 윤 선생은 모시 치마저고리를 날아갈 듯이 차려입고, 파마기 없는 숱이 풍부한 머리를 뒤로 느슨하게 올린 게 기품이 철철 넘치는 중년 부인이었다. 윤 선생을 어머니한테 소개한 어머니의 친구인 한 여사가 되레 처져보였다.

"아유 어쩌면 따님들을 하나같이 저렇게 출중하게 두셨을까? 참말 부럽습니다."

윤 선생은 혜진과 혜숙을 날카롭게 훑어보고 나서 이렇게 호들갑을 떨었다.

"선생님께서 그렇게 봐주셨다니 영광입니다."

어머니의 응답에 혜진은 영광까지는 너무했다 싶어, 살짝 정작 당사자인 혜숙을 곁눈질해 봤더니, 혜숙은 외눈 하나 까딱 안 하고 상냥하고 우아한 미소를 띠고 있었다. 혜진은 궁합 한번 잘 맞아떨어진다고 생각하면서도 속이 편친 못했다. 수시로 그녀의 속을 편치 못하게 하는 건 때로는 질투심이기도 했다가 때로는 패배감이기도 했다. 그녀의 양식은 어머니와 혜숙이가 윤 선생의 술수를 빌려 이룩해보려는 새로운 형태의 결혼에 매우 비판적이었지만 한편으로 양식 말고 욕심이나 허영 또한 남 못지않게 많았다.

"그럼, 이 집 자식들은 다 훌륭하구말구. 오 남매가 하나같이 인물 좋구 학벌 좋구, 효성스럽고, 정말 남부러울 게 없는 모범가정이랍니다."

한 여사가 옆에서 이렇게 거들었다.

"그러니까 이 신부감이 오 남매의 막내로군요? 위로 사 남매는 다 결혼을 시키시구요?"

"그럼요, 아이들이 혼기 놓쳐 걱정해보진 않았답니다."

"전 이 댁이 처음인데 딴 사람이 했나 보죠?"

"딴 사람이 하다뇨? 뭘 말씀입니까?"

"중매 말예요. 혹시 제가 알 만한 사람이 했나 해서 여쭤보는 겁니다. 실례가 됐으면 용서하십시오. 우리도 이게 직업이니만치 직업의식이랄까 경쟁 심리랄까 그런 게 있답니다. 호호호……."

윤 선생이 간드러지게 웃었다. 슬슬 본색이 드러난다고 생각할 만큼 그 웃음은 닳고 닳은 웃음이었다. 어머니도 그 여자의 그런 웃음에 여지껏의 긴장이 좀 풀린 모양이었다.

"아, 네, 흉허물이 없으니까 말씀드리는 건데 위로 넷이 다 연애결혼을 했답니다. 죽고 못 사니 어쩝니까. 즈이 좋다는 대로 시켰죠. 연애결혼해서 크게 잘못된 것도 없고, 남들은 또 그것도 복이라고들 위로를 해줍니다만 부모 된 마음에 항상 유감이죠. 아이들을 아쉬운 것이라곤 모르게 귀엽게만 키웠더니 사람 보는 눈이 도무지 영악하질 못하고 마음도 모질지를 못해서 한 번 연애한 상대를 내칠 줄 모르니 어쩝니까?"

"큰 서랑은 뭘 하는데요?"

윤 선생의 눈빛이 날카롭게 혜진을 훑고 지나갔다. 순간적인 일별이었지만 혜진은 벌거벗김을 당한 것 같은 모욕감을 느꼈다. 그러나 한편 순간적으로 번뜩인 건 그 여자의 눈빛뿐 아니라 그 여자의 싸고 싼 천기賤氣도였다는 생각이 들어서 고소하기도 했다. 그것을 물을 때 그 여자는 그렇게 저속해 보였던 것이다.

"상사라고 꽤 큰 수출업체 부장이랍니다. 큰사위도 아주 잘 봤어요. 얘가 욕심이 좀 많아서 더 잘 보려고 윤 선생님 신세를 지려는 거지 큰사위, 둘째 사위 다 어디 내놓아도 빠지지 않아요. 그럼요."

한 여사가 재빨리 옆에서 거들었다.

"아가씨는 언니들을 닮지 않았나 보지?"

윤 선생이 처음으로 혜숙이한테 말을 시켰다.

"네?"

"언니들처럼 연애를 안 해서 나 같은 사람한테 건수를 만들어주었으니 말야. 연애를 안 한 건가? 못 한 건가? 또는 연애하고 결혼하고를 따로따로 생각하나?"

윤 여사는 여러 가지를 한꺼번에 물었으나 대답을 기대하는 것 같지는 않았다. 혜숙이 역시 조금도 당황하지 않고 시큰둥하게 대답했다.

"좋을 대로 생각하세요."

"저런 말버릇 봤나."

"아녜요. 괜찮습니다. 요새 젊은이들 좀처럼 말꼬리를 잡히지 않습니다. 참, 언니 되시는 분은 생미과를 나오셨다구요?"

윤 선생이 느닷없이 혜진이한테 말을 시켰다.

"네. 그렇지만 졸업만 했다 뿐 전공을 살릴 기회가 있었어야 말이죠."

혜진은 괜히 주눅이 들어서 이렇게 얼버무렸다.

"차차 오겠죠. 뭐든지 전문화돼가는 시대니까요. 중매만 해도 요샌 완전히 전문직이에요. 아무나 할 수 있는 것도 아니고, 우리한테 맡기면 거의 불가능이 없으니까요. 요는 누가 정말 믿을 만한 전문인이냐가 문제죠. 가끔 우리 전문직이 마치 사회악의 표본처럼 부상할 때가 있는데 참말 억울해요. 골동품이니 보석이니 하는 것도 전문적인 감정가가 있게 마련인데, 일생을 같이 살 배우자를 찾아내고 감정해줄 전문인이 있다는 게 뭐가 나쁩니까? 하긴 어떤 전문직도 처음 생겨날 땐 약간의 거부반응이 없을 수야 없겠죠. 여자들이 집에서 전적으로 밥하고 바느질하고 빨래하던 때 지금 같은 기성옷 양장점, 가공식품을 누가 상상이나 했겠어요. 여자들이 처음으로 옷을 샀바느질 집에 맡기기 시작할 때만 해도 얼마나 말이 많았다구요. 부덕이 어떻구, 천직이 어떻구 하면서 말예요. 가장 큰 걱정은 여자들이 할 일이 없어지면 큰일난다는 거였죠. 그렇지만 보세요. 요새 주부들은 소위 가사라는 걸 거의 다 각종 전문직에 빼앗겼지만 그렇다고 놀고먹습니까? 시간이 남아돕니까? 더 보람 있고 재미있는 일에 바쁠 수 있잖아요. 중매도 그런 분업화와 전문화의 일종이건만 당해도 너무 심하게 당하는 것 같아요. 그렇지만 한번 정착한 전문직은 결코 없어지지 않습니다. 필요에 의해 생겨났고, 한번 전문인에게 맡겨보니 편하고 안심스럽거든요. 아유 내 정신 좀 봐. 여기서 이렇게 마냥 수다를 떨 시간이 없는데. H실업 김 회장 장손 백일에 가봐야 하거든요. 그 댁 맏아드님을 작년 봄에 제가 짝지어줬는데 깨가 쏟아지게 살더니 올봄에 떡두꺼비 같은 아들을 낳았지 뭡니까. 그럴 게 없는데 단지 아들이 좀 귀한 댁이었어요. 김 회장님이 딸 다섯에 막내로 외아드님을 두셨거든요. 근데 그 아들이 첫아들을 보았으니 경사도 이만저만 경산가요. 1년이면 여덟 달은 외국에서 사시는 김 회장님이 며느님 산기 있다는 소리 듣자마자 단숨에 날아오셔갖고 그만 첫 손자에 반해 여지껏 꼼짝 못하신다니까요."

"어쩜 H실업 김 회장님 댁 중매도 윤 선생님이……."

어머니의 얼굴에 놀라움과 부러움이 치사하도록 선명하게 엇갈렸다.

"어디 김 회장 댁뿐인가요? B병원 임원재 원장님 따님도 제가 중매섰고, ○○당 국회의원 아드님하고 C대 총장님 우민헌 박사 따님하고도 제가 맺어준걸요. 그뿐인가요. E그룹……, 아유 참 내가 이렇게 입이 싸면 안 되는데. 아무튼 다 누구라면 알 만한 댁들을 부지기수로 맺어줬죠. 그렇지만 전 많이 하는 편이 아녜요. 1년에 그저 두세 건이 고작이죠. 워낙 거물급들 집안끼리 맺어주다 보니 그 이상은 힘에 부쳐 못 해요. 맺어줬다고 일이 끝나는 게 아니거든요. 이성지합은 만복지원이라고 맺어주고 나면 곧 아기 낳고 백일이다 돌이다 경사가 그칠 날이 없고 그때마다 제가 빠지면 섭섭해서 난리들이니까요. 이왕 온 김에 집 구경이나 하고 가야지."

이러면서 윤 선생이 일어섰다. 약간 구겨서 덩그러니 치켜올라간 치마 밑으로 외씨처럼 얌전한 버선발이 드러났다. 흩어지지도 않은 머리를 뒤로 끌어올리는 화사한 손에 비취 반지가 그 여자의 품위를 더해줬다. 과연 색싯감 방까지 본다는 소문이 맞는다는 말을 혜진은 어머니하고 눈으로 주고받으면서 스스로 안내를 맡아 앞장섰다. 윤 선생은 결코 아무데나 기웃대지 않고 혜진이가 보여주는 데만 살짝 들여다보면서 간단하고 적절한 칭찬을 했다. 혜숙의 방을 들여다볼 때도 마찬가지였다. 집 구경을 다 하고 나서의 인사도 예의에 어긋남이 없었다.

"이 큰댁을 어쩌면 이렇게 골고루 깔끔하고 빈틈없이 거두고 사시는지요? 참으로 부럽습니다. 그럼 일간 또 뵙죠."

이렇게 하직인사를 할 때 한 여사가 재빨리 어머니한테 눈짓을 했다. 어머니도 허둥대며, 괜히 딸들한테 비굴하게 웃어 보이면서 미리 준비했던 흰 봉투를 꺼내 윤 선생한테 내밀었다.

"이거, 선생님 약소하지만 교통비나 하시라고……, 부끄럽습니다. 꼭 다시 연락주세요. 기다리겠습니다."

"아, 아닙니다. 이러실 것까지는 없습니다."

윤 선생은 비취 반지 낀 손으로 봉투를 밀어내는 시늉을 하면서 눈 깜빡할 새 핸드백 속으로 챙겼다. 그 손놀림이 전문인답게 아주 공교했다.

윤 선생을 배웅하고 들어오자마자 혜숙은 불평을 하기 시작했다.

"뭐 저런 여자가 다 있어. 남의 얼굴만 구석구석 뜯어보고 왜 신랑자리에 대해선 아무런 언질이 없냐 말야. 어떤 신랑이 있다든지 어떤 신랑감을 원하나 내 의견을 묻든지 뭐가 있어야 할 게 아냐. 말재간 하나로 남의 돈을 순 거저먹으려고 그래. 순 사기꾼 같으니라구."

"얘야, 내 얼굴을 봐서라도 무슨 말을 그렇게 하냐? 그 여자 내가 소개한 여자야. 그것도 내가 하고 싶어한 게 아니라 느이 엄마가 애걸복걸 부탁해서 한 거다. 내가 아는 그 여자는 자기 마음에 안 들면 절대로 봉투 안 챙긴다. 그 여자가 봉투 챙겼다는 건 네가 마음에 들었다는 표시요, 마음에 들기만 하면 어떡하든 중매를 들어서 성사시켜놓고 마는 성미야. 그 여자가 뭐 시간이 남아돌아 느이 집에 놀러 온 줄 아니? 여기 온 게 바로 비즈니스고, 돈 받았으니 그 값은 할 게다. 염려 말아라."

"애, 우리 애 성미 우물에 가서 숭늉 달라게 급해맞은 거 알면서 뭘 그까짓 소리를 탄하고 그러니? 자아, 일이 일단 잘될 모양이니 우린 마음 푹 놓고 점심이나 먹자. 하여튼 그 여자 듣던 대로 보통내기가 아니더라."

어머니는 괜히 신바람을 내면서 한편 불편한 모양이었다. 어머니는 딸의 혼사에 돈을 아낌없이 들일 각오를 하고 있느니만치 자기가 그 주도권을 쥐고 여러 사람을 휘두르고 싶었는데 사태는 어느 틈에 윤 선생이 주도권을 쥐고 자기가 되레 부림을 당하는 입장이 돼버린 것 같아서였다. 이러다간 보잘것없는 코찡찡이라도 갖다대면서 1등 신랑감이라고 우기면 그렇다고 동의할 수밖에 없을지도 모른다는 생각까지 들었다. 윤 선생의 잘난 척 속엔 그런 최면술 같은 묘한 능력이 있었다는 게 윤 선생의 영향권을 벗어나자마자 생각났던 것이다.

혜진도 어머니와 비슷한 불안감을 느꼈지만 그만 해도 한 치 건너 두 치라 일이 돼가는 걸 구경하고 즐기자는 속셈 쪽으로 기울었다.

며칠 후 혜진은 어머니로부터 또 다급한 전화를 받았다.

"너 여름옷 좋은 거 있냐? 보통 나들이옷 말고 아주 좋은 파티복 말이다. 없지? 있을 리가 없지. 파티에 갈 일이 생전 있어야 말이지."

어머니는 이렇게 혜진의 비위부터 긁어놓고 나서 자초지종을 이야기했다. 윤 선생한테서 연락이 왔는데 내일 혜숙이 선을 보란다는 것이었다. 근데 장소가 보통 호텔 커피숍이나 레스토랑이 아니고 그 여자가 중매를 선 모 호텔 재벌 아들과 돈 많은 모 구 정치인 딸과의 결혼식장인 서울 근교 농장이라고 했다. 아름답기로 이름난 농장에서 초호화 결혼식을 올리니 구경 삼아 오면, 자기가 점찍어 놓은 신랑감들을 아주 자연스럽게 소개해줄 테니 그중에서 마음대로 골라잡을 수도, 하루 즐기고 그만둘 수도 있다는 얘기였다.

"그런 자리면 제가 갈 필요 없는 거 아녜요?"

"너도 꼭 같이 오라던데? 혜숙이 그 맹꽁이 사람 볼 줄 모르는 건 너도 알잖니. 친구처럼 어울릴 사람이 있어야 개도 덜 어색하고……"

"그 여잔 제멋대로야. 처음 보는 선을 하필 그런 이상한 장소에서 보게 할 게 뭐람."

"이상한 장소라니? 좀 좋아. 실컷 구경도 하고, 잘 얻어도 먹고, 신랑감도 여럿 중에서 골라잡을 수 있고, 첫째 어색하지 않고……. 그 여잔 절대로 다방이나 살롱 같은 데서 선보게 하지 않는다더라. 어떡하든지 자연스러운 기회를 마련하지."

"알았어요. 알았으니 초호화 결혼식에 어울리는 옷이나 한 벌 해주시구려."

"알았다. 나도 그런 각오는 진작부터 하고 있었느니라."

이렇게 해서 초여름에 로렌스 박의 쇼윈도로 들여다만 보고 감히 가질 수 있으리라곤 꿈도 못 꾼 환상적인 드레스를 한 벌 얻어 입을 수가 있었다. 다시 한 번 그 앞에서 만난 연령과 미추를 초월해서 다만 고상하기만 하던 귀부인 생각이 났다. 로렌스 박의 옷을 얻어 입었다고 해서 그 기가 질리게 고상한 여자에게서 느낀 이질감이 조금이라도 해소된 게 아니었다. 집에서 그 요란한 옷을 입고 거울 앞에 서니, 내일 있을 결혼식장에서의 맞선에 대한 호기심보다는 보통 사람은 아무리 애써도 도달할 수 없는 딴 세상 사람들에 대한 이질감이 한층 심각해졌다.

  다음 날 돈 많은 구 정치인의 소유라는 농장에서의 결혼식은 정말 굉장한 것이었다. 손님들은 모두 고상하고 우아하고 화기애애했고, 농장은 광활하고 아름다웠고, 호텔 뷔페식당에서 날라오는 음식은 맛과 양이 무궁무진했다. 조화된 분위기에서 다만 자신의 의상만이 불청객의 표시인 양 수탉처럼 튄다고 혜진은 생각했다.

6

농장지대

결혼식이 끝나고 가든파티가 벌어지자 윤 선생은 혜숙이를 재빨리 한 때의 젊은이들 사이로 밀어 넣었다. 파티에선 우선 아는 사람끼리 담소를 하다 보면 모르는 사람도 소개받아 알게 되고, 그래서 사교 범위를 넓혀가게 마련인데, 윤 선생은 처음부터 생면부지의 남녀를 여남은 명이나 한자리에 모아놓고 금방 화기애애한 분위기를 만들었다. 보통 사람이 아닌 윤 선생이 계획적으로 마련한 자리이니 만큼 빨리 적응할수록 유리하다는 묵계 같은 게 이루어지고 있는 것 같았다.

그러나 자세히 보면 특별한 목적이 있는 모임이라는 걸 숨길 수 없었다. 남자들은 약간 불성실한 태도로 닳고 닳은 농담을 해서 여자들을 웃기면서도 눈빛엔 절대로 밑지지 않는 물건을 골라잡아야 한다는 장사꾼 같은 교활함이 번득이고 있었고, 여자들 역시 천진하고 약간 수줍음 타는 듯이 굴면서도 문득문득 예리하고 타산적인 시선으로 남자들을 관찰하고 있었다.

혜진은 윤 선생이 일부러 못 본 척 내버려두었기 때문에 먼발치로 그들을 관찰할 수밖에 없었다. 한 사람을 잔뜩 눈독을 들이고 관찰해도 겉만 보고 사람됨을 판단하기가 쉽지 않은 노릇이다. 하물며 다섯 명이나 되는 청년 중 누가 혜숙이하고 연이 닿을까조차 짐작할 수 없으니 눈독을 들이고 말고도 없었다.

혜진이의 솔직한 심정으론 다섯 청년이 다 마음에 안 들었다. 집안이 각각 다른 집 자식들일 텐데도 마치 윤 선생이 맞선용으로 기계에서 빼내온 것처럼 언동과 분위기가 비슷했다. 하나같이 훤칠하고 반들반들하고 약아빠지게 생겼고, 다리 꼬고 앉아 발을 달달달 까부는 버릇까지 비슷했다. 뭐니 뭐니 해도 내 남편만큼 소탈하고 듬직한 남자도 없다고 생각하면서 혜진은 열없게 웃었다. 그들 근처를 슬며시 떠났지만 달리 아는 사람도 없었으므로 혜진은 자연히 외톨이가 됐다. 끼리끼리 담소를 즐기는 한가운데서 갈팡거리며 외톨이 노릇 하기도 못할 노릇이어서 숫제 드러내놓고 고독을 즐길 배짱으로 사람들로부터 좀 떨어진 등나무시렁 밑으로 갔다.

벽이 희고 지붕이 빨간 그림 같은 집 테라스에선 악사들이 감미로운 음악을 연주하고, 야외용 화덕에선 고기와 갈비를 굽는 푸른 연기와 감미로운 냄새가 식욕을 자극하고, 순백의 식탁보가 늘어진 즐비한 테이블 위엔 빛깔과 모양이 꽃밭 같은 산해진미가 먹어도 먹어도 없어지지 않고 샘솟고 있었다.

"왜 혼자 있어요?"

윤 선생이 잉크빛 모시치마를 날개처럼 가볍게 흩날리며 혜진이한테로 왔다.

"별로 아는 사람도 없고, 멀찌감치서 구경하는 게 더 재미있어서요."

"저런, 혜숙 씨는 벌써 친구도 여럿 만나고, 새로 사귀기도 하고 썩 잘 어울리던데."

"그 앤 좀 그래요. 걔 혼자 보내도 되는 건데 괜히 따라왔나 봐요."

"그만해도 세대 차인가 보지. 혜진 씨도 슬슬 어울려봐요. 오늘 이 결혼식 하객은 서울 장안에서 난다 긴다 하는 명문 대가댁 사람들을 총망라한 거라고 봐도 틀림없을 텐데 아무려면 아는 사람 한두 사람 못 만날라구."

"글쎄요. 전 워낙 명문 대가하곤 거리가 먼 서민층이라……."

혜진은 그렇게 말해놓고 곧 후회했다. 윤 선생처럼 자기 과시에 익숙한 사람 앞에서의 솔직성이란 경멸의 대상밖에 안 되리란 생각이 들었기 때문이다. 아니나 다를까 윤 선생의 얼굴에는 엷은 조소가 스쳤다.

"저한테 마음 쓰지 마시고 혜숙이한테나 신경 써주세요. 우리가 오늘 여기 남의 호화판 결혼식 구경온 게 아니잖아요?"

자존심이 상한 혜진은 재빨리 윤 선생 역시 다만 중매쟁이에 불과

하다는 걸 일깨워주려고 했다.

"염려 말아요. 나는 언제 어느 자리에서고 내 직업의식에만은 투철한 사람이니까."

마침 그때, 결혼식이 끝나고 나서 잠시 모습을 감추었던 신랑 신부가 하얀 집으로부터 나왔다. 폐백을 드리고 난 듯 사모관대한 신랑과 원삼에 족두리 낭자한 색시가 다정하게 팔짱을 끼고 사뿐사뿐 잔디를 밟고 파티장을 돌기 시작했다. 하객들에게 인사도 할 겸, 우아한 고전의상도 자랑할 겸 나온 것 같았다. 어느 틈에 곱게 빗어 쪽 찐 머리엔 황금 용잠이 물려 있고 화관엔 보석 장식이 화려 장중했지만 신부의 고개는 다소곳하지 않고 꼿꼿했고 시선은 자유로웠다. 테라스에서 경쾌한 음악이 울리자 신랑 신부의 걸음걸이도 패션쇼의 모델처럼 빠르고 가벼워졌다. 한눈에 빌려입은 옷이 아닌 고급의 맞춤옷이라는 걸 알 수 있을 만큼 금박이 특이하게 섬세하고, 본견의 질감이 우아한 고전의상과 현대적인 매너와 분위기가 썩 잘 어울리는 신부와 신랑을 혜진은 홀린 듯이 바라보았다. 상류사회라는 특수한 양지 쪽에서 이어지고 있는 우리의 전통은 마치 접붙여서 품종을 개량한 과실이나 화초처럼 정통성은 의심스러웠지만 볼품은 뛰어난 것이었다.

"저 사람들을 내가 중매섰답니다. 얼마나 어울리는 한 쌍인지……."

이미 알고 있는 일을 윤 선생이 또 한 번 강조했다. 윤 선생은 마치 오랫동안 심혈을 기울여 완성한 작품을 여러 사람 앞에 선보이는 예술가처럼 일방적으로 도취하고 있었다. 그러다가 별안간 여기 이러고 있을 때가 아니라 그 걸작품을 창조한 게 바로 나라고 나서고 싶은 충동을 느꼈는지 종종걸음으로 신랑 신부한테로 다가갔다. 윤 선생이 신부의 끌리는 옷자락을 잡아주기도 하고, 신랑 귀에 귀엣말로 속삭이기도 하고, 신랑 신부가 미처 못 알아보고 인사를 소홀히 한 윗사람들한테 다시 공손한 인사를 시키기도 하는 모습은 혜진이에겐 신랑 신부보다 더 희한한 구경거리였다. 언제 어디서고 즉각 자기가 할 일을 찾아내고, 그 일을 통해 자신을 그 자리에 없어선 안 될 사람으로 만드는 윤 선생의 능력은 실로 경탄할 만했다.

윤 선생이 신랑 신부를 에스코트하면서부터 가든파티의 분위기가 한결 흥겨워졌다. 너무 현란한 고전의상에 질린 듯 멀리서 관망만 하고 있던 젊은 친구들이 우르르 몰려나와 신랑 신부를 에워싸고 칵테일 잔을 부딪치며 새롭게 축배를 들기도 했고, 박수를 치면서 큰 소리로 야한 덕담을 하기도 했다. 그러나 윤 선생은 살금살금 교묘하게 신랑 신부를 그 가운데서 빼내 다시 집 안으로 데리고 들어갔다.

이윽고 신랑 신부 티가 조금도 안 나게 캐주얼한 옷으로 갈아입고 화장도 수수하게 지운 모습으로 나타난 그들은 현관에 대기하고 있던 은빛 승용차를 타고 농장을 빠져나갔다. 배웅하려고 그들을 따르는 차가 속속 빠져나가자 파티장의 흥겨움이 한물가고, 해까지 설핏해지자 하객들은 저마다 급한 용무가 생각난 사람들처럼 서둘기 시작했다.

혜진은 혜숙을 찾지 않고 그냥 주차장 쪽으로 갔다. 어느 틈에 스프링클러가 곳곳에서 그 넓은 잔디에 시원한 소나기를 골고루 뿌려대고 있었다. 한동안 시달린 잔디가 연연한 녹색으로 생기를 회복하는 게 눈에 보였다.

버스로는 절대로 갈 수 없는 데라고 해서 아버지가 특별히 내준 포니2 안엔 뜻밖에도 혜숙이 먼저 들어앉아 있었다.

"너 웬일이야?"

혜진은 깜짝 놀라서 물었다.

"뭐가?"

혜숙이 다리를 꼬고 앉아 도전적으로 물었다. 심기가 편치 않아 보였다.

"너 딱지 맞았구나, 그치?"

혜진은 혜숙이 앞으로 올라타면서 이렇게 다그쳐 물었다.

"어느새 딱지 맞고 말 게 뭐 있어. 상대도 분명치 않은데……"

"하긴 그렇더라. 윤 선생도 소문보다는 별거 아니구. 누가 왕년에 그룹미팅 못 해봤을라구, 그게 뭐야?"

"그러잖아도 시내로 나가서 제비뽑기해가지고 쌍쌍이 따로따로 놀라고들 하는 걸 싫다고 그러고 먼저 빠져나왔어."

"왜? 내친김에 끝까지 부딪쳐볼 일이지."

"그럴 마음이 안 내키는 걸 어떡해? 언니 제발 꼬치꼬치 따지지 말아. 나도 속상하단 말야."

"왜 그래? 그 젊은이들이 다 네 눈에 안 차든?"

"내가 뭐가 그렇게 잘났다고 하나같이 명문 대가집 자제들인 그 사람들이 내 눈에 차고 말고 하겠어."

"얘가 점점 이상하게 구네. 근데 왜 안 따라가고 혼자 처졌냐니까?"

"딱지 맞을 게 뻔하니까, 미리 딱지 놔본 거지 뭐."

혜숙이 망연히 차장 밖을 내다보면서 말했다. 풀이 죽어 보일 뿐 아니라 눈에 눈물까지 그렁한 게 아닌가.

"너 왜 그러니? 숨기지 말고 바른 대로 말해봐, 어여."

심상치 않은 걸 느낀 혜진이 별안간 운전기사한테 신경을 쓰면서 소리를 죽여 당조짐을 했다. 그러나 혜숙은 아랫입술을 자근자근 씹을 뿐 말을 하지 않았다. 동생이 여러 형제 중 제일 정이 깊지 못할 뿐더러 입도 무거운 편이 못 된다는 걸 아는 혜진은 점점 궁금증만 더했다.

"내 친구 동생 중에 인물이나 학벌이나 집안이나 어디 내놓아도 손색 없는 애가 있는데 서른이 넘도록 시집을 못 갔지 뭐니? 올해 아마 서른둘일걸. 왜 그런 줄 아니? 처음 선볼 때 아마 두서너 번 퇴짜를 맞았나 봐. 그럴 수도 있는 건데 워낙 마음이 여린 애라 그만 그걸로 기가 팍 죽어가지고 그 다음부턴 지레 겁을 먹고, 남자 쪽에서 딱지 놓을 새가 없이 제가 먼저 제시닥 제시닥 딱지를 놓는 거야. 그러니 서른 아니라 마흔이 넘어도 혼인이 될 게 뭐니?"

"언니, 재수 나쁘게 그런 맹꽁이 같은 여자 얘기는 뭣하러 해."

혜숙이 아직도 눈물이 그렁한 눈으로 도끼눈을 뜨고 발끈 화를 냈다.

"네 입으로 그랬잖아? 딱지 맞을 게 뻔하니까 미리 딱지 놓았다고. 그런 식으로 나가다간 그 애 짝 날 게 뻔해서 그런다. 너 어머니가 돈을 얼마나 들여서 윤 선생을 댄 줄 알고 그런 철없는 장난을 치냐 치길?"

"언니, 제발 가뜩이나 속상한 남의 속 좀 작작 긁어. 언니 눈엔 내가 고작 장난이나 치고 있는 걸로 보여?"

"그럼 뭐야? 아니면 사실을 얘기해봐. 나 너 집 잃어버릴까 봐 따라나선 거 아니니까."

"나 오늘처럼 열등감 느낀 적 없어. 열등감이 이렇게 고약한 느낌이란 것도 오늘 처음 경험했구."

혜숙이 차창 밖으로 시선을 돌리고 착 가라앉은 소리로 말했다.

"열등감? 네가? 애 웃기지 말아. 네가 어디가 못나서, 열등감씩이나 느낄 새가 있냐?"

혜진은 자기도 모르게 비꼬는 투로 나왔다. 그건 평소 그녀가 품고 있던, 콧대 높고 쌀쌀맞은 막내동생에 대한 아니꼬운 감정의 발로이기도 했다.

"나 자신에 대해서가 아냐. 별 볼 일 없는 우리 집안에 대한 열등감이었을 뿐이야."

혜숙이 발끈하면서 앙칼지게 말했다.

"우리 집안이 어때서? 부모님이 극성맞을 정도로 노력해서 남부럽지 않게 사시고 여러 남매 다 대학공부시켰고, 막내인 너는 특히 공주처럼 키우셨어. 게서 뭘 어떻게 더 잘해달라고, 뭐 별 볼 일 없는 집안? 말이면 다 하는 줄 아니?"

혜진은 큰언니다운 위엄과 의분 같은 걸 함께 나타내고자 제법 엄숙하게 꾸짖었다.

"언닌 뭘 너무 몰라. 자기가 고생고생 하면서 살다 보니 친정 사는 게 최고로 잘사는 걸로 보이겠지만 세상은 그게 아냐."

"너 정말 날 이렇게 함부로 모욕해도 되는 거니?"

혜진이 파르르 입술을 떨었다. 맏이와 막내란 나이 차이가 까마득한 세대 차 같은 게 돼서 서로 경원하고 있을 뿐 원래 아기자기한 정이 별로 없는 사이이긴 했지만 오늘처럼 동생이 미워 보이긴 처음이었다.

"언니 미안해. 나도 오늘처럼 기분 나쁜 열등감은 처음이어서 쇼크받았나 봐. 나도 모르게 못할 소리를 했으니 신경 쓰지 말아."

혜숙이 뜻밖에도 바로 자기 잘못을 인정하고 고분고분 사과를 했다.

"얼마나 잘난 사람들을 만났기에 네가 그렇게 기가 죽었단 말이니? 나 보기엔 그렇고 그런 흔해빠진 젊은이들이더구만······."

"그래도 하나같이 이름만 대면 삼척동자도 누구라는 걸 알 만한 집 아들들이야. 우리 집하곤 댈 게 아니지. 윤 선생도 나를 소개할 때만은 아버지가 뭐 하신다는 걸 슬쩍 빼먹고 넘어가더군."

"우리 아버지도 어엿한 사장님인데 뭐가 켕겨서."

"요샌 포장마차 주인도 사장이고 구두닦이 통을 몇 년 메도 사장이야."

"우리 아버지가 얼마나 알부자인 건 너도 알잖아. 실속 없이 사무실만 번드르르한 사장하곤 달라."

"아무튼 오늘 그 자리는 우리 아버지 같은 조그만 하청공장 사장이 명함을 내밀 자리가 아니었어. 언니도 아마 그들이 얼마나 어마어마한 집 자제란 걸 알면 놀라 자빠질 거야."

"자빠지긴 싫으니까 그걸 알 필요도 없어. 설사 그들의 배경이 우리와는 댈 게 아니게 어마어마하면 또 어떠냐? 너는 어쩌면 그렇게 네 자신에 대해서 자신이 없냐 없길."

"언니, 오늘의 만남은 순전히 집안이란 배경끼리의 만남이지 사람됨의 만남이 아닌데 내가 무슨 수로 자신을 가지우? 그들이 내 배경을 알면 나를 좋아하지 않을 게 뻔한데. 누가 나한테 만일 포장마차집 아들을 소개해준다면 내가 그를 좋아할 수 있겠수?"

"좋아할 수도 있지. 사람만 훌륭하다면 얼마든지 좋아할 수 있는 문제구말구."

"저렇다니까. 아무튼 언니하고 나하고의 세대 차는 끔찍해. 무슨 말이 통해야 말이지."

"그건 세대 차가 아니라 성격 차야. 우리 자랄 때만 해도 우리 집 살림이 지금만 훨씬 못했어서 그런지 돈 귀한 거, 물건 귀한 걸 알만큼 알고 자랐는데, 너는 막내라고 응석을 있는 대로 다 받아주고, 아버지 사업이 잘되는 게 네 복처럼 공주 부럽지 않게 키우시더니 성격은 아주 버렸다. 아버지 어머니도 딱하시고 너도 딱하고……."

"나 보기엔 언니가 더 딱해."

"그만두자. 너하고 긴말하다간 싸움밖에 할 게 없으니까. 네가 나를 우습게 보는 건 좋아. 그렇지만 오늘 맞선은 내가 주선한 게 아니라 중매쟁이 중에서도 슈퍼중매쟁이인 윤 선생이 한 거 아니냐? 생판 가망 없는 상대를 갖다 댔을 리가 없잖아. 윤 선생 나름의 속셈이 있었을 테니 너도 끝까지 최선을 다해볼 걸 그랬어 이것아."

"윤 선생의 속셈은 뻔해."

"또 알은척."

"중매쟁이들 성사가 되건 안 되건, 건수가 있을 때마다 수고비 받는 건 언니도 알잖아?"

"그래 윤 선생은 그 단가도 특히 높다더라. 그러니까 잘해봤어야 한다는 거 아니냐? 그리고 설마 수고비 때문에 일부러 안 될 자리를 갖다 대기야 했을라구. 윤 선생만치나 네임밸류가 있는 뚜쟁이가."

"일석이조를 노렸겠지. 수고비도 수고비지만 계획적으로 자기과시를 한 것 같아. 자기가 얼마나 장안의 명문 대가와 골고루 줄이 닿아 있나를 나한테 가장 효과적으로 보여준 거지."

"굳이 그럴 필요가 있었을까?"

"있지, 그만큼 자신의 신뢰감을 높일 수가 있잖아. 처음 잡은 손님한테 우선 신뢰감을 얻어놓는다는 건 얼마나 지능적인 상술이야."

"도대체 얼마나 대단한 집 자제들이길래 그 야단이니?"

"몰라. 말도 하기 싫다니까."

"하긴 나도 오늘 좀 질리긴 질렸다."

"언니는 왜?"

"그 농장 말야. 나나 형부나 늘그막에 농장 하나 갖기가 소원이었거든. 시골의 값싼 야산이나 1, 2천 평 사놓았다가 작은 오두막을 짓고, 젖소나 몇 마리 키우고 농약 안 뿌린 채소도 가꾸면서 살 수 있는 농장 말야. 서울살이에 찌들은 월급쟁이치고 그런 꿈 없는 사람은 아마 없을걸. 물론 서울 바닥에 내 집 갖기 꿈을 이룬 다음에 오는 2차적인 꿈이긴 하지만. 그런데 오늘 가본 농장은 우리가 꿈꾼 농장하곤 너무나 격이 다르더라. 그런 별세계가 있는 줄은 미처 몰랐어. 우리가 꿈꾼 농장은 어디까지나 시골에 속하는 거였는데 오늘 본 농장은 시골이라기보다는 외국 같았어."

"외국?"

혜숙이 높은 소리를 깔깔댔다.

"내 표현이 좀 우습지? 아무튼 이 나라에서 못 보던 거니까 그렇게 말할 수밖에 없잖니. 나는 이 나라를 크게 도시와 시골로 구분할 수 있다고 생각했거든. 여러모로 뚜렷하게 대립되니까. 도시는 소비적이고 시골은 생산적이고, 한쪽은 편리하고 한쪽은 불편하고, 한쪽은 인공적이고 한쪽은 자연적이고……. 상반되는 건 그 밖에도 얼마든지 있지. 그런데 오늘 본 농장은 그 어느쪽에도 속할 수가 없지 않니. 도시적인 온갖 편의 시설을 갖춘 자연, 비생산적인 자연, 빌딩 속처럼 구석구석 청결의 손길이 미친 자연, 조금도 자연스럽지 않은 자연이 그렇게 광활한 부분을 차지하고 있다니……."

"언니는 노후의 농장에 대한 꿈이 초라해지지 않아?"

"모르겠어. 그런 것도 같아."

"그럼 아마 오늘의 내 기분도 이해할 수 있을 거야."

"내 지도에 도시와 시골 외의 농장 지대가 하나 더 생겼다 해서 그게 어쨌다는 거야?"

혜진은 항의하듯이 혜숙이한테 물었다. 혜숙이 딱한 듯이 혜진을 바라보기만 했다. 서로 빗나가기만 하던 자매의 우울이 잠깐 공감대를 얻은 것 같았다.

차 소리가 나자 문밖까지 뛰어나온 어머니는 혜진이 혼자 타고 온 줄 아는지 역정부터 냈다.

"이것아, 아버지가 큰마음 잡숫고 차를 내주셨으면 얼른 돌려보낼 일이지, 누가 너더러 온종일 쓰랬냐? 갈 때는 할 수 없었지만 올 때야 아무 차에고 편승 못 할라구, 쯧쯧……."

이렇게 구박을 하다가 혜숙이도 같이 온 걸 알고는 단박 눈빛이 달라졌다.

"일이 틀린 모양이로구나?"

"틀리긴 뭐가요?"

"맞선을 봤으면 일단 저희끼리 처질 것이지 너하고 붙어 들어왔으니 말이다."

"어머니두. 처음 본 맞선에서 단박 일이 성사가 되면 억울해서 어떻게 하시려구요?"

"억울하다니 뭔 소리냐?"

"실컷 골라잡는 재미에 중매결혼하는 거 아닌가요?"

"하긴 첫술에 배부르겠냐? 그래도 그렇지. 얼마간은 사귀어봐야 골라잡든 말든 할 게 아니냐?"

"사귀어볼 것도 없을 만큼 눈에 안 찬다니 전들 어쩌겠어요."

"쟨 아직 어려서 사람을 외모밖에 볼 줄 모르지 않니. 그래서 널 딸려 보냈지 달래 딸려 보냈냐. 윤 선생이 갖다 댄 신랑인데 조건이야 어련할려구. 코찡찡이만 아니면 사귀어보지 않구."

어머니는 혜숙이가 일찍 돌아온 게 암만해도 아쉬운 모양이었다. 그러나 정작 당사자인 혜숙은 어머니와 언니가 주고받는 말에 한마디도 끼어들지 않고 냉담하고 무표정한 얼굴로 2층으로 올라가버렸다. 오는 도중 혜진에게 얼핏 드러내 보인 열등감인지 우울증인지를 어느새 감쪽같이 감추고 있었다.

"쟤가 왜 저러냐?"

"쟤야 워낙 콧대가 좀 높우."

"우리 혜숙이쯤 되면 콧대 못 높을 것도 없지. 안 그러냐?"

어머니는 스스로 이렇게 기분을 회복했고, 나중에 윤 선생한테서 전화가 걸려오니까 경위도 묻기 전에 우선 "우리 혜숙이가 그 신랑 마음엔 안 찬대요" 소리부터 하고 나서 워낙 콧대가 높은 애니 이해해주시고 더 좋은 신랑감을 물색해달라고 부탁하는 것이었다. 눈치로 먹고 사는 윤 선생인지라 이런 어머니에게 장단을 잘 맞춰, 어머니로 하여금 딸이 얼마나 훌륭한 신랑감을 가볍게 퇴짜놓았나를 마음껏 즐기게 했다.

7

개천에서 용 나다

그 후 윤 선생은 평균 1주일에 한번씩은 신랑감을 물색해왔다. 혜숙은 신랑 사진과 윤 여사가 구전하는 신랑의 조건을 검토해보고 맞선에 응하기도 하고 말기도 했다. 이쪽에서 맞선에 응하지 않을 때도 어머니는 윤 여사에게 꼬박꼬박 봉투를 건냈다. 얼굴 한 번 보이고, 말 몇 마디 하는 데 고명한 박사님의 120분 특강료만 한 거마비를 받는, 과연 대단한 중매쟁이었다.

자기한테 돈이 많이 드는 데 대해 추호의 의심이나 죄책감 없이 자라온 혜숙이건만 윤 여사한테 물 쓰듯 쓰는 돈에 대해선 아까워도 하고 가끔 그 액수를 궁금해하기도 했다. 그럴 때 어머니는 혜숙이를 이렇게 핀잔주었다.

"이것아. 그 돈이 아까우면 작작 배짱 튀기고 적당한 신랑을 골라잡으면 될 게 아냐. 느이 언니 오래비들은 어디가 살짝 모자라는 애들처럼 허겁지겁 아무나 골라잡아 에미 속을 앵하게 하더니 넌 또 누굴 닮아 그렇게 눈이 높으냐? 그래도 눈은 높을수록 좋으니라. 다 높을 만하니까 높은 거니까."

이렇게 핀잔을 주는 척하면서도 부추기고 있었다. 어머니 보기에 사진만 보고 싫다고 했건 맞선까지 보고 성사 안 됐건 다 혜숙이 쪽에서 퇴짜를 놓은 줄 알지만, 정말 퇴짜를 놓은 게 어느 쪽인지는 아무도 몰랐다. 신랑 편에 물어본다면 그쪽에서 먼저 퇴짜놓았다고 주장할 게 뻔했다. 서로 속으로 재보고 맞춰보고 눈치 보다가 어쩐지 밑지는 것 같으면 허둥지둥 퇴짜놓는 선수나 쳐보자는 식의 결과가 되풀이됐다. 그걸 중간에서 윤 선생이 교묘하게 잘 처리해서 서로 자기가 퇴짜놓은 것처럼, 그러니까 다음엔 더 나은 혼처가 나설 것처럼 한껏 콧대를 높여놓으면서도 희망을 잃지 않게 했다.

그러나 당사자인 혜숙은 서너 달 동안에 열 번 가까운 맞선을 보고 나자 적이 지친 것 같았다. 사람의 얼굴이란 누가 자꾸 본다고 해서 닳는 게 아니라곤 하지만 맞선만은 안 그런 것 같았다. 서너 달 동안에 풋과일 같은 앳됨과 싱싱함을 잃고 폭삭 늙어 보였다. 약간 버르장머리 없을 정도로 자신에 차 있던 똥그란 눈에서 반짝이는 정기가 가시고, 노숙하고 교활한 눈치만 남은 것 같았다. 성질도 후줄근하고 뻔뻔해진 것 같다가도 느닷없이 발칵 신경질을 부리는 등 종잡을 수가 없어졌다. 혜진이 보기에 맞선이란 게 할 짓이 아니다 싶은데도 윤 선생과 어머니는 이젠 한통속처럼 죽이 잘 맞아서 혜숙의 눈을 점점 높이는 데 열을 올리고 있었다. 처음엔 좋은 구경거리처럼 이런 것들을 방관만 하던 혜진이도 차츰 안된 생각이 들었다. 자기라도 올바른 정신을 가지고 바른말을 해주지 않으면 무슨 일이 날 것 같았다. 워낙 정 없는 동생이건만도 동기간이란 어쩔 수 없는 거여서 혜숙이가 불쌍해서라도 무슨 조치를 취해야지 싶었다. 이렇게 당사자뿐 아니라 주위 사람까지 지쳐갈 무렵 마침내 혜숙이도 정직한 실토를 했다.

"언니가 부러워."

맞대놓고 혜진이 사는 걸 경멸하던 혜숙이답지 않은 소리였다.

"네가 나를 부럽다고?"

"그래. 언니처럼 살고 싶진 않지만 연애결혼한 것만은 부러워."

"연애결혼했기 때문에 요만큼밖에 못사는 걸로 네 눈에 보일 텐데 연애결혼이 부럽다니 말이 되니?"

"글쎄 말야. 나도 지쳤나 봐."

"그렇게 힘이 드냐? 그 맞선이란 게."

"말도 마, 언니. 언니 눈에도 요새 나 폭삭 늙어 보이지? 바른 대로 말해."

"폭삭이랄 것까진 없어도 좀 그래. 닳고 닳아 보인달까."

"그럴 거야. 앞으로 연애 같은 건 다신 못 하겠지?"

혜숙이 심란한 듯 쓸쓸하게 말했다.

"못 하면 어떠니. 넌 연애하고 결혼하고를 철저하게 별개의 문제로 생각하면서."

"그 생각엔 변함이 없어. 그렇지만 앞으로 다시는 연애를 못 할 것 같은 예감이 얼마나 고약하다는 건 언니는 아마 모를 거야."

"네가 아마 그동안에 남성 혐오증에 걸렸나 보다. 하긴 그럴 만도 하지. 아무리 좋은 음식도 줄창 먹으면 물리게 마련이니까."

"남성 혐오증보다 더 나쁜 게 걸렸어."

"그게 뭔데?"

"자기혐오. 맞선이란 걸 나처럼 자주 볼 게 아니다 싶은 건 바로 이 자기혐오 때문이야. 자신이 그렇게 싫어질 수가 없어. 연애할 때 하곤 정반대지. 연애할 때는 상대방을 사랑하고, 또 자신도 사랑받고 있다는 충족감 때문에 자신이 예뻐 보이잖아. 언니도 그 기분은 알지? 연애할 땐 남들이 다 예뻐졌다고 그러고, 거울을 봐도 실제로 자신의 장점들이 자신을 가지고 피어나 깜짝 놀라게 예뻐 보이는 거. 외모뿐 아니라 속에 있는 좋은 성품까지도 기죽을 펴고 살아나 자기가 꽤 괜찮은 인간이 된 것 같은 자신감이 생기는 거. 이제 생각해보니 연애란 자애까지도 겸한 거였다. 맞선은 그와 정반대야. 그놈의 맞선시장에 내 얼굴을 내걸고부터는 자신이 그렇게 싫어질 수가 없는 거 있지. 자신의 용모뿐 아니라 인간성 속의 좋은 것들이 오뉴월 볕에 내놓은 생선처럼 급하게 물이 가는 걸 스스로 느낀다는 건 비참한 노릇이야."

혜숙이가 혜진이한테 그렇게 긴말을 하기도, 그렇게 정직하기도 흔치 않은 일이었다.

"네가 정말 그렇게 초조하다면 왜 그렇게 배짱을 튀기냐. 그저 웬만하면 사귀어보다가 결혼할 것이지. 안 그래?"

"언니는 아직도 뭘 몰라. 내가 초조한 건 결혼을 못 할까 봐서가 아니라니까. 내가 물이 가고 못쓰게 돼가는 걸 느끼는 게 초조한 거지."

"무슨 소린지. 남이 널 고작 생선에 비유한다면 펄쩍 뛸 아이가 그게 무슨 당치도 않은 자학이냐?"

"그래서 자기혐오가 가장 큰 문제라는 거 아뉴. 언니는 맞선시장을 모르는 것만도 행복한 줄 알라니까. 그 시장에 일단 내걸렸다 하면 자신의 가치가 어느 틈에 그것밖에 안 돼 있는 걸 어떡해?"

"그놈의 윤 선생인지, 뚜쟁인지를 그저, 그저……."

혜진이가 별안간 윤 선생한테 이를 가는 시늉을 했다. 그 신비로운 중매쟁이의 단수가 느닷없이 마녀의 간계처럼 징그럽게 여겨졌기 때문이다.

"언니는 윤 선생에 대해서도 뭘 너무 몰라. 엄마도 그렇고."

"알아봤댔자야. 기껏 뚜쟁이지 제가 별걸라구."

"엄마도 그렇구, 언니도 그렇구, 내가 눈이 높아 맞선을 보는 족족 퇴짜를 놓는 줄 알지?"

"그럼 안 그렇단 말이니?"

"다 윤 선생의 계략이야."

"윤 선생이 널더러 그러라고 시키디? 오오라, 그렇게 해서 자꾸만 맞선을 보게 해야 엄마한테 마냥 거마비를 뜯어낼 테니까. 저런 못된 여편네가 있나. 그렇더라도 그렇지. 넌 무슨 허수아비냐? 그 여편네가 시키는 대로 움직이게. 좋은 신랑감 있으면 꽉 붙드는 건

네 마음에 달린 거지."

"엄마나 언니나 눈치 없는 거 하나는 하여튼 알아줘야 한다니까. 그 여자가 그렇게 노골적으로 시킬 여자유? 다만 그렇게 되도록 조종한다, 이거지."

"무슨 소리야? 도대체."

"가든파티 날도 잠깐 얘기했잖아. 그 후 쭉 그런 수법이야. 우리 집하곤 도무지 걸맞지 않은 소위 명문 대가댁 아들하고만 맞선을 보게 하는 거야. 엄마는 남의 속도 모르고 그런 집하고 맞선 보는 것만도 좋아하시지만, 연애가 아닌 맞선시장에서 첫째, 집안끼리 안 맞는 결혼이 성립된 이변은 절대 안 일어난다는 게 우리들의 상식이야."

"난 네가 그런 소리 할 때가 제일 불쾌하더라. 우리 집이 설사 명문 대가까지는 못 간다 하더라도 명문 대가한테 그렇게까지 열등감 느껴야 한다고는 생각하지 않기 때문이야."

"열등감 느낄 수밖에 없을 만큼 대단한 집안 아들만 끌어다 대는 걸 어떡해?"

"그래 좋다. 집안끼리는 격이 안 맞는다 치자. 네 자신을 가지고 격을 맞추면 되잖아. 그 높은 콧대 뒀다 뭐 하냐. 딴 애도 아니고 네가 어쩜 그렇게 자신없는 소릴 할 수가 있냐."

"하여튼 엄마하고 언니하고 무식한 건 못 말려. 학벌이 아니라 소위 명문 대가라는 걸 모른다는 소리유. 요새 명문 대가라는 집들이 얼마나 담 높이 쌓고 문단속 철저히 하고 사는지는 언니도 소문을 들어서 알지? 누가 들어와 훔쳐갈까 봐도 경계를 그렇게 철저히 하지만, 외부 사람이 안에 발을 들여놓거나 엿보는 것만도 싫은 거야. 그들은 또 그들끼리만 똘똘 뭉쳐서 높은 울타리를 쌓고 외부 사람한테는 그렇게 배타적일 수가 없어. 예전 양반들이 그랬듯이 즈네들의 순수성을 지키기 위해 굳게 결속해서 끼리끼리 다 해먹는 거지 뭐. 출세도, 장사도, 결혼도. 우린 그 울타리 밖에 부류야. 그 울타리를 넘을 수 있다고 생각하면 큰 잘못이야."

"윤 선생이라는 사다리를 타면 못 넘을 것도 없지 않을까?"

"윤 선생 같은 족속은 사다리가 아니라 그 높은 울타리 위에 처진 가시철망이나 다름없어. 행여 울타리가 허술해질까 봐 당사자들보다 한술 더 떠서 전전긍긍하는 게 그들이니까."

"그렇지만 얘야, 여지껏 네가 본 신랑감이 정말 다 명문 대갓집 자제라면 이야기가 틀리지 않니. 윤 선생의 노력도 알아줘야겠지만, 그쪽도 거마비 내고 구태여 전혀 흥미 없는 울타리 밖의 사람을 보러 나왔을라구?"

"아무리 순진해도 그 정도의 상상력도 없수?"

"어머 그럼 가짜 신랑들이었단 말이지? 명문 대가댁 자제를 가장……, 윤 선생 그 여자 순 사기꾼이구나."

"언니 진정해. 꾼은 꾼이라도 그런 사기꾼은 아냐. 그 여자 정말 그 바닥에선 유명한 여자야. 그런 저질의 사기를 칠 여잔 아냐. 진짜 명문 대가댁 자제를 동원할 실력이 그만큼 있는 여자지. 자기하고 연줄이 닿는 집 자제를 잠깐 끌어내는 거야. 남자들이야 장난삼아, 심심풀이 삼아, 잔뜩 치장하고 나간 나 같은 여자를 눈으로 핥아도 보고 혀로 얼러도 보고 좀 재미나겠어."

"애는 바쁜 사람들이 그까짓 재미를 보려고 뚜쟁이한테 그 비싼 거마비를 지불하겠니?"

"그쪽에선 거마비를 안 받는다고 생각해봐. 여자 쪽에서만 받는다면 그 이야긴 얼마든지 성립이 되지."

"여자 쪽에서만 받다니, 얘 그건 말도 안 돼."

"말이 왜 안 돼. 여자가 흔하고, 나처럼 헛된 꿈을 꾸는 여자는 더구나 흔하고, 또 일반적으로 여자 쪽이 약자고 저자세니까 얼마든지 가능한 문제야."

"여자가 저자세라니? 지금 세상에 그런 진부한 소리가 어딨어. 결혼이란 어디까지나 서로를 존중하는 대등한 관계여야 해."

"고맙수. 언니니까 그런 소리라도 해주지 누가 해주겠수. 언니도 연애결혼했으니까 그런 소리 할 수 있지 중매로 했으면 어림도 없을걸. 맞선시장에서 여자의 위치가 얼마나 보잘것없다는 건 아마 당해보지 않으면 모를 거야."

"누가 너더러 그렇게 기죽을 못 펴라고 가르치든? 넌 우리 집에서 공주처럼 기른 애야. 너 위엔 사람이 없는 줄 알아서 언니인 나도 아니꼬워서 상대하기도 싫던 애야. 그렇지만 밖에 나가서, 더구나 결혼이 성립될 가망도 없는 남자 앞에서 저자세로 굴었단 소리는 기분 나쁘다."

"내 딴엔 최선을 다하느라고 했어. 나도 처음부터 윤 선생이 갖다 댄 신랑감이 나한테 그림의 떡이라고 생각한 건 아니니까 얼마나 열심히 잘 보이려고 노력했다구. 아는 방법은 다 썼어."

"잘 보이는 방법이 뭔데? 네가 그걸 알고 있었을 리가 없어."

"왜 몰라. 요새 여성지엔 맨 그 방법뿐인데. 맞선 보는 자리에서 눈 뜨는 법, 차 마시는 법, 웃는 법, 앉는 법, 서는 법, 눈치보는 법……. 그걸 마스터하고 나면 여자의 위치가 얼마나 형편없다는 걸 저절로 깨닫게 되지. 불평등 관계는 옛날얘기야. 불평등하다는 건 그래도 같은 인간관계에서 비롯된 얘긴데 요새 신부감은 인간도 아냐. 순 상품이지. 맞선볼 때 여자들이 지켜야 할 법은 매너이기보다는 상품을 포장하는 상술과 하나도 다를 게 없으니까."

"그런 신부 수업은 언니인 내가 시켜야 하는 건데 그만 무심했더니 네가 어디서 과장된 것만 주워들었나 보구나. 미안하게 됐다. 네가 좋은 데로 시집가기 위해 그렇게까지 노력을 했다니 측은하기도 하고. 이왕 내친 김에 끝까지 해보는 게 어떻겠니?"

"나만 노력한다고 되는 일이 아니잖아, 상대방이 노력은커녕 최소한의 성의도 안 보이는 걸."

"상대방이 장난삼아 나온다고 생각하는 것도 너의 지나친 자기비하가 아닐까? 그건 분명히 오핼 거야."

"여지껏 한 번도 가족하고 같이 선보러 나온 남자를 본 적이 없어. 다 혼자서 달랑 나왔지."

"혼자서 달랑 나가긴 너도 마찬가지였잖니? 나라도 따라나가려도 윤 선생이 극구 말려서 한 번도 못 가봤잖아."

"그쪽에서 혼자 나오니까 우리도 못 나오게 한 거야. 그쪽은 아마 가족은 알지도 못할 거야."

"당사자 마음에 우선 들고 나서 알려도 되는 거 아니니?"

"그건 우리 같은 사람의 상식이고 소위 명문 대가의 결혼 풍습은 안 그래. 걸맞은 집안끼리 가망이 있는 맞선을 볼 때는 양가의 어른들이 다 참석을 해서 정작 당사자는 당분간 뒷전으로 밀려나 있게 돼. 그런 풍습을 알고부터 내가 윤 선생의 계략에 의해 안 될 게 뻔한 맞선에 말려들었단 심증을 굳히게 된 거야."

"윤 선생이 설마 그렇게까지 악질일까."

"악질이 아냐. 유능한 장사꾼일 뿐이지. 두고 보구려. 앞으로 난 별수 없이 윤 선생 덕에 시집갈 테니."

혜진은 당장은 혜숙이 말귀를 못 알아들었지만 곧 알게 됐다. 규칙적으로 새로운 신랑감을 물색해 오던 윤 선생의 발길이 뜸해져서 어머니가 은근히 애가 닳아할 무렵 윤 선생이 다시 나타났다. 어머니의 대접이 더욱 융숭하고 은근해질 밖에 없었다. 윤 선생 역시 그동안 독특한 기품으로 유지해오던 간격을 허물고 고모나 이모처럼 소탈하고 무관하게 굴었다. 윤 선생의 이런 변모에 어머니는 단박 체면을 허물고 주책없이 굴기 시작했다.

"우리 혜숙이 콧대 높은 데 선생님도 손드셨죠? 그래서 아주 발길을 끊으시면 어쩌나 얼마나 조마조마했다구요. 하여튼 이렇게 다시 와주셔서 고맙습니다. 그동안 곰곰이 생각해본 건데요, 조금 정도를 낮추면 어떨까요."

"정도를 낮추다니요? 농담이시겠죠."

"아이구 아네요. 제가 윤 선생님께 농담을 하다니요. 이제 한 식구처럼 흉허물이 없으니까 말씀인데 걔가 그 좋은 자리를 다 마다하는 게 암만해도 명문 대가댁에 들어가 살기가 켕겨서 그러는 것 같아요. 걔 나무라 뭘 합니까. 그저 막내라도 워낙 버르장머리 없이 오냐오냐 키운 저희 불찰입죠."

"어머님이 먼저 그 말씀을 해주시니 저도 말씀드리기가 훨씬 편하군요. 저도 벌써부터 같은 걸 느껴왔으니까요."

"어쩜 그게 정말이세요?"

"제가 눈치 하나로 그 드센 바닥에서 이만한 명성을 얻은 사람입니다."

"암, 아무러면요."

어머니는 괜히 신이 나서 고개를 주억거렸다.

"그래 말씀인데, 실은 저도 상대방의 질을 좀 낮춰볼까 해서 그 의논을 드리러 이렇게 찾아뵈었답니다."

"그래 주시면 오죽이나 좋겠어요. 그렇지만 윤 선생님 같은 분이 명문 대가 말고도 아시는 데가 있을는지 그게 또 걱정이 되지 뭡니까?"

"그 점은 염려 마세요. 질을 좀 낮춘다고 해도 다만 명문 대가댁이 아니다 뿐 신랑의 인격의 질을 낮춘다는 얘기는 아니니까요. 어떻게 된 게 요즈음은 명문 대가댁에서도 딸 가진 입장에선 같은 명문 대가보다는 가문은 좀 낮더라도 신랑 하나만 똑똑한 자리를 구하는 경향이 있거든요. 뭐니 뭐니 해도 딸은 좀 낮춰서 보내는 게 시집살이가 편하니까요. 딸 시집보내기가 아들 장가보내기보다 어려운 탓도 있구요. 그래 그런지 개천에서 용 난 신랑감이 오히려 명문 대가댁의 별 볼 일 없는 아들보다 더 구하기 힘든 게 요즈음 세태죠."

"개천에서 용 나다니요?"

"왜 있잖습니까. 집안은 그저 그렇게 근근이 사는데 신랑이 머리 하나로 고등고시나 외무고시에 합격했다든지, 의과대학을 나오고 전문의를 땄다든지, 또는 일류대학을 장학금으로만 나와 외국의 일류대학에 입학 허가를 받아놓고 출국 날짜만 기다린다든지, 이런 신랑감을 흔히 그렇게 말하죠."

"아유, 그런 신랑감이 있다면 명문 대가집 아들보다 더 탐이 나는데요."

"거 보세요. 다들 그러니까 그런 신랑감이 더 딸릴밖에요. 하긴 개천에서 용 나기가 어디 쉬운 일입니까. 그렇지만 염려 마세요. 제가 꼭 구해볼 테니까요."

이렇게 해서 명문 대가댁과 사돈을 맺을 꿈이 개천에서 난 용 쪽으로 낙착을 보게 되었다. 혜숙이도 거기 별 이의가 없었다. 그러나 혜숙이는 처음부터 치밀하게 계산된 윤 선생의 계략에 의해 부모의 마음과 자신의 마음이 그렇게 돌아섰다는 걸 알고 있었다.

아무런 저항감 없이 그렇게 소망하던 명문 대가댁 자제를 개천에서 용 난 신랑감으로 바꿀 수 있었을 뿐 아니라 윤 선생은 윤 선생대로 그동안에 오붓한 소득을 올렸으니, 그 지겨운 맞선 과정이 피차에 조금도 헛되지 않았다는 얘기도 될 수 있었다. 그러나 혜숙은 거울을 볼 때나 안 볼 때나 자신이 닳고 닳았다는 걸 의식했고, 그 닳은 부분을 만회한다는 게 불가능하다는 데 대해 가슴 아픈 상실감을 느끼곤 했다.

개천에서 용이 나기는 희귀한 일이건만 윤 선생이 들어서니, 개천에서 용 난 신랑도 줄줄이 나타났다. 혜숙은 한동안 뜸하던 맞선을 다시 연달아 봐야만 했다. 전의 명문 대가댁 자제들 때와는 달리 양가의 가족까지 합석하는 경우도 있었고, 맞선 후 신랑감이 집으로 전화를 걸어오는 경우도 심심찮게 있었다. 그렇다고 제꺽제꺽 성사가 될 낌새가 보이는 것도 아니었다. 혜숙이는 자신이 닳고 닳았다는 걸 느낄 수 있을 만치 철이 나 있었다. 자주 혜진이한테 마음을 터놓고 이런 말을 했다.

"언니 난 무서워."

"뭐가?"

"개천에서 난 용이."

"용이 사람 해친다는 소리는 못 들었다. 안심해."

"개천에서 용이 흔하게 날 리는 없고, 보나마나 거의가 사이비 용일 테고, 사이비 용일수록 자기가 난 개천을 창피해할 거야."

"그건 또 무슨 뚱딴지 같은 소리냐?"

"그러니까 난 그까짓 사이비 용보다 개천이 더 무섭단 말야. 사이비 용이 개천에 떳떳할 리가 없지. 곧 개천이 아닌 딴 걸로 승격시키려고 광분할 게 뻔해."

"광분하라지."

"우리 엄마 아빠가 불쌍하잖아. 지금까지 나한테 들인 돈도 적지 않은데 개천을 큰 개울 만들려면 돈이 또 얼마나 들겠어."

"설사 그 일까지 우리한테 떠맡길까."

"워낙 성질들이 급한 세상인걸. 급해맞은 김에 무슨 짓은 못 하겠수. 세상 풍조가 또 그렇게 요상하게 돌아가니까 그런다 해도 크게 흉될 것도 없구."

"하긴 요새 들리느니 그거 비슷한 소리다만, 너처럼 속 빈 신부감 때문에 저런 해괴한 짓거리들이 통하나 보다 싶었는데 네가 그정도나마 철난 소리 하니 반갑다."

"맞선을 스무 번도 넘게 보는 동안 속은 속대로 빼주고 겉은 겉대로 닳아빠졌는데 그 정도라도 얻은 게 있어야지 어쩌겠수. 우리 엄마 아빠 그만하면 노력해서 정당하게 돈 버신 거야. 그런 돈을 나 때문에 너무 헤프게 쓰시게 하고 싶지 않아."

혜숙이 뒤늦게나마 그 정도의 확고한 줏대를 가지고 맞선에 임했던지라 성사는 더디었지만 그래도 보통 정도는 사는 집의, 보통 정도의 의과대학을 나와 인턴 과정에 있는, 보통 정도로 건강하고 보통으로 생긴 신랑감과 약혼 단계에까지 이르렀다. 혜숙의 현명한 결정에 식구들은 만족해하고 윤 선생의 공치사도 대단했다.

8

세 개의 열쇠

혜숙이네선 약혼 준비로 분망한 한편 신랑집에선 약혼 선물로 뭘 해줄 것인가에 대해 차츰 궁금해하기 시작했다. 그런 궁금증을 자주 들르는 윤 선생한테 은근히 비쳐 보일 때도 있었다.

"신랑 반지를 3부로 할까 하다가 5부로 했습니다. 저쪽에서 색시 반지를 5부로 하면 몰라도 행여 캐럿으로 하면 3부가 약소할 것 같아서요. 호호호."

어머니가 이쯤까지 노골적으로 궁금증으로 내비쳤으면 그쪽 집에도 무시로 드나들 게 뻔한 윤 선생이 뭐라고 한마디쯤 귀띔이 있었으면 좋으련만 한결같이 우아한 미소로 대신할 뿐이었다. 그렇다고 당사자인 혜숙이가 신랑한테 뭘 좀 알아오느냐 하면 그렇지도 않았다. 약혼식을 며칠 안 남긴 신랑이건만 만나는 것도 쉽지 않다고 했다. 한창 바쁜 인턴 과정에 있는 데다가 이번 달엔 응급실 근무라 어쩌다 잠깐씩 하는 데이트도 부속병원 구내식당 아니면 병원 뒤뜰이 고작이었다.

"그래 신랑자리 사람됨이 어떻든?"

혜진이가 은근히 떠보면 혜숙이는 귀찮은 듯 이렇게 대답했다.

"사람 됨됨이 알아볼 새가 어딨수? 대화가 있어야 말이지. 내가 그 사람한테 들은 얘기라곤 어유 피곤해 죽겠다. 아니면 왜 사는지 모르겠단 소리가 다라우."

"왜 사는지 모르겠다고? 그 사람 철학을 할걸 그랬나 보다. 도대체 의사인 건 확실하다던?"

"여지껏 데이트 장소를 대학 부속병원 구내에서 한 걸음도 벗어나본 적이 없으니까, 그 사람의 성별을 의심하면 했지 직업은 의심할 여지가 없을 거유."

"성별을 의심하다니? 오오라 너한테 남자답게 굴지 않던가 보구나? 그치?"

"워낙 피곤하니까. 어제도 내 쪽에서 전화해서 만났는데 한 시간이나 넘게 기다리게 해놓고, 여기저기 핏자국이 낭자한 가운을 입은 채로 어슬렁어슬렁 나타나더니 잠깐이라도 눈을 붙이고 들어가야겠다나. 그러더니 글쎄 내 어깨에 기대서 콜콜 자지 뭐유. 밉살스럽기도 하고, 불쌍하기도 하고……. 속셈은 아무리 바쁘더라도 약혼반지는 같이 맞추러 가야 되지 않겠느냐고 따지려는 거였는데, 그 사람이 부스스 깨어나서 시간 다 됐다며 한다는 소리가 겨우, 요새처럼 피곤해서야 왜 사는지 모르겠다는 맨날 하는 그 한탄이었어."

"그것도 모르냐고, 죽을 틈이 없어서 살고 있지 않느냐고 쏘아주지 그걸 그냥 놔뒀냐? 너두 이제 보니 성미가 다 죽었구나."

"성미가 죽은 게 아니라 피곤해서 그래. 피곤도 옮는지 그 사람한테로 혼처가 정해지고 나서 나도 하는 일 없이 왜 그렇게 피곤한지 몰라. 따지기도 귀찮고 성깔 부릴 기분도 안 나고."

"그래도 약혼반지는 맞춰얄 게 아냐?"

"우리도 보통 남자 손가락 치수로 대강 짐작해서 마련했는데 그쪽에서도 그러겠지 뭐."

"그래도 그렇지, 여자하고 남자하고 같니? 여자 반지는 치수도 치수지만 첫째 세팅이 마음에 들어야 하는데. 그 댁 어머니는 뭐하신대? 아들이 시간이 없으면 당신이라도 나설 것이지."

"그런 거 따지기도 귀찮아. 그 사람은 툭하면 약혼식 안 했으면 좋겠단 소리나 하는걸."

"약혼식을 안 하다니 왜?"

"시간이 있을 것 같지가 않다나?"

"시간 때문에 그러는 거면 괜찮다. 난 또 신랑이 너를 그리 탐탐히 여기지 않아 그러는 줄 알고 가슴이 다 덜컥 내려앉았다."

"약혼식할 시간도 없는 건 괜찮구?"

"말이 그렇지 설마 약혼식할 시간도 없지는 않을 테니 염려 마. 수련의 때는 다 그런가 보더라. 내 친구 중에 채숙이라고 있지? 개도 남편이 수련의 때 결혼했는데 신혼 재미라는 게 뭔지 모르고 사니 이런 억울한 데가 어딨냐고 우는 소리 해쌓더니 지금은 개네가 동창 중에서 제일 잘산단다. 박사 부인에다 원장 부인에다 남편 차 따로 제 차 따로 거들먹거리고 사니까 나 같은 서민층하고 어울릴 새도 없나 보더라. 너도 당장은 좀 고생되고 잔재미 모르고 살아도 장차 떵떵거리고 살라고 어머니가 고르고 고른 혼처야. 좀 속상하는 일이 있어도 부덕을 익히는 셈치고 참아야 하느니라."

"꼭 증조할머니 같은 소리 하고 있네. 부덕이 별건 줄 알우? 체념이야 체념."

당사자인 닥터 현의 무관심과는 달리 현씨 댁에선 약혼식에 자그만치 70여 명이나 참석하리란 것을 윤 선생을 통해 통고해왔다. 수적인 우세에 압도당한 어머니는 당장 이쪽의 참석 인원도 늘리는 것과 동시에 아직 마련하지 않은 소품에 속하는 예물, 이를테면 라이터, 만년필, 커프스버튼, 넥타이핀 등도 예산하고 있던 것보다 그 질을 한 단계 높이기로 했다. 어머니는 약혼식에 드는 비용은 신부 측 부담이라는 것도 별로 개의치 않은 채 보는 눈이 늘어났다는 것에 괜히 신명을 내면서 돈을 왕창왕창 썼다. 그러다가도 최소한도로 해보낸 혜진이한테 눈치가 보이면 이렇게 변명을 하기도 했다.

"너 때하고 지금하곤 시대가 다른 걸 어떡하니? 시대가."

꽃보다 훨씬 더 아름다운 단풍이 절정기에 달한 숲이 한눈에 내려다보이는 S호텔에서 거행된 혜숙의 약혼식은 성대하고 화려했다. 수를 채우기 위해 불러 모은 시골친척들은 자신의 모습이 거울처럼 투영된 대리석 바닥을 엉금엉금 기기도 하고 부드럽고 현란한 카펫을 밟을 때는 신을 벗을까말까 남의 눈치를 살피기도 하면서 혜숙이네가 시골에 소문난 것보다 훨씬 더 큰 부자가 돼 있나 보다고 무조건 압도당하고 있었다.

식순 중 예물 교환 순서에서 신랑은 혜숙에게 순금 쌍가락지를 끼워주었지만 헐렁해서 주먹을 쥐고 있지 않으면 빠질 것 같았다.

"우리 집안에 대대로 맏며느리한테 물려내려오는 게니 값어치는 따지지 말고 귀하게 여겨라. 요샌 금가락지 끼는 세상도 아니니 손가락에 맞고 안 맞고는 과히 신경 쓸 거 없느니라."

장차 시할머니 될 노인이 노인네답지 않게 꼬장꼬장한 목소리로 이렇게 말했다. 금가락지에 실망한 혜숙이도 대대로 맏며느리한테 물려내려오는 유서 깊은 가락지란 소리에 적이 흐뭇해졌다. 신랑한테 끼워준 5부 다이아반지가 되레 약소하고 품위 없이 느껴져 혜숙은 꾸미지 않고도 자연스럽게 부끄럼을 다 탔다. 한껏 치장을 한 혜숙은 눈부시게 아름다웠다. 신랑은 소탈하고 피곤해 보였지만 그것이 되레 의사하는 직업의 관록처럼 보여서 다들 어울리는 한 쌍이란 칭송이 자자했다. 약혼반지 이외의 예물 교환 순서는 생략한다는 사회자의 말도 성대한 약혼식의 품위를 더했다.

그러나 교환한 예물 상자를 가지고 와 끌러본 혜숙이네 식구는 안색이 변해 서로 쳐다볼밖에 없었다. 상자 속엔 사주단자밖에 들은 게 없었기 때문이다.

"세상에 이럴수가……. 우릴 무시해도 분수가 있지."

어머니는 입술을 떨면서 기함이라도 할 듯이 눈빛이 다 아득해졌다. 말이 없고 처음부터 이 혼사에 돈줄의 역할 이상을 안 하던 아버지도 허어, 허어, 연방 기침도 아니고 한숨도 아닌 불쾌한 신음을 토해냈다.

이때, 약혼식에 왔다가 혜숙이네까지 따라온 집안 내의 가장 어른이신 종조모가 점잖게 한마디 하시는 것이었다.

"그 집이 그래도 양반인가 보다."

혜숙이네 식구들의 제각기 상하고 토라지고 짓밟힌 자존심은 본능적으로 치유받기를 원하고 있었기 때문에 종조모의 이 말씀은 귀가 번쩍 뜨이는 소리였다. 종조모는 친정이 서울 본토박이 양반 중에서도 뼈대 있는 소론 집안이었는데 가세가 곤궁하여 밥술이나 먹는 중인 집안으로 시집왔다는 것을 기회 있을 때마다 강조했지만 아무도 귀담아듣지 않았다. 지금이 어느 세상이라고 양반타령도 우스운데 노론, 소론까지 따지니 망령 취급밖에 당할 게 없었다. 정정했지만 팔십을 바라보니 망령노인 취급당하는 것도 무리가 아니었다. 그러나 지금은 달랐다. 종조모의 다음 말을 모두 허겁지겁 기다렸다.

"그 집이 그래도 뼈대 있는 양반집안이더구나. 사주 보낸 거 보니 단박 알겠더라. 사주 보낼 때 패물이니 옷감이니 보내는 것은, 거다 상풍이니라. 내가 이 김씨 집으로 시집올 때만 해도 김씨 집이 우리 친정어른들한테 흉 많이 잡혔느니라. 사는 것만 좀 낫게 살면 뭘해. 뭔 법도를 알아야지. 사주가 왔는데 글쎄 상자에다 사주저고리를 넣어왔지 뭐겠니? 신랑이 손수 제 글씨로 제 사주를 써 넣은 간지봉투에다 싸릿가지를 끼우고 다홍실로 감은 걸 백지로 싸고 다시 다홍 겹보자기에 싸서 사람 시켜 보내면 양반의 법도에 한 치도 어긋남이 없는 것을, 왜 그놈의 저고릿감은 넣어 보내 망신을 당했는지. 우리 어르신네께선 행여 친척들이라도 알까 쉬쉬하시고, 나는 그때 겨우 열다섯이건만도 중인 집으로 시집간다는 게 비로소 실감이 나면서 어찌나 만정이 떨어지던지 밤새도록 눈이 붓도록 울었느니라. 그런데 세상에 어떻게 된 게 법도 있는 양반 풍습은 맥을 못 추고 사라지고 중인이나 상사람들 사이에서나 하던 짓거리가 차츰 득세를 해서 저고리 한 감 넣던 상자가 함이 되고 그 속에다 온갖 패물을 다 집어넣어 돈 자랑들을 하는 꼴이라니, 차마 눈뜨고 못 보겠더니만 그 댁은 그래도 어른이 계셔 뼈대를 지켜오는 양반댁인 게야. 원 법도대로라면 금가락지도 사주에 끼워넣는 게 아니다만, 상투 자르고 하이칼라 머리한 지도 오래됐으니 그 정도로 시속을 따르는 거야 어쩌겠니. 약혼식이라는 것부터도 내 마음에 안 들었어. 느이들 괜히 돈 쳐들이고 흉이나 안 잽혔나 모르겠다. 그 댁이 그만치 양반 노릇 할 줄 알았으면 내가 미리미리 좀 가르쳐주는 건데."

그날부터 종조할머니는 며칠 안 남은 혜숙이 결혼 준비를 위한 자문역으로 머물러 있게 되었다. 혜진이는 암만해도 그 집이 양반의 법도대로 하느라고 그랬을 것 같지가 않았지만 구태여 아니라고 나설 것도 없었다. 양반 노릇을 보조 맞추려면 자연히 물량 공세는 주춤할 수밖에 없을 테니 우선 다행스러울밖에 없었다. 종조할머니는 이것저것 지시도 했고 예언도 했다.

"이제 두고 보렴. 함에도 그 댁에선 청치마, 홍치마 두 끝만 격식 갖춰 넣어 보낼 테니. 요샌 함 뚜껑이 들썩하게 온갖 것을 다 넣다 못해 여벌로 가방이 하나 더 있어야 한다지, 아마. 천하에 배우지 못한 상것들 같으니라구. 혜숙이가 제법 끌끌한 양반댁으로 시집가는 게 내 흐뭇하고 대견하다만 워낙 마구 키워놔서 가서 흉이나 안 잡힐라나 모르겠다. 며칠 안 남은 동안이라도 이 할미 말 들어둬. 하긴 양반의 법도라는 게 그렇게 며칠 사이에 익혀지는 게 아니다만. 옛날에 딸년을 아무렇게나 놓아 기른 상것이 있었더란다. 그 딸이 시집가기 며칠 전에야, 딸을 너무 본데없이 기른 게 걸려서 급해맞게 가르친다는 게 시집가면 시집식구한테 해당하는 것은 뭐든지 님자를 붙이는 거라고만 일렀단다. 시집살이 뭐 어려울 것도 없네, 라고 코방귀를 뀌면서 선선히 시집을 간 이 배워먹지 못한 딸년이 시아버지 머리에 파리가 붙은 걸 보고, 아버님 대갈님에 파리님이 앉으셨다고 했다는 우스갯소리가 있는데 혜숙이가 그짝 안 날라나 모르겠다. 참 혜숙 에미야, 행여 요새 식으로 시댁에 보낼 예단을 요란하게 장만하지 마라. 크게 흉잡힌다. 효도버선이나 정성껏 넉넉히 장만하면 되느니라. 행여 돈 쳐들이고 집안망신시키는 짓일랑 할 생각 말거라."

"정말 그래도 될까요?"

"아, 사주 받아보고도 몰라. 함 받아보면 더더욱 알게 될 테고. 그렇다고 웬만치 산다는 그 댁에서 청홍 두 끝만 줄 거라는 소리가 아냐. 며느리한테 내리는 예물이란 시집살이시키면서 한 가지 두 가지 구미구미 내리는 거란다. 생각해봐라. 그게 옳은 일이지. 곧 즈이 집으로 다시 실어갈 것들을 여봐란듯이 잔뜩 실어보내는 짓이 도대체 언제 어디서 난데없이 들어온 천덕스러운 짓거리라던?"

종조모는 이렇게 흥분하고 뽐내기도 하면서 비로소 자신이 숨겨둔 양반의 법도를 마음껏 활용할 수 있는 사돈을 만나게 된 기쁨을 만끽했다. 그러나 종조모의 이런 기세도 오래가지 못했다. 정말 효도버선만 해도 되는지 윤 선생한테 한 번 눈치를 떠보려고 하는 차에 윤 선생이 먼저 명단을 가지고 왔다.

"이런 건 피차 분명히 해두는 게 좋을 것 같아서 내가 그 댁에 가서 아주 탁 터놓고 말씀하시라고 했어요. 요샌 신혼 시절의 불화의 원인이 거의 예단의 만족도에 달렸다고들 하지 않아요? 좀 우습고 치사한 얘기 같지만 엄연한 현실인 걸 전들 어쩝니까? 또 저처럼 주로 명문 대가댁 혼사에만 간여하다 보면 보고 들은 것도 많거니와, 보통 중매쟁이처럼 양가를 맺어주는 것만 가지고 끝낼 수가 없거든요. 두 사람이 결혼하고도 어느 정도 궤도에 올라 마음이 놓일 때까지는 돌봐주어야 한다는 책임감을 한시도 소홀히 할 수 없답니다. 그래서 예단 때문에 생기는 신혼 초의 미묘한 마찰을 미연에 방지하는 일까지 이렇게 자청하고 나선 거죠. 알아들으셨겠죠? 제 말씀 무슨 뜻인지."

이러면서 윤 선생이 건네준 예단 명세서는 1급, 2급, 3급으로 나누어져 50여 명의 가족과 친척 관계의 서열이 나열돼 있었다. 1급은 물론 시부모님과 시동생, 시누이들이었고, 2급은 삼촌, 사촌까지의 가까운 친척, 3급은 그 밖에 촌수 가까운 친척과 촌수는 멀어도 가깝게 지내는 친척들이었다. 1급, 2급에 따라 예단의 종류를 어떻게 해야 된다는 자세한 주석은 윤 선생이 붙였다. 시부모님은 한복과 양복을 다 갖추되 시아버님 한복엔 마고자와 조끼 단추를 금으로 하는 것이 상식이고, 시어머님한테도 패물과 밍크 목도리쯤은 생각해야 되고, 명주 솜이불과 보료 일습은 말 안 해도 알고 있을 테고, 병풍은 수병풍보다는 암만해도 글씨 병풍이 품위가 있을 것 같고, 2급 예물은 옷 한 벌이면 족하겠지만 옷감만 보내는 것은 큰 실례이니 공전을 후하게 얹던가 티켓으로 보내도록 하고, 3급은 담요나 방석쯤이 어떻겠느냐는 명령조의 의논을 들으면서 어머니는 과히 놀라지 않았다. 중매를 대서 사윗감을 구할 때부터 그 정도는 각오하고 있던 터여서 차라리 마음이 놓였다. 그건 종조모가 설치는 동안 그만큼 불안했단 얘기도 되었다.

그때부터 종조모의 양반 타령은 조금씩 구박을 받기 시작했다.

"아니, 지금 세상에 양반이 어디 있어요. 돈 있으면 양반이고 자식 잘 두면 양반이죠. 양반 법도도 그런 사람들이 만들면 곧장 법도구요."

몇 번 이렇게 편잔을 맞자 며느리한테 나 좀 데려가라고 전화를 걸어서 모시러 오게 했다. 며느리와 함께 떠나는 종조모의 단정하게 쪽 찐 뒷모습을 보면서 혜숙은 마지막 양반 법도가 사라져가는 걸 보는 것처럼 잠시 쓸쓸한 감회에 젖었다.

종조모가 떠나자 어머니는 마음 놓고 신식 양반의 방식에 따른 혼수 장만에 나섰다. 신식 양반의 방식을 만들어내는 사람은 의외로 신식 양반 자신도, 윤 선생 같은 고급 중매쟁이만도 아니었다. 그들은 바로 장사꾼들이었다. 그들은 거의 매일매일 새로운 법도를 만들어 내고 퍼뜨렸다. 종로에 즐비한 주단가게들은 예단이라 하면 으레 안감까지도 본견을 고집했고 심지어 속치마, 속바지, 속적삼까지 갖추게 하면서 그런 것들이 다 본견 명주여야 한다고 우겼다. 물론 바깥사돈의 한복도 바지나 두루마기 안감까지 질이 좋은 명주여야 한다고 극구 주장했다. 왜 그렇게 해야 하는 까닭은 너무도 간단하고 확고했다.

"요샌 다들 그렇게 하신다니까요."

다들 그렇게 한다는데 혼자서만 안 그럴 용기가 어머니 같은 보통 여자에게 있을 리가 없었다. 주제넘게 사위 될 사람의 신분을 묻는 데도 있었다. 의사라고 대답하면 까무러치게 놀라면서 이미 꺼내놓은 안팎 본견을 주섬주섬 밀어놓고 한층 비싸고 질이 고급인 걸 꺼내놓으면서 깜짝 놀랄 만한 값을 불렀다. 같은 본견이라도 값은 천차만별이었다. 그런 고급 옷감이 아무한테나 권하는 게 아니고 또 아무나 의사 사위 볼 수 있는 것은 아니라고 장사꾼이 능청을 떨면 아무리 터무니없는 값을 불러도, 애매하고 너그럽게 웃으면서 꼼짝없이 바가지를 쓰는 게 어머니의 어쩔 수 없는 허영이었다. 양복점에서도 마찬가지였다. 예단인 것만 알면 VIP라는 엄청나게 비싼 양복지를 권했고 그것 이하로 한다는 게 크게 예절에 어긋나는 양 엄포를 놓았다. 현대의 결혼 법도는 이 도시의 요지를 차지하고 있는 장사꾼이 쥐고 있었고, 그 권한은 절대적이었다. 장사꾼의 무한정한 횡포에 한바탕 휘둘리고 들어오면 어머니도 흠뻑 얻어맞은 것처럼 삭신이 쑤시고, 마음은 허탈했다.

"흥, VIP 좋아하네. 자수성가해서 부자 소리 듣는 내 남편도 비싸고 불편하다고 여지껏 VIP는커녕 순모 양복 한번 못 입어보고 합성만 입어왔거늘……."

이렇게 크게 근검절약해서 여러 자식 공부시키고 시집 장가 보내는 데 부족함이 없을 만큼 뒤를 댄 남편에게 고마움과 측은한 연민을 느끼기까지 했다.

그러나 윤 선생과 장사꾼 장단에 한번 놀아난 것이 잘못이었다. 예단을 그럭저럭 최고로 마련하고 보니, 딴 혼수를 그것보다 처지게 하게 되지를 않았다. 눈도 높아지고 내친김에 조금만 더 쓴다는 게 눈덩이 불어나듯 했고, 가구점이고, 그릇가게고, 전기용품상이고, 수예점이고, 예식장이고 하나같이 주단가게 못지않게 상술로 품질을 다락같이 높이고 가짓수를 끝도 없이 늘렸다. 신접 살림에 뭐가 필요하냐보다도, 당사자가 뭘 원하고 어떤 취미를 갖고 있나보다도 장사꾼이 말하는, 요새는 다들 그렇게 한다더라는 뜬소문을 좇기에 어깨가 휘고 가랑이가 찢어질 지경이었다.

대충 혼수가 다 마련되어 한숨을 돌리는데 윤 선생이 들렀다. 어머니는 그간에 들인 물심양면의 노력을 은근히 자랑하고 싶어서 윤 선생에게 2층을 가득 메운 혼수를 일일이 보여주기 시작했다. 별로 경탄하는 기색 없이, 그러나 적절히 치하하는 예절쯤 잊지 않고 대강 구경을 하던 윤 선생이 불쑥 이렇게 말했다.

"참, 의사 사위 맞으려면 열쇠가 세 개 있어야 된다는 소리 들으셨겠죠?"

"열쇠 세 개라뇨? 무슨……."

"왜 있잖아요. 시중에 떠도는 소문이지만 요샌 소문이 나기가 무섭잖습니까? 아들 가진 쪽에서야 바랄 만하죠. 아파트 열쇠, 승용차 열쇠, 병원 열쇠, 이렇게 열쇠 세 개가 있어야 의사한테 시집간다고들 안 합니까? 왜 그렇게 놀라세요? 어머머, 처음 들으시나 봐. 벌써 파다하게 퍼진 소문인데. 그렇지만 그 댁에서야 점잖은 댁인데 설마 열쇠 셋을 다야 바라겠어요. 신랑이 아직 군복무도 안 치른 수련의니까 병원열쇠까진 안 바랄 테니 열쇠 둘 아니면 하나만 있으면 되겠네요, 뭐."

"그 댁에서 아파트에 승용차까지 해가지고 시집을 오라고 그러던가요? 윤 선생한테……."

어머니가 뒤숭숭한 꿈자리에서 깬 사람처럼 멍청하지만 정신 차려야겠다고 안간힘 쓰듯이 물었다.

"아니에요. 그 점잖은 댁에서 대놓고 그런 물질적인 요구를 할 리가 있나요. 다만 세상 소문이 그렇단 얘기죠. 그야말로 아니 땐 굴뚝에 연기 나겠습니까. 소문이 한번 쫙 돌면 내 자식은 어디가 못나서 남 다 받는 대접을 못 받나 싶은 게 인지상정 아니겠어요? 닥터 현이 또 워낙 착해서 부모님 시키는 대로 마음 씀씀이가 돌아갈 타

입이거든요. 이 다음에 돈 많이 벌 사람인데 꼭 돈 욕심 때문에 그런 걸 바란달 순 없죠. 형식을 갖추자 이거죠. 형식이라는 게 그런 게 아니겠어요? 남 다 갖추는 걸 자기만 못 갖추면 두고두고 서운한 거. 아무리 남녀평등이라지만 결혼에 있어서 여자 쪽에서 남자 쪽을 서운하게 해서 이로울 게 하나도 없는 거 아니겠어요? 저야 그쯤 귀띔하는 걸로 중매로서의 소임은 끝냈으니 뒷일은 알아서 하세요."

그 후 며칠 동안 어머니와 아버지는 밤마다 이마를 맞대고 열쇠를 장만해야 옳으냐 안 해야 옳으냐를 의논하고 또 의논했다. 혜숙이 보기에도 어머니와 아버지는 며칠 새 살이 쭉 빠지고 자포자기해 보였다.

그 의논이 아직 미정인 채 받아놓은 날짜만 버럭버럭 다가올 무렵 동부인해서 친정 나들이를 온 혜진이 내외를 보자 아버지도 반색을 했다.

"자네 나하고 술 한잔하세나."

아버지가 사위를 그렇게 반가워하긴 처음이었다. 딸이 죽자사자 좋아하니까 마지못해 짝지어준 사위였다. 그 후에도 딸을 고생만 시켜, 오면 오나 보다, 가면 가나 보다 남보다 나을 게 없이 쓸쓸하게 대해오던 사위였던지라 혜진이도 어리둥절했지만 사위는 더구나 어쩔 줄을 몰랐다. 전에 없이 쉬 취해버린 아버지는 큰사위한테 훌쩍훌쩍 눈물을 다 짜면서 말하는 것이었다.

"자네가 제일이야. 고맙네 고마워. 내 이렇게 큰절이라도 할까?"

아버지가 정말 절을 하려고 비틀비틀 일어섰다.

혜숙은 뒤에서 이런 아버지의 몰라보게 여윈 뒷모습을 바라보면서 속으로 부르짖었다.

"난 뭐냐 말야. 난 도대체 뭐냐 말야?"

시집은 자기가 가는데 모든 일이 자기와는 상관없이 제멋대로 이루어지고 있음을 혜숙은 이제서야 깨달았지만 이미 때는 늦어 있었다. 처음에 주체성을 포기한 건 역시 혜숙이 자신이었다.

| 작품 해설 |

아버지의 법에 저항하는 복수의 글쓰기

들어가며

 여기 한 여자가 있다. 그녀는 평범한 스위트홈을 꿈꾸었지만 이혼을 했고, 대학교 동창을 만나 다시 사랑을 하고 사랑이 전제된 결합을 꿈꾸었지만 남자는 떠나간다. 떠나간 남자가 돌아올 것을 꿈꾸었지만 남자는 더 조건이 좋은 여자와 재혼한다. 뒤늦게 임신 사실을 안 그녀는 홀로 아이를 낳아 남자의 아이로 인정해줄 것을 꿈꾸었지만 돌아온 것은 아버지임을 부정하고 거부하는 파렴치한 종이쪽지였다. 아이를 호적에 입적하고 난 후에도 모계 가정을 지킬 수 있는 상생의 관계를 꿈꾸었으나 돈과 가부장제 권력의 힘에 압도당해 아이를 뺏길 위기에 처한다.
 여기까지 읽다보면 소위 요즘 말하는 막장드라마 한 편을 보는 듯하다. 끝없이 악행을 저지르는 측과 한없이 당하기만 하는 선한 측 사이에 벌어지는 갈등의 드라마는 오래된 선악 이분법을 재생하고 있다. 하지만 이 이분법은 중산층의 우아한 스위트홈 이미지 이면에 있는 날 것의 욕망을 여지없이 드러내고 있기에 독자의 공분을 자아낸다. 실제로 이 소설 『그대 아직도 꿈꾸고 있는가』(1989)는 1990년 베스트셀러 목록에 그 이름을 올렸을 뿐만 아니라 몇 년 뒤 아침드라마로 방영되어 인기를 끌기도 했다. 원래 〈여성신문〉에 연재된 뒤 출간되었는데 가족법이나 호주제와 같은 가부장적 제도와 법의 문제점을 여성 독자에게 생생하게 일깨워주는 역할을 한 것으로 평가된다. 이 소설은 앞서 1980년대, 작가의 『살아있는 날의 시작』 『서있는 여자』의 후일담 혹은 자매편처럼 보이기도 하고, 1980년대 말부터 본격적으로 싹튼 여성해방의식의 성과와 한계를 보여주기도 한다.

그런데 흥미로운 것은 박완서의 프로필에서 대표작으로 꼽히는 이 작품이 2000년대에 들어 박완서 문학에 대한 비평계의 본격적인 재평가와 상찬의 장에서 오히려 암묵적으로 제외되거나 홀대받아왔다는 점이다. 작품이 지닌 지나친 목적의식 때문이기도 하고, 2000년대 들어 박완서 소설에 대한 비평이 작가의 근대 체험, 전쟁 체험에 정향되었기 때문이기도 하다. 하지만 대중이 기억하는 박완서는 여전히 「엄마의 말뚝」 『그 많던 싱아는 누가 다 먹었을까』의 작가이면서 동시에 『서있는 여자』 『그대 아직도 꿈꾸고 있는가』의 작가이다. 호주제가 폐지되고, 결혼제도의 변화로 한부모 가족이 늘어나고, 아들이든 딸이든 하나만 낳아도 흠이 안 될 만큼 80, 90년대와는 비교가 안 되게 현실은 변화했다. 하지만 지식인으로서의 자의식이 강해서 가부장적 권력의 지배를 받지 않는 당당하고 주체적인 여성을 꿈꾸었던 그 시절의 여성들은 어떻게 되었을까? 과연 그녀들은 세상의 편견과 맞서야 하는 고단한 전투적인 삶을 내려놓고 진정 자신들이 꿈꾸었던 세계를 살고 있을까? 만약 그렇지 않다면 이 소설이 제기했던 강렬한 문제의식은 여전히 현재진행형이라 할 만하다.

2. 여성의 입장에서 글쓰기, 그 기원

'알고 있는 것만을 쓴다.' '경험한 것만을 쓴다.' 박완서가 지속적으로 고수했던 글쓰기의 원칙이다. 「닮은 방들」 「주말농장」 등 초기 단편에서부터 시종일관 중산층의 허위의식을 고발했던 작가 박완서는 자신이 가장 잘 알고 있는 세계인 중산층 여성의 현실, 이들이 처한 곤경과 욕망을 드러낸다. 「지렁이 울음소리」 「어떤 나들이」 「닮은 방들」과 같은 1970년대 박완서의 단편들은 가정이라는 패각에 싸여 있다 일시적인 탈출을 감행하지만 결국 집으로 귀환하는 중산층 여성의 절망적인 현실을 드러낸 바 있다. 1980년대에도 여성의 현실에 대한 예리한 시선은 장편소설들을 통해 지속된다. 『살아있는 날의 시작』 『서있는 여자』 『그대 아직도 꿈꾸고 있는가』는 여성해방의식을 날카롭게 드러낸 작품들이다. 이 장편들은 여성이 가정과 일터에서 일상적으로 경험하는 가부장적 전횡을 대단히 집요하고 생생하게 재현했다. 작품의 여성들은 '여자다움'을 세상을 살아가기 위한 생존술로 받아들이고 연기를 하지만 그로 인해 내부의 반란에 시달린다. 이들이 남성 중심 사회에 직면하면서 갖게 되는 분노는 '능욕당한 것처럼 참담한 치욕감'과 같이 날것으로 직설적으로 표현된다. 이런 생생한 표현으로 인해 그녀들이 처한 상황은 마치 우리 모두의 육화된 경험처럼 실감으로 다가온다. 때문에 이 장편소설들이 던진 문제의식은 평단이나 독자에게 작가 박완서를 여성해방 소설가로 각인시켜주는 역할을 톡톡히 했다.

이처럼 우리 사회에 굳게 똬리를 틀고 있는 가부장적 질서 및 이데올로기의 견고함을 무자비하게 드러내는 작가의 서사 전략이랄지 문체는 '복수의 글쓰기'에 그 기원을 두고 있다. '복수의 글쓰기'는 고통스러웠던 전쟁을 증언하고 기억하는 작가 특유의 방식이었다. 그런데 이 복수의 글쓰기는 비단 전쟁 체험에 그치지 않고, 박완서의 작품 세계 전반을 거쳐 확장되고 깊어진다. 복수의 글쓰기는 특히 중산층의 허위의식, 자기 계급의 유지 재생산을 위해서라면 수단과 방법을 가리지 않는 몰염치함을 폭로할 때 빛을 발한다. 여성문제 소설 역시 "자본의 힘이란 곧 가부장의 힘이라는 사실을 '고발'하고"[1] 있다는 점에서 이 복수의 글쓰기의 일환이라 할 수 있다. 『그대 아직도 꿈꾸고 있는가』는 '여성의 입장'에서 '복수의 글쓰기'라는 박완서 작품세계의 한 맥을 이으면서 대중과의 소통을 효과적으로 달성한 선례로 기억될 법하다. 이 대중과의 소통은 단순히 기록적인 판매부수로만은 설명되지 않는다. 이 작품이 발간

---

1) 최재봉, 「작가 인터뷰-이야기의 힘을 믿는다」, 이경호·권명아 엮음, 『박완서 문학 길찾기』, 세계사, 2000년, 34쪽.

당시 베스트셀러였고, 지금까지도 대표작으로 언급되는 이유는 통속적인 소재, 예상 가능한 스토리 전개, 성별과 계급의 선이 분명하게 나누어지면서 대중의 윤리적인 판단을 요구하는 등 대중의 취향과 욕구를 작품이 반영하고 있기 때문이다. 여기 성별과 계급에 따른 차이와 차별의 핵심에는 '아버지의 법'과 '자궁 권력'이 있다.

3. 아버지의 법

가부장제 이데올로기와 제도로 달리 명명될 수 있는 '아버지의 법'은 강력한 규율권력으로 작동한다. 이 '아버지의 법'은 한 인간의 내면을 규율할 뿐만 아니라 실제로 물질적 힘을 발휘하기도 한다.

차문경은 소설 시작에서부터 주눅 들어 있다. 성관계에서 여성은 수동적인 위치에 있거나 자신의 성적 욕망을 감추어야 한다. 그녀는 혁주와의 첫 성관계에서 이런 여성의 역할을 연기했음에도 불구하고 혁주로부터 무신경한 여자로 취급받는다. 차문경의 임신은 이혼녀인 그녀가 몸을 함부로 굴린 대가로 각색되며, 이 때문에 남자는 아이를 자신의 아이를 적자로 인지하지 않으려는 명분을 얻는다.

실상 혁주가 차문경과 아이를 부정하고, 정애숙을 선택한 것은 애숙이 '미모와 순종적인 성격', 즉 여성성을 겸비한 데다 남다른 경제적 능력을 갖췄기 때문이다. 자본주의 사회에서 아버지의 법은 성적, 윤리적으로 남성의 부도덕한 선택을 정당화해주는 알리바이가 되는 것이다.

아버지의 법은 싱글맘으로 고군분투하며 살아온 차문경에게 내면화된 권력으로 작용한다. "문혁이를 김혁주의 아들로 입적시키는 일"(160쪽)은 그 여자가 아버지의 법에 의해 성적으로 문란한 여성으로 낙인찍히고, 이로 인해 교사직에서 잘리는 등 사회적으로 내침을 당하면서도 포기하지 못한 프로젝트였다.

> 자신이 속한 사회가 부계혈통 사회니만치 홀로 모계혈통으로 기르는 외로움과 불안에서 벗어나고 싶기도 했다. 부계혈통 사회에선 아버지의 호적에 입적시키는 게 원칙이고 내 자식도 이제부터 원칙대로 키우게 됐다는 안도감이 비로소 어미의 도리를 다한 것 같은 만족감과도 비슷한 게 그 여자의 솔직한 심정이었다.
> 그 여자가 문혁이를 낳고 나서 한때나마 입적을 시켜주길 애걸하다가 거절당하자 사생아로 키우되 강한 아이로 키우기로 결심한 것도 인습적인 편견에 의해 불이익이나 상처를 안 받을 강한 아이지, 자기가 속한 사회의 법질서를 일부러 무시하고 사는 비상식적인 인간을 뜻한 건 아닐 터였다. (160~161쪽)

위 예문만 놓고 보면 차문경은 사회의 법질서, 부계혈통의 질서를 거스르지 않는다. 이것을 개인의 한계로 볼 수는 없을 터이다. 그만큼 아버지의 법은 상식과 보편적 입법으로 존재한다. 하지만 호적에 자신을 '생모'로 인정받고 싶어하는 그녀의 꿈은 순조롭게 성취되지는 않는다. 법적으로 문혁이 호주상속자가 된 후 아버지의 법은 문경을 '소실'로 취급하는 가혹함을 여지없이 내보인다.

또한 아버지의 법은 문경에게서 '밥줄'을 빼앗아갈 만큼 가혹하다. 자존감의 근거이자 생활의 기반이 되는 교사 생활을 계속할 수 없게 한 것, 당당한 그녀의 내면을 무너뜨린 것은 일부일처제만을 용인하는 아버지의 법 때문이다.

이 아버지의 법은 김혁주가 제기한 '자子 인도 청구권 소송'에서 절정에 달한다. 한국 사회에서 가족법은 여성에게 일방적으로 불리하게 돼 있다. 게다가 아이와 살아가기 위해 고단한 노동에 시달리는 여성에게 가족법이나 친족법은 생경하기 그지없다. 자본주의 사회에서 가진 자의 우월감과 법이 보장해 주는 부권을 다 가진 김혁주는 자신의 특권을 물려 줄 아들을 갖기 위해 돈과 근대적 법질서를 이용한다. 본처인 애숙 역시 "아흔아홉 냥 가진 이가 한 냥 가진 이의 모든 것인 한 냥을 기어코 뺏고 말겠다는 비정한 소유욕"(184~185쪽)을 지녔다. 자신이 가부장제도의 피해자이면서도 가진 자의 자세를 취하는 것이다. 작가는 가부장제와 자본주의의 결합을 가족이라는 장에서 상연하고 있다고 볼 수 있다.

하지만 법은 문경에게 '썩은 동아줄'과 '성한 동아줄'을 동시에 제공한다. "자의 복리를 고려해야" 하며, 그 복리는 가진 자가 더 잘 보장해주는 것이 아닐 여지가 있다는 점을 법은 남겨둔다. 아이를 행복하게 해줄 꿈을 가지는 것, 돈이 얼마 없을 때의 활력을 간직한 모자가정을 차문경은, 그리고 작가는 꿈꾼다. 이 소설은 아버지의 법을 역으로 이용해 그 꿈을 성취할 가능성을 탐색한다. 예전에 김혁주는 아이를 인정해달라는 문경의 편지를 받고, 이를 부정하는 내용을 '빨간 도장'을 선명하게 찍어 보낸 적이 있다. 그 도장은 문경에게는 가부장적 권력의 상징이자, 자신의 아이를 부정하는 반인륜의 상징, 남자를 더 이상 애정의 대상으로 보지 않게 하는 화인火印과도 같다. 그녀는 법의 이름으로 가부장제와 반인륜적 가족주의에 대한 분노와 원한, 치욕감을 되받아 친다.

여기서 그녀는 더 나아가 아버지의 법을 대체할 새로운 상생의 질서를 꿈꾼다.

> 그 애에게 거는 저의 가장 찬란한 꿈이 뭔 줄 아세요? 남자로 태어났으면 마땅히 여자를 이용하고 짓밟고 능멸해도 된다는 그 친부의 권리로부터 자유로운 신종 남자로 키우는 거죠. 그 꿈을 위해서도 그 애는 제가 키우고 싶어요.(191쪽)

소설의 주제, 작가의 여성주의적 비전을 단적으로 보여주는 위 구절은 당시에도 인상 깊었지만 시대가 변한 지금에도 여전히 유효한 현재진행형의 꿈으로 보인다. 아버지의 법과 질서로부터 자유로운 '신종 남자'는 성정체성이나 성별 개념과 관련하여 굳건한 남녀 이분법을 해체하고, 복수의 성 개념을 탐색하는 요즘에도 한국 사회의 현실을 고려하면 여전히 희귀한 존재이기 때문이다.

4. 자궁 권력

이 작품은 여성의 적은 남성이라는 속화된 이분법을 벗어난다. 오히려 찌질한 혁주에 비해 대를 이어줄 아들을 집요하게 원하는 어머니 황 여사나 정실의 우월한 위치에서 자신의 비어버린 자궁을 대체해줄 아들을 탐하는 애숙이 훨씬 강해 보인다. 남성적 질서를 내면화한 '자궁'은 아버지의 법을 대리하는 권력으로 작용한다.

혁주의 아내 애숙은 자기 사업을 성공적으로 꾸리고 이재에 밝다. 혁주는 그녀와의 결혼을 통해 "경제적 부유와 문화적으로 세련된 감각과 가족적 화목이 적절히 조화된 모범적인 상류가정"(135쪽), 즉 중산층의 스위트홈을 만들어낼 수 있었다. 그러면서도 애숙은 '아름답고 순종적인 아내'라는 가부장제 이데올로기를 충실히 따른다. 애숙은 딸만 둘을 낳고나서 악성 종양으로 인해 자궁을 떼어냄으로 해서 상실감을 경험한다. 이 상실감은 비단 애숙에게만 해당되지 않고, 애숙의 부모와 혁주의 가정까지 뒤덮는다. 애숙은 "자궁이 자신의 전부였던 것처럼 자궁을 상실하고 나서는 본래의 인간성까지 점점 달라져"(142쪽) 간다. 아이, 그것도 아들을 낳을 수 있는 자궁을 가지고 있다는 것은 여성이 유일하게 행사할 수 있는 권력이다. 돈과 외모, 이 모든 차이를 뛰어넘어 여성은 자궁의 생식 능력으로 그 정체성을 보장받고, 특히 아들을 낳은 자궁은 온갖 결핍을 상쇄할 수 있는 것처럼 여겨진다. 하지만 자궁이 그 기능을 상실했을 때 권력도 멈춘다. 때문에 애숙은 "어디 가서 남의 아들을 훔쳐오고 싶다든가, 잃어버린 자신의 자궁을 되찾을 수 있는 방법이 있을 것 같아 몸이 다는"식의 광기에 시달리고, "남들 다 가진 아들을 영영 가질 수 없다는 열등감과 한 가문의 대를 끊어놓았다는 죄의식"(142쪽)을 내면화한다. 통상 여성에게 우울증은 가부장제에 대한 거부와 저항의 의미를 지닌다고도 하지만, 이 작품에서 애숙이 겪는 우울증과 피해 의식은 가부장제를 내면화한 데서 비롯된 것이다.

어쩌면 애숙에게 여자다움은 세상을 살아가기 위한 생존술이거나 연기일 수도 있다. 차문경과는 다른 길을 걷는 이 여성들은 자본주의와 결탁한 가부장제가 여성다움 외에 여성이 소유한 돈이나 능력을 중시하는 것을 잘 안다. 여성의 성욕이나 쾌락은 억제되거나 절제를 연기해야 한다는 것도 잘 안다. 이런 점에서 여성성을 잘 연기함으로써 가부장제 사회에 안착했던 애숙에서 자궁의 상실은 자신의 위치가 위협받는 것을 뜻한다. 때문에 애숙에게 자신의 빈 자궁을 대체해줄 아들을 빼앗아 오는 것은 중산층 가족 내에서 자신의 위치를 고수하기 위한 긴급한 사안일 수밖에 없다.

시대가 변했다고 해도 가족은 계급 재생산의 강력한 물적 토대라는 사실은 변함이 없다. 아들 빼앗아 오기라는 '공동의 관심사'를 달성하기 위해 혁주의 가족은 "그 어느 때보다도 물샐틈이 없"(145쪽)이 똘똘 뭉친다. 특히 황 여사와 애숙은 차문경을 "마음대로 짓밟고 이용할 수 있는 여자" "쓰면 뱉고 달면 삼켜도 되는 만만한 여자"(144쪽)로 취급하면서 중산층 가족의 대를 잇기 위해서 공모하고 같은 여성을 배제하는 전략을 취한다. 아버지의 법의 대리자인 이 여성들은 가족 질서에 들어오지 못한 사회적 타자인 여성에게 권력을 행사하는 것이다. 하지만 여성의 적은 여성이 아니다. 결국 이 권력 역시 남성들의 리그를 단단하게, 영속적으로 해줄 때만 가능한 것이며, 여성들은 남성들의 위악과 파렴치함을 대리하는 역할을 하기 때문이다.

5. 계몽과 윤리의 귀환

이 작품은 자본주의적 가부장제의 속물성과 허위의식을 폭로하고 고발한다. 전근대성의 산물로 여겨졌던 가부장제가 어떻게 근대 자본주의 질서에 맞춰 자기 몸을 바꿔가는지, 그러면서 어떻게 이전보다 더 위악적이고 강력해질 수 있는지를 보여준다. 전근대적 의식과 제도가 근대적 물질세계 및 자본주의적 욕망과 만나 빚어내는 파괴력을 효과적으로 보여주기 위해 박완서는 속도감 있는 서사전개와 특유의 언어전략을 구사한다.

『그대 아직도 꿈꾸고 있는가』의 경우 혁주와의 만남, 임신과 출산, 아들 문혁의 성장과 같은 부분들은 짤막한 설명으로 처리된다. 오히려 작가가 공을 들이는 부분은 가부장제와 소위 중산층의 치부를 여실히 드러내는 인물들의 발언이나 대화, 이 인물들과 관련이 있는 에피소드들이다. 에피소드들은 혁주 가족과 문경 간의 계층적,

의식적 갈등을 드러내는 감각적 묘사로 인해 생기를 얻게 된다. 가령 문경이 문혁을 찾으러 혁주의 집을 찾아가는 아래 장면을 보자.

문을 열어준 가정부의 어깨 너머로 서늘한 바람이 머리카락 한 줌이 땀에 함부로 엉겨붙은 그 여자의 이마에 상쾌하게 와 닿았다. 복중으로 치닫고 있는 날씨와 좋지 못한 예감과 분노로 뜨겁게 달구어진 그 여자에게 냉방이 잘된 아파트의 실내 온도는 매우 생뚱스러웠다. 그 여자는 갑작스러운 이질감 때문에 문혁을 찾으러 온 걸 잠깐 잊어먹고 별세상 같은 분위기를 멍한 기분으로 바라보았다.(177쪽)

혁주네 가족과 문경의 계층적 위화감은 냉방이 잘된 아파트 안의 쾌적함과 땀내 나는 바깥의 극적 대비로 드러난다. 법정에서도 "부티와 교양이 철철 넘치게 차려입은"(183쪽) 혁주 부부와 목둘레가 늘어난 셔츠와 밥풀자국이 묻은 바지를 남루하게 입은 문경의 대조적인 모습은 문자로 표현되어 있지만 독자에게는 마치 그 장면을 직접 보는 듯 선명하게 여겨진다. 이 소설에서 반복적으로 나오는 참담함, 치욕, 분노와 원한과 같은 가부장제와 가진 자에 대한 복합적 감정을 위의 장면들은 시각적, 감각적으로 보여주고 있는 것이다.

이 소설에서도 박완서 특유의 직설적인 언어 전략이 빛을 발한다. 차문경은 자신을 무신경한 여자로 치부하는 혁주에게서 "능욕당한 것처럼 참담한 치욕감"(16쪽)을 느낀다. 분노, 치욕과 같은 기세등등한 날것의 어휘들은 문경이 혁주 가족에게서, 그리고 여성에게 유난히 엄격한 도덕적 잣대를 요구하는 사회제도로부터 배척을 받을 때마다 반복적으로 나타난다. '능욕' '치욕'과 같은 선정적인 어휘는 성적, 윤리적으로 균형 감각을 유지하려 했던 그녀의 자존감이 외부적 요인에 의해 무너졌음을, 그럼에도 불구하고 그녀 자신이 이 자존감을 포기하지 않았음을 역설적으로 보여준다.

박완서 소설을 지탱하는 주인공인 중산층 부르주아를 근대적 개인으로 번역해본다면 이 개인이 마땅히 품고 있어야 할 자질들인 교양이나 지성, 품위가 제대로 관철되지 못하는 한국적 상황에 작가는 관심이 있었던 듯하다. 따라서 중산층 가족주의를 그릴 때 과도할 정도로 공격적인 언어, 지나치게 자의식적이고 도덕적인 정결성을 고수하는 여성 인물들은 근대적 개인의 윤리 의식이 한국 사회에서는 '결핍된' 그러나 '지향하고 도달해야 할' 삶의 요소임을 일깨워준다. 박완서 소설의 진정성은 여기서부터 시작된다고 볼 수 있다.

물론 작품 말미에서 가족법에 대한 설명과 법정 재판 장면은 소설에 녹아들지 못한 채 생경하게 정보만 노출된 면이 없지 않다. 실제로 여기서 들리는 계몽적 목소리는 박완서 문학에서는 접할 수 없었던 이질적 요소이기도 하다. 하지만 여자에게 불리한 조항들이 많은 가족법에서 '자구의 복리를 우선 고려해야 한다'는, 그나마 여성에게 유리한 '성한 동아줄'을 눈 밝게 찾아내 보여주려 한 작가의 의도를 무시할 수는 없다. 그만큼 법과 제도는 남성의 편이라는 통념이 한국 사회의 구성원들에게 각인되어 있기에 작가는 그 법과 제도의 빈틈에서 정공법으로 문제를 해결할 길을 제시하려 한 것이다.

다소 거칠고 직설적인 이 소설의 문제의식은 1980년대라는 시대적 맥락에서 의미를 지닌다. 요컨대 1980년대 한국 사회의 여성 현실이나 운동적 측면, 사상성 등을 고려해야 『그대 아직도 꿈꾸고 있는가』뿐만 아니라 전작 『서 있는 여자』 『살아있는 날의 시작』이 상투적이기에 대중적인, 전투적이기에 리얼한 세계를 견지하고 있다는 점을 이해할 수 있다. 박완서 문학이 지배 권력과 끊임없이 갈등하고 저항하며 대항 이데올로기를 적극적으로 만들어냈던 당대와 건강하게 호흡하면서 씌어졌다는 말도 된다. 『그대 아직도 꿈꾸고 있는가』를 2000년대에 다시 읽을 때 작품에 도드라진 계몽성과 윤리 의식을, 모자가정을 지키기 위한 한 여성의 분투를 한국 사회의 치열했던 과거를 기억하는 마음으로 읽어야 하는 것도 이 때문이다.

김양선 1965년 서울 출생. 문학평론가, 한림대학교 기초교육대학 교수. 서강대학교 영어영문학과 및 동대학원 국어국문학과에서 박사학위를 받았다. 1996년 「근대극복을 위한 여성문학의 논리」(《창작과비평》)로 비평 활동 시작. 저서로는 『1930년대 소설과 근대성의 지형학』 『근대문학의 탈식민성과 젠더정치학』, 평론집으로 『허스토리의 문학』 『경계에 선 여성문학』 등이 있다.

작가
연보

1931   10월 20일 경기도 개풍군 묵송리 박적골에서 출생. 아버지 박영노朴泳魯, 어머니 홍기숙洪己宿. 위로 열 살 위인 오빠 박종서朴鐘緒 있음.
1934(4세)   아버지 별세. 어머니는 오빠만 데리고 서울로 떠남. 조부모와 숙부모 밑에서 어린 시절을 보냄.
1938(8세)   서울로 와서 살게 됨. 매동국민학교 입학.
1944(14세)   숙명여고 입학.
1945(15세)   소개령 때문에 개성으로 이사, 호수돈여고로 전학. 고향에서 해방을 맞음.
              서울로 와 학교를 계속 다님. 여중 5학년 때 담임을 맡은 소설가 박노갑 선생에게서 많은 영향을 받음.
1950(20세)   서울대학교 문리대 국어국문학과 입학. 6·25 전쟁으로 학교에 다닌 기간은 며칠 되지 않음. 전쟁 기간 중에 오빠와 숙부가 죽고 대가족의 생계를 책임지게 됨. 미8군 PX(동화백화점, 지금의 신세계백화점 자리)의 초상화부에서 근무. 그곳에서 박수근 화백을 알게 됨.
1953(23세)   4월 21일 호영진扈榮鎭과 결혼. 1남 4녀의 자녀를 둠.(1954년 원숙, 1955년 원순, 1958년 원경, 1960년 원균, 1963년 원태 태어남)
1970(40세)   『나목』으로 〈여성동아〉 여류 장편소설 모집에 당선. 첫 책 『나목』(동아일보사) 출간.

1971(41세)	「한발기」 연재.(《여성동아》 1971년 7월호~1972년 11월호. 단행본에 실린 「5월」 부분이 빠져 있음. 1978년에 『목마른 계절』로 출간됨)
「세모」(《여성동아》 4월호), 「어떤 나들이」(《월간문학》 9월호)
1972(42세)	「세상에서 제일 무거운 틀니」(《현대문학》 8월호)
1973(43세)	「부처님 근처」(《현대문학》 7월호), 「지렁이 울음소리」(《신동아》 7월호), 「주말농장」(《문학사상》 10월호)
1974(44세)	「맏사위」(《서울평론》 1월호), 「연인들」(《월간문학》 3월호), 「이별의 김포공항」(《문학사상》 4월호), 「어느 시시한 사내 이야기」(《세대》 5월호), 「닮은 방들」(《월간중앙》 6월호), 「부끄러움을 가르칩니다」(《신동아》 8월호), 「재수굿」(《문학사상》 12월호)
1975(45세)	「도시의 흉년」 연재.(《문학사상》 1975년 12월호~1979년 7월호)
「카메라와 워커」(《한국문학》 2월호), 「도둑맞은 가난」(《세대》 4월호), 「서글픈 순방」(《주간조선》 6월호), 「겨울 나들이」(《문학사상》 9월호), 「저렇게 많이!」(《소설문예》 9월호)
1976(46세)	첫 창작집 『부끄러움을 가르칩니다』(일지사) 출간.
「휘청거리는 오후」 연재.(《동아일보》 1976. 1. 1~1976. 12. 30)
「어떤 야만」(《뿌리깊은 나무》 5월호), 「배반의 여름」(《세계의 문학》 가을호), 「조그만 체험기」(《창작과비평》 겨울호), 「포말의 집」(《한국문학》 10월호)
1977(47세)	『휘청거리는 오후 1, 2』(창작과비평사) 출간.
열화당의 〈신예작가 신작소설선〉 중에 중편집 『창밖은 봄』 출간.
첫 산문집 『꼴찌에게 보내는 갈채』(평민사), 두 번째 산문집 『혼자 부르는 합창』(진문출판사) 출간.
「흑과부」(《신동아》 2월호), 「돌아온 땅」(《세대》 4월호, 「더위 먹은 버스」라는 제목으로 소설집 『배반의 여름』(1978)에 수록), 「상」(《현대문학》 4월호), 「꼭두각시의 꿈」(《수정》 1977), 「꿈을 찍는 사진사」(《한국문학》 6월호),

「여인들」(《세계의 문학》 여름호), 「그 살벌했던 날의 할미꽃」(《문예중앙》 겨울호).

1978(48세) 『목마른 계절』(수문서관) 출간.(《여성동아》 1971년 7월호~1972년 11월호.「한발기」라는 제목으로 연재)

단편집 『배반의 여름』(창작과비평사) 출간.

산문집 『여자와 남자가 있는 풍경』(한길사) 출간.

「욕망의 응달」 연재.(《여성동아》 1978. 8.~1979. 11.)

「낙토樂土의 아이들」(《한국문학》 1월호), 「집보기는 그렇게 끝났다」(《세계의 문학》 가을호), 「꿈과 같이」(《창작과비평》 여름호), 「공항에서 만난 사람」(《문학과지성》 가을호).

1979(49세) 『도시의 흉년 1, 2』(문학사상사) 출간.

『욕망의 응달』(수문서관) 출간.(이후 1984년 같은 출판사에서 『인간의 꽃』이라는 제목으로 다시 나온 뒤 절판. 1989년 다시 원제대로 우리문학사에서 재출간되었으나 타계 전 작가의 요청으로, 〈박완서 소설전집 결정판〉(세계사) 목록에서 제외함)

창작동화집 『달걀은 달걀로 갚으렴』(샘터사) 출간.(같은 해 『마지막 임금님』이라는 제목으로도 출간됨)

『꿈을 찍는 사진사』(열화당) 출간.(1977년 펴냈던 『창밖은 봄』과 동일한 작품을 묶음)

「살아 있는 날의 시작」 연재.(《동아일보》 1979. 10. 2~1980. 5. 30)

「내가 놓친 화합」(《문예중앙》 봄호), 「황혼」(《뿌리깊은 나무》 3월호), 「우리들의 부자富者」(《신동아》 8월호), 「추적자」(《문학사상》 10월호).

1980(50세) 「그 가을의 사흘 동안」으로 제7회 한국문학작가상 수상.

〈동아일보〉에 연재했던 『살아 있는 날의 시작』(전예원) 출간.

「오만과 몽상」 연재.(《한국문학》 1980년 12월호~1982년 3월호)

「그 가을의 사흘 동안」(《한국문학》 6월호), 「엄마의 말뚝 1」(《문학사상》

9월호), 「육복六福」(《소설문학》 11월호), 「침묵과 실어」(《세계의 문학》 겨울호), 「옥상의 민들레꽃」(《실천문학》 창간호)

1981(51세)   「엄마의 말뚝 2」로 제5회 이상문학상 수상.
20년간 살던 보문동 한옥을 떠나 잠실의 아파트로 이사.
오늘의 작가 총서 『나목·도둑맞은 가난』(민음사) 출간.
소설집 『이민 가는 맷돌』(심설당) 출간.
「천변풍경」(《문예중앙》 봄호), 「엄마의 말뚝 2」(《문학사상》 8월호), 「쥬디 할머니」(《소설문학》 10월호), 「꽃 지고 잎 피고」(피어리스 사보 〈Ami〉 1981), 「로얄 박스」(《현대문학》 12월호)
「도둑맞은 가난」이 일본에서 「盜まれた貧しさ」라는 제목으로 『韓国現代文学13人集』(古由高麗雄 편)에 수록 출간.(新潮社)

1982(52세)   10월과 11월, 문화공보부 주최 문인 해외연수에 참가, 유럽과 인도를 다녀옴.(김치수, 염재만, 이호철, 홍윤숙, 김영옥, 유재용, 김승옥, 박연희, 김홍신 등 참가)
『오만과 몽상』(한국문학사) 출간.(1985년 고려원에서 재출간)
단편집 『엄마의 말뚝』(일월서각) 출간.(첫 창작집 이후 발표된 소설을 묶음)
산문집 『살아 있는 날의 소망』(학원사) 출간.
「그해 겨울은 따뜻했네」 연재.(《한국일보》 1982. 1. 5~1983. 1. 15)
「떠도는 결혼」 연재.(《주부생활》 1982. 4.~1983. 11.)
「유실」(《문학사상》 5월호), 「무중霧中」(《세계의 문학》 여름호)

1983(53세)   『그해 겨울은 따뜻했네』(민음사) 출간.(《한국일보》에 연재한 동명의 소설)
「그의 외롭고 쓸쓸한 밤」(《문학사상》 3월호), 「아저씨의 훈장」(《현대문학》 5월호), 「무서운 아이들」(《한국문학》 7월호), 「소묘」(《소설문학》 8월호)
「그 살벌했던 날의 할미꽃」이 영국 런던에서 「A Pasque-Flower on That Bleak Day」라는 제목으로, 중단편 소설집 『The Rainy Spell and

Other Korean Stories』(서지문 역)에 수록 출간.(onyx press)

1984(54세) 7월 1일 영세 받음.

그해 창간된 잡지 〈2000년〉에 1984년 5월부터 12월까지 연재한 풍자 소설 「서울 사람들」이 단행본 『서울 사람들』로(글수레) 출간.

『인간의 꽃』(수문서관) 출간.(1979년에 출간된 『욕망의 응달』을 제목을 바꿔 재출간함)

「재이산」(《여성문학》1월호), 「울음소리」(《문학사상》2월호), 「저녁의 해후」(《현대문학》3월호), 「어느 이야기꾼의 수렁」(《문예중앙》여름호), 「움딸」(《학원》9월호), 「지 알고 내 알고 하늘이 알건만」(『창비 84 신작소설집 - 지 알고 내 알고 하늘이 알건만』)

1985(55세) 방이동 아파트로 이사함.

11월 무렵 일본 '국제기금' 재단의 초청으로 홀로 일본 여행.

『서 있는 여자』(학원사) 출간.(《주부생활》에 연재했던 「떠도는 결혼」과 같은 작품)

〈베스트셀러 소설선집 7〉『나목』(중앙일보사) 출간.

단편 선집 『그 가을의 사흘 동안』(나남) 출간.

한국문학사에서 나왔던 장편 『오만과 몽상』(고려원) 재출간.

자선 에세이집 『지금은 행복한 시간인가』(자유문학사) 출간.

대하장편소설 「未忘(미망)」 연재 시작.(《문학사상》3월호)

「해산바가지」(《세계의 문학》여름호), 「초대」(《문학사상》10월호), 「애보기가 쉽다고?」(《동서문학》12월호), 「사람의 일기」(『창비 85 신작소설집 - 슬픈 해후』), 「저물녘의 황홀」(『문학과지성사 신작소설집 - 숨은 손가락』)

1986(56세) 창작집 『꽃을 찾아서』(창작과비평사) 출간.(『엄마의 말뚝』이후, 1982년에서 1986년 사이에 창작한 중단편 수록)

산문집 『서 있는 여자의 갈등』(나남) 출간.

「비애의 장」(《현대문학》2월호), 「꽃을 찾아서」(《한국문학》8월호)

1987(57세)	단편 선집『그 살벌했던 날의 할미꽃』(심지출판사) 출간.
	『이상 문학수상작가 대표작품집 6 - 박완서』(문학세계사) 출간.
	「저문 날의 삽화 1」(『여성동아문집 - 분노의 메아리』, 전예원), 「저문 날의 삽화 2」(《또 하나의 문화 4호: 여성 해방의 문학》), 「저문 날의 삽화 3」(《현대문학》 6월호), 「저문 날의 삽화 4」(《창비 1987》, 부정기 간행물)
1988(58세)	남편(5월)과 아들(8월)이 연이어 세상을 떠남.
	서울을 떠나 부산 분도수녀원에서 지냄. 미국 여행을 다녀옴.
	10월부터 이듬해 4월까지 〈문학사상〉에 연재하던 「미망」을 중단함.
	「저문 날의 삽화 5」(《소설문학》 1월호)
1989(59세)	단행본『그대 아직도 꿈꾸고 있는가』(삼진기획) 출간.
	『서 있는 여자』(작가정신) 재출간.(1985년 학원사에서 출간됐던『서 있는 여자』재출간)
	「그대 아직도 꿈꾸고 있는가」 연재.(《여성신문》 제11호(2월 17일)~제34호(7월 28일))
	1988년 10월부터 연재 중단했던 「미망」 다시 연재 시작.(《문학사상》 5월호)
	「복원되지 못한 것들을 위하여」(《창작과비평》 여름호), 「가(家)」(《현대문학》 11월호)
	「그 살벌했던 날의 할미꽃」이 프랑스에서 「Une Vieille Anémone, Un Jour Lugubre」라는 제목으로『Une Fille Nommée Deuxième Garçon』(최윤, Patrick Maurus 역)에 수록 출간.(Le Méridien Editeur)
1990(60세)	『미망』으로 대한민국문학상 우수상 수상.
	해외 성지순례를 다녀옴.
	〈문학사상〉 5월호로 완결된『미망 1, 2, 3』(문학사상사)이 단행본으로 출간.
	산문집『나는 왜 작은 일에만 분개하는가』(햇빛출판사) 출간.

참척의 고통을 겪으면서 기록한 일기인 「한 말씀만 하소서」 연재.(가톨릭 잡지 〈생활성서〉 1990. 9.~1991. 9.)

1991(61세) 『미망』으로 제3회 이산문학상 수상.

회갑 기념 단편소설집 『저문 날의 삽화』(문학과지성사) 출간.

콩트집 『나의 아름다운 이웃』(작가정신) 출간.(1981년에 출간된 『이민 가는 맷돌』(심설당)에 실린 작품을 재출간)

「여덟 개의 모자로 남은 당신」(『여성동아문집 - 여덟 개의 모자로 남은 당신』, 정민),「엄마의 말뚝 3」(〈작가세계〉 봄호,「박완서 특집」),「우황청심환」(〈창작과비평〉 여름호)

「엄마의 말뚝 1」이 영역되어 출간.(유영난 역, 『번역이란 무엇인가』, 태학사)

1992(62세) '소설로 그린 자화상' 이라는 표제로 『그 많던 싱아는 누가 다 먹었을까』(웅진출판) 출간.

『박완서 문학 앨범』(웅진출판) 출간.

동화집 『산과 나무를 위한 사랑법』(샘터사) 출간.(1979년 샘터사에서 냈던 동화들을 모음)

「오동의 숨은 소리여」(〈현대소설〉 봄호)

『서 있는 여자』가 일본에서 『結婚』(中野宣子 역)이라는 제목으로 출간.(學藝書林)

1993(63세) 제19회 중앙문화대상(예술 부문) 수상.

「꿈꾸는 인큐베이터」로 제38회 현대문학상 수상.

제38회 현대문학상 수상소설집 『꿈꾸는 인큐베이터』(현대문학) 출간.

『박완서 문학상 수상 작품집』(훈민정음) 출간.(「그 가을의 사흘 동안」「엄마의 말뚝 2」「꿈꾸는 인큐베이터」 수록)

〈박완서 소설 전집〉(세계사) 『휘청거리는 오후』(소설 전집 1), 『도시의 흉년』(소설 전집 2, 3), 『휘청거리는 오후』(소설 전집 4), 『욕망의 응달』

	(소설 전집 5) 출간.
	「꿈꾸는 인큐베이터」(《현대문학》1월호), 「티타임의 모녀」(《창작과비평》 여름호), 「나의 가장 나종 지니인 것」(《상상》 창간호(가을호))
	「엄마의 말뚝 1」이 프랑스 〈Lettres coréennes〉 시리즈 중 『Le piquet de ma mère』(강고배, Hélène Lebrun 역)라는 제목으로 출간.(Actes Sud)
	「겨울 나들이」가 미국에서 「Winter Outing」이라는 제목으로 『Land of Exile』(Marshall R. Pihl 역)에 수록 출간.(M. E. Sharpe)
1994(64세)	「나의 가장 나종 지니인 것」으로 제25회 동인문학상 수상
	『제25회 동인문학상 수상작품집 - 나의 가장 나종 지니인 것』(조선일보사) 출간.
	신작 소설집 『한 말씀만 하소서』(솔) 출간.(일기와 『저문 날의 삽화』 이후의 소설을 묶음)
	전작동화 『부숭이의 땅힘』(한양출판) 출간.
	첫 창작집 『부끄러움을 가르칩니다』(한양출판) 재출간.
	1977년에 출간한 첫 수필집 『꼴찌에게 보내는 갈채』(한양출판) 재출간.(일부 재수록)
	〈박완서 소설 전집〉(세계사) 『목마른 계절』(소설 전집 6), 『엄마의 말뚝』(소설 전집 7), 『오만과 몽상』(소설 전집 8), 『그해 겨울은 따뜻했네』(소설 전집 9) 출간.
	「가는 비, 이슬비」(한국문학 3·4월 합본호)
	『그대 아직 꿈꾸고 있는가』가 독일에서 『Das Familienregister』(Helga Picht 역)이라는 제목으로 출간.(Verlag Volk &Welt)
1995(65세)	「환각의 나비」로 제1회 한무숙문학상 수상.
	『그 산이 정말 거기 있었을까』(웅진출판) 출간.
	단편 선집 『여덟 개의 모자로 남은 당신』(삼성) 문고판 출간.

산문집 『한 길 사람 속』(작가정신) 출간.

〈박완서 소설 전집〉(세계사) 『나목』(소설 전집 10), 『서 있는 여자』(소설 전집 11) 출간.

「마른 꽃」(《문학사상》 1월호), 「환각의 나비」(《문학동네》 봄호)

『나목』이 미국 코넬대학교 출판부에서 『The Naked Tree』(유영난 역)라는 제목으로 출간.(Cornell University)

「더위 먹은 버스」 「꿈꾸는 인큐베이터」 「티타임의 모녀」 단편 세 편이 독일에서 『Die Trämende Brutmaschine: 꿈꾸는 인큐베이터』(채운정, Rainer Werning 역)라는 제목으로 출간.(Secolo)

「티타임의 모녀」가 일본에서 「ティータイムの母娘」(岸井紀子 역)이라는 제목으로 〈韓國女性作家作品集(한국여성작가작품집)〉 중 『冬の幻』(朝鮮文学研究會 역)에 수록 출간.(韓日カルチャーセンター図書出版室)

「세모」 「주말농장」이 중국에서 「岁暮」 「周末农场」라는 제목으로 『韩国女作家作品选(한국여작가작품선)』에 수록 출간.(社会科学文献出版社)

1996(66세)　단편선집 『울음소리』(솔) 출간.

수필집 『우리를 두렵게 하는 것들』(자유문화사) 출간.

〈박완서 소설 전집〉(세계사) 『미망』(소설 전집 12, 13) 출간.

「참을 수 없는 비밀」(《창작과비평》 겨울호)

1997(67세)　『그 산이 정말 거기 있었을까』로 제5회 대산문학상 수상.

티베트·네팔 기행기 『모독』(학고재) 출간.

동화집 『속삭임』(샘터사) 출간.

「길고 재미없는 영화가 끝나갈 때」(《라쁠륨》 봄호), 「그 여자네 집」(『여성동아 문집 - 13월의 사랑』, 예감), 「너무도 쓸쓸한 당신」(《문학동네》 겨울호)

「닮은 방들」이 미국에서 「Identical Apartment」라는 제목으로

『WAYFARER』(Bruce Fulton, Ju-Chan Fulton 편역)에 수록 출간.(Women In Translation)

1998(68세) 구리시 아천동으로 이사함.

보관문화훈장(문화관광부) 수상.

단편소설집 『너무도 쓸쓸한 당신』(창작과비평사) 출간.

산문집 『어른 노릇 사람 노릇』(작가정신) 출간.

그림동화 『이게 뭔지 알아맞혀 볼래?』(미세기) 출간.

「꽃잎 속의 가시」(《작가세계》 봄호), 「공놀이하는 여자」(《당대비평》 여름호), 「J-1 비자」(《창작과비평》 겨울호).

1999(69세) 『너무도 쓸쓸한 당신』으로 제14회 만해문학상 수상.

묵상집 『님이여, 그 숲을 떠나지 마오』(여백) 출간.

에세이 선집 『작은 마음이 아름다운 세상을 만든다』(미래사) 출간.

단편동화집 『자전거 도둑』(다림) 출간.(첫 동화집 『달걀은 달걀로 갚으렴』에서 여섯 편을 선별해 실음)

「아주 오래된 농담」 연재 시작.(《실천문학》 겨울호)

〈단편소설 전집〉(전5권, 문학동네) 『어떤 나들이』(단편소설 전집 1), 『조그만 체험기』(단편소설 전집 2), 『아저씨의 훈장』(단편소설 전집 3), 『해산바가지』(단편소설 전집 4), 『가는 비 이슬비』(단편소설 전집 5) 출간.

단편 아홉 편이 미국에서 『My Very Last Possession』(전경자 외 역)라는 제목으로 출간.(M. E. Sharpe)

「저문 날의 삽화」 「그 가을의 사흘 동안」 「도둑맞은 가난」 「엄마의 말뚝 1, 2, 3」 단편 여섯 편이 미국에서 『A SKETCH OF THE FADING SUN』(이현재 역)이라는 제목으로 출간.(White Pine Press)

『그 많던 싱아는 누가 다 먹었을까』가 일본에서 『新女性を生きよ』(朴福美 역)라는 제목으로 출간.(梨の木舍)

「어느 이야기꾼의 수렁」이 독일에서 「Im Sumpf steckengeblieben」

	이라는 제목으로 『Am Ende der Zeit』(Helga Picht, Heidi Kang 편)에 수록 출간.(Pendragon)
2000(70세)	제14회 인촌상 수상.(문학 부문)
	9월 '2000 서울 국제 문학포럼'에서 「포스트 식민지적 상황에서의 글쓰기」 발표.
	등단 30주년 기념, 산문 선집 『아름다운 것은 무엇을 남길까』(세계사), 『박완서 문학 30년 기념 비평집: 박완서 문학 길찾기』(세계사) 출간.
	「아주 오래된 농담」(《실천문학》 가을호) 연재를 마친 후 단행본 『아주 오래된 농담』(실천문학사) 출간.
2001(71세)	「그리움을 위하여」로 제1회 황순원문학상 수상.
	장편동화 『부숭이는 힘이 세다』(계림북스쿨) 출간.(『부숭이의 땅힘』(1994)을 손보아 이름을 바꾸어 출간)
	「그리움을 위하여」(《현대문학》 2월호), 「또 한해가 저물어 가는데」(『우리시대의 여성작가 15인 신작소설집 – 진실 혹은 두려움』, 동아일보사)
	「그 가을의 사흘 동안」을 영역한 『Three Days in That Autumn』(유숙희 역)이 지문당의 〈The Portable Library of Korean Literature〉 시리즈 여덟 번째 책으로 출간.
2002(72세)	산문집 『꼴찌에게 보내는 갈채』(세계사) 개정 증보판 출간.(「내가 걸어온 길」 등이 추가됨)
	소설 모음집 『저문 날의 삽화』(문학과지성사) 개정판 출간.
	〈박완서 소설 전집〉(세계사) 개정판 출간.(전14권, 장정을 새로 함)
	산문집 『두부』(창작과비평사) 출간.
	자전적 동화 『옛날의 사금파리』(그림 우승우, 열림원) 출간.
	『우리 시대의 소설가 박완서를 찾아서』(웅진닷컴) 발간.(『박완서 문학 앨범』(1992)의 개정증보판)

	「아치울 이야기」(『여성작가 16인 신작소설집 – 피스타치오 나무 아래서 잠들다』, 동아일보사), 「그 남자네 집」(《문학과사회》 여름호)
	「나의 가장 나종 지니인 것」이 독일에서 「Das Allerwichtigste in meinem Leben Erzälung」이라는 제목으로 『Wintervision』(김희열, Achim Neitzert 역)에 수록 출간.(Haag+Herchen)
	「엄마의 말뚝」이 일본에서 「母さんの杭」라는 제목으로 『現代韓國短篇選(현대한국단편선) 下』(三枝寿勝 역)에 수록 출간.(岩波書店)
2003(73세)	산문집(콩트집) 『나의 아름다운 이웃』(작가정신) 개정판 출간.
	첫 동화집 『달걀은 달걀로 갚으렴』에 수록되었던 「옥상의 민들레꽃」을 만화로 구성한 『옥상의 민들레꽃』(그림 강웅승, 이가서)이 〈만화로 보는 한국문학 대표작선 003〉으로 출간.
	김남조·김후란·박완서·전옥주·한말숙 5인 에세이집 『세월의 향기』(솔과 학) 출간.
	〈박완서 소설 전집〉(세계사) 『휘청거리는 오후』(소설 전집 1), 『욕망의 응달』(소설 전집 5), 『목마른 계절』(소설 전집 6), 『서 있는 여자』(소설 전집 11) 개정판 출간.
	「마흔아홉 살」(《문학동네》 봄호), 「후남아, 밥 먹어라」(《창작과비평》 여름호)
	『그 산이 정말 거기 있었을까』가 스페인 트로타 출판사의 〈한국문학시리즈〉 중 첫 책으로 『Aquella montaña tan lejana』(김혜정, Francisco Javier Martaín Ortíz 역)라는 제목으로 출간.(Trotta)
2004(74세)	〈현대문학〉 창간 50주년을 기념한 장편소설 『그 남자네 집』(현대문학사) 출간.(2002년 〈문학과사회〉에 발표한 동명 단편을 기초로 한 작품)
	일기 『한 말씀만 하소서: 자식을 잃은 참척의 고통과 슬픔, 그 절절한 내면 일기』(판화 한지예, 세계사) 재출간.
	〈그림, 소설을 읽다〉(전5권) 시리즈 첫 권으로 『나목에 핀 꽃』(그림 박

항률, 랜덤하우스중앙) 출간.

1997년에 펴낸 첫 동화집에 수록되었던 여섯 편에, 최근에 쓴 동화 「보시니 참 좋았다」「아빠의 선생님이 오시는 날」을 새로 더해, 동화집 『보시니 참 좋았다』(그림 김점선, 이가서) 출간.

〈박완서 소설 전집〉(세계사) 『꿈엔들 잊힐리야』(박완서 소설 전집 12, 13, 14) 출간. (장편소설 『미망』(소설 전집 12, 13)의 일부 내용을 수정·보완한 후 표지 장정과 본문 디자인을 바꾸어 출간)

청소년판 『그 많던 싱아는 누가 다 먹었을까』(그림 강전희, 웅진닷컴) 출간.

「해산바가지」가 일본에서 「出産バガヂ」라는 제목으로 『韓国女性作家短編選』(한국여성작가단편선) (朴鈞礼 역)에 수록 출간. (穗高書店)

2005 (75세)　12편의 기행 산문을 모은 기행산문집 『잃어버린 여행가방』(실천문학사) 출간. (1997년 학고재에서 출간했던 『모독』 포함)

『그 산이 정말 거기 있었을까』 『그 많던 싱아는 누가 다 먹었을까』 (웅진지식하우스) 양장본으로 재출간.

만화 『그 많던 싱아는 누가 다 먹었을까 1, 2』(그림 김광성, 세계사) 출간. (어린이를 위해 만화로 재구성)

〈다시 읽는 한국문학〉 시리즈 『다시 읽는 박완서 - 엄마의 말뚝』(그림 이승원, 맑은소리, 다시 읽는 한국문학 21) 출간.

〈20세기 한국소설〉 시리즈 『박완서』(창작과비평사, 20세기 한국소설 35) 출간. (「조그만 체험기」「그 가을의 사흘 동안」「엄마의 말뚝 2」「해산바가지」「나의 가장 나종 지니인 것」 등 수록)

「거저나 마찬가지」(《문학과사회》 봄호), 「촛불 밝힌 식탁」(『박완서 외 여성작가 17인 신작소설 - 촛불 밝힌 식탁』, 동아일보사)

『그 많던 싱아는 누가 다 먹었을까』가 대만에서 『那麼多的草葉哪裡去了?』(安金連, 臺北市 역)라는 제목으로 출간. (大塊文化)

『그 많던 싱아는 누가 다 먹었을까』가 태국에서『ในความทรงจำ: แห่งชีวิตอันเยาว์วัย』라는 제목으로 출간.(TPA Press)

2006(76세) 5월 17일 서울대학교 명예문학박사 학위 수여.
제16회 호암상 예술상 수상.
묵상집 『옳고도 아름다운 당신』(시냇가에 심은 나무) 출간.(1996년부터 1998년까지 가톨릭 〈서울주보〉의 '말씀의 이삭'에 발표한 94편의 에세이를 모은 『님이여, 그 숲을 떠나지 마오』의 개정판)
문학상 수상작을 모아 『환각의 나비』(푸르메) 출간.(「그 가을의 사흘 동안」「엄마의 말뚝」「꿈꾸는 인큐베이터」「나의 가장 나종 지니인 것」「환각의 나비」등 수록)
1999년 출간된 〈박완서 단편소설 전집〉(전5권, 문학동네)에, 1998년에 출간된 『너무도 쓸쓸한 당신』(창작과비평사)을 추가하여, 개정판 〈박완서 단편소설 전집〉(전6권, 문학동네) 출간.(『부끄러움을 가르칩니다』(단편소설 전집 1), 『배반의 여름』(단편소설 전집 2), 『그의 외롭고 쓸쓸한 밤』(단편소설 전집 3), 『저녁의 해후』(단편소설 전집 4), 『나의 가장 나종 지니인 것』(단편소설 전집 5), 『그 여자네 집』(단편소설 전집 6))
「대범한 밥상」(〈현대문학〉 2006년 1월호), 「친절한 복희씨」(〈창작과비평〉 봄호), 「그래도 해피 엔드」(〈문학관〉 가을, 한국현대문학관), 「궁합」「달나라의 꿈」(『저 마누라를 어쩌지』, 정음)
「마른 꽃」이 한영 대역본으로 『Weathered Blossom』(유영난 역)이라는 제목으로 출간.(한림)
『너무도 쓸쓸한 당신』이 중국에서 『孤獨的你』(朴善姬, 何彤梅 역)라는 제목으로 출간.(上海译文出版社)
「엄마의 말뚝 1, 2, 3」이 프랑스에서 『Les Piquets de ma mère』(Patrick Maurus, 문시연 역)라는 제목으로 완역 출간.(Actes Sud)
「배반의 여름」이 멕시코에서 「Traición en Verano」라는 제목으로

	『Por la escalera del arco iris』(정권태, 유희명, Raúl Aceves, Jorge Orendáin 역)에 수록 출간. (ARLEQUíN)
2007(77세)	산문집 『호미』(열림원) 출간.
	소설집 『친절한 복희씨』(문학과지성사) 출간.
	이해인, 이인호와 함께, 대담집 『대화』(샘터) 출간.
	청소년판 『엄마의 말뚝』(열림원) 출간.
	〈다시 읽는 한국문학〉 시리즈 『다시 읽는 박완서 - 엄마의 말뚝 2·3』(그림 이수정, 맑은소리, 다시 읽는 한국문학 22) 출간.
	〈교과서 한국문학〉 시리즈 박완서 편으로, 제1권 『옥상의 민들레꽃』(방민호 엮음, 휴이넘)을 시작으로 총 10권 발간.
	중국 인민문학출판사의 〈韓國文學叢書(한국문학총서)〉 중 『그 남자네 집』이 『那个男孩的家』(王策宇, 金好淑 역)라는 제목으로 출간. (人民文學出版社)
	『나목』이 중국에서 『裸木』(김연란 역)이라는 제목으로 출간. (上海译文出版社)
2008(78세)	『꼴찌에게 보내는 갈채』(세계사) 문고판 출간.
	산문집 『옳고도 아름다운 당신』(열림원) 재출간.
	〈박완서 소설 전집〉(세계사) 『그 많던 싱아는 누가 다 먹었을까』(박완서 소설 전집 16), 『그 산이 정말 거기 있었을까』(박완서 소설 전집 17) 출간.
	2월부터 12월까지 〈현대문학〉에 '박완서 연재 에세이' 연재. (총8회)
	「땅 집에서 살아요」(『우리 시대 대표 여성작가 12인 단편 작품집 - 소설가의 집』, 중앙북스)
	멕시코 〈Colección de Literatura Coreana〉 시리즈 중 『그대 아직도 꿈꾸고 있는가』가 『¿Seguirá soñando?』(전진재, Vilma Patricia Pulgarín Duque 역)라는 제목으로 출간. (Librisite)

2009(79세)   이야기 모음집 『세 가지 소원』(그림 전효진, 마음산책) 출간.(1970년 초부터 최근까지 콩트나 동화를 청탁받았을 때 써둔 짧은 이야기를 모음)

1998년에 출간되었던 산문집 『어른 노릇 사람 노릇』(작가정신) 재출간.(장정과 표지 디자인을 새롭게 함)

중국 상해역문출판사의 〈韓國現当代文學精選(한국현당대문학정선)〉 시리즈 중 『아주 오래된 농담』이 『非常久遠的玩笑』(金泰成 역)라는 제목으로 출간.(上海译文出版社)

중국 상해역문출판사에서 〈韓國当代文作家精品系列(한국당대문작가정품계열)〉 시리즈 중 『휘청거리는 오후』가 『蹣跚的午后』(李貞嬌, 李茸 역)라는 제목으로 출간.(上海译文出版社)

미국 컬럼비아대학교 출판부의 〈Weatherhead books on Asia〉 시리즈 중 『그 많던 싱아는 누가 다 먹었을까』가 『Who Ate Up All The Shinga?』(유영난, Stephen J. Epstein 역)이라는 제목으로 출간.(Columbia University Press)

「조그만 체험기」「그 가을의 사흘 동안」이 브라질에서 각각 「A pequena expeiência」「Três dias daquele outono」라는 제목으로 『Contos Contemporâneos Coreanos』(임윤정 역)에 수록 출간.(Landy)

2010(80세)   산문집 『못 가본 길이 더 아름답다』(현대문학) 출간.(2002년 2월 〈현대문학〉에 발표한 에세이 「구형예찬」을 비롯하여 2008년 2월부터 12월까지 〈현대문학〉에 연재한 '박완서 연재 에세이' 와 그동안 쓴 짧은 글 등을 모음)

「석양을 등에 지고 그림자를 밟다」(《현대문학》 2월호), 「엄마의 초상」(『가족, 당신이 고맙습니다』, 중앙북스)

2011(81세)   1월 22일 오전 6시 17분, 담낭암으로 투병하다 세상을 떠남.

1월 24일, 금관문화훈장 추서.

1월 25일, 경기도 용인시 모현면 오산리 천주교 서울대교구 공원묘

지에 안장됨.

4월, 『모든 것에 따뜻함이 숨어 있다: 박완서 문학 앨범』(웅진지식하우스), 관악 초청 강연록 『박완서: 문학의 뿌리를 말하다』(서울대학교출판문화원), 그림동화책 『아가 마중: 참으로 놀랍고 아름다운 일』(그림 김재홍, 한울림) 출간.

「그 가을의 사흘 동안」이 프랑스에서 『Trois jours en automne』(Benjamin Joinau, 이정순 역)라는 제목으로 출간.(Atelier des Cahiers)

「친절한 복희씨」가 일본에서 「親切な福姬さん」(渡辺直紀 역)이라는 제목으로 〈아시아 단편 베스트 셀렉션〉 중 『天國の風』에 수록 출간.(新潮社)

「부끄러움을 가르칩니다」가 미국에서 「We teach shame!」이라는 제목으로 『Waxen Wings』(Bruce Fulton 편)에 수록 출간.(Koryo Press)

2012	1월 22일(1주기) 그간에 출간된 장편소설을 모아 〈박완서 소설전집 결정판〉(세계사) 출간.(생전에 직접 원고를 손보다가 타계 후에는 유족과 기획위원들이 작업을 최종 마무리함)

〈박완서 소설전집 결정판〉 기획위원

권명아   1965년 서울 출생. 문학평론가, 동아대학교 국어국문학과 조교수. 연세대 불문과 및 동 대학원 국문과 박사. 1994년 「박완서 문학 연구」로 〈작가세계〉 문학상 평론 부문 신인상에 당선되며 등단했다. 『박완서 문학 길찾기』(세계사, 2000)를 공동 편찬했다. 대표 저서로는 『가족 이야기는 어떻게 만들어지는가』 『맞장 뜨는 여자들』 『문학의 광기』 『역사적 파시즘』 『탕아들의 자서전』 『식민지 이후를 사유하다』 등이 있다.

이경호   1955년 서울 출생. 문학평론가, 한서대학교 문예창작과 겸임교수. 고려대학교 영문과 및 동 대학원 비교문학 박사과정을 수료했다. 국내 문학인들을 분석 탐구해온 계간지 〈작가세계〉 편집 주간을 지냈으며 『박완서 문학 길찾기』(세계사, 2000)를 공동 편찬했다. 저서로는 『문학과 현실의 원근법』 『문학의 현기증』 『상처학교의 시인』 등이 있다.

호원숙   1954년 서울, 박완서의 맏딸로 태어났다. 수필가, 경운박물관 운영위원. 서울대학교 사범대학 국어교육과를 졸업했으며 〈뿌리깊은 나무〉 편집 기자를 지냈다. 1992년 출간된 『박완서 문학앨범』(웅진출판)에 어머니 박완서에 관한 「행복한 예술가의 초상」을 쓰기도 했다. 저서로는 『큰 나무 사이로 걸어가니 내 키가 커졌다』, 공저로는 어머니와 함께 쓴 『모든 것에 따뜻함이 숨어 있다』 등이 있다.

홍기돈   1970년 제주 출생. 가톨릭대학교 국어국문학과 교수. 중앙대학교 국문과를 졸업하고 동 대학원에서 「김수영 시 연구」로 석사학위, 「김동리 연구」로 박사학위를 받았다. 1999년 한강의 소설을 분석한 「그림자로 놓인 오십 개의 징검다리 건너기」로 계간 〈작가세계〉 문학상 평론 부문 신인상에 당선되며 등단했다. 〈비평과전망〉 〈시경〉 〈작가세계〉 편집위원을 지냈다. 저서로는 『페르세우스의 방패』 『인공낙원의 뒷골목』 『근대를 넘어서려는 모험들』 『김동리 연구』 등이 있다.

그대 아직도 꿈꾸고 있는가

초판 1쇄 발행 2012년 1월 22일
초판 9쇄 발행 2024년 9월 12일

지은이	박완서
펴낸이	최동혁
기획위원	권명아·이경호·호원숙·홍기돈
북디자인	오진경
띠지 사진	조선일보

펴낸곳	(주)세계사컨텐츠그룹
주소	06168 서울시 강남구 테헤란로 507 WeWork빌딩 8층
문의	plan@segyesa.co.kr
홈페이지	www.segyesa.co.kr
출판등록	1988년 12월 7일(제406-2004-003호)
인쇄	예림인쇄
제본	다인바인텍

ⓒ 박완서, 2012, Printed in Seoul, Korea

ISBN 978-89-338-0191-8 (04810)
ISBN 978-89-338-0173-4 (세트)

- 저자와 협의하여 인지를 붙이지 않습니다.
- 책값은 뒤표지에 표시되어 있습니다.
- 이 책 내용의 전부 또는 일부를 재사용하려면 반드시 저작권자와 세계사 컨텐츠 그룹 양측의 서면 동의를 받아야 합니다.